대한민국을 지켜라

대한민국을 지켜라

초판발행일 | 2010년 08월 25일
2쇄 발행일 | 2010년 10월 25일
3쇄 발행일 | 2011년 06월 07일

지은이 | 이성우
펴낸곳 | 도서출판 황금알
펴낸이 | 金永馥
주 간 | 김영탁
디자인 실장 | 조경숙
제작진행 | 칼라박스
주 소 | 110-510 서울시 종로구 동숭동 201-14 청기와빌라2차 104호
물류센타(직송 · 반품) | 100-272 서울시 중구 필동2가 124-6 1F
전 화 | 02)2275-9171
팩 스 | 02)2275-9172
이메일 | tibet21@hanmail.net
홈페이지 | http://goldegg21.com
출판등록 | 2003년 03월 26일(제300-2003-230호)

값15,000원

ISBN 978-89-91601-87-1-03810

*이 책은 2011년 문화체육관광부 우수학술도서로 선정되었습니다.

대한민국을 지켜라

이성우 지음

황금알

■ 이야기를 시작하면서

금년 들어 우리나라는 어느덧 일제에 강제 병합이 된 지 100년, 일본제국의 식민지 하에서 해방된 지 65년, 신생 대한민국 정부가 수립된 지 62년, 온 나라를 잿더미로 만든 6 · 25전쟁이 끝난 지 57년이 된다. 결코 긴 시간이라고 할 수 없는 이 짧은 기간에 우리나라는 세계에서 가장 가난하고 보잘 것 없고 희망이 없던 나라에서 세계에서 가장 부유하고 활력 있고 미래가 있는 나라들 중의 하나가 되었다. 존재조차도 알려지지 않았고 어느 누구도 관심을 갖지 않았던 나라가, 우리도 미처 깨닫지도 못하는 사이에 세계에서 그 위상이 우뚝 솟아 있는 G20회의를 개최하고 주관하는 나라로 된 것이다. 세계도 놀라고 우리 스스로도 얼른 믿기지 않는 놀라운 성취를 이룬 것이다. 이처럼 자랑스럽고 뿌듯한 성취에도 불구하고 한편으로 아쉬운 마음을 떨칠 수가 없다. 이러한 업적을 이룬 성취의 의미와 이것이 어떻게 가능했느냐에 대한 이해와 관심이 매우 부족하다는 생각이 강하게 들기 때문이다.

우리 국민들은 여전히 배고픈 상태에 있고 부족한 것이 많고 갈 길이 멀다고 생각한다. 그러나 객관적으로 냉정하게 생각해 보면 지금 우리는 단군 이래로 최상의 자유와 평화, 번영을 누리고 있음도 분명하다. 우리의 역사만으로 볼 때도 그렇고 지구촌의 관점에서 보아도 우리는 어느 시기, 어느 나라 못지않은 자유, 평화, 번영을 누리고 있다고 할 수 있다. 이런 것을 생각하면서 평생을 안보 분야에서 보낸 나는 이러한 성취에 내 분야에서 나름대로 손톱 끝만큼이라도 기여를 한 부분이 있지 않았을까 더듬어 본다. 그러나 이것이 어찌 어느 한두 사람의 손으로 가능했겠는가! 지난 60여 년 간 이 땅에 살아 온 모든 국민들 한 사람 한 사람이 각자 삶의 현장에서 묵묵히 흘린 피와 땀과 눈물이 모이고 쌓여서 된 것임은 새삼 이야기할 필요가 없을 것이다.

나는 평생 군에서 일한 연을 토대로 우리의 자랑스러운 성취를 가능케 했던 한 분야인 '안보'에 대해서 이야기하고자 한다. 안보는 한때 우리 사회 일부에서 기피 · 혐오되던 단어의 하나인 때도 있었다. 하지만 지금부터 나는 이 책에서 대한민국의 미래이자 희망인 우리 젊은이들에게 안보에 관해 해주고 싶었던 이야기를 다 하고자 한다.

차례

I 왜 "국가 안보" 이야기인가?

II 국가 안보 위협 요인

Ⅳ 대한민국의 올바른 이해

I

왜 “국가 안보” 이야기인가?

나는 본 국가 안보 이야기의 대상을 앞으로 곧 이 나라를 이끌어 갈 젊은이들로 잡았다. 이유는 대체로 인정하고 있는 대로 이들의 안보 쪽에 대한 이해가 부족하다고 생각하기 때문이다. 우리나라는 이제 막 무엇이 옳고 그른지를 판별하는 가치관이 형성되기 시작하는 중·고등학생, 그리고 사회와 국가를 위해 진출을 준비하는 대학생을 대상으로 하는 국가 안보 교육이 턱 없이 부족하다. 그리고 여러 사정을 보면 이러한 상태가 쉽게 바뀔 것 같아 보이지도 않는다. 학교 교육은 입시와 수능 중심으로 되어 있어 안보 교육이 비집고 들어 갈 틈이 없으며 본인과 부모, 그리고 온 사회가 오로지 좋은 대학, 좋은 직장에 목을 매고 있어 이런 이야기를 꺼내는 자체가 민망스러울 정도이다. 교과서에는 대한민국의 국가 정통성에 대한 올바른 인식을 심어주는 긍정적인 내용보다 부정적인 것이 더 많은 실정이다. 서점에 있는 안보 관련 책자는 안보 전문가들이 안보 전문가들을 대상으로 펴낸 책들이라 젊은이들이 한 장을 넘기기가 힘들다. 젊은이들이 주로 찾는 인터넷이나 방송에도 안보 이야기는 좀처럼 찾기가 힘들다. 더구나 안보는 본질적으로 어렵고 복잡하고 개인에게 부담을 주는 주제여서 한창 자유분방한 젊은이들이 가까이 하길 꺼려해서 늘 그들의 관심 분야에서 맨 마지막 순위에 위치할 수밖에 없다는 속성도 안고 있다. 그런데 이런 문제들의 책임이 정부에게 있느냐, 사회에 있느냐, 학교에 있느냐, 혹은 부모에게 있느냐, 학생에게 있느냐를 꼭 집어 말할 수가 없다는 데 고민이 있다. 여기에서 책임 소재를 가르고 해결책을 찾는 것은 나의 능력을 벗어난다. 결국 나의 이러한 문제의식과 이 문제 해결에 내 나름으로 진정 조금이라도 도움이 되었으면 하는 바람이 나로 하여금 이 책을 쓰게 하였다.

분명히 이야기하건데 나는 그저 무조건 우리 젊은이들에게 국가를 사랑하고 충성해야 한다는 훈계를 하려는 것이 아니다. 우리가 태어나 살고 있는 대한민국에 대해서 잘 모르고 있거나 잘못 알고 있는 것을 정확히 제대로 알고, 나아가 안보와 관련되는 사실들을 충분히 알아서 우리의 국가관과 안보관을 올바로 갖자는 이야기이다. 올바른 안보의식은 정확한 사실인식에서 출발하기 때문이다.

대상이 대상인 만큼 가능한 대로 쉽고 재미있게 쓰고자 했다. 요즈음 젊은이들이 쉽지 않으면 거들떠 보지도 않을 것이라는 생각과 주위 사방에 정신을 쏙 빼가는 재미있는 것이 지천으로 널려 있는 마당에 젊은이들을 어떻게든 붙잡아 두기 위해, 쉽게 그리고 재미있게 쓰고자 노력했다. 딱딱하고 재미없다면 더구나 대입이나 취직에 도움이 별로 안 된다면, 굳이 이런 책을 볼 사람이 얼마나 되겠는가? 그런데 안보가 딱딱하고 어렵기로는 두 번째 가라면 서러워할 주제이고 또 내 능력도 있기 때문에 노력은 했지만 욕심만큼 되지 않았음을 고백치 않을 수 없다. 책을 읽는 중에 혹 머리가 아플 독자 분들께 미리 미안하다는 말씀을 드린다.

이 안보 이야기는 다음 순서로 풀어나가고자 한다.

서론 부분에서는 국가적 주제인 안보를 이야기하므로 우선 국가와 나의 관계, 즉 '국가'라는 '거대한 실체'와 '나'라는 '작은 개인'과의 관계를 짚어보았다. 그리고 안보와 관련하여 우리 국민들이 현재 국가와 국가안보를 어떻게 인식하고 있는지 그 실태를 문제점 위주로 살펴보았다. 이어 본론으로 들어가서 먼저 안보의 정의와 개념을 알아보며 그리고 안보라는 용어가 보편적으로 사용되게 된 배경도 살펴본다. 이어서 먼저 한 나라의 안보를 위협하는 것들은 무엇이 있는지 위협요인들을 국제적 위협, 북한의 위협, 국내적 위협으로 구분하여 알아보고 그리고 우리나라의 경우는 각 위협요인들이 어떠한 모습으로 있는지 알아보았다. 이어서 이들 위협요인에 대응하는 우리의 전반적인 안보체제와 실상, 능력을 분야별로 살폈다. 먼저 국가안보의 중심축인 우리 군이 북한의 군사적 위협에 대해 어떻게 대비하고 있는지를 중심으로 알아보며, 국가안보의 또 다른 중심축이라고 할 수 있는 한미동맹에 대해 그 의미와 역할, 과제 등을 구체적으로 알아보았다. 다음에 국가안보에서 국민 개개인의 국가관과 안보관이 차지하는 비중이 대단히 크기 때문에 이러한 국가관과 안보관의 바탕이 되는 대한민국의 올바른 이해를 위해 건국부터 민주화 달성까지의 과정을 주요 핵심사건 위주로 정리하여 보았다. 마지막으로 현재 우리나라의 안보 상황을 종합적으로 평가해보고 안보상의 과제를 정리해 본 후 앞으로 우리나라의 안보는 어떻게 나가야 할 것인지를 국가안보전략이라는 제목으로 논해 보았다. 결론 겸 끝으로 우리나라의 안보를 위해 우리 국민 개개인은 어떠한 자세를 갖는 것이 바람직할 것인지를 이야기하였다.

제1절

국가안보와 나

국가안보는 일차적으로 국민 각 개인의 국가에 대한 인식, 즉 "자기의 나라를 어떻게 생각하고 있느냐?"에서 출발하며 특히 자기 조국에 대한 긍정적인 태도에서 출발한다. 그래서 먼저 '국가 안보와 나'라는 제목으로 이점에 대해서 알아보도록 한다.

현재 세계 지구상에는 68억 정도의 인구가 220여 개국에서 살아가고 있다. 우리는 이를 '지구촌(地球村)'이라고 하여 제법 목가적(牧歌的, 농촌처럼 소박하고 평화로움)인 표현으로 부르고 있다. 허나 스스로를 '만물의 영장(靈長, 영묘한 힘을 가진 우두머리)'이라고 이름붙이고 있는 지구상의 인류는 다른 생명체와는 달리 만고의 법칙이라도 되는 듯 끊임없이 전쟁이란 걸 하며 살아왔다. 인류는 태고 적에 씨족 단위의 공동체를 이루어 살기 시작한 이래로 평화롭게 지낸 시간보다 더 긴 시간을 싸우면서 지냈다. 먹을 것을 놓고, 영역을 놓고, 우두머리 자리를 놓고 또는 단순한 감정 문제 등으로 싸웠으니 싸움은 늘 인간사의 일부가 되어 왔다. 이를 두고 영국 철학가 T.홉스는 일찍이 "만인의 만인에 대한 투쟁"이라고 했지만 집단이 부족단위로, 국가단위로 커 오고 인간의 지성이 만개한 지금까지도 인류의 싸움질은 멈추지 않고 있다. 그래서 인류의 역사는 국가 흥망의 역사이자 곧 전쟁의 역사이기도 하다. 동서고금을 막론하고 크고 작은 전쟁과 내란을 통해 끊임없이 나라가 망하고 새로운 나라가 생기는 상황을 반복해 왔다. 우리도 불과 얼마 전에 나라가 망해 한 동안 일제의 지배를 받았고 6 · 25전쟁의 대전란으로 갓 태어난 대한민국이 지구상에서 사라지기 직전까지 이르는 경험을 했다.

그러면 지금은 어떤가? 불행하게도 세계는 여전히 조금도 달라진 것이 없이 약육강식(弱肉强食, 강한 자가 약한 자를 힘으로 지배)의 힘의 논리가 지배하고 있으며 각국은 정글의 법칙(오직 힘만이 작용하는 세상) 아래에서 각자 자기 살길을 찾지 않으면 안 된다는 게 부정할 수 없는 엄중한 현실이다. 최근 과학기술의 발달과 인간 지성의 성숙으로 전쟁이 없는 유토피아적 미래에 대한 한 가닥 기대를 갖게 하는 모습도 아주 없는 것은 아니지만 말이다. 그리하여 우리는 자연스럽게 늘 다음과 같은 단순하면서도 엄청 중대한 질문을 마음속에 갖고 산다.

"앞으로도 우리에게 전쟁이 있을 것인가?"

"우리의 사랑하는 조국이 또 다시 망하는 때를 맞을 것인가?"

"우리 조국이 어떻게 하면 만세(萬歲, 영원히)를 이어갈 수 있을까?" 등 등.

그래서 이런 질문들에 대한 답을 알아보는 것이 이 책의 또 다른 주제라 할 수 있겠다.

우리는 먼저 다음과 같은 간단치 않은 두 질문에 답을 찾아봄으로써 이야기의 실마리를 풀어보자. 첫 번째는 "인류는 앞으로도 전쟁을 계속할 것인가?"이다. 이는 안보 학계에서 상당한 관심을 가지고 연구하고 있는 주제이기도 하다. 현재 학자들이 내놓고 있는 의견을 보면 크게 보아 두 개의 줄기로 나눌 수 있는데 비관과 낙관으로 꽤나 상반되는 의견을 보이고 있다. 요점만 정리하면 비관적으로 보는 쪽은 자원, 인종, 민족, 종교, 이념 등의 문제로 인류의 싸움은 계속될 것이며 오히려 더 격화되리라고 주장하고 있다. 반대로 낙관적으로 보는 쪽은 과학 기술과 정보 통신 수송의 급속한 발달, 전 세계 지구촌의 가속화, 민주정치의 보편화 등의 이유로 전쟁은 점차 줄어들 것이라고 주장하고 있다. 양쪽 모두 방대한 근거를 내세우며 주장을 펼치고 있기 때문에 쉽게 어느 한쪽이 옳다고 단정할 수 없다. 하지만 안보란 기본적으로 늘 최악의 상황을 전제로 생각해야 하기 때문에 우리는 비관적으로 보는 쪽 의견을 기준으로 삼지 않으면 안 되겠다. 여기에서 잊지 않아야 할 것은 인류의 전쟁행위는 상당 부분 인간본성의 하나로 지적되고 있는 탐욕과 투쟁의 본성에 기인하고 있다는 것이다. 역사를 보면 인간은 어느 정도 평화 기간을 가지면 몸이 근질근질하여져 어떤 구실을 붙여서라도 크고 작은 싸움을 벌리는 모습을 볼 수 있는데 인간의 본성이 갑자기 바뀌지 않는 한 이러한 본성으로 인한 전쟁은 계속되리라고 보아야 하지 않을까라는 것이다. 한편 많은 전문가들이 앞으로도 전쟁은 계속되겠지만 전쟁의 양상, 싸움의 모습은 종전과는 많이 다를 것이라는 의견도 내놓고 있다.

전쟁 행위의 원인을 "인간의 본성" 더 깊게는"자연의 섭리"에서 찾는 견해는 모든 생명체가 가지고 있는 자기생존과 종족보존 본능에 인간만의 이기심이 더하여 인간만이 전쟁을 한다는 것이다. 이 세 가지가 빚어내는 인간의 끝없는 욕망과 이익 추구, 호기심, 도전에 대한 응전, 자기 능력 과시 및 성적 우위 달성 등 등이 인류 역사의 동인도 되면서 전쟁도 일으킨다고 보는 것이다.

두 번째 질문은 이 책의 주제이기도 한 "국가 안보라는 국가적 과제를 위해 일 개인으로서 내가 할 수 있는 일은 무엇인가?"이다. 즉 국가와 나의 관계에 관한 질문이다. 이 질문에 대한 답은 매우 단순하고 자명하면서도 간단히 설명하는 것이 어렵다. 우선 "국가는 무엇인가?" "국가는 나에게 어떤 존재이며 나와는 어떻게 연결되는가?" 등 국가라는 거대한 실체와 나라는 작은 개인 간의 연결고리가 쉽게 잡히지 않기 때문이다. 우리는 일상생활에서 국가라는 존재를 거의 의식하지 않고 살아간다. 사실 평화 시에 국민 개개인이 일상에서 늘 국가와 안보를 의식하면서 지낼 수는 없는 것이고 잊고 산다는 것이 더 자연스러운 현상이라 할 수 있다. 그러나 전쟁 시는 말할 것도 없고 평화 시라 할지라도 국가가 없으면 즉각 우리의 삶은 큰 혼란과 위험에 마주치게 되며 개인의 자유와 재산, 생명의 안전이 보장되지 않는다. 마치 우리가 공기가 없으면 한 순간도 살 수 없지만 공기의 존재를 의식하지 않고 사는 것과 같다고 할 수 있다. 분명한 것은 우리의 삶, 즉 내가 태어나고 자라고 공부하고 직장 생활을 하는 등 일체의 행위는 국가의 틀 안에서 국가가 제공하는 안전과 질서, 공공행정 속에서 이뤄지고 있으며 이것이 없으면 나는 아무것도 할 수 없고 또 아무것도 아니라는 사실이다.

그러면 국가는 무엇인데 왜 우리에게 안전과 질서, 편의를 제공하는가? 간단히 말해서 답은 옛날의 왕조시대와 달리 현대 민주주의체제에서는 국민 한 사람 한 사람이 바로 국가의 주인이기 때문이라는 것이다. 워낙 비교 대상의 크기가 차이가 나서 얼른 감이 와 닿지 않을 수 있지만 우리 가정이 나의 가정이듯이 이 나라는 나의 나라이고 우리의 나라이며 나와 우리가 주인이라는 것이다. 즉 대통령, 장 · 차관 또는 국회의원이 나라의 주인이 아니고 그들은 오직 우리의 대리인일 뿐이며 국민 개개인이 나라의 주인인 것이다. 이러한 나와 국가의 관계가 실제 우리의 생활에서 구체적으로 뚜렷이 나타나는 모습이 권리와 의무의 관계이다. 국민 개개인은 국가의 주인으로서 행사할 권리가 있음과 동시에 국민의 한 사람으로서 담당해야 할 의무가 있다. 국가와 나의 관계는 이 권리와 의무 관계가 핵심이다. 우리는 납세, 준법, 교육, 병역 등의 의무를 수행함으로써 국가가 제공하는 안전과 질서를 포함하여 제반 공공행정의 서비스를 제공받을 권리를 보장받으며, 또한 권리를 보장받기 위하여 그러한 의무를 수행해야 하는 것이다. 우리는 국가가 국민에게 제공하는 모든 서비스는 오로지 국민 개개인이 수행하는 의무로서만 확보된다는 점을 잘 인식할 필요가 있다. 쉬운 예로, 나는 군복무의 의무를 통해 내 나라를 지키고 또 우리 나라는 다른 사람들의 군복무를 통해 나를 지켜준다. 다시 말해 국가가 우리에게 제공하는 일체의 서비스는 어떤 다른 제3자가 해주는 것이 아니고 바로 우리가 우리 스스로에게 해주는 것이고 국가는 오직 그러한 제도와 틀을 제공할 뿐이라는 것이다. 그리하여 비약하는 감이 있으나 결론적으로 국가와 나의 관계는 "대한민국은 곧 나이고 나는 곧 대한민국"이며 "국가안보는 곧 나의 안보"라고 할 수 있다. 이는 매우 분명하고 틀림없는 사실이다. 그러나 여전히 '국가와 내가 하나'라는 생각이 쉽게 마음에 와 닿지 않는다. 왜냐하면 우리 인간의 평균적 인지 능력은 자기의 소속이 가족이나 학교, 취미 모임, 직장 사무실 등 실제 생활에서 직접 몸으로 접하는 범위를 잘 벗어나지 못하며 국가, 정부, 군 등 거대 집단은 관념으로만 받아들이거나 별개의 객체로 생각하는 경향이 있기 때문이다. 이런 생각은 인류 역사의 대부분을 차지해 온 왕권 체제에서 비롯된 국가에 대한 오래된 고정관념의 잔재라 할 수 있다. 그러나 이제 국가의 지도자를 국민이 직접 뽑고 마음먹으면 내칠 수도 있는 민주체제 국가에서는 사정이 완전히 다르다. 국민은 선거라는 수단을 통해 국민 개개인이 국가에 대해 직간접적인 책임을 안고 있다. 이는 직접민주주의 또는 소위 '진정한 민주주의'라는 정치 체제의 가장 밑바탕이 되는 개념이기도 한데 우리나라는 세계에서 몇 안 되는 '진정한 민주주의'를 이룬 나라이다. 그러므로 민주주의 체제에서의 '애국심'이란 자기와 상관없는 제3자를 사랑하는 것이 아니라 자기가 자기 스스로를 사랑하는 것과 같은 뜻이므로 누가 강요할 성질의 것이 아니고, '국가에 대한 충성'도 결국은 자기 자신에 대한 충성이므로 굳이 국가가 나서서 떠들 이야기가 아니라 할 수 있다. 그러므로 우리의 '조국사랑'은 곧 나를 사랑하는 것이고 그래서 우리는 그러한 조국이 있음을 감사하고, 조국의 안위을 염려하고, 조국의 발전을 기원하며, 조국과 더불어 기뻐하고 슬퍼하는 것이다.

여기에서 잠시 짚고 갈 것이 있으니, 하나는 이러한 국민과 국가의 관계는 우리나라만의 독특한 현상이 아니고 전 세계의 모든 국가도 우리와 같다는 것이다. 이는 큰 관심 없이 넘기기 쉬운 일이지만, 대단히 중요한 의미를 갖는다. 왜냐하면 기본적으로 민주체제 하에서 국가 간의 싸움은 각개 국가의 국민이 그들의 조국을 사랑함으로 일어나기 때문이다. 이 때 어느 쪽이 옳고 틀렸는가 하는 것은 큰 문제가 되지 않는다. 또 하나는 국가별로 국민 각자가 담당해야 할 의무의 이행정도에 차이가 많다는 것이다. 우리나라의 의무 이행정도는 아직은 좋은 점수를 주기 어렵다. 어느 나라나 다 있는 현상이긴 하지만 우리 사회에도 우리의 조국 대한민국을 나와는 직접적 상관이 없는 별개의 존재로 생각하는 사람, 국가를 국민을 구속하고 억압하는 나쁜 존재라고 생각하는 사람, 국가가 없어도 나 혼자 얼마든지 잘 살 수 있다고 생각하는 사람, 나아가 또 다른 형태의 국가를 꿈 꾸는 사람들이 있다. 이들은 국가에 대해 관심을 두지 않거나 심지어 적대하기도 하여 이 사회에 혼란과 갈등을 낳고 있고 안보적 차원의 문제를 만들기도 한다. 대표적으로 병역기피는 그런 생각의 한 행태라고 할 수 있다. 대체로 선진국일수록 의무의 이행정도가 높고 후진국일수록 낮음을 볼 수 있는데 이 점에서 우리는 아직 갈 길이 많이 남아 있다.

제2절

우리 안보 의식의 문제점

그러면 우리의 안보 의식은 어떤지 현상을 보다 구체적으로 알아보자. 원론적으로 이야기를 시작하면 국민이라면 마땅히 자신이 속해 삶을 영위하고 있는 나라의 안녕에 관심을 가지고 또한 안위를 걱정하는 태도를 가져야 할 것이다. 이는 더 이상 논란의 여지가 없는 당연한 이야기라고 할 수 있겠으나 그런데 실상은 그것이 꼭 그렇지만은 않다는 데 문제가 있다.

우리의 국가 안보에 대한 의식은 국가 그 자체에 대한 인식에서 많은 영향을 받는다. 즉 우리가 우리나라를 "좋게, 자랑스럽게 생각하느냐? 아니면 나쁘게, 시답잖게 생각하느냐?"에 따라 각 개인의 국가안보에 대한 생각은 크게 달라지기 때문이다. 그가 자기 나라를 긍정적으로 생각한다면 안보에 관심을 가지고 안위를 걱정하며 유사시 나라를 위해 무언가 기여할 생각을 가질 것이지만, 만일 반대로 부정적으로 생각한다면 그렇지 못할 것이다.

따라서 이 안보이야기는 현재 우리 국민들이 "우리나라를 어떻게 생각하고 있느냐?"에서부터 시작해야 될 것이다. 먼저 결론부터 이야기하면 "대한민국은 내가 진정 사랑하고 자랑스러워할 만한 나라인가? 아니면 그 반대인가?"에 대해 물었을 때 그 답은 "현재의 우리 대한민국은 분명히 자랑스러운 나라이고 대단한 나라이다."라는 것이다. 나는 우리 국민의 평균적인 국가인식과 안보의식은 이 범주에서 크게 벗어나지 않는다고 본다. 왜냐하면 정상적인 사고와 판단을 하는 사람이라면 아주 자연스럽게 가지게 되는 사실이자 진실이기 때문이다. 그러나 우리가 잘 알고 있는 바와 같이 우리나라에는 "우리 대한민국은 태어나지 말았어야 할 부끄러운 나라이다."라고 생각하는 사람들이 꽤 있다. 특히 대북 포용 및 평화 정책을 추진한 소위 '친북 좌파정권 10년' 동안에 이런 생각이 널리 퍼졌었고 이로 인해 국민의 안보의식과 군인들의 대적관(對敵觀, 적을 보는 시각)에는 큰 혼란이 초래되었다.

국민 각 개인이 가지는 국가에 대한 좋고 싫음의 감정은 수많은 요소가 상호 작용하여 형성된다. 작게는 각 개인의 삶의 만족 정도, 자기가 사는 동네의 청소 상태, 공공 서비스의 불만 등 각가지 소소한 것들이 영향을 미친다. 그리고 크게는 국가의 정치이념이나 정책방향, 도덕적 정당성, 정체성, 경제력이나 군사력으로 나타나는 국력, 문화의 자부심, 세계 속에서 국가의 위상 등이 작용한다. 또한 무시할 수 없는 것이 개인의 DNA적인 취향이나 성향, 신념, 가치관도 많은 영향을 미친다. 그러므로 국민 개개인의 국가인식은 스펙트럼처럼 한 극단에서 다른 극단까지 국민의 수만큼 다르다고 할 수 있기 때문에 이를 일률적으로 "좋다. 나쁘다"라고 이야기하는 것은 많은 오류를 범할 수 있다. 이런 사실을 전제하고 보더라도 현재 우리 국민의 국가인식과 안보의식은 안타깝게도 국가를 부정하는 분위기가 매우 넓고 깊게 자리하고 있음을 알 수 있다. 나는 이에 대해 많은 걱정을 하고 있는 사람이다. 이 걱정은 단순히 내 개인적인, 주관적인 것이 아니고 다음과 같은 정부, 언론, 여론조사기관에서 설문 조사한 객관적인 사실에 기초하고 있다.

그 몇 가지를 알아보면,

• 청소년을 대상으로 한국 갤럽에서 조사한 내용에서 6 · 25전쟁을 북한의 남침이라고 제대로 답한 학생은 31%에 불과하고, 우리 안보에 가장 위협적인 나라로 미국이 39%, 북한이 33%였으며 미국과 북한이 전쟁하면 북을 돕겠다는 학생이 65%나 되었다.

• 몇 년 전 국방부에서 실시한 설문조사에서는 육사 신입생의 34%가, 논산훈련소 입대 장정의 75%가 미국이 주적이라고 답했으며,

• 2008년 중앙일보에서 청소년을 대상으로 실시한 안보의식 조사에서는 56.8%의 학생이 6 · 25전쟁 발발 시기를 몰랐으며 6 · 25전쟁을 일으킨 책임을 북한 48.7%, 남한 35%, 미국 13.4%, 일본 13.5%, 러시아 10.9%로 답했고 현재 우리나라 안보에 위협을 주는 나라로 미국 28.4%, 일본 27.2%, 북한 24.5%, 중국 13%를 꼽았다.

• 한편, 건국 60년을 맞아 행한 여론조사에서는 8 · 15가 광복절임과 동시에 건국절이라는 사실을 아는 사람이 33%에 불과했고 광복절로만 아는 사람이 57%이었으며, 대학생 중에는 26%만 건국절을 알고 있었다.

• 2009년 국무총리실 '6 · 25전쟁 60주년기념사업추진위원회'에서 성인남녀 1,000명을 대상으로 조사한 결과를 보면 33%가 6 · 25전쟁이 일어난 년도를 잘 모르고 있었으며, 14.6%는 전쟁을 일으킨 것이 북한이 아니라고 했다. 특히 19세에서 29세 사이 젊은이들의 약 절반인 47.4%가 6 · 25전쟁을 잘 모르거나 잘못 알고 있다고 답했다. 반면에 만족할 만한 수준은 못되지만 긍정적이라고 볼 수 있는 것은 국민의 55.8%가 북의 군사력 증강에 위협을 느끼고 있고, 64.2%가 북이 전쟁을 일으킬 가능성이 있다고 보고 있으며, 또한 우리나라가 자랑스럽다고 답한 사람이 80.7%이고, 아니다라고 답한 사람은 19.1%였다. 그리고 우리나라가 위기 시 적극 돕겠다고 한 사람이 85.4%, 전쟁나면 앞장서 싸우겠다고 한 사람이 60.7%였다.

물론 이러한 내용은 전반적인 경향의 일부를 말할 뿐이지 전체를 정확

하게 나타내는 수치는 아니라 할 수 있지만 우리 국민이 가지고 있는 인식의 일단은 분명히 보여주고 있다 하겠다. 위의 결과를 토대로 우리 국민의 국가인식 및 안보의식을 문제점 측면에서 정리해 보면 크게 다음의 다섯 가지를 이야기할 수 있겠다.

1. 대한민국 건국에 대한 부정적 인식

지금까지 우리의 해방이후 60년의 현대사를 바라보는 역사관은 불행하게도 분단사관(分斷史觀)이 주류를 이루어 왔다. 분단사관이란 우리의 해방이후 역사를 한반도가 남북으로 갈라진 것에 시선의 초점을 맞추고 주로 분단의 과정과 원인, 책임을 따지는 역사관을 말한다. 분단사관은 공산주의를 신봉하는 사람들이 해방 후 우리나라가 공산주의의 단일한 국가를 이루지 못함을 한(恨)으로 생각하면서 우리의 현대사를 보는 것이기 때문에 원천적으로 대한민국을 부정하고 있다. 따라서 이 사관에 의하면 대한민국의 건국은 분열의 행위이며, 대한민국 건국의 주역들과 이를 도운 미국은 분열의 주모자이며, 6 · 25전쟁은 공산주의로 통일될 절호의 기회를 놓진 전쟁이며, 6 · 25전쟁에서 대한민국을 피로써 지켜준 미국은 절대 용납할 수 없으며, 맥아더의 동상은 반드시 철거되어야 하는 것이다. 이들은 대한민국을 '태어나지 말았어야 할 국가', '정의가 패배하고 기회주의가 득세한 국가'라고 단정 짓고 있다. 한반도의 분단 상태가 지속되는 한 대한민국은 미완성 상태이며 우리 민족이 안고 있는 모든 문제를 오로지 분단의 탓으로 돌리면서 지금이라도 대한민국은 공산주의 국가로 북한과 합치어 통일되어야 한다고 주장하고 있다. 이처럼 대한민국의 정체성을 전적으로 부정하고 있기 때문에 그동안 대한민국이 성취한 업적들도 그들에게는 아무런 의미를 주지 못한다. 이러한 시각으로 인해 분단사관을 '통일

지상주의 역사관' 또는 '자학(自虐, 스스로를 업신여기는)사관'이라고도 하는데 이러한 분단사관과 그들의 주장은 북의 대남 적화통일전략과 완전히 궤를 같이하고 있음을 쉽게 알 수 있다.

불행하게도 얼른 이해가 되지 않는 이들의 주장은 자유민주주의를 국가 이념으로 하고 있는 대한민국에서 꽤나 광범위하게 영향을 미쳐 왔고 자리잡아 왔다. 즉 우리 국민의 애국심을 약화시키고, 우리 역사에 대한 자긍심을 파괴시키며, 다음 세대들에게 조국의 정체성과 정당성에 대한 혼란과 방황을 심화시켜 왔다. 대표적인 것이 중 · 고등학교 교과서의 현대사 부분으로서 분단사관의 주장을 곳곳에서 볼 수 있어 은연중에 청소년들로 하여금 우리나라는 태어나지 말았어야 할 나라로 생각하게 만들고 있다. 위의 설문결과도 그러한 교과서로 교육받은 결과임을 생각할 때 자라나는 우리 젊은이들의 국가관과 안보관에 얼마나 나쁜 영향을 미치고 있는지 잘 알 수 있다. 분단사관은 이 사회를 내내 남남갈등으로 양분시키고 갈등과 증오, 혼란을 일으켜 왔고 현재에도 국가안보에 심대한 영향을 미치고 있다. 더욱이 진정 이해가 되지 않는 것은 그들은 공산주의는 잘못된 실패한 이론이고 체제라는 것이 확실하게 증명이 되었고 북한의 명백하고도 비참을 극한 실패가 만천하에 들어난 이 시점에도 생각을 바꾸지 않고 있다는 것이다. 자유민주주의체제에 약점이 있다면 그 체제에 반대하는 세력이 자유를 체제 공격수단으로 사용한다는 점이고 이럴 때 그 세력을 법적으로 제압하기가 대단히 어렵다는 것이다.

이러한 주장의 영향도 있어서 우리는 대한민국의 건국을 거의 잊고 지내 왔으며 기념도 제대로 하지 않고 지내 왔다. 8 · 15가 광복절인줄만 알지 건국일임을 모르는 국민이 많다. 다행히 국가원로들을 중심으로 뜻있는 이들의 문제 제기로 건국 60년에 해당하는 2008년에서야 겨우 기념식다운 기념식을 가졌으니 건국 후 대한민국이 이룬 놀라운 성취와 이 성취가 대한민국의 건국이 있었음으로 가능했음을 생각할 때 이는 대단히 잘못된 것이라 하지 않을 수 없다. 더구나 민주당은 이 기념식마저 납득할 수 없는 이유를 대며 참석치 않았다. 2009년 10월 1일 중국은 중국의 건국 60년을 기념하기 위해 천안문 광장에서 거국적인 기념행사를 가졌다. 후진타오 주석이 자신감이 넘치는 카랑 카랑한 육성으로 직접 군 분열대형을 지휘하는 모습은 충격으로 다가왔고 우리로 하여금 많은 생각을 하게 한다.

2. 6 · 25전쟁에 대한 잘못된 인식

민족 최대의 비극 6 · 25전쟁이 발발한지도 벌써 60년이 되었고 어느덧 2개 세대가 지나면서 6 · 25전쟁은 차츰 우리 국민들의 뇌리에서 잊혀져 가고 있다. 뒤에서 다시 자세히 얘기되겠지만 6 · 25전쟁은 김일성이 한반도를 공산화 통일시키겠다는 야욕을 가지고 소련과 중공의 지원을 받아 일으킨 명명백백한 남침전쟁이다. 당시 한반도의 국제 및 군사정세는 김일성으로 하여금 그러한 야욕을 갖도록 잘 조성되어 있었으며 '무력에 의한 한반도 공산화'는 얼마든지 달성할 수 있는 목표였다. 전쟁 초기의 북한군의 놀라운 진격 속도는 그의 야욕이 결코 무모한 것이 아님을 증명해 주고 있으며 실제로 그는 거의 목표 달성 직전까지 갔다. 그리고 대한민국은 지구상에서 사라질 직전까지 갔다. 그런 절박한 상황에서 미군과 UN군의 참전으로 김일성의 야욕은 물거품이 되었고 대한민국은 다시 살았고 한반도는 엄청난 희생만 남긴 채 전쟁전의 상태로 되돌아갔다. "이 때 우리 선배들이 목숨 걸고 싸우지 않았더라면? 미군의 참전이 없었다면?" 분명히 지금의 대한민국은 없을 것이며 우리는 지금 김정일의 치하에서 북한의 동포들처럼 삐쩍마른 앙상한 몰골로 암흑의 나날을 보내고 있을 것이다. 지금 우리가 누리고 있는 자유 · 평화 · 번영은 6 · 25전쟁의 희생 위에서 이룬 것이다. 그럼에도 이처럼 자명한 사실은 묻혀진 채 "미국이 일으킨 전쟁이다. 통일될 기회를 놓쳤다"라고 하는 이야기가 널리 퍼져 있고 우리 젊은이들도 그렇게 알고 있으니 실로 통탄하지 않을 수 없다. 사실과 너무나 동떨어진 이런 인식은 당연히 국민 안보의식에 치명적인 해를 끼치는 것이기 때문에 반듯이 바로 잡지 않으면 안 된다.

3. 우리가 이룬 성취와 원인에 대한 이해 부족

우리는 지금 우리 역사상 일찍이 없었던 경제력과 군대를 가지고 있으며 역사상 초유의 자유, 평화, 번영을 누리고 있다. 그러나 안타깝게도 많은 국민들은 지금 우리가 누리고 있는 자유, 평화, 번영을 당연한 것으로 알고 있으며 또한 이것이 어떻게 해서 가능했는지를 잘 모르고 있고 막연하게만 생각하고 있다. 이것을 잘 아는 것은 우리로 하여금 우리나라에 대해 자부심과 긍지를 갖게 하며 이 자부는 우리의 국가인식과 안보의식의 튼튼한 바탕이 되므로 아주 중요하다.

지금 우리는 공공의 안녕과 질서에 해만 되지 않는다면 우리가 원하는 것은 무엇이든지 할 수 있는 자유를 누리고 있다. 또한 우리는 비록 북의 침략 도발에 대한 불안이 없지 않지만 철통같은 대북 군사대비 태세 아래 우리의 생명과 재산의 안전에 대해 위협이나 불안을 느끼지 않으며 살고 있다. 번영도 마찬가지이다. 우리는 현재 우리 민족의 역사뿐만 아니라 인류 역사를 통 털어도 최고 수준의 부와 안락함을 누리며 살고 있다. 30~40년 전만 하더라도 우리는 미국을 까마득히 높이 있는 다다를 수 없는 나라로 동경했지만 지금 우리의 국민 소득이 그때의 미국보다 더 높다. 요즈음 미국을 방문한 우리 젊은이들이 미국에서 "별 것 없네." 하고 실망하고 온다고 하며, 오히려 미국의 우리 교포 2-3세들이 한국에 와서 놀라고 부러워하며 돌아간다고 한다. 30~40년 전 한국에 불었던 미국 이민 바람은 이민 그 자체에 일종의 출세의 의미도 있었던 것이다. 나는 이와 같은 우리의 자유, 평화, 번영이 가장 함축적으로 드러나는 것이 우리 젊은이들의 해외 배낭여행이라고 생각한다. 전 세계 어디라 할 것 없이 구석구석을 누비고 있는 우리 젊은이들의 배낭여행은 자유 · 평화 · 번영 이 세 박자가 아주 높은 수준으로 고루 갖추어져야만 가능하기 때문이다. 세계 각국의 젊은이들 중 이를 누릴 수 있는 나라는 몇 나라 되지 않은 것이다. 그러면 이러한 자유, 평화, 번영이 저절로, 아무 대가없이 이루어진 것인가? 세상에는 절대로 공짜가 없다. 무엇이 이것을 가능하게 했는가? 이 책의 목적 중의 하나가 이를 이야기해 주자는 데 있으므로 뒤에서 자세히 얘기하겠지만 우선 요점만 이야기하면 크게 네 가지를 들 수 있다. 첫째는 해방 후 극심한 혼란의 와중에서 국내외의 온갖 방해와 장애를 극복하고 자유민주주의와 시장경제를 기본이념으로 하는 대한민국이 출범하였다는 것이고, 둘째는 6 · 25전쟁에서 우리 선배들과 미국을 포함한 우방국들의 엄청난 희생을 대가로 대한민국을 살려냈다는 것이며, 셋째는 완전 잿더미의 폐허 위에서 고픈 배를 움켜잡고 맨주먹으로 이 나라의 경제기적을 일궈낸 산업역군들의 피와 땀이며, 넷째는 여러 차례의 위기에서도 끝내 진정한 민주화를 달성한 민주역군들의 열정과 희생을 들 수 있다.

4. 개인주의의 심화

최근 우리나라는 생활수준의 급격한 향상을 보이며 국민들은 어느 선진국 못지않게 안락하고 풍요한 삶을 누리고 있다. 이는 거의 필연적으로 사람을 자기중심적으로 만들고 편안함만을 찾고, 골치 아프고 힘든 일을 피하며, 어떤 구속에도 매이려 하지 않게 만든다. 또한 사회 전반적으로 나태, 방종, 안일과 같은 나쁜 분위기가 쉽게 자리 잡을 수 있는 여건을 제공한다. 요즈음 국민들의 머리에는 어느덧 자신의 행복이 최고의 가치로 자리 잡아 가고 있음을 본다. 국가안보는 유사시 우리 젊은이들의 강인한 정신력과 희생정신, 강건한 체력을 요구하는데 이러한 변화된 환경은 확실하게 마이너스 요소로 작용하고 있다. 국가안보는 본질적으로 개인보다 국가를 우선하며 국가를 위해 개인의 희생을 요구한다는 것을 생각할 때 생활수준 향상과 안보의식은 꼭 비례 관계가 아님을 알 수 있다.

또한 세계화의 급속한 진행도 안보의식에 간단치 않은 영향을 미치고 있다. 외국을 이웃 드나들듯 다니고, 첨단 IT기기로 전 세계와 실시간대로 접하며, 국내에서 맥도날드와 스타벅스를 일상적으로 즐기는 생활은 외국과의 관계에서 국가안보를 생각케 하는 것을 점점 더 어려운 일로 만들고 있다. 이러한 현상은 그 자체만으로 볼 때 비단 우리나라만 그런 것은 아니니 어쩌면 인류가 추구하고 있는 방향이라고 할 수 있어 결코 나쁘다고는 할 수 없다. 그러나 우리가 절대로 안주할 수 없는 것은, 그리고 잊어서는 안 될 것은 세계에는 여전히 갈등과 분쟁 그로 말미암은 테러와 크고 작은 전쟁이 끊이지 않고 있다는 사실이다. 더구나 한반도는 세계 최고 밀도의 군사력이 서로 총칼을 맞댄 채로 대치하고 있으며 우리의 주변 국가는 패권을 꿈꾸는 세계 최고의 군사강국들이다. 우리는 이런 틈바구니에서 북의 끊임없는 핵 및 미사일 위협과 함께 살얼음판 같은 평화를 근근이 이어가고 있는 형편인데도 마치 아무런 문제도 없는 듯 태평성대인 듯 살아가고 있는 것이다.

5. 청소년 국가안보 교육시스템의 미흡

이러한 문제점들에도 불구하고 더 큰 문제점은 이러한 잘못된 인식을 바로 잡아야 할 청소년들에 대한 국가안보 교육이 불모지대나 다름없다는 것이다. 체계적인 학교의 안보교육은 도저히 바랄 수 없는 처지이고 사회교육과 가정교육도 마찬가지이다. 우리 젊은이들은 대학을 나올 때까지 '안보'라는 단어를 접해 볼 기회가 거의 없어 아주 낯설게만 들린다. 그리고 이런 문제에 대해 정부도, 학교도, 사회도, 어른도, 부모도 필요한 관심을 두지 않음을 본다. 유일한 위안은 그나마 군에 들어오면서 비로소 안보라는 것을 들어보고, 생각해보고, 몸으로 느껴볼 기회를 갖는다는 것이다. 상황을 지나치게 부정적으로 보는 것도 같지만 내 생각과 판단은 그렇다. 이 문제는 복잡하게 인과(因果, 원인과 결과의 관계) 고리가 연결되어 있어 누구에게도 딱히 책임을 물을 곳을 찾지 못하겠다는 것이 참으로 나를 막막하게 하고 있다.

지금까지 '국가와 나와의 관계' 그리고 '우리의 안보 인식'에 대해 문제점 위주로 간략히 알아보았다. 문제점 중에서 앞의 세 가지는 대단히 중요한 의미를 가지고 있고 서로 밀접히 연관되며 복합되어 부정적 국가 인식의 바탕이 되고 있다. 나는 우리 국민의 평균적인 안보의식이 대단히 건전하며 국가가 위협에 처했을 때 국난 타개에 모두가 앞장 설 국민임을 믿어 의심치 않는 사람이다. 그러나 일부라고 할 수 있지만 이들의 안보의식에는 분명히 문제가 있으며 그 일부가 지금까지 우리의 국가안보를 심각히 위협해 왔고 앞으로도 위협이 될 것이라고 믿고 있다. 또한 장차 우리나라를 이끌어 갈 젊은이들은 국가안보에 대해 이해가 많이 부족하며 또 안보를 접해 볼 기회도 매우 제한되고 있다는 현실을 걱정하고 있다. 이러한 본인의 상황인식과 문제의식을 바탕으로 하여 지금부터 본론에 들어가겠다.

Ⅱ

국가 안보 위협 요인

제1절

안보安保란?

국가안보는 성격상 고도의 정치적 문제를 다루고 국가 최상위의 주제를 다루며 여기에는 국가의 생존뿐만 아니라 국가의 번영과 발전의 의미도 들어있다. 오늘날 우리나라의 안보상황은 현재 세계 어느 나라보다도 복잡하고 위험한 상황이라고 할 수 있다. 국가의 안보가 튼튼하게 뒷받침되지 않으면 국가의 생존은 물론이고 국민 개개인의 생명과 재산의 보전 나아가 자유 · 평화 · 번영은 불가능하다. 우리보다 앞서 산 많은 사람들이 말한 "평화를 원하거든 전쟁을 준비하라", "天下雖安 忘戰必危(천하수안 망전필위; 천하가 비록 평화롭다 하더라도 전쟁은 잊으면 필히 위기가 온다.)"라는 말은 안보의 핵심개념을 단적으로 잘 설명해 주고 있다. 그래서 언제 있을지 모르는 전쟁에 대비하여 우리는 강한 군대를 위해 인적 물적 자원과 노력의 투입을 아끼지 않으며, 역사를 보더라도 동서고금을 막론하고 수많은 국가들의 위정자가 '부국강병'(富國强兵)을 통치 목표의 으뜸으로 세우고 있음을 볼 수 있다. 외적의 침략으로부터 국가를 안전하게 지킨다는 것은 한 나라의 정치, 경제, 문화에 우선하는 국가 경영의 가장 첫 걸음으로서 국가의 막대한 자원과 수많은 국민의 피와 땀이 투입될 때 가능한 것이다. 이는 새삼 이야기하는 것이 이상할 정도로 너무나 기초적인 이야기지만 불행하게도 우리 사회는 그렇지가 못했다. 한편 많은 국민들은 우리의 경제적 민주적 성취 아래에 깔려 있는 안보적 토대를 잘 보지 못하고 화려한 건물만 보고 있다. 또한 전쟁이나 총칼의 사용을 다루는 무력은 비도덕적이고 불의라고 단정하여 이를 알려고 하지 않으며 이를 거론하는 자를 배척하는 분위기도 있다. 심지어 군사력 건설은 평화를 해치는 것이라 하여 그 자체를 반대하는 사람도 있다. 최대한 이해심 있는 관점으로 보아서, 치열한 경쟁사회에서 코앞에 닥친 일들이 너무도 중요하기 때문에 자신과 기껏 가족 이외의 바깥으로 관심을 돌리기가 쉽지 않다는 점을 인정하더라도 정말 아쉬운 점이 많다.

1. 정의와 개념

본서의 주제가 안보이야기인 만큼 먼저 '안보'라는 말이 정확히 무엇을 뜻하는지 용어의 정의와 개념에 대해서 알아보도록 한다.

'안보'는 용어 자체가 사용된 지 얼마 안 되어 학문적으로는 새로운 개척분야에 해당된다고 할 수 있다. 우리나라의 경우 대학에도 안보학과를 둔 대학이 얼마 되지 않으며 그것도 최근에야 개설된 실정이다. 그리하여 안보의 학문적 연구는 이제 걸음마 단계여서 용어의 정의도 학자마다 다르고 꽤나 다양하다. 이 책은 전문적인 용어 정의를 탐구하는 학술서가 아니기 때문에 보편적이고 상식적인 개념의 뜻을 따르며 국방대학교와 국방연구원의 견해를 기준으로 하였다.

국가안보는 '국가 안전 보장 National Security'의 줄인 말이며 통상 '안보'라고 말한다. 여기에서 안보를 뜻하는 Security는 라틴어 Securitas(Se+curitas)에서 유래하였는데 Se는 무엇으로부터 분리한다 또는 자유나 해방을(free from)을 의미하고 curitas는 근심, 걱정, 불안(care)을 의미한다. 이런 의미에 의하면 안보는 상당히 포괄적인 개념이라 하겠다. 우리는 안전이라는 뜻으로 Security와 Safety를 사용하는데 전자는 북의 위협과 같이 적의로부터의 안전을, 후자는 천재지변과 같은 비 적의로부터의 안전을 뜻한다.

'안보!' 국가안보에 대해서 여러분은 한 번쯤은 들어 본 적이 있을 것이고 이것이 무엇을 뜻하는지 전혀 모르는 사람은 없을 것이다. 그러나 또 정확하게는 몰라서 단순히 "외국의 침략으로부터 나라를 지키는 것이고, 나아가 남자라면 전쟁이 나면 나가서 싸워야 하고 그리고 반드시 이겨서 나라와 나의 부모형제를 지켜야 한다."는 정도로 알고 있기도 하다. 내가 생각하기에 이 정도라도 생각이 있다면 괜찮은 수준이라고 본다. 좀더 정리가 된 사람이라면 '외적의 침략으로부터 국토를 지키고 국민의 생명과 재산을 안전하게 보호하는 일' 정도로 이야기 할 것이다. 이것이 지금까지 우리가 알고 있는 대체적인 안보의 개념이라고 할 수 있다. 그러나 이는 정확하게 이야기하면 '안보'가 아닌 '국방'의 정의이고 개념이다. 이처럼 안보는 국방과 거의 동일한 개념으로 사용되고 실생활에서도 안보라는 용어보다 국방이라는 용어가 더 많이 사용되고 있음을 볼 수 있다.

안보라는 단어가 일반적으로 사용된 것은 2차 세계대전 이후에, 더 정확하게는 1980년대 말 냉전체제가 무너지면서 '새로운 개념의 국가안보'에 대한 인식이 대두되면서부터이다. 여기에서 새로운 개념의 안보란 국가이익의 수호라는 목적에서는 국방과 같지만 위협을 꼭 외부의 군사적 침략으로 한정하지 않고 국가의 안전을 위태롭게 하는 모든 위협에 대응한다는 개념이다. 이 개념이 나온 이후 점차적으로 종전에 '국방(National Defence)'이라는 용어와 개념이 있던 자리에 '안보(National Security)'라는 용어와 개념이 들어섰고 차츰 국방과 안보는 구분되어 사용되기 시작했다. 그러나 지금도 국가안보를 외국의 위협으로부터 국가의 안전을 지키는 국방의 개념으로 한정하여 생각하는 경향이 있고 많은 사람들이, 심지어 전문가라고 하는 사람마저도 '안보'와 '국방'이라는 용어의 차이를 잘 모르거나 혼용하고 있는 것을 심심찮게 볼 수 있다. 참고로 국방대학교에서 내린 국방과 안보의 정의는 다음과 같다.

〈국방〉 "외부의 군사적 침략, 위협으로부터 국가의 안전과 생존을 확보하는 것"
〈안보〉 "군사 및 비 군사에 걸친 국내외로부터 기인하는 각종, 각양의 위협으로부터 국가목표를 달성하는데 있어서 추구하는 제 가치를 보전 향상시키기 위해서 정치, 외교, 사회, 문화, 경제, 과학, 기술에 있어서의 제 정책 과제를 종합적으로 운용함으로서 기존의 위협을 효과적으로 배제하고, 또한 일어날 수 있는 위협의 발생을 미연에 방지하며 나아가 발생할 불시의 사태에 적절히 대처하는 것"

2. 안보와 국방

안보와 국방은 글자가 다른 만큼 뜻도 다르다. 국방이 앞에서 기술된 바와 같이 '국외로부터의 군사적인 위협에서 나라를 지키는 것'이라면 안보는 "국내외로부터 기인하는 군사 및 비 군사에 걸친 각종, 각양의 위협에서 나라의 안전을 지키는 것"을 말한다. 국방과 안보의 차이는 대상으로 하는 위협의 범위에서 차이가 있다. 즉 국방은 외부로부터의 군사적 위협만을 대상으로 하는 반면 안보는 외부뿐만 아니라 내부의 비군사적 위협까지 망라하는 것이다. 그러므로 안보는 국방의 상위 개념이라 할 수 있고 또한 안전보장이라는 말 그대로 대단히 포괄적이어서 국내외적으로 국가의 안위에 위협을 주는 것은 무엇이든지 다 포함한다. 이러한 안보의 포괄적 특성으로 인해 안보의 영역이 기존의 군사, 정치에서 경제, 사회, 환경 부문으로 확대되고 있고 나아가 과학, 기술, 문화, 질병, 범죄까지로 계속 확장되 나가는 것을 볼 수 있다. 우리나라의 경우 현재 안보의 주 위협은 북한의 군사적 위협이 거의 절대적이어서 북한의 위협을 다루는 국방이 안보에서 차지하는 비중이 매우 크다. 그래서 우리는 안보라고 하면 국방이 전부인 줄 알고 있다. 이러한 연유로 국방을 '전통적 개념의 안보'라고 말하기도 한다. 반면에 안보학자들은 자신들이 잘 모르는 국방은 제외하고 주변국 내지 국내 안보 상황을 주로 다룸으로서 국방을 소홀히 하는 현상을 볼 수 있다.

지금까지 설명한 차이를 표로 요약하면 다음과 같다.

<table>
<tr><td rowspan="2">국외의 위협</td><td>북한의 위협</td><td rowspan="2">대외안보/국방</td><td rowspan="3">국가안보</td></tr>
<tr><td>주변국의 위협</td></tr>
<tr><td>국내의 위협</td><td>정치, 사회, 경제,
정보네트워크, 환경 등의 위협</td><td>대내안보</td></tr>
</table>

크게 본 안보와 국방의 차이는 위와 같지만 좀더 구체적으로 말하면 국방의 주 관심이 국가 영토와 국경선에 있다면 안보는 정치, 경제, 환경, 자원 등 전 분야가 관심대상이며, 국방이 군사력을 주 수단으로 외교력을 보조수단으로 한다면(경우에 따라 주 · 보조 수단이 바뀔 수도 있다) 안보는 군사력을 포함하여 국가가 가지고 있는 모든 능력이 그 수단이 되겠다. 따라서 업무의 범위도 국방이 군사력의 건설, 통제, 관리 및 운용 즉 군사에 한하는 반면 안보의 업무 범위는 국정의 전 분야가 된다. 국방은 안보와 달리 영토를 중시하여 국경선 유지가 핵심이 되기 때문에 이를 지킬 정규 군사력 확보 및 증강이 주 관심대상이 된다. 국방은 외부의 위협과 침략에 집중하므로 적군과 아군의 구분이 명확하고 외부의 침략에 대비하는 군비증강은 상대국으로 하여금 이에 상응하는 군비증강 및 대응전략을 취하도록 하여 '국방의 딜레마'라는 군비경쟁을 일으킨다.

3. 안보 영역의 확대

그러면 안보의 이해를 돕기 위해 안보의 영역이 확대되어 온 과정을 좀 더 알아보자.

안보라는 용어가 최초로 널리 사용된 것은 1970년 로마에서 열린 유엔 세계식량회의에서 '식량 안보(Food Security)'라는 표현을 사용했을 때이다. 이 회의는 1968년 로마클럽(인류의 당면한 문제와 미래를 진단하고 해결책을 모색하는 연구 모임)에서 발표한 '산술적으로 증가하는 식량생산이 기하급수적으로 증가하는 인구를 따라가지 못함'으로서 인류는 크 재앙을 맞게 될 것이라는 보고서가 계기가 되었다. 이 보고서에 자극을 받은 유엔은 인류 차원의 식량문제를 토의하는 첫 회의를 개최하였고 여기에서 식량으로 인한 인류가 직면한 위기를 1·2차 세계대전처럼 전쟁에 의한 위협과 같은 차원으로 다루기 위해 Security(적의의 위협으로부터 안전을 확보)라는 단어를 사용하였다. Security는 그 앞에 무슨 단어이든 갖다 붙일 수 있는 편리함 때문에 이후 매우 다양한 용도로 사용된다. 우리나라는 이를 안전보장이라고 번역하였고 줄여서 안보라고 썼다.

이후 1973년 전 세계적으로 불어 닥친 석유위기로 에너지가 국가의 생존과 안전에 핵심적 요소로 인식되면서 '에너지 안보(Energy Security)'라는 말이 등장했고 우리나라도 예외 없이 위기감을 가지고 그야말로 안보적 차원에서 석유 비축사업을 대대적으로 추진한 바 있다. 다음으로 안보라는 용어가 크게 각광 받은 것은 1980년대 일본의 경제가 급속도로 성장하면서 일본제품이 미국시장을 휩쓸던 미국에서이다. 미국은 대일 무역적자가 큰 폭으로 확대되고 일본 부동산업체들이 미국의 심장부인 뉴욕의 상징적인 빌딩들을 사들이자 심각한 위기감을 가졌고 이를 제2의 진주만 공격이라고까지 표현하며 대응에 부심했다. 이때 나온 미 정부 대외정책의 키워드가 '경제 안보(Economic Security)'였으며 심지어 미 국방성을 포함하여 안보부서의 문서에도 이 용어가 핵심에 있었음을 볼 수 있다. 1990년대에 이어 최근에는 환경오염 및 지구온난화 등 환경문제가 인류에게 재앙을 가져다 줄지 모른다는 위기의식이 커지면서 이를 안보적 차원에서 다룰 필요가 있다고 보고 '환경 안보(Environment Security)'라는 용어가 빈번하게 사용되고 있음을 볼 수 있다. 이처럼 안보는 점차 사용 영역이 확대되어 왔음을 알 수 있는데 이러한 추세에는 다음과 같은 배경도 있다. 첫째는 1989년 냉전의 종식으로 강대국 간의 전쟁 가능성이 사라지자 각 국가들은 국내적으로 정치, 경제, 사회가 안정되어야 국가안보가 튼튼해진다는 인식이 싹텄고, 둘째는 국가의 우위와 경쟁력을 확보하기 위해 군사력 이외에 경제 성장을 위한 노력을 본격화 한 것, 셋째는 테러, 범죄, 마약 등 비군사적인 위협요소가 새롭고 긴급한 위협으로 인식되기 시작했다는 점을 들 수 있다.

이러한 새로운 안보 개념은 세계적으로 전통적 안보 개념인 국방을 밀어냄으로서 이에 따른 만만치 않은 부작용도 드러내고 있다. 이제 국제안보(International security), 세계안보(Global security), 지역안보(Regional security), 개인안보(Individual security) 등 여러 용어들이 나오고 있으며 이들 새로운 용어들은 개별 국가의 안보보다 세계안보, 개인안보를 상위에 두므로 개별 국가의 안보를 약화시키는 방향으로 흐르고 있다. 물론 이렇다고 해서 국방을 소홀히 한다는 것은 안 되며 무시 내지 약화보다는 상호 보완되는 방향으로 나가야 할 것이다. 새로운 안보의 개념과 국방은 각각 다루고 있는 범위가 너무 광범위하거나 과도히 협소하다는 문제가 있으므로 적절한 균형 감각이 필요하다고 하겠다. 한편 안보는 군사력의 사용과 업무의 비밀을 전제하기 때문에 이를 일반 민간부문의 경제, 자원, 환경 등과 같이 다루는 데는 많은 문제를 야기할 수 있다. 또 새로운 안보 개념은 100% 완벽한 안보를 추구한다고 볼 수 있는데 사실 이는 불가능한 것이며 만일 이를 추구 시에는 각 개인의 숨 막히는 부자유와 천문학적 예산의 소요를 초래할 것이다. 사실 안보상의 많은 문제가 인간의 과오, 태만, 욕심 그리고 인간 능력의 한계에서 기인하는 요소도 많으므로, 요점은 이러한 실수가 일어나기 힘들도록 구조나 시스템을 만드는 것이 중요하다고 할 수 있다.

국가안보에 너무 많은 것이 포함되어 안보의 핵심적인 의미가 희석될 수도 있는 예로서 미국과 러시아가 에이즈(Aids, 후천성면역결핍증)를 국가안보의 위해 요소로 간주한 것을 들 수 있다. 이는 에이즈 감염으로 인해 군의 인력충원과 훈련에 문제를 야기할 수 있고 나아가서 국가이익에 위협을 줄 수 있다고 보았기 때문이다. 전혀 타당성이 없는 것은 아니지만 이럴 경우 거의 모든 질병을 안보 위해 요소로 취급해야 하는 문제점이 생긴다. 심지어 미국은 다른 나라의 에이즈가 미국의 안보에 관련이 있다고 보았다. 글로벌화 된 환경에서는 다른 국가의 정치적, 경제적, 사회적, 문화적, 환경적 불안정이 이웃국가의 안보에 영향을 미칠 수 있다고 보는 것이다.

한 국가의 안보상 위협을 주는 요인은 앞의 안보 정의와 개념에서 보았듯이 국가가 다루고 있고 당면하고 있는 거의 전 분야에서 찾을 수 있다. 위협요인이 되는 것보다 안 되는 것을 찾는 것이 훨씬 쉬울 것이다. 그래서 위협요인을 식별함에 있어서 건전한 상식과 균형감각을 최대한 동원할 필요가 있겠다. 그러므로 안보 위협요인은 대상이 매우 방대하고 복잡하여 이를 한눈에 들어오도록 정리하고 파악하는 것이 쉽지 않다. 이럴 경우 쉽게 하는 방법의 하나가 우선 분류를 잘 한 다음에 하나하나 각개 격파하는 접근이다. 모든 위협요인은 상호 밀접히 연관되어 있고 서로 영향을 미치고 있어서 개개 요인별로 논한다는 것이 문제가 없지 않지만 이는 어쩔 수가 없겠다. 나는 이 분류를 통상적으로 안보학계에서 하는 방식을 적용하여, 먼저 크게 외부로부터 오는 국제적 위협요인과 내부에서 일어 날 수 있는 국내적 위협요인으로 구분하였다. 그리고 국제적 위협요인을 먼저 알아보되 우선 한반도를 둘러싼 국제정세를 살펴 본 후 우리의 주변국인 미국, 중국, 일본, 러시아 순으로 알아보고 다음에 북한으로부터의 위협을 알아보는 순으로 했다. 이어서 국내적 위협요인은 정치 · 사회, 경제, 정보네트워크, 환경으로 분류하였고 이 순서로 알아본다.

제2절

국제적 위협

1. 국제적 위협을 보는 시각

우리는 지금까지 국가 외부로부터의 위협을 이야기하면 주로 군사적 위협을 생각했고 그것은 바로 북한의 위협을 의미했다. 이는 전통적 의미의 안보인 국방의 영역이다. 그러나 새로운 안보의 개념에서 보면 외부로부터의 위협은 범위가 대단히 넓어지고 다양해진다. 그 범위에는 북한을 위시하여 우리와 인접하여 우리를 둘러싸고 있는 주변국들 일본, 중국, 러시아는 물론이고 군사적으로 동맹을 맺고 있는 미국마저 포함이 된다. 새로운 안보개념에서는 기본적으로 전 세계가 우리의 안보대상이 되겠으며 동남아 국가들이나 태평양 연안 국가들도 우리가 보다 관심을 가져야 할 안보 대상국들이 된다. 위협의 양상도 군사적 위협을 주로 하여 정치, 경제, 환경 등 우리의 안정을 위협할 수 있는 모든 요소가 다 포함된다. 대표적인 것으로 국제 테러조직의 국내 침투 가능성을 들 수 있으며 또한 인터넷을 이용한 사이버 공간상의 해킹이나 네트워크 무력화가 최근에 주요 위협으로 급격히 부상하고 있다. 그 외에도 신종인플루엔자, 조류독감 등 신종 전염병의 유입, 한 사회의 문화적 정체성을 위협하는 외래문화의 유입,

난민이나 일자리를 찾아 들어오는 대규모의 외국인 유입 등이 한 나라의 안정을 깨트리고 정치적 혼란으로 이어져 국가안위에 위협을 줄 수 있는 요소가 될 수 있다. 현재 우리나라에도 이러한 요소들의 가능성이 모두 있고 어떤 것은 실제로 현재 진행형이기도 하다. 그러나 다행히 국가가 관심을 가지고 적시적인 대응책을 강구하는 등 국가의 통제 및 능력 범위 안에서 적절히 관리되고 있어서 국가안위에 위협을 주는 정도까지는 이르지 않고 있다고 할 수 있다.

그러나 역시 문제는 군사적 위협이다. 지금 당장 북한은 우리에게 심각한 군사적 위협을 주고 있다. 반면에 미국을 포함하여 중국, 일본, 러시아 주변 4강국과는 정치, 경제, 문화, 사회 등의 민간 분야뿐만 아니라 군사에 이르기까지 다방면의 분야에서 우호와 협력의 관계를 발전시켜 나가고 있다. 그러므로 이들 국가로부터의 군사적 위협을 논한다는 것은 일반적인 관점에서 현재 상황과도 맞지 않고, 바람직하지도 않고, 잘 이해가 되지 않을 수도 있다. 그러나 안보적 관점에서 보면 이야기가 완전히 달라진다. 국제사회에서 국가 간의 관계는 오늘의 친구가 내일의 적이 될 수 있고 반대로 오늘의 적이 내일의 친구가 될 수 있기 때문이다. 굳이 멀리 보지 않더라도 불과 얼마 전에 우리는 일본에게 나라를 빼앗겼었고 중국과 소련을 적으로 하여 전쟁을 했었다. 미국은 우리와 그러한 역사가 없고 미국이 우리나라에 영토적 욕심을 보인 적이 없었지만, 그러나 몇 차례 우리에게 상처를 준 역사가 없는 것은 아니다. 그러므로 우리는 주변국들과 현재의 관계가 아무리 좋아도 적대적 관계가 될 가능성을 늘 염두에 두고 있어야 한다. 그것은 우리만 그래야만 한다는 것이 아니고 상대방 국가들도 마찬가지이고 아마 우리보다 더 철저히 그러한 계산을 하고 있다고 보아야 한다.

재삼 강조하지만 안보는 늘 최악의 상황을 전제한다. 최악의 상황을 전

제한다는 것은 다음과 같은 의미이다. 우리 안보의 진정하고도 궁극적인 목표는 한반도의 안전과 평화를 확보하는 것이다. 이를 위해 우선적으로 추구할 것은 북한을 포함하여 주변국들과 외교를 주 수단으로 하여 정치, 경제, 사회, 문화 심지어 군사까지 다방면에서 우호 협력관계를 만들고 이를 신뢰를 바탕으로 공고하게 해 나가는 것이다. 즉, 전쟁이 아니다. 그러나 우리의 진지한 노력에도 불구하고 세상 일이 그렇듯이 어떤 피할 수 없는 사정으로 이들 국가와 우호관계가 깨지고 적대관계가 될 수 있다. 매우 유감스럽지만 지금까지 국제사회에는 이러한 상황이 매우 일상적으로 일어났고 또 일어나고 있다는 것을 보여주고 있다. 따라서 주변국은 당시 상황에 관계없이 늘 우리의 잠재적 위협요인의 하나로 보아야 한다. 요약하면 안보상에서 최악의 상황이란 주변국과의 관계가 적대적 관계이며 이의 대응은 군사적 수단이 유일한 때를 말한다. 현재 북한과의 관계가 거의 이에 해당된다고 할 수 있고 그래서 우리는 북한과의 군사적 충돌에 대비하여 엄청난 자원과 노력을 투입하고 있는 것이다.

"만일 지금 중국, 일본, 러시아와 적대 관계에 있다면?" 얼른 상상이 잘 안 되지만 사실은 얼마 전까지만 해도 그들과 우리는 적대 관계에 있었다. 이들 국가는 현재 세계에서 1, 2위에 있는 경제적 · 군사적 대국이자 강국으로서 모든 면에서 우리가 상대할 수 없는 나라들이다. 이들 틈바구니에 있는 우리는 한 때 이들의 먹잇감이 되기도 했고 그들의 전쟁터로도 쓰였지만 지금은 우리의 혼신의 지혜와 노력 그리고 한반도의 절묘한 힘의 균형 덕에 반세기에 가까운 평화를 누리고 있다. 그러나 여전히 상황은 절대로 방심을 허용하지 않고 있고 우리는 한반도를 둘러싸고 벌어지고 있는 일들을 진정 정신을 똑바로 차리고 지켜보고 있지 않으면 안 된다. 우리의 안보에 직방의 영향을 주고 있는 주변국들로부터 우리의 안전과 평화를 확보하기 위하여 '그들은 우리를 어떻게 보고 있으며 무엇을 생각하고 있는지?' '그들은 그들의 생각을 위해 무엇을 준비하고 있는지?' '그래서 우리는 무엇을 어떻게 해야 할 것인지?' 등에 대해 잘 알고 있지 않으면 안 되고, 많은 생각을 해야 하며, 또 대비를 해야 한다.

이를 좀 더 구체적으로 알아보기 전에 우리의 지정학적 위치가 우리의 안보에 미치는 점을 간단히 살펴보자. 외부로부터의 위협은 그 나라의 지리적 위치가 결정적 역할을 하고 외부의 위협을 따질 때는 먼저 자기의 지리적 위치부터 보아야 한다. 지정학(地政學)이란 한 나라의 지리적 위치가 그 나라의 정치와 군사에 미치는 영향을 연구하는 학문이다. 지리적 위치는 비단 정치, 군사에만 영향을 주는 것이 아니고 경제, 사회, 문화, 종교, 학문 등 모든 분야에 영향을 미치게 마련이지만 지정학은 정치와 군사에 초점을 맞추어 그 영향을 따져 보는 것이다. 우리나라는 예로부터 우리의 지리적 위치로 해서 우리의 안보에 심대한 영향을 받아 왔다.

우리나라의 지정학적 위치의 특징은 지구상에서 가장 큰 땅덩어리인 아시아 대륙의 동쪽 끝에 바다 쪽으로 꼬리처럼 붙어 있는 반도국가라는 것이다. 이는 대륙국가나 섬나라와는 매우 다른 유·불리 점을 준다. 대륙과의 관계에서는 대륙에서 벌어지는 전란에서 한발 벗어날 수 있는 유리점이 있으나 섬나라처럼 완전히 차단될 수는 없다. 대륙의 경제, 문화, 학문을 선별적으로 받아들일 수 있으나 한발 늦는다. 이중에서도 반도국가의 두드러진 특징은 대륙세력과 해양세력의 다리 역할을 한다는 것이다. 이는 지금까지 우리에게 무척이나 불리하게 작용하여 왔다. 한·당·원·명·청과 같은 대륙의 역대 막강한 왕조가 해양으로 힘을 뻗치고자 할 때, 반대로 해양의 일본이 대륙으로 진출하고자 할 때 한반도는 그 통로가 되어서 우리 뜻과는 전혀 상관없이 번번이 전란에 휩싸였고, 그래서 우리는 우리의 지리적 조건을 탓해 왔다. 그러나 어떤 조건이든지 그 조건은 주인의 자세에 따라 유리한 조건이 될 수도 있고 불리한 조건이 될 수도 있다. 즉 앞에서 얘기한 우리에게 불리하게 작용하였던 다리 역할은 반대로 우리가 대륙으로도 뻗어 나갈 수 있고 또한 해양으로도 뻗어 나갈 수 있는 유리한 조건이 될 수 있다. 우리는 지금까지 이러한 유리점을 거의 활용하지 못해 왔다. 기껏 뻗어 나간 것이 3국 시대에 광개토대왕이 만주벌판으로, 장보고가 바다로 나간 것이 전부이고 그 이후는 언감생심(焉敢生心, 감히 그런 생각을 못함) 한반도를 벗어 날 생각을 못하고 한반도에 안주하여 대륙 · 해양 양쪽의 세력에 시달리며 2천년 가까운 세월을 지내 왔다. 그러나 작금의 대한민국은 자세가 완전히 달라져 있다. 우리의 지리적 위치의 유리점을 100% 활용하면서 세계 사방으로 거침없이 뻗어 나가고 있는 것이다. 한편으로 정보, 통신과 수송수단의 엄청난 발전으로 이제는 세계 어디든지 하루 만에 갈 수 있고 어떤 지리적 장애도 문제가 되지 않게 된 만큼 과거처럼 지정학적 유 · 불리는 크게 중요성을 갖지 못한다는 생각을 할 수도 있다. 그러나 안보적 관점에서는 우리의 지리적 위치가 우리 안보에 미치는 영향은 변함이 없다.

외부의 위협을 판단하는 것은 1차적인 작업이 전반적인 국제정세의 흐름과 움직임을 보면서 아울러 개별국가들이 대외적으로 내세우고 있는 정책과 현재 하고 있는 일을 살펴보는 것으로 시작된다. 이것은 말은 간단하지만 이를 제대로 파악한다는 것이 결코 쉽지 않다. 왜냐하면 예나 지금이나 안보에 관한 사항은 자국의 이해관계에 따라 복잡하게 얽혀서 매우 비밀스럽게 돌아가고 또한 흔히 말과 행동, 겉과 속이 다르기 때문이다. 그러나 다행인 것은 근래에 들어 세계적으로 자유민주주의가 보편적인 정치체제로 자리 잡고, 정보통신과 인터넷이 발달하면서 국가안보에 관한 사항들이 예전보다 훨씬 공개되고 투명해지고 있다는 것이다. 그러면 지금부터 국제 안보정세의 흐름과 움직임에 대해서 알아보며 이어서 우리 주변의 개별국가에 대해서 하나하나 알아보도록 하겠다.

2. 국제 안보 환경

오늘날 국제 안보정세는 급변하고 있으며 앞을 내다보는 것이 쉽지 않다. 사실 이러한 표현은 오늘만 그러한 것이 아니고 늘 그래왔다고 할 수 있다. 그러나 급변이라고 하더라도 이전과는 속도감이 많이 다르다. 인터넷 사용의 보편화로 국제정세는 인터넷 속도만큼 빨리 변하고, 민주체제의 보편화로 각국의 지도자와 정부가 수시로 바뀌면서 국제정세의 흐름도 수시로 바뀌고 있다. 그래서 요즈음은 국제사회에서 어느 정도 미래예측을 가능케 하는 '질서'라는 것이 있는지 의심될 때가 많다. 시간이 갈수록 점점 더 정신을 똑바로 차리지 않으면 안 되는 세상이 되고 있다.

2차 세계대전 후의 국제정세를 통상 미 · 소양극체제 또는 냉전체제라고 하며 40여년 유지되어 온 이러한 국제 안보정세의 틀은 1989년 냉전체제가 무너지면서 크게 바뀌었다. 냉전체제하에서 미국과 소련은 민주주의와 공산주의 진영을 대표하여 날카롭게 이념대결, 군사대결을 벌여 왔고 사사건건 부딪쳤었다. 영원히 갈 것만 같던 냉전체제가 느닷없이 무너지면서 국제정세의 성격은 크게 바뀌게 되는데 이 책에서는 너무 멀리 가지 않고 냉전체제 붕괴 이후부터 다루도록 하겠다.

■ 냉전체제 와해

인류에게 흥분과 기대를 듬뿍 안겨 주고 국제정세에 큰 변화를 가져왔던 냉전체제 붕괴가 이루어진지도 벌써 20년이 지났다. 어느덧 옛 이야기가 되었지만 냉전체제 기간 동안에 전 세계는 핵무기를 중심으로 하는 미 · 소간의 무한대적인 군비경쟁으로 인해 늘 3차 세계대전의 공포감과 두려움을 안고 살았고 세계의 모든 것은 미 · 소의 군비경쟁에 묻히고 가려 있었다. 그러나 이처럼 전 인류를 무겁게 짓누르고 있던 냉전체제는 어이없을 정도로 허무하고 신속하게 무너졌다. 냉전체제가 당시 인류에게 끼친 영향이 컸던 만큼 냉전의 종식은 많은 변화를 몰고 왔다.

냉전체제가 무너진 배경과 원인, 과정도 매우 흥미로운 주제이다. 약 100년에 걸쳐 엄청난 희생과 대가를 치루며 이루어졌던 '인류의 거대한 공산주의 실험'이 참담한 실패로 끝난 것이 곧 냉전의 종식이다. 평등한 세상과 인류의 참된 행복을 이상으로 삼았던 이상주의자들이 추구한 공산주의는 그야말로 '이상'에 불과하다는 것이 증명되었던 것이고 공산 치하에서 극도의 빈곤과 억압된 통제에 반발한 주민들로 해서 더 이상 공산주의 체제를 끌고갈 수 없었던 것이다. 냉전을 끝내는 데는 서울의 발전상을 알려 공산국가들의 와해를 촉발시킨 '88서울올림픽'도 큰 기여를 했다. 그런데 북한에서는 이런 공산주의의 실패와 참상이 여전히 계속되고 있다.

냉전체제가 무너지면서 막혔던 둑이 무너지고 거센 물결이 넘쳐흐르듯 그동안 억누르고 있던 욕구가 일시에 분출되었다. 미 · 소 군사대결에 가려져 있던 안보의 다른 요소들을 인식하기 시작했고 안보의 개념이 폭 넓게 사용되기 시작하면서 각국의 국방정책은 안보정책으로 대치되어 갔다. 국방의 비중은 축소되었지만 그 자리에 안보가 들어서면서 오히려 영역은 더 넓어졌다. 특히 핵전쟁에 의한 인류 공멸의 두려움이 사라지면서 인류는 비로소 군사 외적인 것에 눈을 돌릴 수 있게 되었고 개인도 '삶의 질'을 생각하게 되었다. 군비경쟁으로 인한 군사력 증강이 주춤해지면서 그만큼 국방예산을 타 부문으로 돌릴 수 있게 되었고 정부도, 국민도 여유를 가질 수 있게 된 것이다. 또한 미 · 소 두 나라가 세계를 쥐락펴락하던 양극체제가 소련이 해체되고 주역의 자리에서 밀려나면서 미국만 남은 일극체제가 되었다. 이러한 미국 주도의 국제 질서 유지체제는 Pax Americana라는 이름까지 얻으며 현재까지 진행되고 있다.

Pax Americana는 미국의 힘에 의해 유지되고 있는 세계평화와 질서를 말한다. 고대 로마시대에 로마의 힘에 의해 유지된 평화와 질서를 의미하는 Pax Romana에서 유래되었다. Pax는 평화를 상징하는 로마의 여신 이름이다. 영국이 한창 전성기였던 18~19세기에는 Pax Britanica라는 말도 사용되었다.

이러한 변화의 대표적인 예를 미국에서 볼 수 있는데, 냉전기 핵전쟁에서 시민방위를 대비하는 기구였던 미국의 '연방긴급사태관리청'은 냉전 종식 후 1993년 대규모 재해에 대비하는 것으로 임무가 변경되었다. 대규모의 자연재해가 발생하여 대통령에 의해 비상사태가 발생하면 이 기구의 장은 대통령의 대리로서 군대를 지휘 명령하는 권한도 부여 받고 있다.

■ 국제 안보환경의 변화

냉전체제가 무너지면서 인류는 더 이상 세계대전과 같은 전쟁은 없을 것이라고 안도했지만 크고 작은 전쟁은 오히려 냉전체제 때보다 더 빈번하게 일어나고 있어 인류를 결코 안심할 수 없게 하고 있다. 지역별로 국가 간의 무력분쟁은 끊이지 않고 있으며, 민족과 자원 그리고 종교에 기인하는 분쟁도 계속 발생하고 있다. 이러한 국지적 분쟁에 따른 인권침해, 난민발생, 기아 및 테러 등은 국제사회에 새로운 과제를 안겨 주고 있다. 또한 작금의 국제정세는 인류가 일찍이 경험해 보지 못한 또 다른 차원의 변화를 겪고 있다. 이러한 변화는 정보, 통신, 수송수단의 급격한 발달로 인한 세계화의 급속한 진행이 밑바탕에 있으며 변화의 어떤 것은 인류사회에 긍정적으로, 어떤 것은 부정적으로 나타나고 있다. 이들 변화 내용은 다음과 같이 매우 다양하며 서로 간에 밀접한 영향을 미치며 계속 변하고 있다.

- 국가간 상호의존성과 연관성의 심화
- 지구의 단일 공동체화 심화 및 국경의 의미 퇴색
- 민주주의와 시장경제의 확산(이로 인한 상호이해와 공동기반의 확충)
- 지구적 경쟁과 협력의 가속화
- 미국 일극(一極) 체제의 변환 가능성
- 국제적 협력체제 공고화로 개별국가의 독자적 활동영역 축소
- 유럽연합, 아세안 등 지역주의 등장
- 개별국가의 자급자족 능력 감소
- 기술의 분산 및 평준화
- 글로벌적 문화 출현
- 무 국경적 인종, 민족, 종교분쟁 심화
- 테러, 대량살상무기 확산 등 비재래식 저강도 분쟁의 빈발
- 정보 및 Cyber전쟁의 중요성 부상
- 언론 및 시민단체에 의한 정부 감시 모니터 강화
- 다국적기업의 출현, 국제 금융 거래의 동시성
- 초국가적 환경운동 집단의 출현 등 등

오늘날 국제 안보정세의 두드러진 특징은, 첫째 국가간 전면전의 가능성은 줄었으나 테러, 대량살상무기(WMD, Weapons of Mass Destruction, 이후 WMD라고 함) 확산 등 초국가적이고 비군사적 위협이 증대되었고, 둘째 과거 잠재되어 있던 갈등 요인들이 표면화되면서 국가안보에 대한 위협의 성격이 다양하고 복잡하게 되었다는 점이다. 위협의 양상도 내전, 지역분쟁, 민족 · 종교분쟁, 인구 · 식량 · 에너지 문제, 환경, 이민, 난민, 테러리즘, 국제적 조직범죄, 마약, 자금 세탁, 해적, 인권, 빈곤, 정치적 억압, 경제 사회의 불안정, 정보전, 국제 금융위기 등 실로 다양하다. 이러한 변화

들 중에서도 가장 뚜렷한 변화는 경제면에서 나타나고 있고 경제가 안보정세에 미치는 영향도 더욱 커지고 있다. 즉 국제질서가 군사적 관계에서 경제적 실리를 추구하는 방향으로 변하고 있고 국경 없는 경제 전쟁이 치열해 지고 있다. 모든 국가들이 표면적으로는 글로벌리즘(세계주의, 공동체주의)을 내세우고, 또 전 세계가 하나의 시장으로 되어가고는 있으나 한편 내 나라 내 민족이 잘 살아야겠다는 내셔널리즘도 더욱 강화되고 있다. 한편으로 첨단 과학기술과 정보통신의 발달로 세계 각국이 WMD 제조 기술을 손쉽게 접할 수 있게 되면서 이란, 북한 등 일부 국가들은 국가 위상의 제고, 경제적인 이익 추구, 군사안보 등 여러 가지 이유로 WMD를 확보하기 위해 노력하고 이것이 국제안보정세의 중요한 불안 요소가 되고 있다. 특히 이들 국가가 핵과 장거리미사일을 개발할 수 있는 기술을 보유하고, 개발에 필요한 부품과 자재는 국제 암거래를 통해 쉽게 구할 수 있다는 점은 글로벌 차원의 시급한 대처가 요구되고 있다.

작금의 국제 안보정세에 가장 큰 영향을 미친 것은 9 · 11테러이다. 9 · 11테러 후 재래의 국가간 대립보다 민족간, 종교간 갈등의 중요성이 부각되고 있으며 이들 갈등은 고유의 배타적 성격 때문에 외교교섭이나 평화적 수단으로 해결하는데 한계를 보임으로써 또 다른 어려움을 주고 있다. 종교적 신념과 피해의식은 맹신, 광신, 자살공격, 테러 등의 극단적인 행동으로 나타나 국제 안보정세의 핵심적 불안요소가 되고 있다. 미국은 9 · 11테러를 계기로 테러와의 전쟁을 전개하면서 WMD확산방지구상(PSI, Prolifration Security Initiative) 등 새로운 국제 안보체제의 형성을 주도해왔고 세계의 대다수 국가들이 이에 동조 또는 참여하고 있다. 이처럼 미국이 세계 질서를 주도하는 추세는 앞으로도 당분간 이어질 것으로 보인다. 그러나 러시아와 중국 및 유럽 주요 국가들은 미국의 일방적인 주도를 견제하거나 불만을 표하고 있고 중동지역과 중남미의 일부 국가들이 미국

등 서방국가의 일방적인 국제 정책에 대해 반대의 목소리를 높이고 있기도 하다. 또 하나 최근의 주요한 변화 모습은 종전 모든 분야에서 탄탄하게 구축되어 있던 미국의 압도적 1위 자리가 흔들리고 있다는 것이다. 이를 미국의 쇠퇴로 보는 시각도 있으나 정확히는 다른 나라들의 성장이라 할 수 있으며 이런 변화의 중심에는 중국의 부상이 자리 잡고 있다. 중국이 급속한 경제성장을 배경으로 군사력을 가속적으로 강화하면서 대미관계가 협력보다 견제가 뚜렷해지는 모습을 보이고 있다. 그리하여 국제질서에서 큰 영향력을 행사하는 국가들 사이의 힘의 균형에 변화가 오면서 상호경쟁과 협력이 몹시 복잡하게 얽히는 모습을 보이고 있다. 이는 지금까지 미국이 담당하고 있던 '국제사회의 룰을 결정하는 힘의 주체'가 점차 모호해지는 형태로 나타나고 있고 국제 안보정세에서 새로운 불안요소로 대두되고 있다. 결론적으로 최근의 국제정세는 이러한 안보환경 속에서 세계 각국은 모든 분야에서 자체의 안보역량을 강화하면서 다른 한편으로 국제사회의 안정과 평화를 위해서 국가간의 협력과 견제가 진행되고 있다고 할 수 있다.

■ **국제안보 환경이 국가안보에 미치는 영향**

위에서 살펴 본 국제안보 환경의 변화가 우리의 안보에 미치는 영향에는 긍정적 요소와 부정적 요소가 같이 섞여 있다. 지구의 단일공동체화 심화, 민주주의와 자본주의의 확산으로 상호이해와 공동기반의 확충, 지구적 협력의 가속화 등은 긍정적 요소라 할 수 있고 테러, WMD 확산, 비재래식 저강도 분쟁의 빈발, 무 국경적 분쟁 심화 등은 부정적 요소라 할 수 있다. 지금 우리는 안보를 이야기하고 있기 때문에 긍정적 요소는 잠시 접어두고 부정적 요소에 초점을 맞추어 국제안보 환경이 국가안보에 미치는 영향을 정리하면 다음과 같다.

먼저 변화 속도가 매우 빠른 유동적인 국제 안보환경은 국제사회도, 개별 국가도 '안정성' 그 자체를 매우 중요한 안보목표로 만들고 있다. 오늘날 상호의존적 세계에서 경제, 안보, 금융 등 국제시스템의 안정 없이 개별국가의 안정이 어렵고 각국의 안보정책도 국제 안보시스템에 맞지 않을 경우 성공하기 어렵기 때문에 각국은 국제시스템의 안정을 위해 많은 노력을 하고 있다. 다음은 지금 세계 어느 나라도 자국이 필요로 하는 모든 것을 자급자족하는 것이 불가능하고 한 나라의 힘만으로 해결할 수 있는 일도 없게 되었다는 것이다. 세계화의 시대에서 국가가 안고 있는 각양의 안보 과제를 해결하기 위해서는 국제협력이 필수 불가결한 요소가 되고 있고 더구나 순수 내부문제 해결에도 외국의 참여가 불가피해질 것이 예상되고 있다. 그래서 스스로 할 수 있는 일은 무엇이고 그 범위가 어디까지냐 하는 문제가 국가안보의 핵심이 되고 있다. 다음은 지금 어떤 국가도 그 국민들을 외부로부터 완벽히 '차단'할 수 없게 되었다는 것이다. 이제 어느 나라라 할 것 없이 전 세계의 국민들은 외국의 이념과 생각들에 완전히 노출되어 있고 그들에 대한 외부의 비판을 여과 없이 접하고 있다. 이런 사실은 안보의 짐을 무겁게 하는 요소로 작용한다. 끝으로 경제나 금융과 관련하여 위협의 존재 자체와 위협의 성격 파악이 어려워지고 심지어 적이 도대체 누구인지 분별도 힘들어 지고 있다는 것이다. 이에 따라 군의 대비와 역할의 비중은 점점 작아지고 국민의 안보에 대한 감각도 무디어지고 국방비에 대한 불만도 커지는 문제가 발생하고 있다. 전체적으로 새로운 안보환경에서는 국가의 안정을 목표로 하는 국가안보의 추구와 합리적인 안보정책의 수행은 더 힘들어지고 어려워질 것으로 봐야 하겠다. 그러나 한편으로는 '민주주의 평화이론'에 의하면 민주화된 국가들 간의 전쟁 가능성은 아주 낮고, 현대의 국제법 체계와 국가간 상호의존의 증대는 전쟁을 어렵게 한다는 희망적인 요소도 있다.

그러면 지금부터 우리의 이웃 국가들인 미국, 중국, 일본, 러시아에 대해 각 나라별로 그 나라의 현 안보상황과 주요 군사사항, 국제 및 한반도 안보정책, 향후 전망을 차례로 알아보고 마지막에 동북아 안보정세라는 제목으로 지역적 차원에서 안보상황을 살펴보겠다.

3. 미국의 국제 안보 정책

■ 미국의 안보 및 군사 상황

미국은 그들의 압도적인 경제력과 군사력을 배경으로 2차 세계대전 승리의 여세를 몰아 지금까지 60여 년을 세계의 평화를 책임지고 세계의 질서를 주도해 오고 있다. 상황에 떠밀려서, 한편으로는 하늘이 자신들에게 부여한 신성한 사명으로 생각이라도 한 듯 필요하다고 판단되는 곳에는 경제적 군사적 원조를 아끼지 않았고 또한 자신들의 수많은 인명의 희생까지 서슴지 않았다. 우리도 오늘의 우리가 있음에는 미국의 도움이 절대적이었으며 그 도움이 없었다면 대한민국은 현재 지구상에 존재하지 않을 것이다. 어떤 사람은 미국 스스로의 이익을 위해 그랬을 것이라고 주장한다. 그러나 미국인들이 과연 그들의 이익이 무엇이었기에 어디 있는지도, 들어보지도 못한 한국이라는 곳에서 13여만 명이라는 젊은 생명을 바쳤을까? 이렇듯 무법천지에 나타난 정의의 투사처럼 세계의 보안관, 세계의 경찰 노릇을 하던 미국의 힘과 위상이 최근에 많이 흔들리는 모습을 보이고 있다. 세계평화와 질서유지의 무거운 짐을 혼자 떠맡고서 고군분투하는 모습은 우리로 하여금 안타까움까지 갖게 한다.

미국인(특히 백인)의 사고 중에 'Manifest Destiny, 명백한 사명, 운명, 천명'라는 개념이 있다. 이는 미국의 백인들이 서부의 인디언 소유의 땅으로 진출할 때

가졌던 사고로서 그들은 인디언을 내쫓고 그들의 땅을 차지하면서 이를 하늘이 자기들에게 준 운명적인 명백한 사명이라고 생각했다. 세계의 모든 분쟁에 개입하고 그곳에 군대를 주둔시키는 미국인들의 사고 근저에는 Manifest Destiny가 있을지 모르겠다. Manifest Destiny는 미국인 고유의 생각이 아니라 일찍이 유럽인들이 아시아, 아프리카로 진출할 때 비슷한 개념의 'Whites Destiny(백인의 명백한 운명)'라는 사고를 가지고 있었다.

2001년 미국의 최심장부 뉴욕 한복판에서 발생한 3,025명의 무고한 희생자를 낳은 9 · 11테러는 미국으로 하여금 테러의 근절과 보복을 위해 미국이 가진 모든 능력을 총동원하여 '테러와의 전쟁'에 나서게 했다. '테러와의 전쟁'은 기존에 미국이 가지고 있던 '전 세계에 자유의 확산을 통한 세계의 민주화가 미국 안보에 직결된다.'는 신념과 합쳐져 거침없이 수행되었다.

버락 오바마로 대통령이 바뀐 지금도 미국은 전 세계를 상대로 '테러와의 전쟁'을 계속하고 있다. 지난 10여 년간 미국의 대외정책은 테러와의 전쟁이 전부라고 해도 과언이 아니며 모든 대외정책은 테러와의 전쟁의 일환으로 수행되고 있다고 할 수 있다. 2003년 3월에 개전하여 6년 여를 끌어오던 이라크전은 WMD는 찾지 못한 채 후세인 제거에 만족하면서 마무리에 들어갔다. 대신에 9 · 11테러의 주범인 빈 라덴의 은거지이자 그의 후원세력인 탈레반의 본거지를 무력화하기 위해 아프가니스탄에 미군을 집중투입하면서 이번에는 반드시 끝장을 내겠다고 전의를 불태우고 있다. 테러와 전쟁의 일환으로 재래식 무기, 화생 무기, 핵무기와 같은 대량살상무기가 북한, 이란 등 불량국가로 확산되는 것을 방지하기 위한 구상인 PSI가 2003년 미국의 주도로 출발하였고, 동시에 유엔의 국제원자력기구를 통한 핵확산금지조약(NPT, Non-Proliferation Treaty)도 본격 가동시켰다. 또한 북한의 핵과 미사일개발을 방지하기 위해 4자회담에 이어 6자회담을 진행하는 등 미국은 전 방위로 그들의 온 힘을 쏟아 부어 왔다. 그러나 이 과정에서 미국은 자신들 행동의 정당성에 대한 지나친 확신과 목표 달성에 너무 몰입한 나머지 세계 각국으로부터 "일방주의다. 오만하다."는 비판을 받게 되었고 협력국의 이탈과 국제적 지지의 감소를 맞고 있다. 지금 미국은 국내외적으로 어느 때보다 많은 어려움에 처해 있는 것으로 보인다. 유럽의 일부 국가와 일본 등 전통적 동맹 세력과의 관계 악화, 제2의 월남전이 될 것이라는 소리를 듣고 있는 아프간 전쟁 미래의 불확실성, 중국 등 엄청난 성장력을 보이고 있는 잠재 라이벌의 급부상, 해결 실마리가 거의 보이지 않는 20년째 답보 상태에 있는 북핵 문제, 수십 년 째 계속되고 있는 수천억불에 달하는 만성적인 무역 및 재정의 쌍둥이 적자, 뉴욕월스트리트 금융인들의 도덕적 해이와 탐욕이 불러일으킨 세계를 강타한 금융위기, 사방에서 들려오는 미국의 태도에 대한 비판과 불평, 그칠 줄 모르는 중동의 반미감정과 반미테러, 계속되는 이스라엘과 아랍국가들 간의 해묵은 충돌 등 하나같이 쉽게 해결할 수 없는 문제들이 미국이 가려는 길을 가로막고 있다. 이에 따라 국제사회에서 미국의 리더십이 약화되고 미국이 주도하고 있는 여러 정책들의 추진력이 떨어지고 있다는 이야기가 나오고 있고, 미국 중심 국제 질서유지 체제의 불안정 요소가 커지면서 미국뿐만 아니라 전 세계인들도 불안감과 당혹감을 느끼고 있다.

한편 오바마 대통령은 취임 직후 미국이 현재 직면한 위기와 리더십 손상을 미국의 과도한 책임과 미국의 일방주의식 밀어붙이기의 태도에서 기인한다고 평가하고 이라크에서는 철수하고 아프간에 중점을 두겠다는 방침을 밝힌 바 있다. 이에 따라 부시 행정부 대외전략 방식의 일부를 수정하여 미국의 과도한 부담과 책임을 동맹국이 분담하도록 조정을 추진하고 있으며 또한 Smart Power의 개념을 적용하여 대외 정책의 수행에서 미국은 한결 부드러워진 태도로 동맹국들을 대하고 있다.

Smart Power는 하버드대학교 조지프 나이 Joseph S. Nye 교수가 미국의 대외정책 수행 방식에서 군사력이나 경제 제재와 같은 Hard Power보다 협력적이고 유연한 자세의 외교(Soft Power)를 주 수단으로 할 것을 제안하면서 사용한 단어이다. Smart Power는 Soft Power에 Hard Power를 적절히 병행하는 개념이다. Smart Power는 미국의 대외정책에 많은 영향을 끼쳤으며 오바마 정부 대외정책의 키워드이자 핵심개념이기도 하다.

현재 미국은 급부상하고 있는 중국과의 관계 정립이 큰 과제가 되고 있다. 지금까지 미국은 중국을 국제 사회에서 중요한 이익을 공유하는 대등하고 중요한 성원으로 각종 현안에서 공동의 책임의식을 가지고 협조해 나가는 상대로 대해 오고 있다. 현재 갈등과 협조가 공존하는 가운데 급격한 변화를 지양하는 비교적 안정된 관계를 유지해 왔으나 오바마 대통령은 2009년 11월 아시아 순방에서 '중국의 부상과 넘치는 힘'을 직접 볼 수 있었다. 오바마는 중국 방문 기간에 될 수 있는 한 중국을 자극하지 않으려고 노력한 반면, 중국은 미국의 최대 채권국이자 세계 주요 2개국으로 올라선 자신감을 내보이며 미국에 'No'라고 말하기 시작했다. 또한 이 순방에서 일본에서는 미국을 대하는 일본의 태도 변화도 직접 목격했다. 일본은 반세기 넘게 아시아에서 미국의 가장 든든한 동맹이었지만 미국에만 의존하는 외교에서 탈피하겠다고 나섰고, 미 · 일 관계는 전례 없는 갈등을 빚기도 했다. 반면에 한국과는 지난 10년간의 불편한 관계를 해소하고 새로운 미래 동맹관계를 합의하는 등 안정모드로 들어갔다.

다음은 미국의 군사 사항을 알아보겠다. 미국의 군사 사항은 먼저 그들의 국방비부터 이야기해야 할 것 같다. 미국은 새삼 설명이 필요 없는 세계 최강을 자랑하는 군사대국이다. 우리는 통상 미국의 막강한 군사력을 설명할 때 그들이 보유한 핵, 탄도미사일, 항공모함, 최고의 첨단 기능을 보유한 전투기들의 숫자와 성능을 많이 들지만 이들을 요약하여 한마디로 설명해줄 수 있는 것이 미국의 국방비이다.

> 국방비는 한 나라의 안보전략과 국방정책이 압축되고 집약되어 나타나는 수치이다. 국방비의 절대액수와 국방비의 GDP 및 재정대비 비율을 보면 그 나라의 안보전략에 대한 생각과 군사력 수준에 대한 대략적인 그림이 금방 그려진다.

미국의 국방비는 우리의 보통 상식을 훨씬 뛰어넘는다. 미 국방부는 2011년 국방 예산을(2010.10~2011.9, 미국의 회계연도는 1월 1일부터 시작하는 우리와 달리 10월 1일부터 시작한다) 전년도의 6,638억 달러에 비해 772억 달러가 증액된 7,410억 달러를 의회에 요구했다. 이 액수가 얼마나 큰 것인지 우리에게는 얼른 감이 와 닿지 않는다. 이를 최대한 이해하기 쉽게 설명하면, 미국의 국방비는 전 세계 국방비 총액의 거의 절반에 해당되고(45%), 2위인 중국 국방비의 8~9배이며 우리 국방비의 30배, 우리 정부 1년 예산의 4배이다. 한편 미 국방부는 2011년 이라크 · 아프간 전쟁비용을 2010년의 1,280억 달러보다 310억 달러 증액된 1,590억 달러를 요구하였는데 여기서 오바마 행정부의 아프간 전쟁 조기종결 의지가 읽히고 있다. 국방부는 아프간 전쟁비용을 2012년에는 2011년에 비해 3분의 1규모인 500억 달러로 대폭 축소 편성하였고 2015년까지 그 수준을 유지하고 있는데 이는 내년 중반쯤 아프간 전황이 개선될 것을 전제로 한 것이어서 여기에서도 미국의 향후 아프간 전쟁에 관한 정책방향을 잘 읽을 수 있다. 미 국방비에서 우리가 눈여겨 볼 것은 미 의회는 민주당이나 공화당이나 공히 나라가 아무리 어려워도 국방부가 요구하는 국방비만큼은 건드리지 않는다는 것이다. 미국의 재정적자가 2009년 1조4천억 불(GDP대비 12.5%)이고 2010년에도 1조3천5백억 불이라는 상황에서 오바마는 정부 예산을 앞으로 3년간 동결하겠다는 극약처방을 내리는 중에도 안보 및 국방관련 예산은 동결 대상에서 제외하고 있다. 평소 정부의 재정적자를 강하게 비판하는 공화당 및 민주당 중도성향 의원들도 유독 국방예산의 경우에는 원안지지 또는 오히려 증액할 것을 요구하고 있어 우리 정치인들과는 사뭇 다른 모습을 보이고 있다.

미국의 군사 사항도 9 · 11테러 이후는 '테러와의 전쟁'이 전부라고 할 만큼 여기에 모든 초점이 맞추어져 있다. 그리고 테러와의 전쟁에서 가장 핵심이 되고 중심에 있는 것이 미국 군사전략의 총체적인 방향 전환을 담고 있는 '군사변환(Military Transformation)'이라는 이름의 정책이다. 클린턴 대통령 때부터 검토가 시작된 군사변환은 그동안 미군이 이룬 무기체계상의 기술 발전과 절대적인 정보 능력 우위 그리고 지휘통제 능력의 획기적인 향상을 바탕으로 군 조직 구조와 전술 교리를 전면 개편하기 위한 것이다. 미국은 냉전 종식 후에도 국방의 전 분야에 걸친 개선 노력을 멈추지 않았고 이러한 그들의 노력은 최첨단 최신예의 무기를 포함하여 군의 전반적인 운영, 관리, 조직, 전술 등 모든 면에서 어떤 나라도 따라갈 수 없는 경지에 이르게 하였다. 이러한 능력을 바탕으로 미군의 전반적인 배치, 규모, 능력 등 군사태세를 재정비하고 미군의 조직과 구조를 새롭게 하고 동시에 전략, 교리, 훈련 등을 새로운 작전 환경에 맞게 개혁하고자 한 것이다. 이 군사변환은 미군 내부적으로 검토 추진되던 것이 9 · 11테러를 계기로 부시행정부에서 전 세계 차원에서 구상되고 적용되었다. 즉 미국은 테러, WMD확산, 불량국가, 마약 등 새로운 형태의 위협에 대해 새로운 방식의 대응이 필요하다고 보고 기존 군사변환의 개념과 계획을 구체화하는 한편 적극적으로 행동화하기 시작한 것이다. 이 군사변환이 지금도 그리고 앞으로도 세계의 국제 안보뿐만 아니라 우리의 안보와 군사에도 큰 영향을 줄 것으로 예상하기 때문에 좀더 구체적으로 알아보도록 하겠다.

군사변환의 추진은 크게 미군 내부적인 변환과 외부적인 변환으로 나누어 진행되고 있다. 우선 내부적인 변환은 그 동안 미군이 이룬 군사상의 혁명적인 기술발전을 바탕으로 추진하고 있는 '군사혁명(RMA, Revolution Military Affairs)'이 중심을 이루고 있다. '군사혁명'은 정보수집 및 분석능력의 획기적 향상, 정밀하면서도 파괴력이 뛰어난 화력시스템, 모든 장비의 기동성과 방어력의 향상, 후방지원의 효율화와 과학화 등에 목표를 두고 추진하여 왔으며 상당한 성과를 거두고 있다. 이 중에 눈에 뜨이는 변화는 1차 세계대전 이후 유지되어 온 '사단' 중심의 군 구조 및 작전 체제를 합동기동군 개념의 '여단' 중심으로 바꾸었다는 것이다. 이는 전 지구적인 새로운 위협에 신속히 대응하기 위하여 부대의 경량화와 기동성 향상에 초점을 맞춘 것으로서 주한 미2사단도 수년 전에 개편을 완료한 바 있다. 외부적인 변환은 해외에 주둔하고 있는 미군을 언제 어디에서 어떤 형태로 발생할지 모르는 위협에 최대한 신속하게 대응할 수 있도록 미군의 들고 나가는 것을 보다 용이하게 하기 위함에 주목적을 두고 있다. 이는 두 가지 형태로 진행되고 있으며, 하나는 미군을 한 지역에 거의 고정적으로 배치 운영하고 있는 틀을 깨고 미국이 원하는 곳에 쉽게 전환할 수 있도록 한다는 '전략적 유연성(Strategic Flexibility)' 향상이고 다른 하나는 '범세계적 방위태세 검토(GPR, Global Defence Posture Review. 다른 말로 '해외주둔 미군재배치 구상'이라고도 한다)'로서 전 세계에 깔려있는 미군을 전면적으로 검토하여 재배치한다는 것이다. 미 정부는 지금까지의 군사변환 작업이 성공적이었다고 평가하고 있다.

GPR은 동북아 지역에서도 이루어지고 있다. 주한미군 재배치 계획이 2004년 한미 안보협의회의(SCM)에서 합의되어 추진되다가 북핵문제로 일시 중단 상태에 있고, 2006년 5월 오키나와 주둔 미 해병대 병력 8천 명을 괌으로 이동시키고, 미 동부 워싱턴에 배치된 미 육군 1군단사령부를 일본의 자마 기지로 이전하였다.

■ **미국의 국제 및 한반도 안보정책**

오바마는 국제 안보정책에서 명분이나 이념보다는 실용적인 정책 성향을 보이고 있다. 오바마는 대선 기간에 수차례 "9 · 11 테러 이후 미국이 전략적으로 범한 가장 큰 실수는 아프간 문제를 해결하지 못하고 이라크에 정신을 빼앗긴 것"이라고 했다. 이는 9 · 11테러의 주범인 빈 라덴이 이라크가 아닌 아프가니스탄의 알 카에다로 연결되어 있으므로 당연한 귀결이라고 할 수 있지만 문제는 아프가니스탄의 현 상황을 볼 때 목적 달성이 쉽지 않다는 것이다. 또한 오바마는 동맹국들과의 국제협력이 부시행정부에 의해 훼손되었다고 보고 "새로운 세계에 맞는 새로운 전략" 그리고 "보다 협력적 태도를 통한 미국 리더십 유지"라는 세계전략을 내 놓고 미국의 일방적 주도보다는 국제적 지지를 바탕으로 행동하겠다는 의지를 표명하고 있다. 미국은 스스로도 현재 세계의 질서와 평화를 지키는 데 필요한 '패권'의 유지가 점점 어려워지고 있다는 것을 느끼고 있다.

미국의 세계전략과 대외정책을 알아 볼 때 다른 나라와 달리 고려해야 할 요소가 '패권(覇權, 주로 국제정치에서 한 국가가 그들의 우월적인 경제력과 군사력으로 다른 나라를 통제하거나 조정할 수 있는 권리나 힘)'에 관한 개념이다. 미국은 공식적으로는 패권 이야기를 하지도 않고, 할 수도 없지만 국제 관계의 속성상 '패권의 유지'는 미국과 같은 나라로서는 스스로의 희망과는 관계없이 떠맡아야만 하는 과제이다.

중국을 포함한 동아시아 전략은 '협력과 경쟁의 병행'을 강조하여 중국의 군사력 증강을 경계하면서 동시에 한국 일본 등 전통적 우방국가들 과의 유대를 강화한다는 입장이다. 근래 미국의 세계 및 동북아 전략의 중심에는 일본과 러시아를 대신해서 중국이 자리 잡기 시작했고 크게 보아서 한반도 정책도 대 중국 전략의 일부가 되어버린 느낌을 주고 있다. 향후 미국의 대 중국 전략은 고래싸움에 새우등 터지듯이 한반도 전략에도 큰 영향을 줄 것이 명확하다. 그렇기 때문에 우리는 미국의 한반도 정책을 살피기 전에 대 중국 전략의 향방에 지속적인 관심을 두어야 할 것이다. 미국의 동북아시아 전략의 목표는 동북아의 안정과 평화이다. 그리고 미국은 동북아의 안정을 위협하는 요소로서 북한의 군사력, 핵, 장거리 미사일 그리고 북 체제의 불안정 등을 가장 큰 위협요소로 보고 있으며 대 한반도 정책도 결국 이와 같은 인식에 바탕을 두고 이루어지고 있다고 할 수 있다. 미국의 한반도 정책은 별개로 존재하는 것이 아니고 미국의 세계 전략의 일부이자 동북아시아 전략의 일부로 자리하고 있다. 현재 미국의 대 한반도 정책은 북핵이 중심과제이다. 북핵은 일찍이 1980년대 후반 북핵 문제가 불거지면서 시작하여 20년 가까운 세월 동안 수많은 노력에도 불구하고 북의 핵 능력만 보장한 채 본질적으로 큰 변함없이 이어져 오고 있다. 이 과정을 자세히 살피자면 별도로 수권의 책이 필요할 것이다. 북의 김정일은 한국과 미국에 새 정부가 들어서기 전까지 미국과 한국 그리고 세계를 상대로 핵 게임을 썩 잘해 왔으나 이제는 그의 잔 수가 더 이상 통하지 않고 있다. 미국의 새 대통령 오바마는 북의 기대와는 완전히 딴판으로 북의 진정한 태도 변화를 보이기 전까지는 '무 대응과 압박만이 최상의 대응'이라는 정책을 취함으로서 김정일로 하여금 지금까지 한 번도 경험해보지 못한 무력감과 당혹감을 안겨 주고 있다. 이러한 무 대응 압박 정책은 현 한국정부도 마찬가지여서 이에 관한 한, 한 · 미간의 공조는 잘 이루어지고 있다 하겠다. 물론 이 공조는 상호 협의 하에 이루어지고 있다기보다는 오랜 대북 관계에서 나온 경험에 의해 자연스럽게 나타난 행동의 일치라고 봐야 하겠다.

핵과 관련한 오바마의 전체적인 구상은 2009년 9월 그가 주창한 "핵 없는 세계"에 잘 나타나 있다. 인류의 안전에 최대 위협요소인 핵에 대해 근본적이고 항구적인 해결책을 추구하고 있고 북핵도 "핵 없는 세계"의 일환으로 해결을 시도하고 있는 것으로 보인다. 오바마는 이를 위해 러시아와 대대적인 핵 감축을 위한 협정에 서명하고 지난 2010년 4월 워싱턴에서 45개국의 정상을 모아 첫 '핵안보정상회의'를 개최했다. 두 번째 회의를 2012년 서울에서 개최키로 한 것은 북에 어느 수단보다 강한 핵포기 압박을 가할 것으로 보인다.

미국은 역사적으로 동북아와 한반도에 영토적 야심을 보인 적이 없으며 우리와는 적대적 관계에 있은 때가 한 번도 없는 나라이다. 한 · 미간의 이런 오랜 역사적인 전통은 오바마 정부의 대한국 정책에도 그대로 이어지고 있다고 할 수 있다. 또한 한국과 미국은 동북아시아의 평화와 번영이라는 공동의 이익을 추구하고 있고 자유민주주의와 시장경제라는 국가이념도 같으며 일본 및 중국과의 관계도 현상유지 내지 지속적으로 관계를 개선하기를 바라고 있는 등 큰 그림에서 목표 및 가치와 방향이 같다. 특히 오바마는 한국에 대한 좋은 인상과 함께 배울 게 많은 나라라고 생각하고 있는 듯하다. 이런 여러 사정으로 오바마 행정부의 대 한국 정책 기본방향은 전통적인 한 · 미간의 동맹관계를 신뢰를 바탕으로 더욱 강화해 나가며 이를 동북아시아와 전 세계로 활동 범위를 확대하는 전략적 동맹관계로 발전시킨다는 것이다. 현재 전시작전권 전환이라든지 전략적 유연성과 같은 갈등요소가 없지는 않으나, 한미 관계 강화에 최우선을 두고 있는 이명박 정부의 대미정책과 어우러져 작금의 한 · 미간의 관계는 어느 때보다 튼튼하다고 할 수 있다. 그렇다고 해서 우리가 마냥 안심하고 있을 수만은 없다. 지난 좌파정권 10년간 한국 정부의 반미 정책과 친북, 친 중국 행보의 후유증이라고 할까 미국 내에는 한미군사동맹과 한국에 미군 주둔을 반대하는 자들이 꽤 있다. 그들은 한국과 미국의 국가이익이 근본적으로 다르다고 지적한다. 미국은 한국 방위를 위해 엄청난 예산과 인력을 투입하고 있는 데 비해 한국은 아무것도 하지 않으려 하며, 미국의 보호를 요청하면서도 미국의 주도를 불평하고 있다는 것이다. 그들은 한국이 미국의 군사력에 의존하는 한, 미국에 대한 특별대우를 하는 것은 당연하다고 생각하고 있다. 우리는 바람직한 한미관계를 위해 이들의 생각에 주의를 기울이고 적절한 노력을 기울일 필요가 있다.

통상 이런 종류의 이야기를 할 때 우리는 국가전략의 뒤에 떡하니 자리 잡고 있는 국가이익을 따로 이야기 하지 않는다. 즉 미국이 동북아 안정과 평화를 전략목표로 하고 있다는 것은 이것이 미국의 국가이익을 지키는데 중요하게 보고 있다는 사실이 전제되어 있다는 것이다. 국가이익을 기초로 움직인다는 것은 미국만 그런 것이 아니고 어느 나라나 똑 같은 것이기 때문에 별도로 이야기하지 않을 뿐이다.

■ 향후 전망

미국은 국내적으로 경제 및 고용 위기, 교육, 금융 등 시급을 요하는 난제들이 많아 테러와의 전쟁을 비롯하여 북핵 등 국제적 문제의 처리는 현 수준의 범위를 크게 벗어나지 못할 것으로 보인다. 최근에 미국의 경제, 안보 및 군사 분야에서 무거운 압박을 가해오고 있는 중국의 존재가 미국의 전 세계 및 동북아 전략을 수립하고 추진하는 데 주요 변수가 되고 있고 많은 전문가들이 향후의 미 · 중 관계에 대해 이런 저런 예측과 전망을 하고 있다. 현재 미국 패권의 원천이 되는 경제력의 회복도 쉽지 않아 보인다. 따라서 현재의 경제력 군사력의 압도적 우위를 바탕으로 하는 리더십 발휘는 곤란하며, 중국과는 당분간 전략적 동반자적 관계로 갈 것이다. 그리고 미국의 일방주의적 국제질서 체제에서 중국, EU, 러시아, 일본 등 다른 강대 세력과의 협력적 체제로 전환하고, 한편 국제기구 및 다자간 안보협력체제의 적극 활용을 추구할 것으로 보인다. 또한 미국과 미국의 정책에 대한 불만족 국가의 감소를 위해 군사적 행동보다 외교적 노력에 중점(Smart Power)을 둘 것으로 보인다. 한반도에 관해서는 북핵이 중심 과제가 되겠지만 북한이 핵을 포기하겠다는 근본적 태도 변화가 없는 한 '무시 또는 무대응' 정책과 '핵 없는 세계' 구상을 통한 북핵 압박을 추구할 것으로 보인다. 우리와의 관계는 당분간은 좋아 질 것만 있지 나빠질 것은 없는 것 같다. 중국은 자신들의 실력 향상을 바탕으로 미국에 'No'라고 말하고 있고 일본도 정권의 단명과 불안정으로 인해 미국이 동북아에서 그런대로 믿고 함께 할 대상은 한국밖에 없기 때문이다. 한 · 미 양국은 현재 진행 중인 몇몇 과제들을 풀어 나가는 과정에서 꾸준히 신뢰를 쌓아가며 동맹관계를 한층 강화해 나갈 것으로 보인다. 그러나 미 · 중간의 미묘한 힘의 변화는 미국과 남다른 관계를 맺고 있는 우리에게도 적지 않은 문제를 주고 있다. 미국과의 굳건한 동맹을 기정사실로 한 채 앞으로 중국, 일본, 유럽연합, 러시아 등 열강과의 관계를 어떻게 풀어 나갈 것인지 많은 생각을 해야 한다.

해방 후 지금까지의 한미관계는 우리나라의 생존과 운명에 직접적이고도 결정적인 영향을 주는 관계였다. 그러나 이 관계가 늘 좋았다고만 할 수는 없고 기복과 곡절이 있었다고 해야 하겠다. 가까운 예로 지난 좌파정권 10년간의 한미관계는 그중 최악의 시기라 할 수 있다. 지난 60여 년 간에 한미관계는 아무리 나빠도 서로 간의 믿음은 잃지 않았지만 좌파 정권 10년간은 신뢰가 무너지는 근본적인 위기이기도 했다. 해방과 건국, 6 · 25전쟁과 지금에 이르기까지 우리 대한민국의 안보에서 미국이 차지하는 비중이 절대적이었음으로 우리나라 안보의 성격과 특성을 잘 이해하기 위해서는 한미관계의 최초 시작부터 살펴봄이 필요하다. 이는 뒤에 별도의 장에서 다루도록 하겠다.

4. 중국의 국제 안보 정책

■ 중국의 안보 및 군사 상황

지금 중국은 현 시대에 세계에서 가장 행복하고 느긋한 나라라고 할 수 있다. 너무 단순화시킨 감은 있지만 현재 중국의 안보 상황은 별 걱정거리가 없다고 할 수 있다. 물론 중국도 대내외적으로 골치 아프고 어렵기도 한 문제가 없지 않지만 다른 나라들이 안고 있는 문제들에 비하면 약과라 할 수 있고 현재 그들이 보이고 있는 넘치는 자신감과 역동성을 고려하면 문제라고 할 것도 없는 문제들이다. 중국은 청조 말 이래 100여 년의 긴 고난 끝에 중국(中國)이라는 국호 그대로 세계의 중심으로서, 세계의 최강국으로서 왕년의 영화와 번영을 꿈꾸며 거침없이 전진하고 있다. 중국과 국경을 맞대고 그들과 수천 년간 온갖 사연을 쌓아 온 우리는 한편으로는 경이의 눈으로, 한편으로는 두려움마저 느끼면서 앞으로 중국이 우리에게 어떠한 존재가 될 것인지 깊고도 깊은 관심을 가지고 지켜보고 있다.

청조 말 끝없이 몰락의 길을 걷던 중국이 작금에 세계의 강국으로 올라서는 과정은 같은 기간에 우리가 걸어 온 길과 대단히 흡사하다. 비슷한 시기에 한국의 이승만이 대한민국의 초석을 놓았듯이 모택동이 중화인민공화국의 초석을 놓았고 박정희가 경제 발전의 시동을 걸었듯이 등소평이 그 역할을 했다. 특히 등소평 이후의 경제적 성장 과정은 한발 앞서 경제개발을 시작한 우리를 모델로 하여 우리가 밟아온 과정을 거의 그대로 따라 오고 있다. 우리는 지난 40여 년 간 이룬 경제 성장을 '한강의 기적'이라고 자랑하지만 1976년 등소평의 개혁개방 단행 이후 지금까지 이룬 그들의 년 평균 9.4%의 경제성장은 한강의 기적을 무색케 하고 있다.

지금 중국은 그들의 급속한 경제성장으로 국제무대에서의 위상이 급격히 상승함에 따라 향후 미국의 대체세력으로까지 거론되고 있는 상황이다. 사실 지금 어느 나라가 중국을 만만하게 대할 수 있을까? 중화인민공화국 건국 이래 중국에 가장 큰 군사적 위협을 가해 오던 대만의 위협은 중국과 대만관계의 급속한 개선으로 이제 거의 소멸 직전에 있다. 한국전쟁(6 · 25 전쟁을 국제적으로는 한국전쟁 Korean War라고 함) 때 중국의 적국이었고 또한 스스로 대만의 배후세력을 자처했던 미국은 중국의 눈치를 살피는 처지가 되어 있고 러시아와 일본도 일찍부터 중국과의 관계를 좋게 하기 위해 정치, 외교, 군사 등 다방면에서 협력을 강화하는 노력을 기울이고 있다. 그러나 한편으로는 세계 각국은 중국으로부터의 위협을 점차 강하게 느끼면서 경계심을 높여가고 있다. 사실 중국과 같은 큰 나라가 급격히 국력증가를 가져 올 경우 국제 정치는 체제 변동과 함께 불안정 요소가 생길 수밖에 없다. 심지어 세계는 중국이 계속 이처럼 커갈 경우 패권국가가 되는 것은 시간문제이며 냉전시대에 두 강대국인 미 · 소가 대립했듯이 미국과 중국의 대립까지도 예상하고 있다. 이러한 중국의 부상에 대한 미국의 전략적 자세는 아직까지는 중국이 세계의 패권국이 된다거나 미국의 위치를 대신하는 것은 용납하지 않겠다는 의지를 보이고 있다. 중국은 국제사회의 이런 분위기가 중국에 결코 이로울 게 없기 때문에 중국에 대한 경계심을 낮추기 위해 많은 신경을 쓰고 있다. 한편 중국은 경제력을 바탕으로 동남아 · 중동 · 아프리카 등 전 세계에서 정치, 경제, 문화 등 다방면으로 영향력을 넓혀가고 있어 각 지역에서의 위상도 하루가 다르게 커가고 있다.

중국군은 과거 한국전쟁 때 북한군을 지원하여 UN군과 싸운 전력 때문에 UN에서 침략국으로 지정됨으로써 한동안 국제적으로 나쁜 군대로 인식된 적이 있었다. 이러한 인식이 중국이 UN에 가입한 이 후 점차 사라져 이제는 과거사가 되었지만, 그러나 최근 중국이 부상하면서 보여주는 군사적 행보는 다시금 세계로 하여금 중국이 방어적이기보다는 세계평화에 위협을 줄 수 있겠다는 인식이 확산되고 있다. 특히 2006년 중국의 국방백서에서 과거의 방어적 태세를 벗어나 적극방어와 자위적 핵전력 강화를 구축하는 등 공세적 태세로의 전환을 선언하면서 이러한 경계심이 더욱 높아가고 있다. 사실 얼마 전까지만 해도 중국의 군사적 능력은 그들의 경제만큼 외부에 인상적이지도 위협적이지도 않았다. 그러나 근래의 움직임은 상당히 다른 모습을 보여주고 있다. 중국군은 고도의 경제성장을 바탕으로 국방비를 지속적으로 증액하면서 지상군의 신속대응 능력, 해군의 원양작전 능력, 공군의 장거리작전 능력 강화와 정보전 능력을 향상하는 데 열중하고 있다. 중국은 지난 20년 간 세계에서 국방비를 전년 대비 두 자리 숫자로 늘린 유일한 국가이다. 냉전 이후 전 세계 각국이 공히 국방비를 줄이거나 동결시키고 있음을 비추어 볼 때 아주 두드러지는 모습이다.

중국군은 군 장비, 물자, 무기를 자체적으로 생산하고 조달하기 때문에 국방비의 구성, 포함 내역, 항목별 내역의 성격이 세계의 일반적인 기준과 달라서 액수만으로는 정확한 규모를 판단하거나 비교하는 것이 어렵다. 이런 이유로 중국의 국방비는 전문가에 따라 2~3배의 차이가 있다. 예를 들어 2008년 중국 전국인민대의회에서 발표한 중국의 국방비는 전년대비 17.8%가 증액된 572억불에 불과하지만(GDP대비 1.4%) 중국의 조달체제와 물가를 고려했을 때 실제 구매력을 1,300억불 내지 1,400억불 까지 보기도 한다. 미 국방부도 '2008년 중국군 사력보고서'에서 중국의 국방비는 발표된 수치보다 두 배 정도 많을 것이라고 지적하고 있다.

지난 20년 간 중국이 기울인 군 현대화와 첨단화를 위한 지속적이고도 집중적인 노력은 그 결과가 가시적으로 나타나고 있다. 그들의 경제처럼 지금의 중국군의 모습은 예전과는 완전히 다른 선진국 군대에 버금가는 모습으로 탈바꿈하였다. 현재에도 사정거리 8천 킬로의 탄도미사일을 탑재

한 전략핵잠수함 건조, 항공모함 개발 및 건조 착수, 공중급유장치 개선을 통한 전투기 작전반경의 대폭 확대, 공중급유기의 추가 확보, 조기경보기의 개발 착수, 러시아제 최신예 전투기 도입 등, 해군 · 공군의 원양 장거리작전 능력을 확충하기 위해 전방위적으로 엄청난 노력을 기울이고 있다. 이는 경제력에 걸맞는 군사강국으로서의 위상을 갖추겠다는 의지의 반영이라고도 볼 수 있다. 이러한 전략핵미사일 및 전략 핵잠수함과 같은 첨단의 무기체계들이 속속 실전 배치되면서 중국의 군사력은 바야흐로 동북아를 벗어나 글로벌 차원의 주요 안보위협요소가 되고 있고 미국을 직접 위협할 수도 있게 됨으로써 미국의 직접적 구체적 대응을 유발하고 있다. 그러나 중국이 현재 뚜렷한 적이나 공격적인 전략목표를 가진 게 없고 최근의 군사력 증강도 이제 세계평균 수준에 왔다는 정도여서 군사력 면에서 미국과는 아직은 상대가 아니라고 할 수 있다. 중국군의 병력규모는 2003년과 2005년 사이에 20만 명의 감군을 완료하여 현재는 약 225만 명 수준을 유지하고 있다. 러시아의 무기편제를 유지하고 있는 중국은 세계의 무기수입 1위국(04~08, 11%)으로써 러시아에서 92%를 수입하고 있다.

■ 중국의 국제 및 한반도 정책

현재 중국의 국가목표 최우선은 지속적인 국가발전을 통한 세계강대국으로의 부상이다. 이를 위해 중국은 1차적으로 자신들을 둘러싸고 있는 국제환경이 안정적으로 유지되어야 함이 필수라 보고 국제 사회에서 불필요한 갈등이 일어나지 않도록 조심하면서 미국, 러시아, EU 등 강대국과의 관계 안정에 노력을 기울이고 있다. 등소평 이래 중국이 공식적으로 표방하고 있는 대외적인 입장 내지 전략은 '평화로운 발전(Peaceful Development)'이다. 이는 한때 '화평굴기(和平崛起, 평화롭게 일어섬. Peaceful Rise)'를 내세웠다가 다시 '평화로운 발전'으로 돌아 왔고, 한편 '도광양회(韜光養

晦, 칼날의 빛을 감춘다)', '유소작위(有所作爲, 할 일은 한다)', '화해세계(和諧世界, 세계와 조화롭게 지냄)'와 같은 말도 내세우고 있다. 자신의 의도를 구체적으로 정확하게 밝히지 않고 두루 뭉실하고 막연하게 표현하는 중국인의 특성이 잘 드러나고 있다.

작금에 중국이 보여주는 움직임은 현란하다는 느낌이 들 정도로 역동적이고 전방위적이다. 과거사나 사소한 장애에 구애받지 않고 전 세계를 향해 먼저 손길을 내밀면서 관계 개선을 통한 위상 제고 또는 영향력 확대를 추진하고 있다. 미국과는 국제사회에서 입지와 발언권 강화를 위해서는 미국의 협조가 필요하기 때문에 이란과 북핵문제, 테러와의 전쟁에 적극 협조하는 태도를 보여주고 있다. 러시아, 일본과도 관계 개선 및 전략적 유대를 강화해 나가고 있으며 한반도에서도 북한과의 전통적 유대관계를 유지하면서 한편으로 한국과도 관계를 심화시켜 나가고 있다. 또한 강대국들이 국내문제와 테러 대응으로 주춤하고 있는 사이를 틈타 아프리카, 동남아, 중동, 중남미 등 전 세계를 향해 적극적인 외교활동과 물량공세를 퍼붓고 있다. 이는 중국이 향후 지속적인 발전에 꼭 필요한 에너지와 자원을 선점하기 위한 실용주의적 목적도 있기 때문에 앞으로 이러한 활동은 더욱 활발해 질 것으로 보인다. 동시에 중국은 절대로 갈등의 한 가운데로 뛰어 들거나 휘말리지 않도록 주의하면서 반대로 중재자로서, Peace Maker로 역할 매김에 주력하고 있다. 동북아시아에 대해서는 중국은 화해세계(和諧世界)의 하위개념이라 할 수 있는 화해주변(和諧周邊, 이웃과 조화롭게 지냄)을 내세우고 있다. 화해주변은 이웃국가들과 이념 같은 것은 따지지 않고 경제협력을 중심으로 서로의 공동이익을 추구하면서 동반자적 관계를 발전시킨다는 개념이다. 이에 따라 중국은 전과 달리 동북아의 다자안보 활동에 적극 참여하고 있다. 중국은 이전에는 다자안보기구가 중국이익과 상충한다고 인식하였으나, 2002년 16차 공산당 대회부터는 이를 수용하여 APEC(아시아태평양 경제협력체, Asia Pacific Economic Cooperation), ASEAN(동남아국가연합, Association of Southeast Asian Nations)과 같은 다자안보기구에 적극적으로 참여하고 있으며 6자회담도 주도하고 있다. 기타 분쟁지역에 평화유지군도 파견하고 주요 국가들과 합동군사훈련도 하고 있다.

중국은 새로운 왕조가 들어설 때마다 신왕조의 넘쳐나는 힘을 한반도를 향해 뻗쳤고 그들 머릿속에는 한반도는 천년 이상 중국에 조공을 바쳐왔던 나라라는 인식이 자리 잡고 있다. 중국은 한반도를 지정학적 면에서 전통적으로 중국에게 사활적인 순망치한(脣亡齒寒, 입술이 없으면 이가 시리다. 입술과 치아처럼 아주 밀접한 관계를 말함)의 지역으로 간주하여 다른 세력의 영향 하에 들어가는 것을 적극 방지하여 왔다. 이 차원에서 그들은 6 · 25전쟁 때 기꺼이 참전했고 한 · 미동맹을 매우 껄끄럽게 생각하고 있으며 한 · 미동맹이 한 · 중 관계의 걸림돌의 하나로 작용한다고 인식하고 있다. 또한 중국은 한 · 미 · 일 삼각협력을 중국을 견제하기 위한 3각동맹으로 보는 경향이 있고 이 부분에서 미국과 중국의 한반도 전략은 충돌할 가능성이 있다.

2009. 5. 27 중국 외교부 대변인 친강(秦剛)은 우리 이명박 대통령이 한 · 중 정상회의를 위해 중국을 방문하기 직전에 "한미군사동맹은 지나간 역사의 유물이며 냉전시대의 군사동맹으로서 현재 세계의 안보를 해결할 수 없다."고 자신들의 생각을 또 다시 밝힌 바 있다.

현재 중국은 한국과 일본에 대한 의구심을 완전히 털어내지 못하고 있지만 실용주의 · 현실주의에 입각하여 국익과 동북아 안정 차원에서 관계발전을 도모하고 있다. 특히 한국과는 오랜 적대관계를 끝내고 1992년 수교 이래 경제를 중심으로 다방면에서 교류를 급격히 확대해 오고 있다. 1992년 수교 당시 '21C를 향한 협력동반자관계'에서 2003년 '전면적 협력동반자관계'로, 2008년 5월에는 양국 관계의 최종 단계라고 할 수 있는 '전략적 협력동반자관계'로까지 왔다. 여기에서 '전면적 협력'과 '전략적 협력'은 전면과 전략의 글자 한 자 차이지만, 전자가 그저 막연한 협력을 뜻하는 것이라면, 후자는 각 분야별로 장기적 목표와 구체적 계획을 세우고 협력한다는 의미이다. 그러므로 둘 사이에는 큰 차이가 있다고 하겠다. 지금 한 · 중 양국은 군사 분야에 존재하고 있는 상호 우려 부분에 대해 각자의 생각을 충분히 전달하며 군사 분야의 신뢰도를 증진하기 위한 논의가 절대적으로 필요하다. 중국은 북한에 대해서는 중국 외교에서 가장 높은 수준인 '전통적 우호협력관계'를 유지하면서 북한의 붕괴를 막아주는 버팀목 역할을 해주고 있다. 중국은 북한의 급변사태가 중국의 안정적인 발전에 좋을 것이 하나도 없기 때문에 어떡하든지 북한의 안정을 유지하려 애쓰고 있다. 6 · 25전쟁을 통한 이러한 북한과의 특수 관계로 인해 중국은 한국의 대북정책에 대해 명확한 지지 대신에 '이해한다'는 수준에 그치고 있다. 북한 존재로 인해 우리와의 정치 군사 분야의 교류협력 및 신뢰관계 구축은 한계가 있을 것이며 북핵 문제에서는 미국이 나서지 않는 한 중국이 앞장서지 않을 것으로 보인다.

참고적으로 우리로 하여금 중국이 한반도에 대해 영토적 욕심이 있는 것이 아닌지 의구심을 갖게 하는 '동북공정(東北工程)'에 대해 잠시 알아본다. '동북공정'은 세계 강국으로 발돋움하는 중국이 역사꿰어맞추기를 통해 '세계 최고의 문명국가'라는 위상을 세우고 다민족국가론에 의해 중국인민 전체의 단결을 추구하겠다는 목적으로 추진하고 있는 '중화문명 탐원공정(探源工程)'의 일환으로 이루어진 사업이다. 2002년에 시작한 고구려 및 발해지역의 역사를 중국 역사의 일부로 편입시키려는 동북공정은 미리 정해진 결론에 맞춰 일사천리로 진행되었고 2006년 작업은 종료되었다. 이러한 중국의 역사꿰어맞추기는 공격적 민족주의나 패권주의로 쉽게 변신할 수 있고 이 지역의 평화와 공존을 위협할 소지를 제공한다고 할 수 있겠다.

■ **향후 전망**

중국은 앞으로도 대국의 지위를 지속적으로 추구해 나갈 것이지만 지금과 같이 기존의 국제체제와 질서에 도전하거나 주도적으로 급격한 변화를 일으키는 일은 하지 않을 것으로 보인다. 국제적으로 전략적 차원의 다양한 수준의 협력 및 외교 노력은 계속될 것이며 동북아에서도 한반도의 현상 유지를 포함하여 주변 국가와 안정적인 관계를 유지해 나갈 것이다. 그러나 중국의 이와 같은 자세에도 불구하고 중국의 급격한 부상은 우리에게 안보상의 수많은 문제성 과제를 던져주고 있다. 기대와 우려가 교차하는 가운데 어느 하나 답을 찾는 것이 쉽지 않다. 국내에서는 한 · 중 양국 간에 설정되어 있는 전략적 협력동반자관계에 대한 의문이 적지 않다. '중국은 진심으로 우리를 그렇게 보고 대우할 것인가?' '양국 관계가 과연 전략적 관계인가?' '어떤 협력이 가능한가?' '중국의 국력 강화가 한반도의 통일은 물론 우리의 안보에 어떤 영향을 미칠 것인가?' '중국과 어떤 관계를 설정할 것인가? 호혜적 평등인가? 아니면 위계 서열적 관계인가?' '기존 미국과의 관계는 어떻게 해야 할 것인가?' '한미동맹과 중국의 부상을 어떻게 조화시킬 것인가? 미국 쪽에 편승할 것인가? 아니면 균형을 유지할 것인가?' '편승이든 균형이든 그것이 가능할 것인가?' '일본과 러시아와의 관계는?' 등 등 생각해야 할 것들이 끊임없이 나온다.

5. 일본의 국제 안보 정책

■ **일본의 안보 및 군사 상황**

일본은 역사적으로 외부로부터의 군사적 위협을 별로 걱정하지 않아도 되는 섬나라의 지정학적 혜택을 누려 왔다. 더구나 일제 패망 후에는 미국의 핵우산 밑에서 미국이 일본의 안보를 책임지는 '안보상의 무임승차'를 해왔다. 한국전 때는 세계 다른 나라들이 들어와 피를 흘리고 있을 때 일본은 후방 군수지원기지 역할을 하면서 한국전쟁 군납으로 톡톡히 재미를 보기도 했다. 일본은 서구 문물을 한발 먼저 받아 들였다는 이유만으로 약 반세기에 걸쳐 주변 이웃나라들에게 씻을 수 없는 엄청난 고통을 안겨 주었다. 일본은 분수를 조금도 모르는 자칭 대동아전쟁이라는 전쟁을 벌인 끝에 인류 최초로 원자탄의 세례를 받고 미국에 무릎을 꿇었고 미국에 의해 강제로 평화헌법을 갖게 되었다. 일본의 안보는 기본적으로 '미국'과 '평화헌법'이라는 두 가지 요소에 의해 규정된다고 할 수 있다. 일본의 평화헌법은 군국주의 일제 패망의 업보로 일본이 다시는 이웃을 침략하지 못하도록 맥아더의 주도로 1947년 제정되었는데 군대의 보유를 금지하고 전쟁도 영원히 하지 못하도록 규정하고 있다(평화헌법 제 9조 요지 "무력행사는 영구히 포기한다. 이를 위해 육해공군의 전력을 보지하지 않으며 국가의 교전권은 인정하지 않는다."). 덕분에 일본은 태평양전쟁이 끝나고 지금까지 미국의 보호와 적절한 지원 그리고 그들의 평화헌법에 의해 안보나 국방에 완전히 신경을 끄고 전후 복구에만 전력을 다 할 수 있었으며 그리하여 1980년대에는 미국을 위협할 정도로 경제 대국의 위치에 오를 수 있었다. 그렇지만 헌법이 금한다고 군대를 안 가질 일본이 아니라는 건 갓난아이도 알 수 있는 사실이다. 일본은 현재 군대라는 용어는 쓰지 않는 대신 자위대라는 이름을 사용하는 편법을 이용하여 최첨단의 막강한 군사력을 보유하고 있다. 미국의 핵우산 밑에서 어떤 외부의 위협도 있을 수 없음에도 일본은 지금까지 수십 년 간 우리의 2~3배에 달하는 국방비를 써왔다. 그러한 일본이 지금 가당치 않게도 모든 나라가 가지고 있는 군대를 일본만 못 가지고 있다는 식으로, 대단히 억울하다는 투로, 엄청난 부당한 권리침해라는 투로, 미국에 항의하면서, 자국민들을 선동하면서, 야금야금 도둑고양이처럼 헌법의 개정을 추진하고 있다.

물론 이와 같은 일본의 재무장 및 군비확충은 미국의 용인과 지원 아래 이루어 졌고 나아가 미국은 일본의 안보 무임승차를 들먹이며 일본에게 보다 많은 군비 지출을 요구해 왔다. 미국은 소련과의 무한 군비 경쟁을 벌리던 냉전기간에 일본의 힘을 보태고 싶어 했고 냉전이 끝난 후에도 동북아의 안보전략에 일본의 힘이 필요했던 것이다. 이와 같은 일본의 군비확충에 미국이 적극 지원한 것은 사정을 이해하고 필요성도 인정되지만 우리로서는 매우 껄끄러운 일이 아닐 수 없다.

일본은 안보면에서 지난 50여 년간 미국과 거의 종속적인 관계를 유지해 왔다. 그런데 2009년 9월 자민당 정권이 무너지고 민주당의 하토야마가 총리로 등장하면서 오키나와 후텐마 기지 이전 문제를 빌미 삼아 우리의 노무현 대통령이 그랬듯이 미국에 대등한 관계를 요구했고 미·일 관계의 재정립을 요구했다. 이러한 일본의 태도 변화는 동북아에서 일어나고 있는 미묘한 힘의 변화를 반영한 것이라고 할 수 있다. 그러나 2010년 6월 새로운 수상으로 등장한 간 나오토는 다시금 미국과의 정통적인 관계로 복귀를 선언함으로서 미국의 한 시름을 덜어 주었다. 하토야마의 반란은 그의 정권이 단명으로 끝나는 바람에 작은 에피소드로 끝나고 말았지만 일본 지도층 일각의 생각을 알게해 준 흥미있는 사건임과 동시에 우리의 안보적 관심을 끄는 부분이다.

태평양전쟁 막바지인 1945년 4월 1일 시작되어 83일간 미군 1.2만, 일본군 11만, 오키나와 주민 15만 명을 희생시킨 오키나와 전투는 이후 미·일 동맹의 상징이 되어 왔다. 오키나와는 미군이 직접 관할해 오다가 72년 일본에 반환하였으며 주일미군의 74%가 오키나와에 주둔하고 있다. 오키나와 주둔 미 해병은 한반도 유사시 가장 먼저 투입되는 신속기동군 역할도 함으로(유사시 북핵의 신속한 제거가 주 임무) 한반도 안보와도 직결되고 있다. 하토야마는 약 10년에 걸친 협의 끝에 합의된 후텐마 기지의 슈워브 기지 부근으로 옮기려는 안을 오키나와 주민들 요구라고 하여 뚜렷한 전략과 대안도 없이 전면 재검토를 내걸었었다가 미국의 강한 반발로 다시 원상으로 돌아오는 갈팡질팡 행보를 보였다.

안보면에서 우리는 '일본' 하면 우리가 피해를 입기만 한 일본과의 오랜 악연의 역사로 인해 일단은 좋지 않은 감정이 들며 경계심부터 갖고 보게 된다. 일본의 평화헌법에도 불구하고 '일본의 군사대국화' 모습은 이미 1980년대에 모습을 드러냈다. 현재 일본 군사력의 자세한 내역은 우리 국민에게 잘 알려져 있지 않고 또 관심도 많지 않음을 본다. 군사력 건설은 한마디로 돈이기 때문에 일본 경제가 뒷받침 하고 있는 일본의 군사력은 지난 수십 년간 죽어라고 건설해 온 우리의 군사력보다 훨씬 우세하다. 한 예로 2007년도 일본의 국방비는 463억불인데 비해 한국의 국방비는 295억불로서 이러한 비율의 차이는 60년대 이후 지속되어 온 것이다. 그런데 군사력은 잔에 물이 차면 넘치듯이 군사력도 어느 수준에 도달하면 자체의 추동력이 생기고 넘치는 힘을 분출할 곳을 찾는다. 일제 시 일본의 군국주의자들이 자신들의 막강한 군사력을 써 먹기 위해 전쟁판을 계속 벌려 나간 것이 그러하고, 임진왜란 때 도요토미 히데요시가 내전이 끝나고 넘치는 군사력을 조선으로 분출시킨 것이 그러하다. 일본의 군사력 증강이 지금처럼 계속될 경우 언젠가 또 다시 넘치는 힘의 분출구가 필요할 것이며 그 분출구는 한반도가 첫 번째 순위가 될 수밖에 없는 위치에 있다. 그들의 평화헌법이 군사력 보유를 금하고 있음에도 동북아 제일의 군사력을 보유하고 있듯이, 헌법이 아무리 국가의 전쟁할 수 있는 권리(교전권)를 부정하더라도 그들이 마음먹으면 아무런 장애도 주지 못할 것이다.

북한의 핵 및 장거리 미사일 개발은 일본으로서는 자신들의 재무장 및 군사력 건설에 정당성과 명분을 제공하는 엄청난 호재이다. 북이 발사하려고 하는 미사일의 탄도 선상에 있는 일본이 직접적 위협을 받고 또 위협을 느낀다는 것은 명확하기 때문에 일본이 이에 대비한 자위수단을 확보해야겠다고 했을 때 우리로서는 인정할 수밖에 없다. 일본은 울고 싶은데 뺨 때려 준 격으로 그동안 이웃 모르게 몰래 하던 것을 내놓고 할 수 있게 되었고 더구나 북의 핵개발은 일본의 핵무장까지 명분을 줄 수 있기 때문에 북의 책동은 엉뚱한 곳에서 한반도에 엄청난 부담을 불러 오고 있다. 실제로 일본은 방어적이기는 하지만 북의 위협에 대비한다는 명분으로 많은 군사적 대응 조치를 해오고 있다. 2006년 북의 핵실험 및 미사일 시험발사시 일본은 미국이 추진하고 있는 '미사일 방어체제(MD, Missle Defence)'에 적극 참여하여 미 · 일 공동으로 2007년부터 시작하여 2010까지 MD 체제 구축을 완료할 계획을 추진하고 있다. 이를 위해 해상에서 미사일 요격을 위해 이지스함 6척에 대기권 바깥 요격을 위한 다탄두형 SM-3미사일과 대기권내 요격을 위한 패트리어트 PAC-3을 장착하였고, 지상에서의 요격미사일 배치도 완료하였다. 그리고 2007년부터 매년 가상의 탄도미사일 격추 훈련을 하고 있다. 아울러 북의 핵 및 미사일 개발과 시험을 탐지하기 위하여 첩보위성 4기(영상 2기, 레이다 2기)를 한반도상에 띄웠으며 이들의 식별 능력은 사방 1m 크기이며 지금 30cm로 개선 중에 있다고 한다. 한편 최근에 일본은 구형무기를 과감히 도태시키면서 신형 전차, 이지스함, 헬기모함, 공중급유기 등 첨단 무기체계들을 지속적으로 증강하고 있다.

일본의 미사일 발사 능력은 잘 알려진 데로 이미 상당한 능력을 보유하고 있어서 300km 상공에 탄두 무게 10ton 까지 쏘아 올릴 수 있다. 이는 우리가 시험발사에서 실패한 KSLV(나로호)가 탄두중량 100kg이고 북의 대포동 2호가 200kg임을 감안하면 비교가 안 될 정도로 월등하다고 할 수 있다.

최근 일본의 군사적 움직임 중에서 우리의 관심을 끄는 것은 2006년에 방위청 및 자위대의 조직과 지휘체계를 대폭 개편하여 재정비하였다는 것이다. 주요한 내용은 종전에 회의체로 운영하던 통합막료회의를 폐지하고 통합막료감부(우리의 합참)를 신설하여 통합막료장(우리의 합참의장)이 육상 · 해상 · 항공 자위대를 지휘 통제할 수 있는 권한을 부여하였다. 또한 방위청을 방위성(省. 우리의 部에 해당)으로 승격시켜 자위대의 위상을 한층 강화시켰다. 우리의 조직 이름과 달라서 이해가 잘 안 될 수 있는데 이 개편은 한마디로 우리 국방부와 합참의 조직 체계를 그대로 옮긴 것이라 이해하면 되겠다. 사실 우리도 미군 것을 거의 그대로 따온 것이다.

■ 일본의 국제 및 한반도 정책

그동안 일본은 미국과의 특수 관계에 기대어서 안보의 무임승차와 함께 독자적으로 대외전략을 수립해야 하거나, 국제문제로 고민하거나, 국제분쟁에 휘말리거나 하는 일없이 미국을 따라가기만 하면 되는 좋은 시절을 보내 왔다. 하지만 세상일은 좋은 면이 있으면 반드시 나쁜 면도 있어서 이러한 미 · 일 관계는 일본으로 하여금 미국의 국제전략 틀 안에서 벗어 날 수 없게 하였고 국제사회에서 그들의 국력에 걸맞는 대접을 받지 못하게 만들었다. 그리하여 일본은 자신들의 경제적 능력에 합당한 국제적 지위에 상당히 집착하는 태도를 보이고 있고 지위 향상을 위해 국제 평화유지 활동이나 재난 구호 활동에 적극 참여하는 등 다각도로 노력을 기울이고 있다. 작금 일본의 국제 정책 또는 대외 전략은 미국과의 관계를 기본으로 하면서 경제력에 상응한 국제적 위상, 즉 '세계의 지도자국'이 되어 국제적 영향력을 확대하며 나아가 정치 군사적으로 역할 증대를 도모하는 것이다. 일본이 미국에 이어 세계 2위의 경제대국이 되면서 이러한 목표에 거의 근접하기도 했으나 근래 중국의 급부상과 EU, 러시아, 인도 등 신흥 세력의 등장으로 오히려 거리가 멀어지고 있는 모습을 보이고 있다. 내부적으로는 평화헌법의 군대 보유와 전쟁 금지 내용을 삭제하는 것을 목표로 하는 '안보상의 보통 국가화' 달성을 추진하고 있다.

한편 현재 일본은 '아시아 외교의 전개'라는 기치를 내걸고 주변국인 한국, 중국, 러시아와 우호적인 협력관계를 발전시켜 나가고 있으며 군사 분야에서도 군고위 인사의 상호 방문, 연합훈련, 함정 상호 방문 등 교류를 확대하면서 신뢰 관계를 만들기 위해 상당한 노력을 기울이고 있다. 그러면서 중국의 군사력 현대화가 지역정세나 일본의 안전보장에 미칠 영향에 대해 우려를 표명하기도 하고, 중국의 안보정책 및 군사력에 관한 불투명성도 지적하고, 나아가 국제사회가 이의 투명성을 중국에 강력히 요구해야 한다는 주장도 하고 있다. 북한과는 북핵과 장거리 탄도미사일이 일본에 심각한 위협이라고 항의하면서 북한과 장기 미결과제인 일본인 납치문제와 연계하여 적대적 상태가 지속되고 있고 해소 전망도 불투명하다.

■ **향후 전망**

어쨌든 중장기적으로 일본 대외전략의 요체는 미국과의 협력을 강화하면서 미국과의 관계를 바탕으로 정치군사적인 역할을 키워가고 국제 평화유지 활동도 계속 확대해 국제적 위상을 제고해 나간다는 것이다. 한국과 중국은 경제를 중심으로 관계를 발전시켜 나가며 북한과는 납치자 문제로 당분간 적대 관계의 지속이 예상된다. 국민인식 변화를 기초로 안보상의 보통 국가화 달성을 추진해 나가겠지만 국내정치의 불안정 및 복잡한 정치 역학 관계로 국제 관계의 과감한 변신은 어려울 것으로 예상된다. 내각제를 운영하는 일본은 다른 나라에 비해 정권 교체 주기가 짧은 특성을 보여주고 있고 그만큼 대외 전략도 자주 바뀔 가능성이 있다. 그러나 일본의 대외전략의 미국 중심 기조는 우리가 예측할 수 있는 범위에서 크게 벗어나지 않을 것으로 보인다.

작금의 일본의 심상치 않은 경제 상황이 일본이 추구하는 대외전략에까지 영향을 미칠 것이 예상되고 있다. 현재 일본은 잃어버린 10년에 이어 잃어버린 20년을 걱정하고 있다. 물론 아직은 예전의 눈부신 경제적 위상을 이어가고 있지만 많은 경제 전문가들은 일본의 경제적 동력이 현저히 떨어지고 있음을 지적하고 있다. 우선은 일본의 천문학적인 어마어마한 국가부채가 일본의 경제뿐만 아니라 군사 분야까지 발목을 잡을 수 있을 것으로 보인다. 일본은 그동안 잘 나가던 경제에 자만하여 불필요한 사회간접자본 지출과 과도한 복지 예산 등 방만한 재정운용으로 국가부채가 2010년에 973조 엔을 예상하고 있다. 이는 일본정부 1년 세출예산 93조 엔의 10배이고 한 해 세수가 37조엔에 불과하고 금년에도 새로이 73조엔 빚을 내야한다는 것을 생각할 때 결코 간단한 문제가 아님을 알 수 있다.

6. 러시아의 국제 안보 정책

■ 러시아의 안보 및 군사 상황

러시아는 세계 초강대국으로서 위세를 떨치던 옛 소련 생각만 하지 않는다면 안보면에서 특별히 문제 될 것이 없겠다. 러시아는 국제정치에서 미국에 계속 밀리고 주도적 국가그룹에서도 밀려나는 상황에서, 결국 구소련의 영광을 회복하겠다는 꿈은 접고 지역적 안정에 주력하는 쪽으로 방향을 잡고 있다. 중국과 거의 같은 시기에 개혁 개방을 했지만 지금 보이고 있는 양국 간의 엄청난 경제력의 격차가 러시아를 어쩔 수 없이 현실주의자로 만드는 것 같다. 러시아는 동북아 안보 역학구도가 현재와 같이 미국이 주도하는 가운데 중 · 러가 견제하는 구도로 당분간 지속할 것으로 판단하고 있다. 이유는 일본은 안보 군사적 측면에서 미국에 너무 예속되어 있고 중국은 분명 강대국으로 성장할 것이나 군사력 및 정보력 측면에서 현재의 미국과 같은 주변국을 압도하는 국가로의 발전은 불가능할 것으로 보기 때문이다. 그리고 스스로 유럽 및 중앙아시아에서의 영향력 보전이 더욱 심각한 상황이기 때문에 동북아에서 주도적인 역할을 하기에는 한계가 있다고 보고 있다.

러시아의 군사력은 냉전이 끝나자마자 불어 닥친 정치적 혼란과 경제적 어려움으로 인해 질적, 양적 모든 면에서 급격히 약화되었다. 구소련이 보유하고 있던 어마어마한 무기와 장비는 고철신세가 되었고 쓸 만한 무기는 부채상환을 위해 외국에 헐값으로 넘겨졌고 급전 마련을 위해 팔려 나갔다. 새로운 전력 증강은 꿈도 꿀 수 없었고 러시아 군대는 가난한 군대의 대명사가 되기도 하면서 세계 각국의 군사적 위협 대상과 관심에서 점점 잊혀진 군대가 되어 갔다. 그러나 근래에 러시아는 정치 안정과 유가 상승에 힘입어 외채 상환을 끝내고 여세를 몰아 소생의 단계를 지나 전력의 재정비를 추진하고 있다. 군 구조를 대대적으로 개편하고 양적으로는 감축하지만 질적 증강에 목표를 두고 최신형 대륙간 탄도미사일, 전략 핵잠수함, 첨단 전폭기 등의 성능개량을 마치고 실전 배치하고 있다. 즉 신형 대륙간탄도미사일을 해상발사용으로 개량하여 전략 핵잠수함에 탑재하여 운용 중에 있고, Tu-160 전폭기를 첨단 기술로 개량하고, 핵전력을 현대화하여 전략적 억지력 확보에 주력하며, 미국의 최신 전투기 F-22의 성능에 필적하는 T-50 전투기를 개발하였다. 한편 군 구조의 전면 개편을 추진하여 2005년 육 · 해 · 공 · 전략 · 우주군으로 유지되던 5군 체제를 육 · 해 · 공군의 3군 체제로 전환하였다. 2006년에는 병력을 120만 명에서 103만여 명으로 감축하였고 당분간 현 수준의 병력규모를 유지할 전망이다.

■ 러시아의 국제 및 한반도 정책

러시아는 전통적으로 광대한 영토를 지키기 위한 전략의 하나로 위협이 예상되는 방향에는 반드시 그 지역에 '완충지대'를 만들어 영토의 안전보장을 도모해 왔으며 러시아의 대외전략은 기본적으로 이러한 생각에서 출발한다.

2차 세계대전 직후 동유럽에 친소 정권들을 수립하여 소련의 위성국가화 한 것이라든지 북한에 자신들이 믿을 수 있다고 판단한 김일성을 앞세워 그의 정권 수립을 적극 지원한 것은 그들이 대외적으로 내세운 국제 공산주의 확대보다도 러시아를 방위하기 위한 완충지대 확보가 더 근본적인 목적이라 할 수 있다.

러시아의 안보정책 기조는 이제 세계적 패권국가가 되기를 포기하고 대신에 자국의 정치, 경제, 군사적 안정을 최대한 도모하는 가운데 자원 보호를 꾀하는 것을 목표로 하고 있다. 이를 위해 러시아는 옛 소련의 연방국들 및 중국과 국제협력기구를 만들어 정치, 경제, 군사 등 다방면에서 단단한 결속 관계를 구축하고 있고 이를 NATO에 준한 군사협력기구로 발전시켜 나가고 있다. 2007년 우랄 산맥 인근지역에서 중국을 포함한 옛 중앙아시아의 소련 연방국들과 실시한 대규모 군사훈련은 러시아의 향후 대외적인 군사 전략 방향을 가늠케 해주고 있다. 그러나 이 지역의 주도권을 두고 러시아와 중국의 이해가 충돌하는 부분도 있어 앞길이 순탄치만은 않다.

러시아는 2002년 중앙아시아 지역의 옛 소련 연방국들(아르메니아, 타지크스탄, 키르키즈스탄, 카자흐스탄, 우즈베키스탄, 벨로루시아)과 지역내 군사위협에 공동 대처를 목적으로 집단안보조약기구(CSTO, Collective Security Treaty Organization)를 만들었으며 한편 중국과 함께 2001년 상하이에서 중앙아시아국가(타지크스탄, 키르키즈스탄, 카자흐스탄, 우즈베키스탄)들과 상호간의 우호증진과 협력확대를 위하여 상하이 조약기구(SCO, Shanghai Cooperation Organization)을 만들었다.

미국과는 미국과의 관계 악화를 방지하면서 대 테러 및 WMD 비확산 정책에 목표를 공유하고 적극 협조하고 있으며 동북아에서는 군사대결구도를 탈피한 힘의 균형을 통한 평화와 안정을 추구하면서 과거의 영향력 회복 및 이 지역의 세력균형자 역할을 모색하고 있다. 한반도에서는 남북한 균형 정책을 유지하면서 남북한간 대화를 통한 한반도의 안정과 비핵화를 지지하고 있다. 우리 한국과는 1990년 수교 당시 '건설적 상호보완적인 동반자 관계'에서 현재는 '전략적 협력동반자관계'로 격상되어 있고 현재 초보적 군사 협력 수준을 유지하고 있다.

■ **향후 전망**

러시아가 현 처지가 어렵다고 해서 구소련의 영광을 완전히 포기했다고 보기는 어렵다. 러시아가 현재는 중국의 눈부신 성장에 가려 우리에게 존재감이 많이 약해져 있지만 언젠가는 구소련의 국제적 위상과 역할을 회복하겠다는 자존심과 의지를 가지고 있고 또 그럴 수 있는 능력도 있음을 잊어서는 안 되겠다. 러시아는 특별한 변수가 없는 한 기존의 국제 정책 및 대외 기조를 이어갈 것으로 보인다. 특히 세계 경제에서 가장 활력적인 모습을 보이고 있는 동북아에서 군사적인 진출보다는 경제 분야에 중점을 두고 이 지역 국가들과의 협력을 강화할 것으로 보인다. 즉 한 · 중 · 일과의 협력을 통하여 시베리아 및 극동 지역의 경제 개발 노력을 가일층 강화하면서 아시아 및 태평양으로의 진출을 적극 추진할 것이 예상된다. 한반도에 관해서는 비핵화 및 남북한 간의 균형자, 조정자 역할을 계속 추구할 것이다.

7. 동북아시아의 안보 정세

지금까지 우리 주변의 국가들을 개별적으로 알아보았으나 '동북아시아'라는 한 지역으로 보면 개별 국가로는 보이지 않던 새로운 것들이 나타난다. 안보적인 관점에서 이 지역에 현재 어떠한 문제들이 있고 앞으로 어떠한 문제들이 예상되는지 알아보자.

전체적으로 동북아는 세계에서 경제발전이 가장 빠른 지역으로, 중국과 한국의 지속적인 경제성장, 일본의 경제력 그리고 러시아의 정치적 안정과 경제성장에 힘입어 국제사회에서 동북아 지역의 전략적 위상과 비중이 급격히 높아지고 있다. 한편으로 동북아는 세계에서 군사력의 밀도가 가장 높고 군사적으로 첨예한 대치상태를 보이고 있기도 한다. 한반도의 남북한의 냉전적 군사적 대치를 필두로, 북핵 문제, 중국 · 대만 양안의 군사적 대치, 미국 · 중국 · 일본 간의 패권 경쟁, 역내의 섬들을 둘러싼 분쟁 등 세계 어느 지역보다 첨예한 안보 상황이 지속되고 있는 지역이기도 하다. 우리나라, 중국, 일본, 러시아는 동북아 안정과 번영이라는 큰 목표는 공유하나 영토, 과거사, 북한 문제에서 갈등 소지가 있고 그러는 가운데 미국은 중국, 일본, 러시아를 견제할 수 있는 유일한 힘으로써 매우 중요한 전략적 역할을 하고 있다. 그 중에서 북한의 핵문제는 동북아는 물론 세계 안보에 중대한 위협이자 도전 요인이다. 2006년과 2009년 북한의 연이은 핵실험과 탄도미사일 시험발사 강행은 국제사회의 대북 제재를 불러 왔고 이에 대한 북한의 강한 반발은 역내 안보 불안의 핵으로 작용하고 있다. 미국과 일본은 긴밀한 공조체제를 형성하여 대북 금융제재와 대량살상무기 확산방지구상을 강화하고 있는 반면에 중국과 러시아는 유엔안보리의 결의안 이행을 위해 노력은 하지만 북한에 대한 전면적인 봉쇄에는 반대하는 차이를 보이고 있다.

중국과 일본 사이에는 조어대(釣魚臺, 오키나와 남방 300km 지점의 태평양상의 섬들. 일본은 센가쿠 열도라고 함), 일본과 러시아 사이에는 일본 북방 4개 섬, 한국과 일본 사이에는 독도가 분쟁 요인이 되고 있다. 특히 대량의 천연가스와 석유가 매장되어 있는 것으로 추정되는 조어대 주변 해역은 중국과 일본, 대만이 양보할 기색이 조금도 없는 가운데 서로 영유권을 주장하고 있다. 해양 공간을 경제적으로 활용하기 위한 배타적경제수역(EEZ, 자국 연안으로부터 200해리까지의 모든 자원에 대해 독점적 권리를 행사)의 설정에서 역내 국가들은 서로 자기들에게 유리한 입장을 고수하고 있으며 이 입장 차이가 또 하나의 잠재적인 분쟁요인이 되고 있다. 한편 경제와 기술 중심의 상호 번영을 추구하는 경제적인 협력 추구와 아울러 정치 · 군사 차원의 주도권 확보를 위한 내면의 경쟁도 치열하게 전개되고 있다. 전체적으로 볼 때 동북아 지역 국가 간에 경제적 협력과 상호 의존도가 높아지고 있는 것은 이 지역의 평화와 안정에 긍정적으로 작용하고 있다. 이러한 흐름 속에 역내 국가 간 자유무역협정(FTA) 체결을 통한 경제협력 증진 방안이 논의되고 있고 APEC, ASEAN 등을 통하여 다자간 안보협력을 위한 노력도 강화되고 있다. 결론적으로 동북아의 현 상황은 냉전적 안보 구도가 완전히 사라지지 않은 상태에서 전통적인 갈등 · 대립 구도와 협력 구도가 공존하는 불확실성이 여전하며 그러는 가운데 주도적 지위를 확보하기 위한 노력도

하고 있다 할 수 있다. 앞으로도 동북아시아는 지속적인 경제력 확대로 세계에서의 한 · 중 · 일 3국의 위상과 역할이 계속 커질 것이며 반대로 미국과 러시아의 역할과 비중은 점차 감소할 것으로 보인다. 그러나 영토 · 과거사 · 북핵 문제는 계속 동북아 정세 불안 요소로 작용할 것이다. 이러한 상황에서 우리나라는 어떻게 할 것인가? 한 · 미 · 일 협력을 통해 중국을 견제 또는 유인하고, 한 · 미 · 중 협력을 통해 일본을 견제 또는 유인하는 매우 민감하면서 고도의 판단력이 요구되는 전략 운용이 요구되고 있다. 현재는 어느 상황에서도 튼튼한 한미관계가 필수이다.

현재 동북아 지역 안보를 협의하고 갈등과 분쟁을 사전에 예방할 수 있는 방안으로서 '동북아의 다자간안보협력체'에 관한 연구와 논의가 학계와 정부에서 활발하게 진행되고 있다. 지금 아 · 태 지역에는 아세안지역안보포럼, 아시아안보회의, 6자회담, 동북아 협력대화 등 다양한 다자안보협의체가 존재하고 있지만 이지역의 다양성과 안보환경의 특수성으로 인해 안보협의체로서 제 기능을 하지 못하고 있다. 동북아와 한반도에 다자안보협력의 장이 마련되어야 한다는 제안은 북방정책을 펼치며 중국 및 소련과의 대화를 희망하던 시절인 제6공화국 때부터 줄기차게 이어왔다. 가장 최근은 2008년 케빈 러드 호주 총리가 북핵 6자회담을 아시아 태평양 지역의 안보 협력기구로 발전시킬 것을 촉구한 것인데 회원국 간에 공감대는 형성되어 있지만 아직은 논의단계를 벗어나지 못하고 있다. '동북아의 다자간안보협력체'는 구현되기에는 적지 않은 시간이 필요할 것으로 보인다.

한편 동북아 지역의 섬 문제, 해역관할 문제, 과거사 문제 등으로 인한 3국간의 갈등과 대치관계를 근본적이고 영구적으로 해결하는 방안으로서 '동북아 생활공동체'가 일부 학자와 정치가들에 의해 연구되고 제기되고 있다. '동북아 생활공동체'의 내용은 동북아에 유럽의 EU(Europe Union, 유럽연합)와 같은 생활공동체를 만들자는 것으로 한 · 중 · 일 3국이 유럽처럼 다른 나라를 자유롭게 드나들며 같은 화폐를 사용하고 종국적으로 정치, 군사까지 통합하자는 것으로서 이것이 이루어진다면 3국간의 갈등과 싸움은 사라질 수 있을 것이다. 일찍이 한국의 노태우 대통령에 의해 그의 북방정책의 일환으로 중·일에 제기한 바 있었으나 당시로서는 대단히 전향적, 획기적 제안이었기 때문에 중국과 일본의 무관심 내지 호응이 없어 단발성 제안으로 끝난 바 있다.

제3절

북한의 위협

우리 대한민국의 안보와 국방에서 제일 큰 위협은 뭐니 뭐니 해도 북한으로부터의 위협이다. 우리가 어려운 가운데에서도 한창 나이의 수십만 젊은이들을 2~3년 씩 군에 묶어 두고 있고 수십조원의 국방 예산을 쓰고 있는 것은 전적으로 북한의 위협 때문이다. 북한 군대의 총구는 北으로도, 東으로도, 西로도 향해 있지 않고 南으로 바로 우리를 향해서 언제라도 불을 뿜을 태세로 있다. 북으로부터의 군사적 위협은 과거로부터 지금까지 계속 이어지고 있고 또한 현재에도 진행되고 있는 현재 진행형이다. 이와 같은 명확한 사실과 현실을 눈앞에 두고서도 북한이 우리의 주적이 아니라고 하는 것은 이만 저만한 기만이 아니다. 그러므로 이 안보이야기는 북한의 위협부터 시작했어야 하고 그래서 지금까지의 이야기는 북한의 위협을 설명하고 이해를 돕기 위한 서론이라고 할 수 있고 지금부터가 본론이라고 해야 하겠다. 앞에서 안보의 개념과 정의를 설명하면서 안보는 국방과 달리 내부로부터의 위협과 비군사적인 위협도 모두 망라한다고 하였지만 이는 이론상 그렇다는 것이고 '우리나라 안보의 대상은 실질적으로 북한의 위협이 전부'라고 할 수 있다.

이러한 분명한 사실에도 불구하고 우리의 확신과 신념에 토를 달고 국민 중에 다른 생각을 하는 사람이 나오는 것은 그 위협이 이웃의 일본인이나 중국인이 아니고 바로 우리와 같은 민족이고 동포라는 사실 때문이다. 서해상에서 포사격을 하면서 서로 죽이고 죽는 싸움이 벌어지고 있는 중에 한편에서는 교류를 한다고 또 돕는다고 열심히 왔다 갔다 하고 있다. 이처럼 북한의 위협은 고차원의 방정식처럼 간단히 단정해 버릴 수만 없는 복잡한 사정으로 인해 우리에게 또 다른 차원의 어려움을 안겨 주고 있다. 한국의 안보전략상 북한은 우리의 현실적 최대의 위협이자 또한 함께 더불어 살아야하고 합쳐져야 할 대상이라는 이중적, 모순적 성격이 그 특성이다. 그러기 때문에 이처럼 까다로운 북한의 위협을 그나마 제대로 이해하기 위해서는 어쩔 수 없이 이 위협의 근원과 시초부터 알아보지 않으면 안 되겠다. 즉, 왜 같은 동족끼리 과거에 싸우지 않으면 안 되었고 수십 년이 지난 지금까지 총부리를 맞대고 있지 않으면 안 되는지 말이다.

본 절 북한의 위협에서는 북한이 우리에게 어떠한 존재이고, 왜 위협이며, 위협의 실체는 어떠한지를 알아본다. 이는 결코 간단히 설명할 수 없는 매우 복잡하고 어려운 주제이지만 가능한 한 쉽게 핵심위주로 이야기하겠다. 우선 북한의 정치이념과 대남 적화전략을 살펴보고 북의 대남 적화전략이 구체적 행동으로 나타나는 북의 대남 군사도발의 실태를 살펴본다. 다음은 북한의 위협 실체를 북한의 국방조직, 군사력 그리고 비대칭위협인 북핵, 장거리 미사일, 장사정포, 화생무기, 특수전 능력 순으로 구체적으로 알아보며 끝으로 서해 북방한계선(NLL, Northern Limited Line)문제, 평화체제 전환문제, 포로 및 납북자 문제 등 남북간의 군사 현안에 대해서 살펴본다.

1. 북한의 대남 적화전략 및 군사도발

■ 북한의 정치이념

남북이 이처럼 첨예하게 대치하고 있는 일차적인 이유중의 하나는 남북이 서로 지향하고 있는 정치이념이 '자유민주주의 및 시장경제' 대 '사회주의(또는 공산주의) 및 통제경제'로서 함께 공존하기가 어려운 차이를 갖기 때문이다. 어떤 차이보다도 이념의 차이는 공존하기가 어렵다. 북한의 정치체제는 김일성, 김정일로 이어지는 세계에서 유례가 없는, 건전한 상식으로는 도저히 이해하기 힘든 세습독재체제로서 북의 모든 정치 시스템은 기본적으로 그들의 정권 장악에 초점이 맞추어져 있고 그들의 뜻과 말이 곧 법이 되는 체제이다. 그러므로 북한의 정치이념이라는 것도 그들의 그때그때 취향과 목적에 따라 공산주의, 사회주의, 주체사상, 선군사상이라는 식으로 바뀌고 있어서 북의 정치이념을 논한다는 것이 별 의미가 없다고 할 수 있다. 그러나 김일성과 김정일은 실제는 어떠하든 간에 대외적으로나 대내적으로 법치주의의 형식을 취하여 북한 주민을 통치하고 있기 때문에 일단은 그들의 헌법에 나타난 정치이념을 알아볼 필요가 있다. 북한의 헌법에 명시된 그들의 공식적인 정치이념은 우리가 잘 아는 데로 '사회주의'이다. 원래 북한은 1948년 그들의 최초 헌법인 '사회주의헌법'에서 '공산주의와 사회주의'를 함께 내 걸었었다. 그리고 이후 몇 차례 헌법 개정과 세계의 공산국가들이 몰락한 후에도 공산주의와 사회주의는 늘 함께 붙어 다녔다. 그러나 드디어 2009년 4월 헌법개정 시에 김정일은 "공산주의는 파악이 안 되어 사회주의만 제대로 해 보겠다"는 야릇한 이유로 공산주의라는 표현을 삭제하고 사회주의만 남겼다. 여하튼간에 온 세계는 북한이 공산주의든 사회주의든 자기들이 뭐라고 하던 그냥 독제세습국가로 보고 있으며 실제로 달라질 것은 없겠다.

한편 북한의 정치이념은 헌법 외에도 '조선노동당 규약'에 보다 분명하게 나타나 있다. 1980년 마지막으로 개정된 '조선노동당 규약'의 전문에 '조선노동당의 당면 목적은 …… 전국적 범위에서 민족해방과 인민민주주의의 혁명과업을 완수하는 데 있으며 최종목적은 온 사회의 주체사상화와 공산주의를 건설하는데 있다.'고 밝히고, 이어서 '조선노동당은 남조선에서 미제국주의 침략군대를 몰아내고 남조선 인민들의 사회민주화와 생존권투쟁을 적극 지원하고 조국을 자주적 평화적으로 민족대단결의 원칙에 기초하여 통일을 이룩하기 위해 투쟁한다.'라고 명시하고 있다. 이를 요약하면 북한 즉 김정일의 목표는 '내부의 사회주의 체제를 공고히 하고 이를 토대로 한반도 전체를 적화하겠다.'는 것이라 할 수 있다. 북한은 이제는 실현 가능성과 당위성이 완전히 사라진 이 목표를 한 번도 수정하거나 변경함이 없었고 지금도 지상의 과제로서 줄기차게 추구하고 있다.

김일성이 6 · 25전쟁이 끝나자 정적 1호 박헌영 제거를 시작으로 1인 지배체제를 구축하고 주체사상을 노동당의 지도이념으로 정하면서 북한은 김일성 1인에 통치되는 전체주의적 독재, 우상화 단계를 지나 신격화된 봉건 왕조체제로 바뀌었다. 김일성과 김정일은 그들의 우상화 및 독재체제를 위해 주민들을 태어날 때부터 죽을 때까지 주체사상과 세부 실천사항들을 철저하게 세뇌교육 시키고 있다. 또한 조직적인 사회통제 및 감시체제를 운영하며 그들의 눈밖에 날 때는 가차 없이 정치범 수용소에 강제 수용하거나 공개 처형하고 있다. 북한은 동유럽 국가들과 중국, 베트남이 사회주의의 비효율성을 인정하고 시장경제를 도입하였음에도 불구하고 '우리식 사회주의'라는 궤변으로 개혁 · 개방을 거부하고 사회주의의 통제경제를 고수하여 북한 주민을 세계에서 가장 비참한, 수백만이 굶어 죽는, 말할 수 없는 빈곤과 기아의 고통으로 내몰고 있다.

지금의 북한은 김정일의 선군사상(先軍思想)에 기반을 둔 선군정치라는 이름으로 통치되고 있으며 대남적화 전략도 이를 기초로 하고 있다. 북한이 인류 최고의 사상이라고 신주 모시듯 떠받들던 김일성의 주체사상은 하루아침에 김정일의 선군사상으로 대체되었다. 이는 북한이 공산주의나 사회주의와는 무관한 얼치기 개인 독재국가에 지나지 않는다는 것을 잘 말해 주고 있다. 사상이라고 할 것까지도 없지만 우리의 안보에 직·간접적으로 영향을 주기 때문에 선군사상의 내용과 실태를 간단히 알아보자. 2005년 김정일이 신년사에서 처음 표방한 '선군정치'는 당의 정치력보다 군대의 힘을 이용하여 정치, 경제, 사회, 문화 등 전 분야에서 군사중심 체제로 국가를 통치한다는 것이다. 김정일은 "경제건설보다 더 중요한 것은 군대를 강하게 만드는 것이며 총대가 강하면 강대한 나라가 될 수 있다"는 표현으로 군사우선 정책의 정당성을 강조하고 있다. 경제건설이나 사회통제도 군부의 선도적 역할을 강조하고 김정일도 국방위원회 위원장이라는 직함으로 통치한다. 대외적으로 핵무기를 포함한 미사일, 생물·화학 작용제 등을 무기로 경제적 이익을 취하고 한반도의 군사 주도권을 획책하며, 대내적으로는 준전시 상황으로 긴장감을 조성하여 심각한 경제난을 호도(糊塗, 감추거나 흐지부지 덮어버림)하고 주민통제 방편으로 활용하고 있다. 2009년 4월 개정된 북한 신(新)헌법은 '선군사상'을 명기하고 현재 김정일이 맡고 있는 국방위원장을 국가의 최고영도자로 명시하는 한편, 다른 나라와의 조약 비준 및 폐기권, 특사권 행사 등 6개항의 임무와 권한을 명시해 국방위원장이 사실상 국가원수임을 분명히 하고 있다.

신헌법의 선군정치에 관한 내용 중 중요한 사항은 다음과 같다.

• 100조 "국방위원장은 조선민주주의 인민공화국의 최고령도자이다" • 101조 "국방위원장의 임기는 최고인민회의 임기와 같다" • 102조 "국방위원장은 전반적 무력의 최고사령관으로 되며 국가의 일체 무력을 지휘 통솔한다."

• 103조 "국방위원장은 다음과 같은 임무와 권한을 가진다. 1.국가의 전반사업을 지도한다. …… 6.나라의 비상사태와 전시상태, 동원령을 선포한다." • 104조 "국방위원장은 명령을 낸다." 등

■ **북한의 대남적화 전략**

북한의 대남전략이란 한마디로 한반도 공산화 전략이다. 북한은 그동안 한반도 적화라는 목표 달성을 위해 전쟁이라는 무력에 의한 방법부터 평화공세라는 대화의 방법까지 그야말로 수단과 방법을 가리지 않고 온갖 대남전략을 펴 왔다. 땅굴, 여객기 공중폭파, 일국의 대통령 폭사기도 등 인간이 어떻게 이렇게까지 할 수 있을까라는 생각이 들 정도의 방법도 서슴지 않았다. 특히 북은 전쟁이라는 무력에 의한 방법이 실패하자 심리, 외교, 정치, 경제 등 비군사적인 방법을 사용하여 한반도 적화 목표를 달성하려는 간접전략도 주요 방책으로 활용하였다. 그동안 우리의 선의가 북에 이용만 당하고 북에 수도 없이 속아 온 경험을 바탕으로 그들이 겉으로 내세우는 것과 속셈은 완전히 다르다는 것을 뼈저리게 알고 있고 이제 그들이 무슨 제안을 하든지 간에 냉철하게 분석하고 대처하고 있다.

6 · 25전쟁 이후 북한의 대남전략 변천과정을 간단히 살펴보고 현재는 어떤 식으로 하고 있는지 알아보자. 6 · 25전쟁 이후 그들의 대남전략에서 중요한 역할을 한 것은 1964년 2월 노동당 전당대회에서 채택된 '2단계 대남전략'이다. 이는 1단계에서 주한미군 철수와 함께 침투공작 등 다양한 대남공세를 통해 남한에 인민민주주의 정권을 수립하고, 2단계로 남한의 인민민주주의정권과 북한이 합작하여 공산화 통일을 달성한다는 것이다. 즉 남한에 일차적으로 미국을 배제한 북한과 연결된 연공(聯共)정권인 '자주민주정부'를 수립한 후 이 정권과 북한이 연방제 통일을 실현해 나간다는 시나리오로서 '인민민주주의 혁명전략'이라는 이름으로 한동안 북한 대

남전략의 기본방침이 되어 왔다.

> 그들이 말하는 '자주민주정부'에서 말하는 '자주'는 미국을 배제하는 反외세를 말하며, '민주'도 우리가 말하는 '자유민주주의'의 민주와는 대립되는 개념으로서 북한이 주장하는 '인민민주주의'를 뜻하며 이의 실체는 민주와는 아주 거리가 먼 공산당의 1당 독재를 말한다.

이를 위해 북한은 결정적 시기를 조성한답시고 '3대 혁명역량 강화'를 캐치프레이즈로 내걸고 '북한 자체의 혁명역량, 한국내 친북좌파세력의 반정부 혁명역량, 그리고 재외교포의 혁명역량 강화'를 강력히 추진하였다. 이에 따라 북한은 자체 혁명역량 강화와 다음의 전쟁을 위하여 '전국토의 요새화, 전 인민의 무장화, 군사장비의 현대화, 전군의 간부화'를 내용으로 하는 4대 군사노선을 추진하여 북한을 하나의 거대한 병영으로 만들었다. 그리고 이를 바탕으로 60년대 말까지 대대적인 군사도발을 감행한다. 하지만 이 방식으로는 1단계 목표 달성이 여의치 않음을 깨닫고 70년대에 들어와 1971년 남북적십자회담을 필두로 7 · 4 공동성명 등으로 대화를 앞세우면서 한편으로는 휴전선에 대대적인 땅굴을 파는 화전양면(和戰兩面, 평화와 전쟁을 동시에)전술 또는 위장 평화공세로 전술을 바꾸었고 이 기조를 상당기간 유지해 왔다.

현재의 북한은 '하나의 조선' '우리 민족끼리' '민족공조' '반미자주'와 같은 민족정서를 자극하는 정치구호를 내 세우고, '주한미군 철수' '평화협정 체결' '국가보안법 폐지' 등으로 남한 내의 친북세력을 선동하면서, '연방제 통일'을 목표로 대남전략을 펴고 있다. 2000년 북한은 6 · 15공동선언에서 '우리 민족끼리'를 명문화하고 그들의 연방정부안을 수용했던 것과 2007년 10 · 4선언에서 엄청난 경제지원을 남북간에 합의토록 하는 데 성공함으로써 '연방제 통일'이라는 그들의 목표 달성이 거의 눈앞에 다가 왔다고 판단했던 것 같다.

■ **북한의 군사전략**

북한의 군사전략을 이야기함에 있어서 우선 북한은 지금도 남한을 무력으로 적화 통일하겠다는 꿈을 버리지 않고 있다는 사실을 상기할 필요가 있다. 이러한 꿈을 달성하기 위한 북한의 군사전략은 크게 다음 5가지 또는 5단계로 이야기 할 수 있다. 첫째는 전쟁 개시를 최대한의 기습효과를 노려 6·25 때와 같이 사전 경고나 선전포고 없이 기습공격을 한다. 둘째는 정규군에 의한 전선돌파와 함께 18만의 특수작전부대를 아군 후방으로 침투시켜 주요시설을 타격하는 교란작전(비정규전)을 병행함으로서 전장의 주도권을 장악한다. 이는 정규전 및 비정규전을 동시에 전개한다고 하여 '배합전(配合戰)'이라고도 한다. 셋째는 초전에 기습달성과 전선돌파에 성공하면 강력한 포병화력 지원과 함께 전차·장갑차·자주포 등으로 기계화 및 기동화된 부대를 신속히 아군 후방 깊숙이 전진시켜 전과를 확대한다. 넷째는 이러한 제반 작전을 미 증원군이 한반도에 도착하기 전에 속전속결로 최단 기간 내에 끝낸다. 다섯째는 이를 위해 현 위치에서 명령만 떨어지면 부대위치 조정 없이 바로 기습공격이 가능하도록 부대를 배치해 둔다는 것이다. 이 때문에 북한군 지상군 전력의 약 70%가 평양과 원산을 연하는 선 이남에 배치되어 있다. 이러한 북 군사전략의 공격적 특성은 휴전선상의 남북한군의 배치를 비교해 보면 금방 알 수 있는데 북한군은 명령만 떨어지면 즉각 공격할 수 있도록 기습형 공격형으로 배치되어 있는 반면, 남한은 북의 무장공비 침투와 적의 기습 공격에 대비하여 경계형 방어형으로 배치되어 있는 것이다. 이배치의 형태에서도 북한이 남한을 무력으로 적화 통일하겠다는 도발적인 국가목표와 군사전략이 분명하게 드러나 있다.

앞에서 지적한데로 북한은 사회 전체가 하나의 거대한 병영체제이다. 북한은 1960년대에 4대 군사노선의 하나인 '전인민 무장화' 에 따라 초등학생 이하와 60세 이상의 노인을 제외한 전 주민을 전시 동원체제에 옭아 메어 놓고 년 15~30일간의 군사훈련을 시키고 있다. 현역 110만 명을 제외하고 예비전력만 무려 770만 명이나 된다. 이 예비전력은 우리의 동원예비군에 해당하는 교도대, 우리의 일반예비군에 해당하는 노농적위대 그리고 중 · 고등학생으로 편성된 붉은 청년근위대로 조직되어 있다.

■ **북한의 대남 군사도발사**

6 · 25전쟁을 통해 한반도 전체를 적화하려는 시도는 양쪽에 엄청난 희생만 강요한 채 실패로 끝났지만 그렇다고 한반도 적화라는 대남전략의 목표를 포기하거나 변경할 김일성이 아니었다. 그는 전쟁의 피해복구가 대충 이루어지고 상처가 아물어지자 또다시 한반도 적화라는 목적지를 향해 시동을 걸었다. 앞에서 얘기했듯이 우선 남한 사회의 혼란과 분열을 대남전략의 1차 목표로 정하고 군사적인 도발부터 평화적 위장 공세까지 집요하게 모든 수단과 방법을 동원한다. 굵직굵직한 것만 꼽아도 김신조 청와대 기습, 울진 삼척 사태, 박정희 대통령 저격, KAL기 공중 폭파, 버마 아웅산 묘소폭파, 강릉 무장잠수함 침투, 천안함 폭파 등 헤아릴 수가 없을 정도이다. 김일성 부자는 북한 주민의 대남 적대의식 약화를 방지하고, 외부로부터의 적대감 긴장감을 조성하여 내부의 불만을 해소하며, 아울러 체제유지, 북한군의 전투 역량 강화 등의 목적으로도 대남 군사도발이 꼭 필요했다. 그러므로 겉으로 화해와 교류를 내세워도 주기적으로 군사도발을 서슴지 않는 변태적 행동은 앞으로도 계속될 것이다. 그러면 북의 도발 내역을 시기별로 구분하여 좀 더 자세히 살펴보겠다.

북은 일찍이 해방 후 남과 북이 정부를 수립하여 정식으로 갈라지기 전부터 합법 비합법을 가리지 않고 남한사회의 혼란과 정부전복을 기도했었다. 이것들만으로도 책 한권을 쓸 수 있다. 6 · 25전쟁이 끝나고 50년대는 우선 북한도 전후복구가 급했으므로 대남 평화선전공세에 치중하면서 대남도발을 위한 기반과 능력 확충에 노력을 기울인 시기라 할 수 있다. 북은 전후 복구가 대략 마무리되자 1961년 노동당 대회에서 '테러를 통한 한반도 적화통일'을 노동당의 주요 사업으로 채택한다. 이 후 북한의 도발 행위와 무장침투 회수는 1965년 13건, 1966년 33건으로 시작하여 1967년에는 195건, 1968년에는 573건으로 급격히 증가하며 한층 대담해진다. 북은 이 시기를 4 · 19, 5 · 16 혁명 등 남한 사회의 극심한 혼란, 미군의 월남전 개입과 파병 그리고 한국군의 월남파병으로 도발 적기로 판단했다. 1968년 1월 21일 북한은 특수부대인 124군 부대 무장공비 31명을 남파시켜 청와대를 습격하고 박정희 대통령 암살을 시도하며, 동년 11월에는 124명의 무장공비를 울진과 삼척지역에 침투시키고, 미군의 푸에블로호 납치, EC-121기 격추 등 무차별적으로 대남 도발이 최고조에 달한다. 70년대에 들어오면서 7 · 4공동성명의 남북대화를 진행하면서 뒤로는 남침용 땅굴을 파고 또 한국의 유신체제를 대상으로 정치선전 및 선동을 강화하는 화전양면전술을 병행한다. 70년대의 주요 도발은 문세광의 박정희 대통령 저격, 동작동 국립묘지의 현충문 폭파, 판문점 도끼 만행 사건 등이 있고, 20여 차례 무장간첩을 침투시킨다. 80년대에 들어와서는 김정일이 직접 테러를 주도하며 86아시안게임과 88올림픽 방해, 한국 경제발전 저해 및 한국의 국위추락을 기도하고, 도발 내용도 더욱 대담해지고 잔혹해진다. 1983년 10월 9일 버마 아웅산 묘소에서 전두환 대통령의 암살을 목표로 폭탄테러를 자행하여 국무위원, 고위 공직자, 경호원 17명이 순직한다. 1987년 11월 29일 바그다드에서 서울로 가던 대한항공 여객기가 버마 근해 상공에서 북한 공작원이 장치한 시한폭탄에 의거 폭발하여 100여명의 우리 근로자를 포함하여 전원이 몰사한다. 그 외 대구

미 문화원 폭탄 테러 사건이 있었고 무장간첩 침투도 계속된다. 90년대에는 김일성이 사망하고, 북한의 배후 지원세력이었던 소련을 비롯한 공산권의 소멸, 북한의 국제적 고립과 경제난의 시작, 북핵 해결을 위한 4자회담의 시작 등으로 대남 도발 축소가 불가피한 상황이 된다. 그리하여 "우리식대로 살자"라는 구호 아래 주체사상에 기초한 북한식 사회주의를 표방하고 대내적 체제유지에 집중하면서 대남도발은 줄어든다. 그러나 1990년대 중반 안정을 찾으면서 다시 도발을 시작하여 충남 부여 간첩사건, 1996년 9월 18일 북한 무장공비 26명이 잠수함으로 강릉지역에 침투한 강릉 무장잠수함 사건, 1999년 6월 연평해전을 시발로 서해상의 계속되는 도발 등 북의 대남 군사도발은 지속되고 있다. 여기에 휴전 이후 지금까지 휴전선에서의 43만 여건에 달하는 정전협정 위반과 북의 핵 및 미사일 개발까지 포함하여야 북의 군사도발 전모를 그릴 수 있겠다.

2. 북한의 군사력

■ 북한의 군사 조직

북한의 군사력을 알아보기 전에 먼저 북의 군사 조직을 알아보겠다. 북한의 군사 조직은 김정일이 선군정치를 하겠다고 하면서 노동당을 제치고 북한 최고의 권력기관으로 떠올랐다. 지금까지 그나마 형식은 갖추고 있던 공산당(북한은 노동당)에 의해 통치하는 정치체제는 여태껏 한 번도 들어보지 못한 선군정치라는 이름에 의해 명실 공히 군사독재제제로 바뀐 셈이다. 원래 북한의 군사 조직은 크게 노동당에 속해 있는 국방위원회와 행정부 기구인 우리의 국방부에 해당하는 인민무력부 두 기구로 되어 있었다. 그런데 김정일이 선군정치를 표방하고 국방위원장 직함으로 북한을 통치하겠다고 하면서 국방위원회는 인민무력부의 직속 상급기관이 되고 하나의 기관처럼 되었다. 이제 북한은 노동당과 당 중앙(총비서. 김정일)은 완전히 유명무실해지고 국방위원회가 명실 공히 국가의 최고 통치기구라고 할 수 있다. 바뀐 군사 조직은 다음 표와 같다.

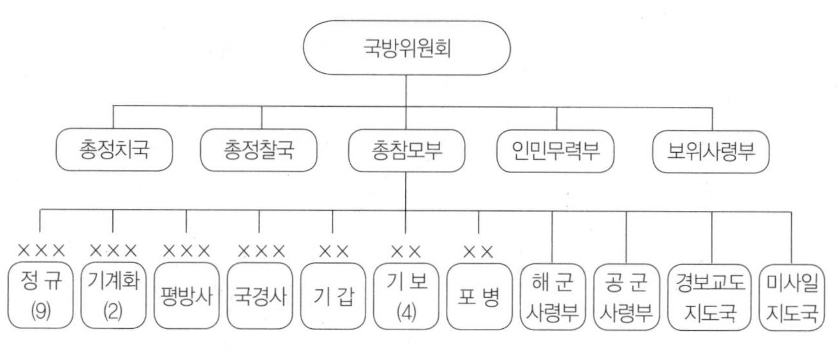

※ ×××표시는 군단, ××표시는 사단을 말함. (　)안의 숫자는 부대수

지금 국방위원회에는 군인뿐만 아니라 북을 이끌어 가는 모든 분야의 최고 핵심 인물이 전부 모여 있다. 2009년 4월, 북은 머리만 있고 실체가 없는 국방위원회를 내실화하라는 김정일 지시에 의거 전례 없이 국방위원회의 4명의 부위원장과 12명의 위원들 명단을 사진과 경력을 포함하여 공개하였다. 이들 면면을 살펴보면 향후 북한의 정치, 경제, 군사 동향을 가늠할 수 있다. 국방위원회 체제가 되면서 인민무력부 산하의 핵심 기관인 총정치국, 총참모부, 총정찰국을 김정일이 직접 통제하고 있으며 자연히 인민무력부장의 위상과 기능이 과거에 비해 크게 약화 되었다. 그러나 군 관련 외교업무와 군수, 재정 등 군정(軍政, 뜻은 뒤에 설명)을 행사하며 대외적으로 군을 대표하고 있다. 김정일이 직접 지휘하는 총정치국은 군의 당 조직과 정치사상 사업을 관장하며, 총참모부(우리의 합참에 해당)는 실질적으로 군 병력을 장악하고 군사작전을 지휘하는 군령(軍令)기구이다. 총정찰국은 대남 무장공비 침투 및 군사도발을 총괄하고 있으며 천안함 폭파도 총정

찰국이 주관한 것으로 보고 있다. 원래 대남도발 업무는 노동당 중앙인민위원회 산하의 통일전선부, 대외연락부(35호실이라고도 함), 작전부, 대외정보조사부에서 각자 맡은 분야를 수행해 왔다. 그런데 국방위원회 체제가 되면서 이 조직들의 모든 업무가 작전부로 통합되어 총정찰국이라는 이름으로 국방위원회 밑으로 들어와 김정일이 직접 지휘를 받도록 한 것이다. 총정찰국은 노동당 작전부를 20여 년 이끌어 온 대표적인 대남 강경인물이자 김정일이 가장 신임하는 오극렬 대장이 맡고 있다. 이 작전부는 최정예 특수요원 2천 명 이상을 보유한 북한의 최고 특수집단으로서 김정일은 작전부를 '나의 별동대'라고 부를 만큼 절대적인 신임을 보내고 있다.

총정치국은 공산주의 국가에만 있는 군 조직으로서 군의 정치, 사상, 조직을 관장하며 군단급부터 말단 소대까지 군사지휘관과 병행하여 정치지휘관이 별도로 편성되어 있고 모든 명령은 정치지휘관의 서명이 있어야 유효하도록 되어 있다. 북한은 우리와 달리 육 · 해 · 공군 본부가 따로 없는 통합군 체제이며 우리의 합참에 해당하는 총참모부가 육 · 해 · 공군의 전 작전 부대를 작전 통제 및 지휘한다.

여기에서 말하는 군정(軍政)은 군의 인사, 군수, 재정 등 행정적 업무를 말하고 군령(軍令)은 정보, 군사작전 및 훈련에 관련된 작전적 업무를 말한다. 거의 모든 나라가 군 조직을 군정과 군령으로 구분하여 이원화 편성하고 있다.

■ 남북 군사력 비교

북한 위협의 실체는 북한의 엄청난 군사력이다. 위에서 이야기한 바와 같이 북한은 1962년 「4대 군사노선」을 군사정책으로 채택한 이래 만난을 무릅쓰고 군사력 건설에 모든 국력을 집중하여 왔다. 북한은 경제 사정이 비교적 괜찮았던 60~80년대는 말할 것도 없고 경제가 나락의 길로 접어든 90년대에도 군사력 건설을 멈추지 않았다. 심지어 90년대 말 북한 주민 300만이 굶어 죽어 가는 상황에서도 군사 부문에의 투자는 계속되었다. 우리로서는 잘 이해가 안가기도 하지만 뚜렷한 외부 위협도 없는 그들이 왜 그토록 집요하게 군사력 건설에 매 달리고 있을까? 그 이유는 매우 단순하다. 즉 처음에는 한반도 적화통일을 위한 군사적 수단 확보가 주목적이었지만 지금은 이 목적에 김정일 왕조의 체제유지를 위한 수단이라는 목적이 추가되어 있고 현재는 이 목적이 더 크다고 할 수 있다. 그들이 남쪽에 대고 무슨 이야기를 하든지 간에 이와 같은 북한의 엄청난 군사력과 계속되는 군사력증강은 6 · 25전쟁의 경험이 아직 생생하며 현재진행형인 군사도발에 직면하고 있는 우리로서는 그야말로 절박한 위협으로 느껴지지 않을 수 없다.

그러면 아래의 남북한 군사력 비교표를 통해 북의 군사력을 알아보자.

구 분		남 한	북 한	비 교
병 력	정규군	68.4만	117만	1.7배
	예비군	304만	770만	2.5배
장 비	전차	2,300	3,700	1.6배
	야포	5,100	8,500	1.7배
	다련장	200	4,800	24배
	전투기	500	820	1.6배
	함정	160	740	4.6배
	잠수함	10	60	6배
	헬기	680	310	0.46배
	화생무기	–	3,000톤	
	핵	–	(보유)	
	장거리미사일	–	다수	

이 표를 설명하기 위해 몇 가지 군사용어를 이야기 하겠다. 군사력 구분 중에서 병력이나 전차, 전투기, 함정과 같이 숫자에는 다소 차이가 있지만 양쪽이 다 가지고 있는 전력을 '대칭 전력'이라고 하고 또는 '재래식 전술무기'라고 한다. 반면에 핵이나 화생무기처럼 한쪽은 가지고 있는데 다른 한쪽은 가지고 있지 않거나 또는 다련장처럼 양쪽이 다 가지고 있긴 하지만 현저한 차이를 보이는 전력을 '비대칭 전력'이라고 하고 또는 '전략무기'라고 한다.

위 표를 보면 가장 먼저 눈에 들어오는 것이 대칭 전력인 재래식 전술무기를 북한이 우리보다 1.6배에서 수십 배까지 많이 보유하고 있다는 것이다. 그리고 동시에 우리도 그동안 많은 국방예산을 투입하여 전력을 키워 왔는데 아직도 수적으로 한참 열세라는 것에 의문이 든다. 이 의문에 대한 답은 일차적으로 북한은 그들 GNP의 30~35%를 국방비에 투입하고 있는 반면에(북한의 경제시스템을 고려 시 실제는 50%까지도 본다) 남한은 GNP의 2~2.8%를 쓰고 있다는 데서 찾을 수 있다. 남한이 이렇게 적게 쓰면서도 이 정도나마 병력과 무기를 보유하고 있는 것은 남한의 경제력이 북한보다 수십 배 큰 덕분이다. 그리고 병력이나 군 운영유지에 우리처럼 큰 돈을 쓰지 않는 이유도 있다. 여기에서 한 가지 지적할 것은 남북의 경제력 차이가 군사부문에 나타나기 시작한 80년대 말부터 우리 무기가 북한 무기를 질적으로 앞서기 시작했다는 것이다. 현재 한국군의 무기는 최첨단의 세계 최고 수준의 성능을 자랑하는 무기들이다. 반면에 북한은 그들의 경제력과 폐쇄성, 기술력으로 인해 구식 무기를 그대로 가지고 있어 종합적인 전투력 면에서는 대등하거나 우리가 앞서는 것으로 말할 수 있다. 물론 이것은 비대칭 전력을 제외한 대칭 전력만을 두고 하는 이야기이다.

다음으로 눈에 들어오는 것이 우리는 없는데 북한은 가지고 있는 비대칭 전력 또는 전략무기라고 하는 핵, 미사일, 화생무기, 특수전 능력 등이다. 앞에서 이야기한 대로 대칭전력은 양적인 열세에도 불구하고 질적 우세를 통해 우리 힘으로 감당할 수 있는 범위의 전력비라고 할 수 있지만 비대칭 전력은 확실한 우리의 열세이다. 즉 현재 북한 위협의 핵심은 북한의 군사력 중에서도 비대칭 전력인 핵, 미사일, 화생무기 그리고 월등한 숫적 차이를 보이고 있는 170미리 장사정포, 240미리 다련장 그리고 표에는 없지만 북한의 18만 규모의 비정규전(특수전) 능력이라고 할 수 있다. 이 비대칭 전력을 항목별로 좀더 자세히 알아보자.

3. 북한의 비대칭 전력 위협

■ 북핵

지금 북핵은 북한의 전부라고 해고 과언이 아니다. 북은 그들의 국제적 위상과 정권의 생존을 위한 거의 유일한 국가전략으로서 핵과 미사일 개발에 필사적 노력을 기울이고 있다. 북핵은 그들의 내부적 체제유지 수단이자, 국제사회에서 경제적 지원을 받아내기 위한 수단이자, 남한에 대한 공갈수단이자, 미국의 체제인정을 받아내기 위한 수단 등으로 매우 다용도로 요긴하게 사용되고 있다. 그러므로 북은 앞으로도 핵 보유 의지를 절대 포기하지 않을 것으로 봐야 한다. 북한은 일찍이 1980년대에 영변 핵 시설에서 5메가와트 원자로의 가동 및 폐연료봉 재처리를 통한 핵물질을 확보함으로써 핵연료부터 재처리에 이르는 일련의 능력을 갖추었다. 북은 1992년 남북정상간의 '한반도 비핵화 공동 선언'을 했고 1994년 제네바 협약에 따라 미국에 핵개발 포기를 약속하기도 했다. 그러나 약속은 약속이고 북의 핵 개발 노력은 한 번도 멈춘 적이 없고 오히려 2003년 1월에 UN의 핵확산금지조약을 탈퇴하고 핵 개발에 더욱 박차를 가한다. 그리하여 2006년 1차 핵 실험에 이어 2009년 5월 2차 핵 실험을 함으로써 북한은 자신들의 핵 보유를 기정사실화 해가고 있다. 2차 핵 실험은 1차에 비해 그 위력이 대폭 증가하여 미국이 일본 나가사키에 터뜨린 정도의 20KT 위력을 가진 것으로 판단하고 있으며 북한이 보유하고 있는 플로토늄 30~40Kg과 핵 폐처리봉 8,000개를 재처리시 핵탄 6~8개 정도를 보유 가능한 것으로 보고 있다. 그러나 정확한 보유수량, 위력, 투발능력은 아직 미지수이며 실용화까지에는 상당한 시간이 소요될 것으로 판단하고 있다.

북핵과 관련하여 우리를 우려케 하는 것은 남한 사회 일부에 북핵은 미국을 겨냥한 것이지 우리를 향한 것이 아니라든지, 통일이 되면 우리 것이 될 텐데 굳이 없애라고 할 필요는 없다는 생각을 가진 사람들이 있다는 것이다. 우리는 핵무기 자체가 갖는 가공할 파괴력의 의미를 잘 알 필요가 있다. 핵무기는 힘의 균형을 결정적으로 파괴할 수 있으며 상대방을 일거에 무력화 시킬 수 있다. 우리가 아무리 체제, 경제력, 기타 모든 면에서 북을 압도할 우위를 가지고 있다 하더라도 북이 핵을 위협수단으로 가지고 나올 때는 다른 방법이 없다. 생각만 해도 끔찍한 상황이 아닐 수 없다. 핵은 한반도의 평화와 온 민족의 안녕과 평안을 위해서 우리도 가져서는 안 되겠지만 북의 핵도 반드시 폐기되어야 한다. 북핵의 또 다른 위협은 우리를 향해 무슨 일을 벌일지 전혀 예측이 불가능한 김정일의 손에 핵이 있다는 것이다. 우리는 김정일이 수백 명을 공중 폭사시킨 KAL기 폭파나 일국의 대통령 폭사를 기도한 아웅산 묘소 폭파를 직접 지휘했다는 사실 그리고 수백만의 자기 백성이 굶어죽어 가는 것을 보면서도 눈 하나 깜짝하지 않는 사람이라는 것을 잊지 않아야 한다.

■ 중장거리 미사일

북한은 핵 개발과 동일한 이유로 중장거리 미사일을 개발하고 있으며 느리지만 착실한 진전을 보이고 있다. 1970년대부터 탄도미사일 개발에 착수하여 1980년대 중반에 사정거리 500km의 SCUD-C를, 1990년대에는 사정거리 1,300km인 노동미사일을 시험발사 및 작전배치 하였다. 2000년대에 들어와 2006년 7월 대포동 2호 미사일과 SCUD 및 노동 미사일 여러 발을 발사하여 한반도와 동북아에 긴장을 조성하였고, 2009년 4월에 사거리 3,600km의 장거리 미사일을 일본열도 위를 지나 태평양상으로 시험 발사하였다. 북한은 평화적 목적의 인공위성용 로켓 발사라고 주장하고 있지만 이번에 발사한 것은 전형적인 3단계 장거리 미사일로서 군사용 미사일이며 미국은 이 미사일이 미 본토까지의 사거리를 목표로 개발하고 있는 것으로 판단하고 있다. 한편 북한은 기타 신형 지대지 · 지대함 미사일 등 다양한 종류의 미사일을 시험 발사하는 등 미사일의 개발과 전력화에 주력하고 있어 핵과 더불어 우리 안보의 핵심적 위협 요인이 되고 있다.

■ **화생무기**

북한은 1961년 12월 김일성의 '화학화 선언' 이후 화학무기 개발을 시작하였으며 1980년대부터 독가스 및 세균무기 등 화생무기를 생산해 오고 있다. 현재 북한은 8개의 화학무기 생산 시설을 갖고 있고 약 2,500~5,000톤의 화학무기를 전국 6개의 시설에 분산 저장하고 있으며, 생물학 무기는 탄저균 · 천연두 · 콜레라 등의 세균무기를 자체적으로 연 1,000톤 배양하고 생산할 수 있는 능력이 있다. 화학무기는 인구 밀집지역에 투하 시 1톤으로 10만의 사상자를 낼 수 있고 탄저균을 수도권 상공에서 투하 시 30키로 범위 내 15% 인원을 살상 가능하다. 화생무기는 일반 폭발물에 의한 무기와 달리 인간에게 장기간 극심한 고통을 주는 무기이다. 그리하여 아무리 전쟁이라 하더라도 화생무기의 사용은 막아야 한다는 국제적 공감대가 형성되어 국제적으로 CWC(Chemical Weapons

Convention, 화학무기금지조약)와 BWC(Biological Weapons Convention, 생물학무기 금지조약)를 통해 이의 사용을 금지하고 있다. 그러나 북한은 이에 전혀 아랑곳 하지 않고 화생무기를 생산하고 있어서 북한정권의 비인도성과 무자비성을 잘 보여주고 있다.

■ 장사정포

90년대 초 북한은 서울을 불바다로 만들겠다고 위협하였는데 이는 단순한 공갈이 아니고 실제로 존재하는 위협으로서 우리 안보와 국방에서 가장 취약한 요소의 하나라고 할 수 있다. 이는 북한이 우리의 수도 서울이 휴전선에서 50여 Km밖에 떨어져 있지 않다는 군사적 취약점을 노린 비열한 협박 행위라고 할 수 있다. 북한은 서울 불바다를 위해 서울 직 북방 개성 일대에 사거리 54키로의 구경 170미리 자주포 306문, 사거리 65키로의 구경 240미리 다련장포(북은 방사포라고 함) 250여문 그리고 사거리 72키로의 Frog방사포 54문을 배치하고 하시라도 불을 뿜을 태세로 있다. 이들 장거리 사격 능력을 가진 포들은 우리의 수도권을 사정권에 두고 있어 현 진지에서 수도권 지역에 대해 기습적인 대량집중사격이 가능하다. 이들 장사정포는 북의 화생무기 투발수단으로서도 사용된다.

북한은 1994년 3월 남북실무회담대표 박영수가 "전쟁이 나면 서울은 불바다 된다."고 강변한 이후, "우리식 선제타격 개시되면 모든 것 잿더미('08. 3)", "군사적 긴장이 격화되면 충돌은 일어나게 되고, 그것은 다시 제3의 서해교전, 제2의 6 · 25전쟁으로 번지게 될 것('08. 5. 8)", "여기서 서울이 군사분계선으로 부터 불과 50Km 안팎에 있다는 것을 순간도 잊지 말아야 한다.('09. 4. 18)", "심리전 재개시 서울의 불바다를 각오하라('09. 6. 12)" 등 수시로 끊임없는 공갈과 협박을 일삼으며 긴장을 조성하고 있다.

■ **비정규전(특수전) 능력**

빨치산, 게릴라, 유격대로 상징되는 비정규전(특수전이라고도 함)은 공산주의자나 공산국가가 무력 활동의 주요수단으로 애용하여 왔으며 북한도 예외가 아니어서 해방 공간 때부터 남한에 게릴라들을 대량으로 투입한 전력을 가지고 있다. 북한은 비정규전을 대남 적화전략의 핵심적 수단으로 간주하여 지금까지 지속적으로 그 능력을 확충해 옴으로서 우리 안보의 매우 중요한 위협요소가 되고 있다. 지금도 북한은 특수전요원들에게 총폭탄의 자폭정신을 강조하면서 야간 · 산악 · 시가전 훈련을 강화하고 있다. 침투수단으로서 지하 침투를 위한 땅굴, 저공 은밀 침투를 위한 AN-2 경비행기(300여대), 해상 침투를 위한 공기부양정(갯벌 고속상륙 가능, 130여척), 고속상륙정(90여척) 및 소형잠수정(60여척) 등을 확보하고 있으며 1만명까지 동시에 침투시킬 수 있다.

북한이 이처럼 비정규전 능력을 강화하는 것은 전쟁 시 특수전 부대를 유사시 아군 후방 깊숙이 침투시켜 우리의 후방을 파괴 교란하고 전략 전술적 요충지를 점령하기 위함이다. 즉 전쟁 발발과 동시에 남한 전역에서 동시다발적으로 다양한 목표를 공격함으로서(배합전) 주력부대의 공격작전을 지원하기 위한 것이다. 1968년 김신조 청와대 습격사건을 일으킨 부대이기도 한 이 특수전 부대는 습격사건 이후 여러 특수작전 부대들을 모아 '특수 8군단'으로 통합하였고, 1983년에는 조직과 병력을 8만에서 12만으로 확대 개편하면서 명칭도 '경보병교도 지도국'으로 변경하였다. 얼마 전에는 전방군단에 특수전 부대인 경보병사단을 추가로 창설하고, 전방사단의 경보병대대도 연대급으로 증편하여 현재는 특수전 병력이 18만여 명에 달한다. 군단 예하에 편성되어 있는 특수전 부대 저격여단은 30세 미만의 장교(40%) 및 부사관(60%)으로 편성되어 있고 개전과 동시에 후방 침투, 교란, 작전부대 안내 임무 등을 수행하며 필요시 기동로 개척 및 전선 돌파 임무도 수행한다.

3. 남북한 간의 군사 현안

이 항에서는 서해상의 북방한계선(NLL, Northern Limit Line) 충돌을 포함하여 남북한 간의 군사상의 현안 문제들, 즉 정전체제의 평화체제 전환, 국군포로 및 납북자 송환, 군사긴장 완화 및 신뢰구축, 북의 후계체제 구축에 관련된 사항을 간단히 짚어본다. 이들 현안 문제는 수시로 언론에 자세히 보도되고 있으므로 현재 일어나고 있는 일보다는 문제의 본질 또는 근본 성격을 중심으로 이야기하겠다.

■ 서해 북방한계선(NLL) 문제

현재 NLL은 1953년 6·25전쟁 말 정전협정 협상 간에 남북한 간의 해상 경계선으로서 정해진 것이다. 이때 지상에서의 군사분계선(MDL, Military Demarcation Line)은 남북한 군이 대치하고 있는 중간의 선을 연해 비교적 쉽게 정하였으나 해상에서는 약간 복잡하였다. 그 이유는 북한이 국제법을 들먹이며 해상의 자기들 영역을 과도히 요구(국제법 기준 3해리, 북의 요구 12해리)했기 때문이다. 당시의 상황은 우리 쪽이 해상과 공중을 완전히 장악하고 있었고 그리하여 해상에서의 경계선은 우리가 얼마든지 일방적으로 정할 수 있었지만 북한의 무리한 주장으로 합의를 보지 못하였다. 이에 UN군 사령관은 국제법의 규정을 기준으로 하면서 서해상에서의 남북한 군 간의 우발적 무력충돌을 방지하고, 남측 민간 선박의 무단 월경을 막으며, 백령도, 연평도 등 서해 5도의 안전 확보를 고려하여 5개 도서와 북한 땅의 중간선으로 NLL을 정한 것이다. 동해상의 NLL은 지상 군사분계선을 동쪽으로 연장한 선이다.

이후 북한은 1973년 10월 약 40여 회에 걸쳐 의도적으로 NLL을 침범한 것 외에 대체로 이를 지켜왔으며 특히 1992년 남북기본합의서에서는 '별도의 해상불가침 경계선을 정하기 전까지는 현 NLL을 상호 존중'하기로 합의도 하였다. 그러던 북한이 1999년 6월 연평해전의 도발을 시작으로 2002년 6월에 재차 도발을 하여 서해교전을 일으켰으며 급기야 지난 3월 26일에는 우리의 천안함에 어뢰공격을 가해 온 것이다. 이 NLL은 남북이 지난 60년간 지켜온 실질적인 해상경계선이다. 우리는 북의 여하한 NLL 무력화 시도와 군사적 도발에서도 반드시 이 선을 지켜야 하며, 특히 이번 천안함 사건을 계기로 북이 어떤 도발도 생각할 수 없도록 특단의 조치를 강구할 필요가 있다.

■ 정전체제의 평화체제 전환 문제

잘 알고 있듯이 6·25전쟁은 1953년에 완전히 끝난 것[終戰]이 아니고 잠시 전쟁을 정지한 상태[停戰]에서 전쟁을 쉬고[休戰] 있는 것으로서 이렇게 정전 또는 휴전상태에서 60년이 흘렀다. 6·25전쟁이 어느 한쪽의 일방적인 승리로 끝난 것이 아니고 승패를 가르지 못한 상태에서 더 이상의 희생을 막자는 목적으로 무력이 아닌 정치적 타결을 본 것이 정전 협정이고 휴전이다. 정전에 관한 협상은 전쟁이 한창이던 1951년 7월에 시작하여 무려 2년이나 긴 기간에 걸쳐 한편으로는 치열한 전투를 이어 가면서 한편으로는 협상을 하는 식으로 진행하여 대소 760여 회의 회의 끝에 1953년 7월 27일에 최종 서명하였으니 협상 과정이 또 하나의 험난하고 치열한 전투였었다.

이렇게 체결된 '정전협정'은 정전의 조건과 정전간의 전장관리에 관한 제반 규칙을 정해 놓고 있으며 이후 한반도의 평화를 '정전체제에 의한 평화'라고도 한다. 그러나 이 정전협정은 처음 시작부터 북측의 공공연한 정전규정 위반으로 정전을 관리하고 감독할 군사정전위원회와 중립국위원으로 구성된 중립국감독위원회가 유명무실해졌고 급기야 1994년에 두 위원회의 기능이 정지됨으로서 일찌감치 사문화된 문서가 되어 버렸다. 따라서 현재 한반도의 평화는 정전협정에 의한 평화가 아니고 '한반도상의 힘의 균형'에 의한 평화라고 할 수 있다.

여하 간에 현재 남북한은 법적으로는 전쟁을 잠시 멈춘 전시상태이므로 이런 상태를 완전히 끝내고 법적 제도적으로 항구적인 평화체제로 전환하는 작업이 조속히 이루어져야 한다. 남북한은 이 '정전체제의 평화체제 전환'에 대한 당위성은 서로 인정하고 있지만 이를 이루는 과정에서 북핵 문제를 둘러싸고 근본적인 입장 차이를 보임으로써 진전을 보지 못하고 있다. 우리의 입장은 북한에 핵이 있는 한, 한반도의 진정한 평화는 불가능하므로 북이 먼저 핵을 폐기 한 후에 평화협정 협상을 할 수 있다는 것인데 반해 북은 먼저 평화협정을 체결한 후 핵을 폐기하겠다는 주장을 고수하고 있다. 우리는 남북간에 아무리 평화협정이 체결되어 있다 하더라도 핵과 같이 상대방을 일거에 제압할 수 있는 능력과 의지가 있는 한 진정한 평화는 보장될 수 없다는 사실을 잊어서 안 된다. 북이 가끔 우리에게 제안하는 평화협정 체결 제의는 그들의 행동 양태에 비추어볼 때 진정 평화를 원해서라기보다는 국면 전환용이거나 선전 공세적인 성격이 짙다.

■ 군사 긴장완화 및 신뢰구축 문제

남한과 북한은 남북한 간의 첨예한 군사적 대치 상황을 해소하기 위해 70년대 초부터 정치를 중심으로 남북한 간의 대화를 통한 평화를 모색해왔고 군사 분야에서도 상당한 노력을 기울여 왔다. 그러나 이러한 좋은 뜻에도 불구하고 상대에 대한 뿌리 깊은 불신과 자기중심의 입장 고수로 인해 성과는 미미한 가운데 군사적 대치는 계속되고 있다. 특히 군사 분야는 김정일의 선군정치, 강성대국과 같은 완전 시대착오적인 정책으로 인해 긴장이 조금도 해소 될 기미를 보이지 않고 있고 오히려 북한은 핵과 미사일 개발, 서해상 도발로 한반도의 군사적 긴장을 더욱 고조시키고 있다.

남북한 간에는 1972년 남북기본합의서 체결을 시작으로 그동안 많은 대화와 교류가 있어 왔고 나름의 성과가 있어서 남북한 간의 긴장완화에 상당히 기여를 했다고 볼 수 있다. 그러나 남북한 간에 놓여 있는 본원적인 깊은 불신의 골은 메우지 못하고 있으며, 그간 남쪽에서 북한에 제공한 수십조 원에 달하는 막대한 물량의 인도적 경제적 지원은 결국 북핵과 장거리 미사일로 되돌아 왔다. 남북의 교류는 철저히 북에 돈이 되는 민간 및 경제 분야에서 이루어져 왔고, 군사 분야에서의 교류라는 것도 북이 민간 및 경제 분야의 지원을 받는 데 도움이 되는 사안에서만 이루어져 왔다. 북은 자기들 수중으로 돈이 들어오는 경제 협력 문제는 '우리 민족끼리'를 내세워 남북 간의 채널을 통하는 반면에, 우리의 관심 사항인 핵 문제는 통미봉남(通美封南, 남한은 제외하고 미국만 상대)정책으로 우리를 철저히 따돌리고 있다. 그리하여 우리가 바라는 군사 분야의 긴장완화와 신뢰구축은 북한의 위와 같은 기본 태도로 인해 형식적인 회담을 몇 차례 한 것 외에 거의 진전이 없었고 또한 북한의 이러한 자세는 당분간 바뀔 것 같지 않아 보인다. 앞으로 이 문제는 우리의 정체성을 손상하지 않는 전제하에서 철저한 상호주의의 적용을 기본 원칙으로 임해야 할 것이다.

■ 국군포로 및 납북자 송환 문제

1953년 정전협정 후속조치의 하나로 이루어진 포로교환 당시 북한에 남아 있다고 확인된 국군포로는 82,000여 명으로서 이중에서 남쪽으로 귀환한 인원은 8,343명에 불과하다. 1979년 우리 정부는 6 · 25전쟁 참전자 중 행방불명된 인원 19,409명의 명단을 발표하였는데 이 중 상당수 인원이 북한에 포로의 신분으로 생존하고 있을 것으로 보고 있다. 그 동안 탈북자를 통해 확인 또는 추정된 바에 의하면 생존자는 최소 400여 명에 이를 것으로 판단하고 있다. 한편 납북 어부를 포함하여 강제로 북한에 납치된 인원도 485명이 북한에 생존하고 있는 것으로 파악하고 있다. 지금 80대 나이에 접어든 이들은 송환은 고사하고 생사 확인도 안 되고 있는 실정이다. 그러나 불행하게도 우리 역대 정부는 이들의 송환에 소극적이었거나 무관심하였음을 부인할 수 없으며 특히 지난 좌파정권 10년 간에는 북한과의 관계가 나빠질 것을 우려하여 송환요구는 하지 않고 이산가족과 같은 범주에 포함하여 상봉만을 추진해 왔다.

현 정부에 들어와서는 국군포로 및 납북자 송환문제를 남북대화의 선행되어 해결할 핵심 의제로 정하고 북한에 성의 있는 조치를 강력히 요구하고 있다. 그러나 북한은 '국군포로 문제는 1953년 정전협정에 따른 포로교환으로 종료됐다.'면서 국군포로의 존재 자체를 부인하고 있으며 납북자도 남쪽이 이야기하는 그러한 납북인사가 북한에는 존재하지 않는다고 원천적으로 부인하고 있다. 국군포로는 목숨을 바쳐 나라를 위해 싸우다가 포로가 된 이들이고, 납북자는 북한에 불법 납치된 선량한 대한민국 국민이므로 정부는 끝까지 이들을 우리의 품으로 데려 올 수 있도록 모든 노력을 다해야 한다. 조국을 위해 생명을 바쳐 싸운 사람을 조국이 모른 체 한다면 앞으로 누가 조국을 위해 싸울 것인지를 국가도, 국민도 깊이 생각해야 할 것이다.

■ 북의 후계체제와 급변사태

마지막으로 북의 후계체제 구축과 이로 인한 급변사태 가능성에 대해서 언급하고 넘어가고자 한다. 현재 북의 상황을 보아서나 이 책 주제와의 연관성으로 보아서나 이를 여기서 논하는 것이 적절치 않은 점이 있지만 경우에 따라서는 이 문제가 우리 안보에 미칠 영향이 그야말로 절대적일 수 있기 때문이다. 2007년 후반에 김정일의 건강악화로 인한 후계문제가 떠올랐을 때 우리는 지금까지의 전통적 군사적 위협과는 전혀 다른 차원의 안보상의 위협을 맞고 있음을 깨달았다. 즉 북의 후계체제 구축과 이 과정에서 일어 날 수 있는 혼란과 그로 인한 급변사태는 한 · 미간의 군사적 대처만으로는 해결할 수 없는, 지금까지 경험해 보지 못한 전혀 새로운 성격의 위협으로 나타날 수 있다. 그리하여 그동안 국내에서는 정부, 학계, 연구소 등에서 많은 가능성과 시나리오, 대응 방안이 쏟아져 나왔다. 현재 주로 예상하는 향후 전망은 첫째 중국의 지원으로 그럭저럭 10~15년 정도 현상을 유지하는 것, 둘째 북한에 급변 사태가 발생하고 최악의 상황으로 통제불능의 상태가 되어 중국이 개입하는 것, 셋째 연착륙으로서 선군정치 강성대국을 포기하고 점진적, 단계적으로 중국식 개혁개방을 하는 것이다. 물론 마지막이 우리가 가장 바라는 것이지만 가능성은 가장 낮다고 보고 있다. 현재 김정일의 와병설에도 불구하고 체제 장악 및 혼란의 징후는 보이지 않고 있고, 김정일의 건강이 회복됨에 따라 지금 북한의 후계체제 구축은 전보다 불확실성이 많이 줄어들었고 이제는 어느 정도 준비된 가운데 3대 세습이 이루어 질 수도 있을 것으로 보인다. 현재의 상황에서 발생 가능한 급변사태와 대응 방안을 논하는 것은 아직은 추측과 가정의 수준을 벗어날 수 없지만 그러나 모든 예상 가능한 시나리오에 대한 대비가 긴요하다.

■ **소결론**

북은 앞으로도 선군정치를 통해 지속적인 내부결속 및 체제안정에 노력을 집중하며, 외부정보 유입차단, 사상 교양교육 강화, 김정일 군부대 방문, 대남 군사도발 등과 같은 종전의 행태를 계속 이어갈 것으로 보인다.

또한 북핵 문제의 벼랑 끝 전술로 대외적 마찰과 갈등도 지속될 것이며, 남한의 국론분열 노력과 한 · 미 이간질도 계속할 것이고, 경제 실리만 챙기고 실질적인 한반도 긴장완화 및 평화정착에는 소극적인 태도도 계속될 것이다. 하여간에 김정일의 생존 기간 중에는 개혁 · 개방 등 체제 변화 기대는 한낮 꿈에 지나지 않을 것이며 북핵문제, 선군정치체제, 경제난, 남북 군사대치 상황 등 현재의 대결구도는 계속될 것이다. 그래서 우리는 어쩔 수 없이 김정일 체제의 급속한 붕괴나 바라며 여기에 대비나 철저히 해야겠다는 생각을 하게 된다.

이상으로 우리 안보상의 위협요인 중에서 가장 심대한 북한의 위협에 대해서 알아보았다. 다음 절에서는 안보의 위협요인 중 마지막으로 국내적 내부적 위협 요인에 대해서 알아보겠다.

제4절
국내적 위협

국가안보에서 다루는 내부적 위협이란 나라 안에서 일어나는 문제가 국가 안보에까지 위협을 주는 것을 말한다. 우리나라도 그렇지만 전 인류의 역사를 보면 한 나라가 위태롭다거나 망하거나 하는 것은 외부로부터의 침략에 의한 것보다 내부의 잘못이 곪고 터져 일어나는 경우가 더 많고 또 외부의 침략도 내부에서 불러 온 경우가 많았다. 대체로 나라가 잘 굴러갈 때는 이러한 문제가 안 생기거나 발생해도 바로 해소가 되지만, 나라가 잘못될 때에는 위협 요인들이 겹쳐서 복합적으로 일어남을 볼 수 있다. 그러므로 국가의 안보를 다룸에 있어서는 외부로부터의 위협에 못지않게 내부의 위협에 대해서도 주의와 대응에 세심한 노력을 기울이지 않으면 안 된다.

국가 안위에 위협을 주는 국내적 위협요인은 무척이나 다양하여 범위를 넓게 잡으면 한정하기가 어렵겠다. 이러한 위협요인의 식별 및 선정 작업은 안보를 다루는 업무에서 첫 단추이며 핵심적인 단계이기도 한데 위협 범위와 대상을 너무 넓게 잡으면 정작 중요한 위협이 별로 중요하지 않은 것들과 뒤섞일 수 있을 것이며 너무 좁게 잡으면 빠뜨리는 부분이 나올 수 있다. 위협요소의 식별 및 새로운 안보과제로의 선정은 위협의 현 상태,

위협의 성격과 정도, 예상 발전 방향, 국가안보에 미치는 영향 등을 종합적으로 판단하여 정한다. 이렇게 위협이 식별되고 성격이 확인되면 국가의 해당 관련기관에서는 그 위협에 대응하는 방안은 무엇이고 국내에 가용한 자원과 수단은 무엇이며 국내외적으로 협력해서 할 것은 무엇인가 등을 판단하여 대책을 강구하고 필요한 대응을 하게 된다. 국내적 위협요인은 일반적으로 학계에서 적용하는 방식을 따라 정치 · 사회적 요인, 경제적 요인, 정보네트워크적 요인, 환경적 요인으로 크게 4가지로 구분하였다. 이중 정치 · 사회적 요인은 정치적 요인과 사회적 요인으로 구분할 수도 있으나 양 요인은 상호 밀접히 연관되어 있어서 하나의 항목으로 하였다. 그러면 지금부터 위에서 구분한 범주별로 위협의 내용을 보다 구체적으로 알아보겠다.

1. 정치 · 사회적 위협 요인

국내의 정치적 사회적 안정이 국가안보에 미치는 영향은 절대적이다. 국내 정치와 사회의 안정은 국가안보의 내부적 부담을 줄이고 외부의 위협에 효율적으로 대처할 수 있는 능력과 직결된다. 정치 · 사회적 갈등에 대한 정확한 파악과 적절한 관리는 전반적인 국가 운영과 발전을 위해서도 매우 중요하지만 국가안보에서도 가장 기본이 되는 일이다. 정치 · 사회적 위협은 국가이념과 국가정체성 훼손, 민주주의 운영 미숙, 국론분열, 이념 및 지역 갈등, 부정부패 등 주로 국가의 기초와 토대에 해당되는 위협으로서 그야말로 국기(國基, 나라의 기반)를 흔드는 위협이라고 할 수 있다. 정치 · 사회적 위협은 보통 수많은 요소들이 서로 복잡하게 얽혀서, 장기간에 걸쳐서 서서히, 잘 깨닫지 못하는 사이에 눈앞에 불쑥 나타난다. 그래서 이 책 주제의 하나인 '국민 안보의식의 약화'처럼 식별도 어렵고, 위협의 성격을 진단하기도 어렵고, 책임소재를 가리기도 어렵다. 정치 · 사회적 위협 요인들은 여러 가지를 제시할 수 있지만 여기에서는 현 시점에서 우리가 피부로 느끼고 있는 대표적인 사항 몇 가지를 제시했으며 물론 이것이 전부일 수는 없겠다.

■ **민주화의 갈등**

세계적으로 민주화를 진행하고 있는 국가들은 민주화 그 자체가 일반 국민의 자유에 대한 비현실적인 과도한 요구를 낳고 있고 개인주의 성향도 커짐으로써 국가의 불안정을 키우는 요인이 되고 있다. 민주화 과정에서 발생하는 이러한 부작용들은 국가안보의 과제들과 상당한 갈등과 마찰을 일으킨다. 왜냐하면 민주화는 기본적으로 개인의 자유와 권리의 신장을 꾀하는 반면 국가안보는 국가 권력의 집중과 국민의 통합을 잘 이루어야 효율적이기 때문이다. 우리나라도 예외 없이 민주화가 진행되면서 비슷한 갈등과정을 겪어 왔다. 4 · 19혁명, 5 · 18광주사태, 6 · 29항쟁 등의 민주화 과정에서 남북대결 상황과 맞물려 국가 명운의 위태로움을 느낄 때가 한 두 번이 아니었다. 그러나 이러한 과정에서 우리는 놀라운 지혜를 발휘하여 국가의 이념과 정체성을 지키면서 크나 큰 민주화의 진전을 이루었다. 하지만 우리나라는 아직도 온전한 민주주의, 민주주의의 완성이라고 할 단계까지는 이르지 못하고 있다. 그리하여 민주주의의 완성까지에는 아직도 넘어야 할 난관과 겪어야 할 갈등이 많이 남아 있으며 이 과정에서 우리는 또 어떠한 안보상의 위협을 맞을지 알 수 없다. 이러한 염려를 하는 이유는 우리 사회에는 여전히 상대방을 용납하지 못하는 이념의 양극화, 권력구조의 집중화, 고질적인 지역주의 같은 것이 뿌리깊이 박혀있고 이런 것이 민주화 과정에서 심각한 갈등으로 발전할 수 있다고 보기 때문이다. 지금 우리나라의 민주화는 한국이 민주화 되었다기보다는 민주주의가 한국화 된 상태라 할 수 있다. 그러나 국민의 자발적인 참여를 기본 특성으로 하는 민주주의는 국가안보를 또 다른 차원에서 반석과 같은 토대위에 올려놓는 것이기 때문에 우리는 과정상의 혼란을 두려워하여 민주화 노력을 멈추어서는 안 된다. 민주주의는 과정상의 시끄러움과 혼란은 있지만 종국적으로 정치적 안정을 가져다주고 나아가 국가의 지속적인 발전과 튼튼한 안보를 가능케 한다는 점을 잊어서 안 되겠다. 다행히 이제 우리 국민들은 민주주의 확산만이 궁극적으로 이들 문제를 해결할 수 있는 방안이라는 인식과 공감대가 커져가고 있다.

■ 국가 정체성의 훼손

우리나라의 국가이념은 '자유민주주의와 시장경제'이다. '자유민주주의와 시장경제'는 우리의 정치이념이기도 하고 우리 대한민국의 정체성(Identity)이기도 하다. 정체성이란 개인을 예로 들었을 때 내가 다른 사람이 아닌 나라는 것을 나타내는 나만의 고유한 특성을 말하며 이 특성이 사라지면 나를 나라고 할 수 없게 된다. 우리나라의 경우에도 '자유민주주의와 시장경제'라는 국가 정체성이 있으며 이 정체성으로 말미암아 정부는 국민으로부터 정당성을 부여받으며 국민들은 정부를 "나의 정부, 우리의 정부"라고 생각하게 된다. 정체성이 훼손되면 국가 존재의 기반이 무너지는 것과 같은 현상이 나타난다. 국토 한 뼘을 지키는 것도 중요하지만 국가의 정체성을 지키는 것도 대단히 중요한 것이다. 우리는 건국 후 지금까지 우리의 자유민주주의와 시장경제라는 국가이념이 무너지거나 공산주의 또는 사회주의로 대치되는 것이 아닌지 심각히 걱정하는 경험을 수차례 했다. 정체성이 무너지거나 다른 이념으로 교체되면 아무리 막강한 군사력이 있어도 속수무책으로 나의 나라가 아닌 다른 나라가 되어 버린다. 그런데 국가의 정체성을 일반 국민들은 명확히 인식하고 있지 못하거나 또는 그 훼손 과정을 분명히 깨닫지 못할 수 있다는 문제점이 있다. 그러므로 이는 어느 과제보다도 정치지도자 또는 사회지도층의 명확한 사명인식과 나라 안의 작은 움직임에서도 문제를 집어낼 수 있는 깨어있는 자세가 아주 중요하다.

■ 이념갈등과 국론분열

지금 우리나라는 좌우이념의 양극화가 심각하며 뿌리도 깊고 역사도 길다. 우리는 해방 이후 지금까지 남북한 간의 이념갈등에 더하여 남한 내에서 보수와 진보로, 우파와 좌파로 나뉘어 이념적 갈등(남남南南 갈등)이 계속되고 있고 급기야 적과 동지의 관계로까지 발전하고 있다. 사실 좌우 이념갈등과 이로 인한 국론분열은 어느 나라, 어느 사회나 있는 것으로서 우리나라만의 고유한 갈등은 아니다. 그러나 우리의 이념갈등은 남북간의 대결 및 갈등 구도가 그대로 우리 남한 사회에 이입되어 남남 갈등의 형태로 전개되고 있다는 특성이 있다. 그리하여 남한의 좌우 이념갈등은 남북분단의 역사와 완전히 궤(軌, 경로)를 같이 하고 있고 남쪽의 좌파 또는 친북세력이 우리에게 주는 안보상의 위협은 북한이 우리에게 주는 위협과 그 성격이나 내용면에서 동일하다고 할 수 있다. 그러므로 좌우 이념갈등에 대한 대처는 국가 안보적 차원에서 대처해야 한다. 실제로 친북 좌파의 사람들은 대한민국을 태어나서는 안 될 나라, 부끄러운 나라라고 떠들면서 대한민국의 정체성을 부정하고 타도와 전복을 기도해 왔다. 우리의 남남 이념갈등 그리고 국론분열 현상은 북쪽에 북한이라는 실체가 있는 한, 또는 북한이 한반도 적화통일이라는 목표를 완전히 포기하지 않는 한, 해소되지 않을 것으로 보아야 한다.

얼마 전 한 언론기관에서 조사한 현 우리 사회의 이념 성향은 김정일이 "남한은 적화는 되었지만 통일이 안 되었다."고 평가할 정도로 좌편향이 심각한 수준이다. 조사 결과는 극우(5%), 우(25%), 중도(40%), 좌(25%), 극좌(5%)로서 거의 완전한 대칭적 수준인데 지난 10년 간 좌파성향 정부의 영향이 클 것으로 본다. 우리나라의 이념 갈등은 옳고 그름을 떠나서 자기주장의 정당성에 대한 확신이 너무 강하고 서로가 서로를 도저히 용납 못하는 극단성을 보인다는 특징이 있다. 이는 좌파이념의 폐해에 더하여 심각한 국론 분열과 사회 분열도 야기하고 있어서 국가의 안정적 발전과 안보에도 직간접적으로 중대한 영향을 미치고 있다. 지금 이념갈등으로 발생하는 비용이 우리 GDP의 30%인 300조원에 이른다는 통계가 있는 바 이 책도 결국은 이념갈등에서 기인한 문제점을 다루고 있기 때문에 이 비용에 포함되어야 할 것이다.

■ 사회 통합의 위기

어느 사회든지 내부적으로 자유와 다양성을 추구하는 것과 안정과 질서 그리고 통합을 추구하는 사이에는 늘 갈등이 존재해서 이를 적절히 조화시켜야 하는 어려움이 존재한다. 모든 사회는 지역, 언어, 종교, 혈연, 학연, 소득 및 교육 수준 등에 따라 수도 없이 많은 다양한 집단이 형성되고 이 집단은 사회의 안정과 통합에 긍정 · 부정 양면으로 중요한 역할을 한다. 이 집단들은 국가와 사회의 안정과 통합을 가져오는 기능을 발휘하기도 하지만 반대로 심각한 갈등과 분열의 요인으로 발전하기도 하며 이때 집단들 간의 갈등 형태와 위협의 모양은 구구각각으로 다르게 나타난다. 우리 사회는 해방 이후 급격한 사회변동을 겪으면서 사회갈등도 증폭되어 왔다. 우리의 사회 환경은 6 · 25전쟁이라는 미증유의 경험과 전통적 농업사회에서 현대사회로 급속한 변동을 거쳤는데, 이러한 변화와 변동이 사회구조나 생활양식에서 갈등을 유발하기 쉽도록 하였다. 그리고 정치인들은 이를 시정하기보다는 정치적 목적으로 갈등을 더욱 조장하여 왔다. 이러한 사회적 갈등요인들 중에서 안보적 차원에서 특히 유의할 요소는 사회 계층간의 갈등과 지역갈등이라 할 수 있다. 사회 계층의 형성과 이 계층간의 갈등은 주로 경쟁과정의 기회 불균등으로 인해 소득의 불균형과 상대적 박탈감이 커지면서 생긴다. 우리나라는 1970년대 후반부터 소득 분배의 불균형과 상대적 박탈감에 의해 생긴 계층간의 갈등이 사회 문제화 되어 왔고 지금도 진행중에 있다. 결국 이러한 요인들은 우리 사회의 건전한 문화와 가치관의 상실을 불러오고 범죄, 반체제 운동, 사회 질서 위협 나아가 선동, 분열 책동, 테러 등을 야기하여 국가안보에 중대한 위협요소로 발전하는 것이다. 한국은 다른 나라에 비해 매우 동질적인 사회이긴 하지만 성취욕이 매우 높고 단기간에 압축 성장을 하면서 벌어진 계층 격차로 박탈감을 크게 느끼는 국민들이 많으므로 국가는 이점에 각별한 주의와 노력을 기울여야 한다. 한편 지역갈등은 지역간에 어느 정도 차이와 대립은 어느 나라와 사회에서도 있는 것이지만 우리는 정치 사회적 요인이 부가하여 고질적 지역주의로 변화한 데서 문제의 심각성이 있다. 이 지역주의는 정치권력의 지역적 분할 구도를 구조화시키고 있고 지연, 혈연, 학연 등으로 얽히는 인적망과 밀접히 연결되고 있어서 어떠한 갈등 못지않게 국가안보에 부정적 영향을 미치는 요인이라 할 수 있다.

최근에 국제화의 여파로 우리나라에도 외국인의 대량 유입과 외래문화의 도입이 무분별하게 이루어지고 있어서 새로운 사회 불안의 요소로 대두되고 있다. 아직은 안보문제라고까지 할 단계는 아니지만 국가에 따라서는 안보적인 차원에서 이 문제에 대응하고 있음을 볼 수 있다. 예를 들어 미국은 히스패닉계의 대량 유입과 급증을 미국 사회 안정에 큰 위협요소로 보고 초강경 정책으로 대응하고 있으며 유럽 국가들도 아랍계 노동자들의 대량 유입에 신경을 곤두세우고 있다. 아랍 국가들은 코카콜라, 햄버거 등 미국문화의 유입을 자신들의 정체성과 나아가 국가의 존망을 위협하는 요소로 생각한다. 세계의 동질화가 어떤 국가에서는 안보 위협요소로 인식되고 있는 것이다.

■ 정치시스템의 비효율성과 인기영합주의 정치

정치시스템상의 안보적 위협요소로 민주주의의 근원적 속성이라 할 수 있는 의사 결정 구조의 복잡성과 지연을 들 수 있다. 예를 들어 정부 조직상의 안보 및 전쟁수행시스템이 아무리 효율적으로 짜여져 있다 하더라도 유사시 긴박한 상황에서 국회동의라는 절차는 국민의 의사를 결집하여 신속하며 일사분란하게 대응하는 것을 어렵게 하는 요소로 작용한다. 우리나라의 경우 90년대까지의 정치시스템과 관련한 안보 위협요소는 주로 정권의 정통성 결핍, 자율성 부재, 민주주의와 자치권 확대 요구, 인권, 계층별 권익 요구 증대 등이었다. 그러나 현재는 그동안 꾸준히 이루어진 민주화와 순조로운 정권교체의 경험 등 정치의 발전으로 인해 정치 자체에 의한 안보 위협은 많이 감소한 상태라고 할 수 있다. 그렇지만 아직도 남아 있는 개인중심의 정치 리더십은 모든 의사결정에서 대통령 일인에 대한 의존도가 너무 커서 중요한 국가안보정책 결정시 독단적 권한 행사의 여지가 있고 이에 따라 대통령 개인의 성향이 안보정책에 결정적으로 작용할 가능성이 있다. 또한 권력구조의 취약, 권위주의의 상존, 정치인들의 비도덕성과 부패도 부정적 요소로 지적할 수 있다. 민의를 수렴한다고 다수의 국내 목소리를 반영하다보니 정책결정 시간이 너무 길게 소요되어 결국 정부가 급박한 위기에 제대로 대처하지 못하기도 하며 또한 알 권리를 주장하는 언론의 요구로 인해 보안유지의 어려움이 크고, 정보활동도 많은 제약을 받는다. 몰지각한 정치인들의 정략적 발언, 언론의 상업주의적 근시안적 보도 태도, 일부 국민의 지나친 애국심과 국수주의도 안보에 역기능을 한다. 또한 국가의 장래보다 대중의 눈앞의 이익을 약속하여 정권을 노리는 대중 인기영합주의 정치행태(Populism)가 국가의 발전을 가로막고 나아가 안보에까지 영향을 미칠 수 있다.

한편으로 개인의 인권, 자유, 평등을 강조하면 할수록 국가안보 노력의 효율성은 떨어질 수밖에 없다. 지금 세계 각국은 민주주의의 확산으로 개인의 자유에 대한 욕구는 커지는 반면에 국가의 개인 구속력은 약화되는 현상을 보이고 있다. 이와 같은 흐름의 결과로 인간(개인) 안보라는 개념까지 등장하고 있다. 이는 국가안보에 관한 것이 과연 국민 개개인의 안보에도 좋은 것인가에 대한 의문에서 나온 것으로서 이는 개인과 국가 그리고 국제안보의 상호 역학 관계가 점점 복잡다단해지고 있음을 보여준다. 최근에는 인터넷이 새로운 형태의 정치 · 사회적 위협요인을 제공할 수 있는 가능성을 보이고 있다. 국민의 정치참여와 자유로운 의사표현이라는 명분으로 인터넷의 가상공간을 통해 벌어지고 있는 반사회 · 반국가적인 포퓰리즘적 선동은 대단히 위협적인 위력을 보여주고 있다. 얼굴이 없는 가상공간에서 무분별하게 이뤄지는 선동은 바로 온 사회를 갈등과 증오 그리고 분열로 치닫게 할 수 있다. 이는 진정한 민주주의 성취에도 역행하는 것이며 국가안보에까지 영향을 줄 수 있으므로 어떤 명분으로든지 정당화 될 수 없겠다. 이제 민주주의가 보다 일상화되면서 제대로 작동하는 '시민사회' 그리고 일반 국민들의 인권, 자유, 평등과 연관된 제반 원리와 의무의 바른 이해가 더욱 긴요해지고 있다.

2. 경제적 위협 요인

경제가 안보에 미치는 영향 또한 절대적이다. 당장 국방만 보더라도 국방은 한마디로 돈이라고 할 수 있을 정도로 튼튼한 경제력의 뒷받침 없이는 국방력을 제대로 갖출 수가 없다. '부국강병'이라는 말에서 볼 수 있듯이 경제력과 군사력은 늘 함께 한다. 경제가 커야 군사가 클 수 있고 군사가 강해야 경제도 강해 질 수 있다. 이는 인류 역사가 증명하고 있다. 그러나 여기에서 말하고자 하는 경제적 위협 요인은 경제 자체의 힘보다는 경제가 잘못되었을 경우 닥칠 수 있는 위협, 예를 들어 물가폭등, 대량실업, 악성 노사분규, 대규모 국가부채, 외환위기, 소득불균형 심화, 에너지 · 식량 자원 확보 실패 등으로 야기되는 안보상의 위협을 말한다. 이처럼 경제 분야가 국가안보 또는 국방에 미치는 영향이 매우 광범위하고 깊기 때문에 학문적으로도 '경제안보'라는 영역이 있을 정도로 많은 연구가 이뤄지고 있다. 경제적 위협 요인도 위처럼 수많은 요소를 열거할 수 있겠으나 여기서는 중요하다고 생각되는 세 가지만 이야기하겠다.

■ 빈부격차의 확대

경제 분야 위협요인의 첫째는 소득분배의 불균형과 이로 인한 빈부격차 확대에 따른 사회 갈등이다. 빈부격차가 가져오는 사회불안 정도와 형태는 국가마다 다르지만 인류 역사에 나타나는 대부분의 민란, 반란, 폭동, 소요는 빈부격차의 과도한 확대와 못 가진 자의 반발에 기인하고 있음을 볼 수 있다. 이러한 소득분배의 불균형과 빈부격차는 개인의 능력 차이에서도 오지만 공정한 경제활동 규칙의 실종, 소수 사람에 의한 경제력 독점, 정경유착, 사회지도층의 모럴 헤저드(도덕심 상실), 부동산투기 등 여러 요인에 의해 발생한다. 이러한 사회적 불공정과 불평등은 필연적으로 가난한 계층을 형성하고 이 가난이 대물림으로 사회 내에 고착된 계급구조로 진행될 때 국민통합의 위기를 가져와 국가안보에 심각한 위협요소가 되는 것이다. 즉 빈곤층은 자신들이 사회에서 또는 국가로부터 소외되거나 정당한 권리를 박탈당하고 있다고 생각하므로 스스로도 반체제 반정부적이 되지만 불순세력들에게 반정부 활동을 할 수 있는 토양을 제공하며 그들의 가장 강력한 무기가 된다. 이처럼 경제적 문제로 발생한 경제적 위협 요인은 국가가 적시에 적절한 대응에 실패하면 사회적 정치적 위협요인으로 발전하여 국가안보의 직접적 위해요소가 된다.

■ **세계화의 부정적 측면**

작금에 전 지구적으로 세계화 및 국제화가 지속적으로 확대되면서 각 국가의 경제에서 다국적 기업과 같은 국제화 요소가 차지하는 비중이 커지고 있고 이는 국가의 안보에도 중요한 영향을 미치고 있다. 경제규모가 작은 나라는 국가안보에서 다국적 기업이 미치는 영향이 국가와 비등하거나 더 큰 경우도 본다. 세계는 지구적인 경제적 상호의존이 불가피하고 점차 확대될 것이라는 점과 그것이 각국의 국익에도 도움이 된다는 인식이 확대되고 있으며 국제질서도 군사적 관계에서 경제적 실리를 추구하는 방향으로 변하고 있다. 그리하여 시대는 경제력의 시대가 되고 '국가 경쟁력'이 주요 키워드로 되었으며, 전 세계가 단일 자유시장화 하면서 내 나라가 더 잘 살아야겠다는 내셔널리즘도 더욱 강화되고 있다. 그래서 사실상 현재는 국경 없는 경제전쟁이 치열하게 벌어지고 있다고 말할 수 있다. 이러한 치열한 경쟁의 결과로 경제면에서 한 국가의 어떤 우위도 오래 영속하지 못하고 순환하는 모습을 보이는가 하면 반면에 첨단기술은 연구개발에 엄청난 시간과 비용이 들고 비효율적이 되어 궁극적으로는 자급자족이 아예 불가능하게 되고 있다. 세계 최고의 경제대국인 미국마저도 이미 1980년대 일본 경제의 최절정기에 경제문제를 안보문제로 파악하기 시작했고 통상정책이 외교 · 안보정책의 핵이 되어 미국의 경제적 이익을 지키는 것을 안보적 수준에까지 격상시켜 외교 및 안보정책을 추구하고 있다. 무역입국을 지향하는 우리나라도 여기에서 예외가 아니며 오히려 그 정도는 더 깊어서 우리의 경제적 안보위협도 외부로부터 기인할 가능성이 매우 높다. 1997년 IMF 위기 때처럼 대외적 경제위기는 이를 잘못 관리하면 국내적 경제위기로 파급되어 곧바로 안보상의 위기를 초래할 수 있는 것이다. 한편 계속 확대되는 국제 금융시장의 자유화, 개방화와 더욱 일반화되고 있는 국가간, 기업간 전략적 제휴도 한 국가의 안보에 적지 않은 영향을 미칠 것으로 판단된다. 최근 세계 경제위기에서 미국 3대 자동차회사 CEO들이 미 의회에 구제 금융을 신청하기 위해 나와서 "우리가 무너지면 미국의 안보도 위험할 수 있다."고 위협한 것은 이러한 사정을 잘 설명해 주고 있다. 요는 작금의 국제적 무한경쟁과 도전에서 살아남는 것이 경제 분야에서의 실질적 국가안보 과제라고 할 수 있으며 현재 전통적 개념의 국방보다 더 중요해지는 현상을 보이고 있다.

■ 자원 확보의 어려움 증가

한편 국제사회는 자원전쟁이라는 말이 나올 만큼 석유, 가스, 우라늄과 같은 에너지 자원을 필두로 식량, 희귀금속 등 전략물자를 둘러싼 갈등도 점차 첨예화되어 가고 있다. 석유와 같이 매장량의 한계를 눈앞에 보고 있는 자원은 가격의 왜곡, 투기세력의 장난 같은 현상이 일상화되고 있으며 중국의 싹쓸이식 자원 확보를 위한 활동은 우리나라를 포함하여 국제 사회에 위기감을 조성하고 있고 자원을 둘러 싼 국가간의 무력충돌까지 예상하고 있다. 에너지와 식량은 자원의 한정성으로 인해 제로섬 게임(한정된 양을 가지고 서로 많이 갖겠다는 게임)의 성격이 크기 때문에 이들 자원 확보가 국가안보에서 차지하는 비중이 점점 커지고 있다. 식량, 에너지, 원자재 등 전략자원의 대외의존 심화뿐만 아니라 첨단기술을 요구하는 핵심 산업의 지나친 대외 종속, 수출주도형 경제에서 수출이 차지하는 비중 과중, 원자재 수입 또는 수출이 몇 개의 나라에 집중하는 현상 등도 자원상의 안보위협이라고 할 수 있다. 이리하여 자원 분야에서도 국가의 외교, 군사, 경제 등 국가의 모든 지혜와 역량을 투입한 장기적인 자원 확보 대책의 수립 및 추진이 절실해지고 있다. 한편 상기한 물자자원의 보유도 중요하지만 그 국가의 총체적인 지식, 정보 관리능력 등 소프트웨어적 능력도 하나의 중요한 국가 자원으로 인식하여 이들에 대한 육성 및 보호가 국가안보 차원에서의 대책이 요구되고 있다.

3. 정보네트워크적 위협 요인

정보네트워크적 위협은 극히 최근에 생겨난 전혀 새로운 타입의 위협이다. 현재 세계는 인류가 일찍이 경험해보지 못한 정보화 사회 전개에 따라 인간사 전반에 걸쳐 대대적인 변화가 진행되고 있다. 급격한 정보통신기술 혁명에 의해 국가행정, 금융, 산업, 전력, 수송, 안보, 무기체계 등 국가의 전 기간체계에서 정보 네트워크 의존도가 막중해지고 있고 각 개인의 일상생활에서도 불가결한 요소가 됨으로써 정보 네트워크가 일단 마비되면 국가와 사회 전체가 심각한 상황에 처하는 위험을 안고 살아가고 있다. 현재 정보네트워크적 위협은 크게 사이버 테러와 전자정보전 두 가지로 이야기 할 수 있겠다. 정보네트워크는 세계적으로 촘촘히 연결되어 있는 국제적 네트워크 망을 기본으로 하기 때문에 이 위협을 내부적 위협이라기보다는 외부적 위협으로 봄이 타당하겠으나 본서에서는 편의상 내부적 위협요인으로 분류하였다.

■ **사이버 테러**(Cyber Terror)

사이버 테러란 다양한 첨단정보기술을 이용하여 인터넷상의 가상공간에서 컴퓨터시스템과 네트워크 및 데이터를 공격, 교란, 마비, 무력화시키는 행위를 말한다. 테러 집단 또는 한 개인(해커라고 함, 사이버 테러를 행하는 사람)에 의해 시도될 수 있는 사이버 테러는 비용이 저렴한 반면에 국가 행정망 또는 군사기반 시스템 마비와 같은 엄청난 피해를 줄 수 있기 때문에 그 피해 규모를 생각할 때 어느 위협 못지않게 심각하다. 사이버 공간은 전 세계적으로 연결되어 있어 해외에 있는 하나의 단말기를 이용해서도 이뤄지는 사이버 공격은 지리적 국경이나 시간적인 한계가 없고 개인과 국가, 전선과 후방, 범죄와 군사 등에서 어떤 경계와 구분도 없다. 세계에서 가장 치안이 좋은 공간과 가장 나쁜 공간이 바로 옆에 있으며, 국제적 사이버 테러리즘이나 범죄의 범인이 국내에 있는지, 국제적 조직인지 구분도 어렵다. 한 국가의 무기체계 첨단 지휘통제시스템도 사이버 테러의 주요 목표가 되며 이들 공격에 취약하기는 마찬가지이다. 해커에 의해 단 몇 분 만에 끝낼 수 있는 사이버 테러는 일순간에 미국 뉴욕 월스트리트의 모든 금융거래 기록을 사라지게 하고 미군의 첨단 무기들을 고철 덩어리로 만들 수 있다. 정보나 정보시스템을 위협하는 사이버 테러의 형태는 매우 다양하여 개인 해커의 단순한 장난부터 조직적 해커에 의한 경제적 이익을 목적으로 한 범죄행위, 테러 집단이나 과격한 정치집단에 의한 정치목적의 공격, 국가 차원의 군사적인 정보전쟁까지 있다. 사이버 테러는 해커가 공격대상의 사이버 수행체계를 파악하고 취약점을 분석 후 은밀히 공격하므로 공격을 받고 있는지 감지가 어렵고 공자의 소재와 의도 파악도 어려우며 나아가 관련 기술도 끊임없이 빠르게 발전하고 있어 대응이 아주 만만치 않다.

■ **전자정보전**(Cyber Warfare)

정보네트워크에 의한 안보상의 가장 뚜렷한 위협 형태는 전자정보전이다. 많은 안보학자들이 미래전은 정보네트워크를 바탕으로 하는 전자정보전이 될 것으로 보고 있다. 전자정보전은 정보우위를 달성하기 위해 적의 정보체계 및 컴퓨터 네트워크에 가하는 무형의 공격행위로서 컴퓨터 네트워크 및 사이버 공간에서 전개된다. 전자정보전의 형태는 컴퓨터 네트워크 공격, 컴퓨터 바이러스 유포, 논리오류 발생, 대량의 전자메일 발송, 컴퓨터 오작동, 파괴적 해킹, 역정보, 파일의 파괴 · 왜곡 · 은닉, 데이터의 파괴 · 조작 · 도둑, 데이터 접근 방지, 처리절차 조작, 통신 네트워크 및 사회시설 마비 등 매우 다양하다. 이러한 전자정보전은 사이버 테러와 같이 국경선이 없고 한 국가로서는 효과적으로 대응할 수 없어 국제 협력이 불가결하며 공자에 완전 노출되어 수동적인 사후적 방어밖에 할 수 없고 군사기술과 민간기술의 경계가 없으며 공격 대상도 무한대이다. 나아가 적의 정체 및 공격목표와 의도 파악이 어려우며 이에 관한 한 국가이익과 개인이익이 상충되는 경우가 많아 해당 국가의 개인도 자국을 공격한다. 현재 세계 각국은 사이버 테러와 전자정보전에 대처하기 위해 사이버군 창설, 전담기구 편성, 예산확충 등 대응책 마련에 부심하고 있다. 중국은 육해공군 외에 별도로 사이버군을 만들었고 미국도 최근에 각 군에 있는 사이버사령부를 지휘 감독할 국방부의 사이버사령부를 만들고 사령관에 육군 대장을 임명했다. 그러나 상대방 네트워크로의 접속방법과 경로가 너무나 다양하고 공격전술도 계속 빠르게 발전하고 있어서 근본적 대응에는 한계를 보이고 있고 완전한 방어는 불가능한 것으로 보고 있다. 더구나 전자정보전의 효과적인 대응을 위해서는 국제적 공조가 필수여서 보안을 요하는 각국의 방어대책 강구를 더욱 어렵게 하고 있다.

4. 환경적 위협 요인

환경적 위협 요인과 관련하여서는 우선 환경 문제가 과연 국가안보의 검토 대상이 되는가 하는 의문이 자연스레 든다. 즉 도대체 환경의 무엇을 방위할 것인가의 문제에서 "인간 삶의 질과 생활환경을 보전하는 것도 국가안보에 속하는가?"라는 질문이다. 전통적인 안보와 환경문제 간에는 공통성보다 이질성이 두드러지고 직접 관련이 없어 보인다. 가장 큰 차이는 환경은 국방과 달리 절박성이 없고 당장 눈에 보이지 않는다는 것이다. 이에 대한 답은 '환경문제로 인한 피해가 전통적 군사위협에 의한 것만큼이나 안보적 피해를 줄 수 있다고 보는 것'이라는 것이다. 즉 환경 파괴는 경제적 잠재력 및 인간의 복지 수준을 저하시키며 지구온난화, 오존층 파괴, 산림파괴 등은 인간이 전적으로 의존하는 자연 생태계를 무너뜨림으로써 종국적으로 국가안보를 위협한다는 것이다. 또 다른 측면에서, 한 나라의 환경파괴는 다른 나라로 쉽게 전이됨으로써 국가간 긴장과 갈등을 유발하여 안보의 위협요소가 될 수 있다는 것이다. 이처럼 환경파괴가 갖는 국가간 파급효과라는 특성에 따라 환경안보는 전 지구적 차원의 '궁극적 안보'라고도 하며 전 지구적 판단과 대응을 할 것을 요구한다.

미국의 경우 이미 국가안보문서인 『미국의 국가안전보장 전략』의 1991년 판부터 환경문제가 들어가 있고 국방성, CIA, 에너지부는 1993년부터 환경을 안보문제로 다루고 있다. 1994년 『개입과 확대의 국가안보 전략』에서는 "환경파괴는 경제성장을 가로막고 있으며 점증하는 자원 확보 경쟁은 세계의 지역안보에 심대한 위협이 되고 있다"고 지적하고 있다. 또한 UN에서도 환경과 안보의 관계가 밀접함과 포괄적 안보개념으로 환경안보의 중요성을 강조하면서 세계의 환경문제 해결에 적극적, 주도적으로 앞장서고 있다. 환경보전은 활동주체가 각종의 국제기관, 각국 정부, 비정부 민간단체(NGO, Non-Government Organization), 민간 경제주체, 일반시민 등 매우 다원적이며 또한 환경을 보호하는 수단도 복잡하여 이의 해결을 위해서는 개별국가의 노력으로 한계가 있어 UN을 중심으로 하는 지구적 관리기구의 필요성이 제기되고 있다. 지금 국제적으로 초국가적 환경단체와 각국의 국내 환경단체들이 많이 늘어나 풀뿌리 차원의 운동을 적극 전개하고 있는데 이들은 환경 테러리스트라는 말을 들을 정도로 과격한 모습을 보이고 국가안보에는 적대적이고 감정적인 방식으로만 대응해서 각국의 국가안보에 부담을 주고 있기도 하다. 반면에 일부 안보전문가들이 환경에의 영향은 접어 둔 채 국방만이 국가이익의 전부인 듯 주장하는 모습도 고쳐져야 할 것이다.

환경과 안보의 흥미 있는 충돌 사례가 있다. 2002년 초 미국 캘리포니아 주 법원은 '미 해군 잠수함이 적 잠수함을 탐지하기 위해 사용하는 Sonar(수중음파탐지기)가 고래의 이상행동을 일으키는 원인이 된다.'는 환경단체들의 주장을 수용하여 잠수함 가까이에 고래가 있을 때는 소나를 켜지 못하도록 결정했다. 이에 미 해군은 '고래의 건강보다 미국의 안보가 더 중요하다'고 대법원에 상고했고 미 대법원은 '고래 건강이 미국의 안보보다 중요할 수 없다.'며 미 해군 잠수함이 훈련 할 때 소나를 꺼지 않아도 된다고 판결했다.

5. 국내 위협 요인의 발전

■ 국내 위협 요인의 상호 작용

지금까지 이야기한 정치 · 사회, 경제, 정보네트워크, 환경의 제반 안보위협요인은 독자적으로도 위협요인이 되지만 상호간에 아주 밀접하게 작용하여 한 분야의 위협은 곧장 다른 분야의 위협으로 비화된다. 사회, 경제, 정보네트워크, 환경 분야의 갈등은 종국적으로 정치적 갈등으로 귀결된다. 예를 들어 정치 사회적 갈등은 체제 불만 세력에 의해 동맹파업, 사보타지, 운송거부, 불매운동 등으로 국가 경제에 혼란을 일으켜 경제적 갈등을 낳고 또한 이 갈등은 정치 사회 분야의 갈등으로 순환된다. 반대로 정치권의 무한대결은 경제 사회 분야에 필요한 법제정을 불가능하게 하여 결과적으로 경제 사회 분야의 갈등을 방치 내지 조장하는 기능을 한다. 우리는 정치 사회적 갈등으로 인한 정부불신이 국민 안보의식의 해이와 민군관계의 악화를 가져오고 대군지원의 약화, 군의 사기 및 전투력 약화로 이어지는 것을 경험했다. 남남 이념갈등은 반미감정을 낳고 이는 주한 미군 무용론 내지 철군 주장으로 발전하여 현행 한미 군사공조체제 위협 등 국방 전반에 직간접적 영향을 준다. 인간은 기본적으로 경제적 동물이자 정치적 사회적 동물이기 때문에 정치 사회적 갈등과 이의 증폭을 꾀하는 세력에게 경제적 갈등만큼 좋은 호재가 없다. 소득배분에서 소외되거나 피해를 입고 있다고 생각하는 계층으로 하여금 정부를 상대로 대결케 하는 것만큼 쉽고 확실한 방법이 없기 때문이다. 지역간, 계층간의 사회적 갈등이라는 것도 내부를 들여다보면 경제적 갈등일 때가 많다. 경제적 위협요인인 물가 불안과 부동산 가격급등, 경제력 집중, 소득 불균형, 계층 · 지역 · 노사 갈등은 곧바로 정책비판 → 정권비판 → 체제부정 → 국가부정의 형태로 안보를 위협한다. 국가경제의 어려움도 국방에 직접적으로 작용한다. 1997년 경제위기는 국방예산을 대폭 감소시켜 전투태세 유지와 훈련에 심대한 지장을 가져 왔었다. 한편 과도한 군비경쟁은 경제구조를 왜곡시켜 국제수지 및 국제경쟁력을 약화시킬 수 있고 군에 의한 환경오염은 대군불신을 낳아 안보에 부정적 영향을 준다.

■ 국내 위협의 발전

대체로 모든 갈등은 정치적 갈등으로 귀결되며 정치적 갈등이 정책비판을 넘어 정권비판, 체제부정 나아가 국가 부정의 형태로 발전하면 즉각적으로 국가안보에 위협이 된다. 정치적 갈등이 밖으로 표출되는 방식은 다양하다. 갈등의 표출 형태는 그 강도에 따라 청원서 제출, 집단 민원제출, 평화적 시위와 같은 온건한 의사표시로부터 성토대회, 단식투쟁, 시위집회 등 제도적 법적 테두리 내에서 이루어지는 비폭력적 방식이 있고 나아가 투석, 방화, 폭행, 화염병 투척 등 단순 폭력을 행사하는 수준에서 테러나 게릴라전처럼 준군사적 행위까지 매우 다양하게 나타난다. 일단 갈등이 폭력적 비합법적으로 표출되면 국가안보에 위협이 된다. 왜냐하면 기본적으로 안보란 국가의 법질서 유지를 전제로 하며 또한 정치적 갈등이 일단 폭력적으로 표출되면 당사자의 의도대로 진행되지 않고 의외의 방향으로 진행되는 경우가 흔히 발생하기 때문이다. 여기에서 비합법적 폭력은 공공의 질서와 안녕을 위협하는 치안적 수준의 폭력과 정부전복을 목표로 하는 안보적 수준의 폭력으로 나눌 수 있겠다. 이중에서 치안적 수준의 폭력은 경찰 차원에서 대응할 수 있다고 간주하고 여기에서는 국가안보에 직접적 영향을 미치는 정부전복을 목표로 하는 안보적 수준의 폭력을 중심으로 알아본다. 한 국가 내에서 일어나는 안보적 수준의 폭력 행위는 강도면에서 내부 분란과 저강도 분쟁으로 나눌 수 있다.

■ 내부 분란

내부분란은 현 정부와 체제를 타도하고자 하는 목표의 전(前)단계로서 사회에 극심한 혼란을 조성하기 위해 대중을 분열, 자극, 선동하는 조직적인 폭력 및 비폭력 행위를 말한다. 내부분란은 정치 사회적 갈등요인을 이용하여 현 체제를 전복하려는 소수의 리더와 이를 추종하는 집단에 의해 일어난다. 우선은 정권타도가 목적이 아니고 사회 혼란과 사상적 심리적 대중 장악이 목적이므로 언론, 인터넷 등 다양한 대중 매체수단을 활용하고 외부의 지원세력도 최대한 활용한다. 이들은 일차적으로 대중을 미혹시킬 수 있는 교묘한 기만논리를 개발하고 퍼뜨리어 대중을 분열시키고 자극하며 선동한다. 이러한 자극적 선동에는 정부에 대한 근거 없는 유언비어 유포가 큰 역할을 하며 이에 흥분한 대중은 곧장 공격의 화살을 정부로 돌린다. 이들은 대중을 점차 조직화 세력화하는 한편, 사회를 극심한 혼란 상태로 만들어 다음 단계로 넘어가기 위한 여건을 조성해 나간다. 반정부 감정을 유발시키는 각종 흑색선전을 유포하고 악의적 사고 사건을 일으켜 대중을 극도로 흥분시켜 이를 분란의 주요 동력으로 활용한다. 묘한 대중 영웅심리에 휩싸인 불특정 다수의 대중은 보다 자극적이고 영웅적인 행위를 추구하며 대규모의 세를 이루고 있는 자신들의 모습에서 옳고 그름의 판단 능력을 상실한 채 자기들이 무엇이든지 할 수 있다는 집단 최면에 걸린다. 그리고 이를 이끄는 리더는 이러한 상태를 자신들의 목적을 위해 이용하는 것이다. 대중의 회유와 포섭에 성공하여 일부를 자기 세력화하였다고 판단되면 이를 조직해 나가며 이들 조직을 앞세워 다음 단계인 폭동, 봉기, 반란, 전복으로 이끌어 간다. 폭동, 봉기, 반란, 전복은 구분되지 않고 동시에 복합적인 형태로 이루어진다. 이때 국가의 주요 공공시설과 주요 인사가 공격 목표가 된다. 폭동, 봉기, 반란, 전복은 처음에는 공권력이 미치지 않거나 약한 곳에서 시작하나 세력이 강해지면서 점차 권력의 중심부 쪽으로 이동해 간다.

2008년 광우병 파동과 촛불집회는 전형적인 내부분란의 한 모습을 보여주었다.

내부분란의 대처는 정부가 이를 제압하고 평정할 수 있는 물리적 힘을 확보하고 또한 이를 적절히 행사할 수 있는 능력 보유가 우선되어야하지만 정부 시책에 대한 정치적 사회적 정당성의 확보가 더욱 중요하다. 그러나 정부가 이를 확보하고 있다 하더라도 전적으로 불순한 의도를 가진 불순세력에 의해 일어나는 내부분란은 이들의 특기인 교묘한 선전선동의 파괴적인 힘에 의해 전혀 예상치 못한 어이없는 결과를 초래할 수도 있으므로 불순 세력의 사전탐지 및 제거가 대단히 중요하다. 그러나 이 모든 것에 우선하는 것은 이러한 세력이 생기지 않도록 정치적, 사회적, 경제적, 법적으로 룰이 공정하게 작동하고 사회 정의가 살아 있으며 건전한 상식이 통하는 풍토를 만드는 것이라 하겠다.

■ 저강도 분쟁

저강도 분쟁(低强度, 강도가 낮은 분쟁 Low Intensity Conflict)은 화생방전이나 핵전을 말하는 고강도 분쟁 그리고 6 · 25전쟁과 같은 재래식의 전쟁인 중강도 분쟁과 구분하여 일컫는 낮은 수준의 제한된 정치 군사적 분쟁을 말한다. 저강도 분쟁은 국가간의 정규전을 제외하고 인간의 두뇌로 생각할 수 있는 모든 분쟁 형태를 망라한다. 앞에서 설명한 내부분란, 비정규전, 게릴라전, 테러가 여기에 포함되며 개념상으로 외교적, 경제적, 심리적 압박 행위도 포함된다. 저강도 분쟁과 내부분란의 차이점은 군사력의 사용 여부가 되겠으니 내부분란이 더욱 진전된 상황에서 군사적 충돌로 비화되면 저강도 분쟁이라고 할 수 있다.

저강도 분쟁은 미국에서 구소련의 간접침략에 대처하기 위한 대응개념인 특수전 교리에서 출발하였으며 이 용어가 처음 사용된 것은 1961년 10월 미국의 스틸웰 장군의 〈무선전 포고하의 저개발 지역 군사행위〉라는 보고서이다. 1980년 초 미국의 메이어 육군 참모 총장은 앞으로 당면하게 될 국제전쟁을 강도 차원에서 고강도, 중강도, 저강도로 분류하였다.

게릴라와 테러의 구분은 게릴라는 조직 없이는 작전이 불가한 반면 테러는 일 개인도 국가를 상대로 전투행위를 할 수 있다. 게릴라는 정규군을 상대하나 테러는 민간인을 목표로 하고 게릴라는 산악 · 밀림 · 해방구 등 근거지가 필요하나 테러는 주로 도시에서 근거지가 없이도 일어나며 언론에 크게 의존한다는 것이다.

현재 세계에는 주권, 자원, 민족주의, 분리 독립, 정치 갈등, 인종 · 종교 · 이념 등의 쟁점들이 표출되면서 전에 보지 못하던 새롭고도 다양한 분쟁 양상이 나타나고 있다. 이에 따라 테러 및 게릴라전, 소요사태, 부족 갈등과 민족 분규, 종교 및 국경 분쟁, 마약 퇴치, WMD 확산, 범죄와의 전쟁, 경제재제 및 금융위기 등 과거보다 무정부적이고 느슨한 구조로 이루어진 저강도 분쟁 형태가 만연하고 있고 전쟁과 평화 사이의 뚜렷한 구분이 점점 어려워지고 있다. 저강도 분쟁은 주도세력 입장에서 값이 싸게 먹히고 보다 안전할 뿐만 아니라, 그 위력에 있어서는 정규전에 못지않은 저비용 고효율 분쟁이다. 한 국가 내의 저강도 분쟁은 애초 목적한 정부 전복을 위한 내전에서 시작하여 외국과의 전면전으로 발전하기도 한다.

저강도 분쟁은 반체제 성향이 강한 정치적으로 민감한 지역에서 발생하며 반란세력이 주로 민간인을 대상으로 정치 심리전을 펴면서 정부 정규군과의 직접적인 교전을 피하기 때문에 정부의 군사력 우세만으로는 승리가 거의 불가능하다. 저강도 분쟁 시 양쪽의 주요 목표는 영토가 아니고 국민의 지지와 심정적 장악이므로 군사 작전은 정치적 고려사항에 의해 늘 한계가 따른다. 그리하여 정규전에 비해서 국가가 미연에 방지하고 대처하고 통제하는 것이 더 어렵다. 또 저강도 분쟁 특징 중의 하나는 반란 세력이 아주 민감한 정치적이고 법적인 논쟁거리를 만들고 이를 공격수단의 하나로 이용한다는 것이다. 그러므로 정부 측의 지휘관은 군사작전 능력뿐 아니라 이러한 논쟁에도 대응할 수 있는 능력을 지니고 있어야 한다. 반란군은 논쟁의 진짜 목표는 감추고 위장 쟁점을 내세우기도 하므로 정부 측은 반란세력이 노리는 진짜 정치적 목표를 정확하게 파악하고 있어야 한다.

■ 테러

미국의 9 · 11테러 이전에는 테러를 '공포심을 이용하여 정치적 사회적 목적을 달성하려는 불법적 폭력행위'로 정의하고 민간인에 의한 민간인을 대상으로 하는 폭력만을 테러로 간주했다. 그러나 9 · 11테러 이후 미국이 '테러와의 전쟁'을 선포하면서 세계적으로 안보의 중점이 재래식전쟁에서 대테러로 옮겨가고 테러는 정규전에 준하는 분쟁 형태의 하나로 취급되고 있다. 사실 지금 국제사회에서 일어나고 있는 테러는 파괴력이나 무차별성에서 종전의 테러와는 확연히 구별되는 '다른 수단에 의한 전쟁'이라고도 할 수 있다. 우리나라의 경우 테러위협은 주로 북한의 군사도발 형태로 이뤄지는 국가 테러라는 특징을 보인다. 그야말로 전형적인 저강도 분쟁이며 우리는 이미 지난 수 십 년간 무장간첩 침투와 같은 형태로 북의 국가테러와 전쟁을 해 왔다고 볼 수 있다. 그래서 이를 앞 절 북의 군사도발에서 다루었다.

그러나 우리나라도 일반테러범에 의한 테러위협 가능성이 매우 크고 이 위협도 국가안보의 중요한 위협으로 발전 할 수 있기 때문에 우리나라의 테러 취약성과 가능성 그리고 실태에 대해서 간략히 살펴보겠다. 우리의 테러 취약성은 먼저 수도권의 과도한 인구집중과 기반시설의 취약성을 들 수 있다. 전국 대비 인구 25%, 차량 28.5%, 정부기관 71.7%, 금융기관 39.3%, 의료시설 35.3%가 수도권에 집중되어 있으며 전력선, 도시가스, 송전선로 등 수도권의 기반시설은 테러범의 작은 공격으로도 엄청난 혼란과 피해를 줄 수 있다. 또 다른 취약요인은 최근 외국인 근로자의 급속한 유입을 들 수 있다. 2010년 현재 120만에 가까운 외국인이 국내에 체류하고 있으며 이중 15% 정도의 불법체류자는 인권 유린, 차별 대우 및 경제적 불이익으로 테러 가능성을 높이는 요인이 되고 있다. 그리고 중동 지역의 파병과 관련하여 아랍계 테러조직에 의한 친미 참전국에 대한 보복테러 가능성이 있으며 실제로 이런 이유로 종종 해외의 한국인이 테러를 당하고 있다.

한반도에서의 테러세력은 크게 3가지로 나눠 볼 수 있다. 첫째는 종전의 북의 군사도발과 같은 북한 테러조직이다. 북은 김정일 직속 총정찰국 소속의 전문 테러리스트 4,000여명, 18만 여명의 특수작전부대와 같은 거대한 전문 테러조직을 가지고 있으며 선군 정치, 군부의 권력 장악, 경제난, 대외고립, 김정일 사망 등 테러 도발 가능성이 높아질 수 있는 요인들이 많이 있다. 게다가 북은 무력적화 통일야욕을 고수하면서 수단 방법을 가리지 않고 남한을 극도의 혼란 상태로 몰려는 통일전선전략을 그대로 유지하고 있다. 북은 향후 국제 테러 조직과 국내 좌파세력과 연계한 테러를 전개할 가능성이 높다. 다음의 테러세력은 국내의 친북 및 체제 부정세력으로 이뤄진 국내 자생단체를 들 수 있다. 이들은 단독 테러, 북한의 사주와 지원 하의 테러, 국제 테러단체와 연계한 테러 또는 불법체류자 및 외국의 불순분자의 이용 등 다양한 방법으로 테러를 할 수 있다. 세 번째 테러세력은 제3국 및 국제 테러단체를 들 수 있다. 특히 미국의 이라크 · 아프간 전쟁 지원을 저지하기 위해 알 카에다와 같은 이슬람권 테러세력의 침투는 그 가능성이 매우 높다고 할 수 있다. 북에 의한 테러형태는 특수공작원에 의한 저격, 폭발물을 이용한 암살, 항공기 공중폭파, 항공기에 대한 미사일공격, 외교관 · 상사원 · 관광객 · 주한 미군 납치, 도심지나 다중 이용시설에 대한 화생공격, 사이버 테러, 국제테러 단체에 의한 간접테러, 하이테크테러, 환경테러 등 인간이 생각할 수 있는 모든 방법을 예상할 수 있고 이외에도 어떤 기상천외한 방법이 동원될지 알 수 없다. 우리의 국가 대테러 업무는 국가정보원이 주 책임기관으로서 관련 정보를 수집 취합하고 기본방향과 계획을 수립 시행하며 부처간 업무를 조정 통제하고 있다.

III

우리나라의 국가 안보

지금까지 우리나라의 안보에 위협을 줄 수 있는 요소들에 대해 알아보았다. 이 장에서는 이러한 위협요소들에 대해 우리는 어떻게 대비하고 있는지 우리의 안보 시스템에 대해 알아본다. 우선 1절에서 한반도상의 평화가 어떤 구조 하에 유지되고 있는지와 그리고 국가의 전체적인 안보시스템에 대해 개괄해 본다. 이어서 2절에서는 우리 안보의 중심축인 국방에 대해 알아보되 먼저 우리 군의 탄생으로부터 현재의 막강 국군으로 성장하는 과정을 알아본 후 우리 국방의 정책기조, 우리 군의 부대 및 전력 구조, 대북 군사대비, 전시 체제, 주요 국방 현안에 대해 차례로 알아본다. 다음 3절에서 우리 안보의 또 다른 중심축인 한미 동맹에 대해서 의의와 구조, 한미상호방위조약, 과제와 미래 구상에 대해서 차례로 알아보고 끝으로 주변국인 중국, 일본, 러시아와의 안보적인 관계에 대해서도 살펴본다.

제1절

국가 안보 시스템

1. 한반도의 평화 구조

'우리나라의 국가 안보' 본론에 들어가기 전에 현재 한반도의 평화가 어떻게 유지되고 있는지 한반도의 평화구조에 대해서 잠시 알아보겠다. 우리 국민은 6 · 25전쟁의 전쟁 행위를 멈춘 1953년 7월 29일부터 지금 이 순간까지 60년이라는 긴 기간 동안 전쟁을 잠시 중단한 상태로 불안정한 평화, 깨지기 쉬운 평화 속에서 삶을 영위해오고 있다. 더구나 휴전선을 가운데 두고 현재 지구상에서 가장 밀도가 높은 어마어마한 군사력이 총구를 맞대고 일촉즉발의 팽팽한 군사적 대치 가운데에서 이렇게 긴 평화가 이뤄지고 있다는 것은 새삼 놀라운 일이지 않을 수 없다. 어떻게 이런 일이 가능할 수 있을까? 한반도의 평화 유지는 곧 북한의 군사적 위협과 도발을 억제하고 나아가 전쟁을 방지하는 것이라고 할 수 있는데 이는 크게 아래의 네 가지 요소에 의해서 이뤄지고 있다. 첫 번째이면서 가장 결정적인 요인은 '남북한 간의 힘의 균형'이라고 말 할 수 있다. 지금 북쪽은 한국군 단독의 힘만으로는 감당할 수 없는 엄청난 군사력을 보유하고 있으며 유사시 조중(朝中)상호원조조약에 의거 중국의 군사적 지원을 보장받고 있다. 이에 대해 남쪽은 한국군의 부족한 전력에 주한미군의 전력을 합쳐 북쪽에 비등한 전력을 유지하고 있으며 유사시 한미상호방위조약에 의거 미국의 군사적 지원을 받도록 되어 있으니 이것이 한반도상의 힘의 균형에 의한 평화의 모습이라고 할 수 있다. 즉 남북한 어느 쪽도 군사적 수단으로는 일방적 승리가 불가능한 상황이 전쟁을 못하고 어정쩡하게 평화의 상태를 이루고 있다고 볼 수 있다. 둘째는 한반도의 평화는 한반도에 더 이상 전쟁에 의한 참화를 막아야겠다는 우리 국민의 강한 평화의지가 중요한 역할을 하고 있다. 그러나 이 이유는 의지가 중요하긴 하지만 실제로 힘이 뒷받침되지 않으면 아무 의미가 없다는 사실을 잘 생각해야 한다. 우리는 북한이 한반도 적화통일이라는 꿈을 버리지 않고 극심한 경제난 속에서도 군사력 증강 노력을 멈추지 않고 있다는 명백한 사실과 지난 60년 내내 북한의 재침이라는 위협과 두려움 속에서 살아왔다는 것을 상기할 필요가 있다. 만일 한국군의 전력이 6 · 25전쟁 때처럼 부실하고 남쪽에 주한미군이 없을 때도 평화가 가능할 수 있을까? 다시 말해서 한반도의 평화는 우리의 평화의지를 바탕으로 우리의 물리적 군사적 힘에 의해서 유지되고 있다고 하는 것이 정확하다고 할 수 있다. 셋째는 한반도의 평화는 법적으로는 소위 '정전체제'라고 하는 6 · 25전쟁 말에 남북간에 맺어진 '정전협정'에 기반하고 있다. 그러나 이 정전협정은 앞장 북한의 위협에서 이야기되었듯이 시작부터 북측의 공공연한 정전 규정 위반으로 유명무실해진 상태이다. 따라서 현재 한반도의 평화는 다시 얘기하지만 정전협정에 의한 평화가 아니고 '한반도 상의 힘의 균형'에 의한 평화인 것이다. 넷째는 주변국들 즉 미국, 중국, 일본, 러시아의 한반도를 둘러싼 각국의 복잡한 이해관계의 작용을 들 수 있다. 이들 국가들은 한국이 전쟁의 방법이든 어떠한 방법이든 통일이 되는 것보다는 분단된 현 상태를 더 바라고 있는 것으로 보인다. 특히 한반도 상의 전쟁은 자신들이 의도하지 않은 분쟁에로의 개입 가능성, 주변국들 간의 전쟁으로 확대, 자국의 안정과 경제 발전에 미칠 부정적 영향 등의 생각으로 가능한 전쟁을 억제하는 쪽으로 나오고 있고 이러한 그들의 생각이 또한 한반도의 평화에 일정 부분 영향을 주고 있다고 할 수 있다.

2. 국가 안보 시스템

우리나라 국가 안보시스템에서 제일 윗자리에는 대통령이 있으며 국가안보 업무는 대통령과 대통령을 자문해 주는 국가안전보장회의(NSC, National Security Council)에서 출발한다. 한 나라의 최고 위치에 있는 자가 그 나라의 안보를 최종적으로 책임진다는 것은 어느 시대 어느 나라나 똑같은 것으로서, 안보에 관한 한 모든 책임과 권한은 최고 책임자 한 사람에게 집중되어 있다. 우리는 국가안보시스템이라고 하면 언뜻 대단히 거창하고 복잡할 것이라고 생각을 하지만 시스템 자체만을 볼 때는 생각처럼 복잡하지 않으며 어쩌면 단순하다고 할 수 있다. 국가안보시스템이 복잡하다면 그 자체가 잘못일 수 있다. 왜냐하면 어떠한 실수도 용납해서 안 되는 국가 존망을 다루는 일은 그 시스템이 가능한 단순하고 명확해야만 과정상에서 예기치 않게 일어나는 잘못을 줄일 수 있기 때문이다. 또한 우리는 정부의 국가안보 관련부서라고 하면 우선 국방부를 머리에 떠올리고 국가정보원, 행정안전부, 경찰을 생각하지만 앞장에서 설명한 안보의 개념을 기준으로 하면 전 국가기관(지방자치단체 포함)이 관련된다고 할 수 있다. 전 국가기관이 안보와 관련된다는 개념이 잘 나타나 있는 것이 아래의 국가통합방위체제 그림이다. 이는 국방부에서 운영하고 있는 국가통합방위업무시스템으로서 대통령을 정점으로 하여 전 정부부서와 아울러 통합방위협의회를 통해 전 지방자치단체들이 포함되어 있음을 한 눈에 볼 수 있다. 이 그림에서 말하는 정부부서와 지방 자치단체들의 임무와 기능은 국방과 재해 · 재난에 관한 사항만을 포함하기 때문에 원래 안보 개념에 따른 임무와는 약간의 차이가 있으나 국가안보시스템의 전체적인 그림을 이해하는 데는 무리가 없겠다. 여기에서 전 부서를 열거하여 부서별 안보 관련 책임과 기능을 설명한다는 것은 너무 복잡하고 큰 의미도 없으므로 본서는 안보의 핵심 기구인 대통령과 대통령의 자문기구인 국가안전보장회의 그리고 다음 절에서 국방부를 중심으로 이야기하겠다.

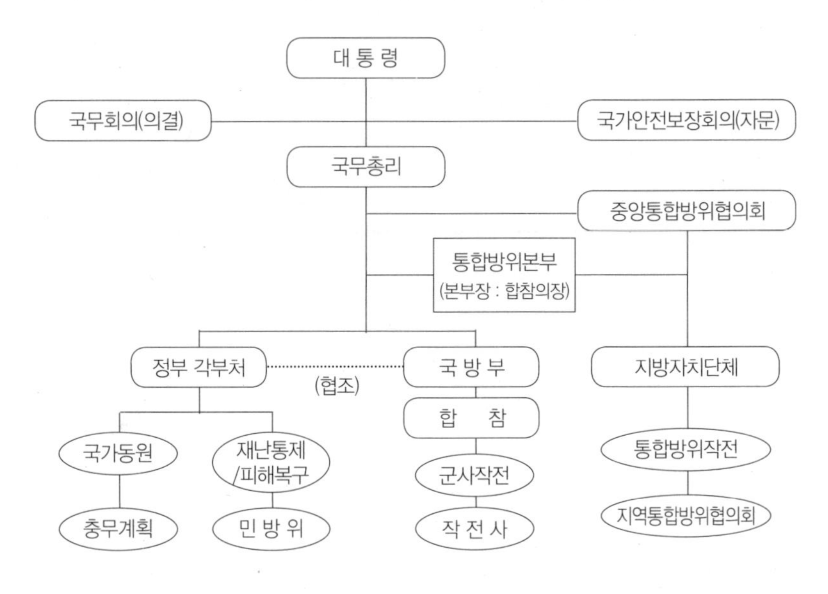

3. 대통령과 국가안전보장회의

국가안보에 관한 최고책임기관이자 의사결정권자는 대통령이며 대통령은 국군의 최고통수권자이자 안보관련 기구의 최고지휘사령탑이다. 이는 어느 누구도 대신할 수 없는 절대적이면서 신성한 책무이자 권한이다. 대통령이 취임할 때 선서하는 선서문의 첫마디는 "나는 헌법을 준수하고 국가를 보위하며……"라고 나온다. 대통령의 제일 중요하고 우선되는 임무는 국가를 안전하게 지키는 일이다. 국민을 잘 살게 하고, 행복하게 하고, 정치를 잘하고, 국가를 번영 발전시키는 등의 일은 국가를 안전하게 보위하고 난 다음의 일이다. 대통령은 국가를 보위하는 임무를 자신에게 부여된 법적인 권한을 가지고 수많은 관련기관, 조직, 인원, 법, 규정, 제도, 계획 등을 통하여 수행한다. 국가안보의 최고기구는 대통령 직속으로 있는 국가안전보장회의(NSC)이다. 국가안전보장회의는 대통령의 자문기관으로서 외교 · 안보에 관한 전반적인 정책을 기획, 협의, 조정하며 정부의 총체적인 대응 기조 방안을 결정한다. 특히 국가안위에 위협을 줄 수 있다고 판단되는 상황이 발생했을 때 대통령이 가장 먼저 취할 수 있는 조치의 하나가 이 회의를 소집하는 것이다. 이 회의는 대통령이 의장이 되며 회의를 소집하고 주재한다. 국무총리 · 통일부장관 · 외교통상부장관 · 국방부장관 및 국가정보원장이 기본 구성원이며 상황에 따라 필요한 인원이 추가되며 필요시에는 합참의장, 관계부처의 장 등을 회의에 출석시켜 발언하게 할 수 있다. 여기에 지정된 위원들의 기관들이 국가안보의 핵심 관련기관이라고 할 수 있겠다. 이 회의는 국무회의에서 국가안전보장에 관련되는 정책의 의결에 앞서 사전 심의하는 기능도 수행한다. 그러나 이 회의가 국가안보와 관련된 사항에 대해 권고나 검토를 하는 단순한 자문기관이기도 하므로 이 회의를 거치지 않고 바로 국무회의의 심의에 부친다고 해서 법적으로 문제가 있는 것은 아니다. 이 회의는 긴박한 안보상의 문제가 생겼을 때 대통령이 직접 나라의 최고 안보책임자들을 모아 문제를 토의하고 대책을 강구하고 필요한 조치를 취한다는 상징성이 크다고 할 수 있다.

현 정부는 정부 간소화 방침에 따라 기존 NSC의 상임위원회와 사무처를 폐지하고 외교·안보관련 정책 결정기구로 '외교안보정책조정회의'를 만들었다. 그리고 국가위기 관련정보의 입체적이고 통합적인 수집 및 분석을 통해 대통령을 보좌한다는 '국가위기상황센터'도 설치하였다. 지난 천안함 사태와 관련하여 이명박 대통령은 전군 주요 지휘관 회의를 직접 주재하면서 1) 대통령 직속 국가 안보총괄기구의 한시적 운영, 2) 대통령 안보특보제의 신설, 3) '국가위기상황센터'의 '위기관리센터'로의 재편 등 국가 안보 태세를 강화하기 위한 여러 조치를 밝혔다.

4. 국가 안보 정책

우리 군의 구체적인 구조나 전력, 운영시스템을 알아보기 전에 국가안보의 전체적인 목표, 방향, 운영 개념 등에 대해서 잠시 살펴본다(이 항은 국가안보정책이라는 내용의 성격상 표현이 딱딱하고 이를 이해하기 위해 상당한 전문지식이 요하는 부분이 있으므로 이해가 잘 안 되면 그냥 건너뛰어도 되겠다). 국가안보정책은 전체적인 국가정책의 일부이다. 국가정책은 국가의 목표를 달성하기 위한 방안 또는 방향을 말하며 대개의 국가는 그 나라 국민의 이익확보 또는 증진을 그 목표로 삼는다. 따라서 국가안보정책은 국민의 이익확보 또는 증진을 위한 안보분야의 방안이라 할 수 있으니 그 관계를 정리하면 아래와 같다.

국가이익 → 국가비전 → 국가목표/정책 → 국가안보목표/정책
→ 국가안보전략 → 국방목표/정책 → 국방정책기조

※ 비슷비슷한 말이 거듭나와 상당히 복잡한데 이는 정부나 군의 관련 업무 담당자가 개념과 관계를 분명히 하기 위해 업무절차를 단계화한 것이므로 일반 국민이 이를 알고 있어야 하는 것은 아니다.

보통 모든 국가의 국가이익은 곧 국민의 이익을 말하며 거기에는 국민의 염원과 바람이 녹아 있다. 우리나라의 국가이익은 '외적의 침략이나 위협으로부터 나라가 안전하게 지켜지고, 국민들이 기본권과 번영을 누리며 행복하게 살고, 나아가 조국의 평화적인 통일을 이루며 또한 지구촌의 일원으로서 이웃나라들과 평화롭게 살아가는 것'이라고 정리하고 있다. 현 정부는 이러한 국가이익을 이룩하기 위한 국가목표(국가비전)를 '선진화를 통한 세계일류국가'로 설정하고 이를 실현하기 위해 반드시 달성해야 할 안보목표로서 다음 세 가지를 제시하고 있다. 첫째는 '한반도의 안정과 평화유지'로서 이는 우리의 방위역량과 한미동맹을 바탕으로 남북간의 교류협력과 주변국과의 다양한 협력을 통해 이룬다. 둘째는 '국민 안정보장과 국가번영 기반 구축'으로서 다양한 안보 위협으로부터 국민생활과 경제사회적 안전을 확보한다. 셋째는 '국제적 역량 및 위상제고'로서 세계평화와 공동번영에 적극적으로 기여하고 국제사회와 협력을 강화한다는 것이다. 그리고 이러한 국가안보 목표를 달성하기 위해 다음 세 가지의 안보전략기조를 가지고 있다. 첫째는 '새로운 평화구조 창출'로서 남북관계를 상호이익이 될 수 있도록 미래지향적으로 발전시키고 한미간에는 한반도의 평화정착과 지역안정 및 세계평화에 기여하는 '21세기 전략동맹'을 추진하며 주변국들과는 긴밀한 협력관계를 구축한다는 것이다. 둘째는 '실용적 외교 및 능동적 개방 추진'으로서 실리에 중점을 둔 에너지 외교를 강화하며 국제 협력과 기여외교를 적극 추진하는 것이다. 셋째는 '세계로 나가는 선진안보 추구'로서 안보환경 변화와 미래전에 능동적으로 대응할 수 있는 군사능력을 갖추고, 선진국방 운영체계를 구축하며, 다양한 안보위협에 대응할 수 있도록 역량을 구비하는 것과 아울러 국제평화유지와 재건활동에 적극 참여한다는 것이다. 이러한 국가안보전략기조를 구현하기 위해 정부는 '미래지향적인 안보역량 구비'라는 전략과제를, 국방부는 '정예화된 선진강군'이라는 국방비전을 설정해 놓고 있다.

우리 군의 국방목표는 두말할 여지없이 "외부의 군사적 위협과 침략으로부터 국가를 보위하는 것이다." 그러나 우리 국방부가 적시하고 있는 국방의 목표에는 여기에 추가하여 "평화통일을 뒷받침하며, 지역의 안정과 세계평화에 기여한다."가 포함되어 있다. 이는 국방목표가 국가의 이익·목표와 연관되어 있기 때문이며 또한 현재 우리 군이 실질적으로 하고 있는 기능과 역할을 명시하고 있는 것이다. 국방 목표는 당연히 국민의 염원과 바람 = 국가이익 = 국가목표를 달성하는 데 기여해야 하며 이런 관계가 현재의 국방목표에 반영되어 있다고 할 수 있다. 또한 국방목표에는 현존하는 북한의 군사적 위협에 우선적으로 대비함은 물론 미래의 잠재적 위협에도 대비해야 한다는 뜻도 담고 있다. 이러한 국방목표를 달성하기 위해 국방부는 국방정책 기본방향으로서 •확고한 국방태세 확립, •미래지향적 방위역량 강화, •선진국방 운영체제 구축, •신뢰받는 국군상 확립을 제시하고 이를 바탕으로 다음 8개 항의 국방정책 기조를 설정하고 이를 기준으로 국방 정책을 펴나가고 있다. 국방정책의 8대 기조는 1. 포괄안보를 구현하는 국방태세 확립(포괄안보란 어떠한 상황에서도 즉각 대응하여 현장에서 완전작전을 할 수 있는 준비, 북한의 위협은 물론 모든 스펙트럼의 위협에 전방위 태세 확립, 민관군 통합방위태세 확립, 장병 정신교육 강화로 국가관 대적관 확립 등을 말한다) 2. 선진 군사역량 구축 3. 강도 높은 경영 효율화 4. 정예 국방인력 양성 및 교육훈련 체계 개선 5. 가고 싶은 군대, 보람찬 군대 육성 6. 국민과 함께하는 국민의 군대 지향 7. 한미군사동맹의 발전과 국방외교 협력의 외연 확대 8. 남북관계발전의 군사적 뒷받침이다.

제2절

우리의 국방

1. 국군의 탄생과 성장

우리 국군이 태어난 지도 어언 60년이 훌쩍 넘었다. 짧다면 짧고 길다면 긴 이 기간 동안 우리 국군은 결코 범상치 않은 시련과 도전을 이겨내며 눈부신 성장을 거듭하여 이제 우리 민족이 역사상 한 번도 가져 보지 못한 최고의 군대로 컸으며 세계 7위의 막강한 전력을 보유한 군대로서 그 용맹성과 위용을 세계에 자랑하고 있다. 지금부터 우리 국군의 탄생에서 시작하여 지금까지 60여년의 발자취를 주요 사건 위주로 한번 더듬어 보고자 한다. 국군의 지난 역사를 시대적으로 정확하게 구분할 수 있는 것은 아니지만 설명과 이해를 돕기 위해 대략 10년 단위로 다음과 같이 6개 시기로 구분하여 보았다. 즉 1945년 해방 이후부터 6 · 25전쟁 이전까지의 국군의 태동과 탄생期, 50년대의 6 · 25전쟁과 전후 복구期, 60년대의 정치적 격변과 북의 대대적 도발이 감행된 혼란期, 70년대의 주한미군 철수로 야기된 자주국방期, 80년대의 정치혼란에 의한 시련期 그리고 90년대 이후 약간의 굴곡은 있었지만 발전期로 구분하여 살펴본다. 우리 국군의 역사를 이야기하자면 먼 신라, 고구려, 백제의 3국 시대부터 시작해야 하고 우리 국군의 실질적인 뿌리라고 할 수 있는 상해임시정부의 광복군 그리고 그 전의 대한제국의 군대도 빼놓을 수 없지만 본서가 한국군의 역사 기술이 목적이 아니므로 해방 이후부터 시작하기로 한다.

■ 40년대 ; 국군의 태동과 탄생期

우리가 일제로부터의 독립을 우리의 힘으로 쟁취한 것이 아니고 미국의 도움으로 이룬 것처럼 우리 국군의 태동도 전적으로 미군정(美軍政, 해방이후 한국 정부 수립 시까지 한국을 통치한 미 군사정부)에 의해 이루어졌다. 미군정은 미 본국 정부의 무관심과 무지원 가운데 군정만의 의지와 힘으로 참으로 어렵게 국군의 창설을 추진했다. 미 본국 정부는 미군정이 올린 한국군 창설 필요성과 창설 건의에 대해 "한국군 창설은 한국인 정부가 수립된 후 한국 정부가 알아서 할 일"이라고 답하며 필요한 지원과 조치를 허락하지 않았다. 이는 미국이 한반도를 보는 기본 인식, 즉 한반도를 미국에 전략적으로 '있어도 좋고, 없어도 좋은' 지역으로 낮게 평가하고 있었다는 것과 가능한 빠른 시간 내에 한국인 자체 정부를 수립하고 미군은 철수하겠다는 생각 그리고 유럽 쪽에 관심과 노력을 집중하고 있었다는 사정이 반영된 것이었다. 미군정은 세 가지 이유로 한국군 창설을 추진했다. 하나는 앞으로 들어서게 될 한국정부가 국가로서 기본적으로 갖추고 있어야 할 군대를 미리 준비해 두자는 것과 하나는 당장 국내 치안유지를 위한 치안력이 필요했다는 것, 그리고 당시 급팽창하는 공산주의에 대응할 수 있는 군사력의 필요성 때문이었다. 당시 미군정은 치안유지에 일제 때 일본 경찰에서 일했던 사람들을 활용하고 있었는데 우리국민의 그들에 대한 반감으로 많은 어려움을 겪고 있었던 것이다. 이리하여 미군정이 대안으로 생각한 것이 우선 치안력 확보를 위한 '경찰 예비대'를 만들고 이를 나중에 정식 군대로 발전시킨다는 뱀부(Bamboo)계획이라고 이름 붙인 일종의 편법을 추진한다.

이 계획에 따라 미군정은 해방 이듬해 1946년 1월 8일 전국 8개도에 미군 중 · 소위 2명에 한국인 통역요원 수명을 붙여 부대를 만드는 임무를 부여하여 내려 보낸다. 이들이 각 도의 도청소재지에서 '숙식보장'이라는 조건을 내걸고 모병활동을 시작하자 해방 직후 일자리가 없어 놀고 있던 우리 젊은이들이 몰려들어 순식간에 1개 중대가 만들어진다(한국군 최초의 부대, 1946. 1. 15. 제1연대 1대대 A중대). 각 도에 나온 미군 중 · 소위들은 사전에 충분한 교육도 받은 것이 아니었으니 그들이 알면 얼마나 알았겠는가? 그들에 의해 만들어진 부대는 미군 중대의 편제를 그대로 복사했고 그들이 알고 있는 범위와 수준에서 훈련했고 부대를 관리했다. 부대가 확장됨에 따라 고문관(Advisor)이라고 불린 미군 장교의 숫자는 수요를 따라가지 못하였고 많은 문제와 혼란이 속출하였다. 그래서 각 부대의 한국인 간부들은 광복군, 일본군, 만주군 등 그들의 출신 군 방식으로 훈련했고 또 그것을 미 고문관에게 고집하기도 하였으며 여기에 의사소통까지 잘 안되었으니 미군 장교들의 고충은 이만저만이 아니었다. 더구나 미 정부의 공식 지원도 없었으므로 그야말로 無에서 有를 창조하듯 일제가 남기고 간 6만여정의 일제 99식 소총으로 무장하였고 군복도 구구각각일 수밖에 없었다. 이러한 어려움과 혼란 속에서도 간부든 병사든 열정만큼은 하늘을 찌를 듯했다. 이제 막 출발하려는 신생 독립국의 당당한 정규군의 군인이 될 것이었으므로 그 사명감과 열정이 충만했을 것임을 능히 짐작 할 수 있겠다. 이상이 대략적으로 살펴본 우리 군이 탄생하는 과정이고 처음 시작할 때의 모습이다.

한편 한국인과의 의사소통에 큰 어려움을 겪고 있던 미군정은 통역요원 확보를 가장 우선해야 할 일의 하나로 보았고 이 대책으로서 1945년 12월 군사영어학교를 만들고 학생을 모집한 것이 우리 군 간부 양성의 시작이 된다. 이 학교에는 일본군, 만주군에서 복무했던 젊은 장교출신들이 많이 입교했고 1, 2기에 걸쳐 110명이 교육을 받았으며 결국 이들이 우리군 창군, 건군, 성장의 주역을 맡게 된다. 이 학교는 1946년 1월 '남조선 경비대' 출범과 함께 경비대의 간부양성소로 성격이 바뀌면서 서울 태능(현 육군사관하교)으로 학교를 옮기며 5월 1일 정식으로 남조선 경비대 사관학교를 창설하여 이후 한국군 장교 양성의 사관학교 임무를 본격적으로 시작하였다.

한국군은 각 도별로 1개씩 만들어진 중대를 모태로 증편을 통한 확장을 계속하여 1946년 4월, '남조선 경비대'가 5천 여 명의 규모로 최초로 그 모습을 드러낸다. 한국군은 수요에 턱없이 적은 미고문관, 열악한 장비 물자 보급, 현황파악 및 통제의 어려움, 군에 침투한 좌익 세력들의 발호 등 일일이 열거할 수 없는 수많은 문제를 극복하면서 확장을 거듭한다. 이 때 무엇보다 큰 어려움은 북한의 대규모 게릴라 침투로 인한 혼란과 군내에 침투한 좌익세력에 의한 반란이었다. 우리군은 창설 시작부터 한쪽에서는 부대를 만들면서 다른 쪽에서는 북의 게릴라 및 군내 빨갱이들과 싸워야 하는 상황에 처하였다. 군대가 급속히 확장하는 과정에서 신원조회가 철저하지 못한 틈을 타 좌익세력들이 군에 많이 들어 왔으며 이 숫자는 당시 전체 군 병력의 10% 가까이나 되었고 여수에 위치한 14연대의 경우에는 30%나 되었다. 이런 연유로 1948년 4월 3일 제주폭동을 시작으로 여수 · 순천 반란과 대구 반란사건이 연이어 발생했고 우리 군은 반란진압과 게릴라 소탕을 위해 하루도 편할 날 없이 이리저리 정신없이 쫓아다녀야 했으니 이제 막 태어난 군대로서는 참으로 감당하기 벅찬 시련이었다. 그러나 우리의 선배들은 이 험난한 상황을 오직 국가에 대한 애국심, 사명감, 열정으로 극복해 냈고 산고를 이겨냈다. 그리하여 1948년 8월 15일 우리 정부가 수립될 때는 각도에 1개 사단씩 총 5만 여명의 규모로 신생 대한민국의 자랑스러운 정규군으로 출범하게 되는 것이다. 그리고 미국은 한국 정부가 수립되자 애초의 계획대로 1949년 중반부터 280명만의 고문관만 남기고 철수를 시작한다. 미군은 철수하면서 그들이 가지고 있던 무기와 장비를 한국군에게 인계해 줌으로써 한국군은 처음으로 장비다운 장비를 갖추게 된다.

이러한 한국군의 출범은 미 정부의 무관심과 무지원 가운데 미군정의 의지, 미고문관들의 헌신적인 노력 그리고 조국 대한민국의 군대를 한번 제대로 만들어보겠다는 한국 군인들의 사명감과 열정이 어우러져 이루어진 것이다. 이 과정에서 한 · 미군은 팽창하는 공산주의에 공동으로 대응해 나가면서 이들만의 특별한 관계가 만들어지며 이 관계는 냉전기간 내내 한국군에 부여된 자유민주주의를 사수하는 최전선의 보루 역할을 할 수 있는 근간이 되고 향후 60년 간 한국군과 미군사이의 관계를 형성하는 출발점이 된다. 이렇게 어렵게 만들어진 한국군은 장차 대한민국의 발전에 기여할 인재를 양성하고, 실질적인 사회발전의 기술적 행정적 기반을 제공하며, 1960~80년대에 한국 사회전반에 걸쳐 진행된 근대화 과정에서 주도적인 역할을 담당한다.

■ 50년대 ; 6 · 25전쟁과 전후 복구期

1950년 6월 25일 새벽 4시 우리 군은 창군한 지 2년도 안 되어 아무 준비 없이 6 · 25전쟁을 맞는다. 6 · 25전쟁의 발발 원인과 성격, 경과에 대해서는 제5장 '대한민국의 올바른 이해'에서 자세하게 알아보겠다.

6 · 25전쟁이 끝나고 군은 전후 복구를 하면서 새로 군을 창군한다는 자세로 군의 틀을 만들어 나갔다. 이 시기에 특기할 것은 6 · 25전쟁 말 이승만 대통령의 끈질긴 대미협상의 결과, 한미상호방위조약과 후속문서인 한미합의의사록이 체결되어 한미간의 군사동맹이 법적으로 완성되었다는

것이다(세부적인 내용은 제3절 한미동맹에서 설명). 한미합의의사록에 합의된 미국의 군사원조 4.2억불에 의해 72만 규모의 한국군(50년대 말에 63만으로 조정)은 질적 양적으로 군대다운 군대가 되었고 이 의사록을 근거로 한국군의 작전통제권은 유엔군사령관이 행사하게 된다. 그리고 한미상호방위조약에 의거 주한미군이 한국에 제도적으로 머물게 되면서 한국군은 미군으로부터 세계 최고 선진군대의 모든 것을 손쉽게 배울 수 있게 되었다. 우리 군이 짧은 나이에도 불구하고 이처럼 발전할 수 있었던 것은 주한미군 덕이 크다고 할 수 있으니 이때 우리 군은 마른 스폰지가 물을 빨아들이듯 미군으로부터 참으로 열심히 배웠다. 그리고 이 때에 현재 우리가 보는 한국군의 틀이 만들어졌고 지금도 전체적인 모습은 크게 바뀌지 않은 상태라고 할 수 있다.

■ 60년대 ; 정치 격변과 북의 대대적 도발이 감행된 혼란期

전쟁이 끝난 후 전후 복구와 군의 안정화를 기하면서 착실한 발전을 꾀하고 있던 군에게 정치권의 혼란은 늘 큰 부담이었고 군 발전의 발목을 잡았다. 1960년 4월 19일 학생혁명과 사회의 극심한 혼란은 급기야 초등학교 학생과 경찰이 데모에 나서고 일부 학생들이 통일하겠다고 휴전선에 와서 북으로 가겠다고 요구하는 상황까지 이른다. 이에 군은 이러다가 6·25전쟁에서 피와 생명으로 지킨 나라가 엉뚱하게 북의 수중으로 넘어갈 수 있다는 위기의식을 가지게 된다. 그리하여 당시의 어려운 경제사정까지 가세하여 1961년 5월 16일 박정희 소장을 중심으로 하는 일단의 장교단은 혁명을 감행하여 국가운영의 전면에 나서게 되며 이후 약 30년 간 군이 정치영역까지 담당하는 시기를 갖게 된다. 군의 집권 이후 군은 고속도로 건설, 간척사업 등 건설현장에 대거 투입되어 국가경제 발전에도 일역을 담당한다. 한편 미국의 요청에 의해 1964년 9월 이동외과병원의 파병을 시작으로 월남에 파병을 하며 우리 민족 역사상 처음으로 해외에 파병하는 기록을 갖게 된다. 이리하여 1973년 3월 마지막 철수 시까지 약 8년간 청룡부대(해병1여단), 맹호부대(보병수도사단), 백마부대(보병9사단) 등 32만 여명이 월남전에 참전하여 소중한 전투경험을 쌓는다. 이때 달러로 받은 참전수당은 국가의 주요 외화수입원으로서 국가경제발전의 쌈지 돈으로 역할을 톡톡히 하며 또한 우리의 건설업체들이 월남에 진출하여 이후 한국인들이 앞다투어 세계로 뻗어 나가는 계기도 마련해 준다.

6 · 25전쟁 후 60년대 초반까지 잠잠하던 북한은 남한사회의 계속되는 정치적 혼란과 미국과 한국군의 월남전 파병으로 남한을 적화할 수 있는 새로운 호기가 왔다고 판단하고 60년대 중반부터 대대적인 도발을 감행해오기 시작한다. 더구나 1967년 7월 미국의 닉슨 대통령이 "아시아 각국은 자국의 방위는 자국이 책임진다."는 닉슨독트린을 발표하자 1968.1.21 김신조 청와대 습격사건과 같이 북한의 도발행위는 더욱 과감해진다. 이리하여 박정희 대통령은 국가안보의 심각한 위기라고 판단하고 특단의 조치로서 예비군을 창설한다. 1968년 4월 1일 서울 동대문운동장에서 예비군창설식을 가짐으로써 예비군은 우리 군의 새로운 주요 전력으로 등장하며 특히 예비군은 북의 무장간첩에 효과적으로 대응할 수 있는 수단이 되어 동년 11월 마침 때맞춰 일어난 울진 · 삼척 사태 시 결정적 역할을 수행한다.

■ 70년대 ; 주한미군 철수로 야기된 자주국방期

70년대는 군으로서는 크게 두 가지를 이야기 할 수 있다. 하나는 1972년 7월 7 · 4남북공동선언의 발표로 남북 간에 처음으로 화해분위기가 조성되었다는 것과 다른 하나는 미국의 계속되는 철군 압박으로 자주국방을 추진했다는 것이다. 북은 70년대에 들어와 겉으로는 대화를 하면서 분위기를 바꾸지만 뒤로는 땅굴이라는 기상천외의 도발을 해옴으로써 군으로서는 종전의 철저한 대북군사대비태세 유지라는 자세에는 아무 변화가 없었다. 또 다른 하나는 자주국방으로서 박정희 대통령이 미국이 닉슨독트린으로 우리의 안보를 책임져 주지 못한다면 우리의 힘으로라도 지킬 수밖에 없다는 절박한 심정으로 추진한 것이다. 70년대에 들어와 닉슨독트린은 구체화되기 시작하여 1971년 3월 서부전선 17마일의 휴전선 경계임무가 한국군에 인계되고 이를 맡고 있던 미 2개 사단 중에서 7사단이 한국에서 완전히 철수하고 2사단이 후방 동두천으로 빠지게 된다. 이러한 상황에서 1973년 박정희 대통령은 중화학 공업육성 정책을 발표하면서 자주국방의 핵심인 '중화학공업 육성을 통한 무기 · 장비의 국산화'를 목표로 하는 역사적인 방위산업을 출발시킨다. 이후 중화학공업 구조로의 성공적 전환은 우리나라의 경제구조를 완전히 다른 차원으로 탈바꿈시켜 오늘날 고도의 경제발전을 이루는 토대가 되었고 방위산업도 눈부시게 발전하여 세계 유수의 방위산업국가 반열에 올라서게 된다. 이것을 생각하면 '전화위복', '위기가 곧 기회'라는 말을 절감하지 않을 수 없다.

■ 80년대 ; 정치혼란에 의한 시련期

박대통령의 유신체제는 1979년 10월 26일 박대통령의 시해로 끝을 맺으며 이 사건은 군에도 심각한 후유증을 낳았다. 박대통령의 시해로 새로운 실력자로 등장한 신군부의 전두환 장군은 집권 과정에서 발생한 광주사태와 비민주적 절차에 의한 대통령 취임으로 정권의 정당성에 치명적 타격을 받았고 국민의 반감이 광범위하게 확산되었다. 이러한 군 출신 대통령에 대한 반감은 군 전반에 대한 반감으로 전이되었다. 이는 군에 관한 것은 무조건 부정적으로 보는 경향을 낳아 군인의 사기저하뿐 아니라 국민의 안보의식에도 매우 나쁜 영향을 미쳤다. 절대다수의 군인들이 묵묵히 군 본연의 임무에 충실하여 오로지 나라 지키는 일에만 전념하고 있을 때 신군부에 속하는 일부 정치성향의 군인들로 인해 군 전체가 도매금으로 국민들로부터 불신을 받고 경원의 대상이 된 것이다. 80년대에는 군인들이 군복을 입고 시내에 다닐 수 없을 정도로 군인에 대한 반감이 커서 국가와 국민을 위해 생명을 바친다는 자부로 군에 복무하던 대부분의 군인들은 참으로 난감한 상황이지 않을 수 없었다. 1979년 부산 마산지역의 항의시위는 신군부의 등장으로 1980년 광주사태로 이어졌고 이후로 1987년 6월 29일 민주화선언까지 항의집회와 시위, 폭동, 방화 등의 사회 혼란은 기간 내내 계속되었고 군도 북의 위협보다 후방의 혼란을 더 걱정하는 상황이 계속되었다. 이러한 가운데에도 국가의 경제발전은 지속되었고 북의 미얀마 아웅산 묘소 폭파사건과 KAL기 폭파사건 등 방해 책동에도 불구하고 86아시안 게임과 88올림픽을 성공적으로 치르는 저력을 보인다. 그리고 군도 선진군대로 가는 길을 한발짝 한발짝 착실히 나갔다.

■ 90년대 이후

1987년 6월 노태우 대통령 후보의 '6 · 29민주화선언'으로 항의시위와 집회는 잦아들기 시작하였고 1993년 첫 문민정부가 들어서면서 5 · 16군사혁명 후 30여 년 이어오던 군인 정치시대는 막을 내리고 군도 군 본연의 임무에만 전념할 수 있는 여건이 조성되었다. 그 동안의 군의 정치주도는 전쟁 후 국가가 경제적 어려움과 정치 · 사회적 혼란에 빠져 있던 시기에 과단성있는 추진력으로 질서를 바로잡고 최대의 효율성으로 경제발전을 이룩한 공이 있다. 반면에 군의 입장에서는 오히려 군이 국민으로부터 멀어지고 배척되는 아픔을 견뎌야 하는 원인으로 작용했다. 그러나 이것은 인류 역사적 차원에서 크게 보면 동서고금의 모든 나라들처럼 통과의례(通過儀禮, 인간의 일생에서 반드시 치러야 할 일)를 거친 것임을 알 수 있다. 역사상의 거의 모든 나라가 건국초기에는 군인 또는 군인정치가가 나와서 혼란을 평정하고 나라세우는 일을 맡지만 나라세우기가 어느 정도 되면(대개 30~50년, 2~3개 세대 소요) 문민화가 이뤄지는 것이다. 이는 "나라세우는 것은 마상(馬上, 말위, 즉 군인)에서 할 수 있지만 나라 다스리는 것은 마상에서 할 수 없다"라는 옛말에 잘 나타나 있다. 우리 군인들은 국민에게 욕은 많이 먹었지만 민족적 시대적 소명을 성공적으로 잘 완수하고 뒷자리로 물러섰던 것이다. 문민정부 이래 군은 오로지 군무에만 전념하게 되었고 국민의 군에 대한 신뢰도 차츰 회복되기 시작하였다.

냉전체제 와해로 북의 후원세력이었던 소련과 동구권이 무너지고 북의 경제적 어려움이 깊어지면서 북의 종전 형식의 대남도발은 줄어들었다. 그러나 1995년 김정일이 들어서면서 북핵과 미사일이 등장함으로써 우리 군은 대응책이 마땅치 않은 새로운 형태의 군사위협을 맞게 되었고 이는 지금도 진행 중으로서 한반도의 평화와 안전에 짙은 그림자를 드리우고 있다. 1997년 IMF 경제위기는 국방에도 직접적 영향을 주어 처음으로 국방비가 전년에 비해 줄어드는 일도 겪지만 그 동안 군이 쌓은 내공으로 이 어려움을 무난히 극복했다. 1998년부터 2007년까지 10년 간의 좌파성향 정권은 우리군이 그때까지 한 번도 경험해 보지 못한 또 다른 성격의 어려움을 안겨주었다. 전에는 상상하지도 못한 '친북', '햇볕', '반미면 어떠냐'와 같은 말들이 일상화되면서 우리 장병의 국가관, 안보관에 큰 혼란이 일어났다. 분명히 북과 군사적으로 대치하고 있고 북의 핵과 미사일 그리고 장사정포에 떨고 있는데 "북이 우리의 적이냐 아니냐"라는 논쟁은(주적론 主敵論. 우리의 주적이 누구냐는 논쟁) 황당하기까지 하였다. 한편 좌파정권 기간에 그동안 상대적으로 취약하였던 복지부문에서 '군인복지기본법' 제정 등 많은 개선이 이루어졌고 병영문화와 의식도 선진화에 한발짝 성큼 다가감으로써 군의 모습이 많이 달라졌다.

지난 60년 간 군은 국가와 국민의 기대에 부응하기 위해 꾸준하고 지속적인 노력을 기울여 왔다. 군은 무기체계, 훈련, 병무, 군수조달, 동원, 군 운영 등 국방 전반에 걸쳐서 거의 선진국 수준에 이르러 세계 7위의 국방력을 자랑하게 되었다. 그리고 최근의 연이은 해외파병과 성공적인 임무수행으로 우리나라의 국제적 위상과 국격(國格, 나라의 품격)을 높이는 데 크게 기여함으로써 이제 국민의 군에 대한 신뢰는 어느 때보다 높다고 할 수 있다. 그러나 2001년 9 · 11테러는 국제안보의 개념과 성격을 근본적으로 바꾸었고 한반도를 둘러싼 힘의 변화, 북핵, 미국의 군사변환 정책, 전작권 전환, 북체제의 불안정 등은 우리에게 또 완전히 새로운 안보과제를 던져 주고 있다. 우리 군이 이러한 상황 변화에 얼마나 지혜롭게 적절히 대처하느냐가 향후 우리나라의 명운과 직결된다는 사실을 명심하고 군은 긴장을 늦추지 말고 항상 깨어있어야 할 것이다.

2. 국군의 부대 및 전력 구조

이 항과 다음 3, 4번 항은 군사비밀과 관계되므로 공개된 범위에서 이야기하며, 불가피하게 구체적이고 세부적인 사항의 언급은 제한되겠다. 그러나 전문가가 아닌 한 아래 내용 정도로도 우리 군의 전체적인 윤곽과 개념을 파악하고 이해하는 데는 충분하다고 본다.

군의 부대 및 전력구조는 군의 기본 전략개념을 바탕으로 짜여지기 때문에 먼저 우리 군의 전략개념에 대해서 잠시 살펴본다. 우리 군의 기본전략은 억지(抑止, 억눌러 못하게 함) 전략이다. 즉 우리 군은 북을 공격하기 위한 군이 아니고 북의 공격을 억지하기 위한 군이라는 것이다. 더 정확하게 이야기하면 전쟁을 벌이기 위한 군이 아니고 전쟁을 막기 위한 군이라는 뜻이다. 이는 북으로 하여금 남침의 야욕을 못 갖게 하기 위함이고, 설혹 남침하더라도 절대로 목적을 이룰 수 없으며, 나아가 괴멸적(壞滅的, 모조리 파괴되어 멸망함) 타격을 면치 못할 것이라는 것을 인식시키는 것이 억지전략의 기본 개념이다. 이는 또한 북의 선제공격에 대해 대량보복을 가할 수 있는 능력을 갖춤으로써 북의 도발을 사전에 예방한다는 목적도 있어서 '예방전략'이라고도 한다. 이러한 '억지전략' '예방전략'의 단점은 북이 선제공격 시 피해를 일단 감수해야 한다는 것이다.

■ **우리 군의 부대 구조**

우리 군의 구조는 국방부장관을 정점으로 하여 육군, 해군, 공군의 참모총장이 각 군을 지휘하는 3군 병렬의 피라미드식 구조로 되어 있으며 이는 어느 나라나 비슷한 것이라 하겠다. 그러나 이는 대략적인 모습이 그러하다는 것이고 내부적으로는 각 나라가 조금씩 다르며 우리나라도 우리만의 특성이 있다. 우리는 대개 각 군의 참모총장이 실제적인 모든 권한을 가지고 휘하의 군을 지휘하고 작전도 하는 것으로 알고 있으나 앞에서 언급이 있었지만 군정과 군령으로 임무와 기능, 역할이 엄격히 구분되어 있다. 다시 이야기하면 군령(軍令)은 정보와 작전, 훈련에 관한 작전적 사항을, 군정(軍政)은 인사 · 군수 · 예산 등의 행정적 사항을 말하며, 군령의 책임은 합참의장에게 있고 각 군 총장은 군정부문에서 책임을 진다. 따라서 군령분야는 국방부 장관 → 합참의장 → 각 군의 작전부대로 이어지며, 군정분야는 국방부장관 → 각 군 참모총장 → 각 군의 모든 부대로 이어진다고 이해하면 되겠다. 그러므로 각 군의 작전부대, 예를 들어 육군의 1.2.3 야전군 사령부, 해군 · 공군의 작전사령부는 군령에 관한 사항은 합참의장의 지시를 받으며 인사 · 군수 등 군정에 관한 사항은 참모총장의 지시를 받는다. 이를 '합동성(合同性, 육 · 해 · 공군 3군의 기능을 통합한 것)이 가미된 3군 병렬체제'라고도 하는데, 우리뿐만 아니라 전 세계적으로 합동성을 강화해 나가는 추세로서 우리도 통신, 의무, 수송, 보안 등 각군의 유사기능을 통합하면서 계속적으로 합동성을 강화해 가고 있다. 이 이유는 정보통신 기술의 발달로 전장의 모든 작전 요소들을 거미줄처럼 연결(네트워크전)하는 것이 가능해졌기 때문에 육 · 해 · 공군의 작전능력을 통합함으로써 작전의 효율을 높이자는 것이며(Synergy효과) 근본적으로는 첨단전자정보 기술이 지배하는 미래 전장에서는 단일군의 독자적 전투행위로는 전쟁에서 승리하기 힘들다는 판단 때문이다.

이어서 국방부와 각 군의 주요 부대들에 대해서 간단히 알아본다.

국방부에는 기획조정실, 국방정책실, 인사복지실 등 5개 실로 구성된 국방부 본부와 합참이 있다. 합참에는 정보, 작전, 전략기획본부 등 6개의 본부를 둔 합동참모본부가 있다. 국방부와 합참의 직할부대로서는 의무사령부, 기무사령부, 수송사령부, 통신사령부, 체육부대, 국방대학교, 합참대학 등이 있다. 국방부 본부, 합참 그리고 예하 직할부대들은 육 · 해 · 공군 전체를 지휘, 지원하고 해당 업무를 조정 통제한다.

육군은 전략기획, 정보작전지원, 인사, 군수참모부 등 7개의 참모 부서를 지닌 육군본부와 전방 155마일의 휴전선 방어를 책임지고 있는 제1.3야전군 사령부, 후방지역의 방어와 전쟁지속능력 유지 임무를 수행하는 제2야전군 사령부 그리고 수도권 방위임무를 수행하는 수도방위사령부, 적지역에서 후방교란, 주요시설 타격, 첩보수집, 아군의 화력유도 등의 임무를 수행하는 특전사령부가 있고 항공작전사령부, 유도탄사령부, 교육사령부 및 군수사령부가 있다. 1.2.3 야전군사령부는 2~4개의 군단을 보유하며 현재 육군에는 9개의 군단급 부대가 있고 각 군단은 3~6개의 사 · 여단을 보유하여 군 전체적으로 44개의 사단과 14개의 여단을 보유하고 있다. 앞으로 육군은 병력중심의 군 구조에서 탈피하여 과학화되고 완전성이 구비된 기술집약형 구조로 발전시킬 계획을 추진하고 있다. 해군은 육군과 유사한 참모 부서를 둔 해군본부와 전반적인 해상작전을 통제하고 수상전, 잠수함전, 기뢰전 등을 수행하는 해군작전사령부와 그 예하에 동 · 서 · 남해의 해역별로 책임해역 방어임무를 수행하는 3개의 함대사령부가 있다. 그리고 상륙작전과 백령도 등 서북도서 방어임무를 수행하는 해병대사령부가 있고 교육사령부, 군수지원사령부 등 지원부대로 편성되어 있다. 해군은 연근해에서의 북의 해상 도발에 효과적으로 대응할 수 있고 나아가 수상 · 수중 · 공중을 포함한 입체전력 운용에 적합한 구조로 발전을 추진하고 있다. 공군도 육군과 유사한 참모 부서를 둔 공군본부와 항공작전 전 과정을 중앙집중식으로 통제하고 제공작전, 전략폭격작전, 항공차단작전, 근접항공지원작전 등의 임무를 수행하는 공군작전사령부와 그 예하에 남부의 관할지역에 대한 분권적 전술적 항공작전을 수행하는 남부전투사령부 그리고 9개의 전투 비행단이 있다. 그 외에 저 · 중 · 고 고도별 다층적 방공작전을 수행하는 방공사령부, 교육사령부, 군수사령부가 있다. 공군도 공중우세 보장 및 정밀타격에 적합한 구조로 발전을 추진하고 있다.

예비군은 평시에는 후방의 각 지역별로 대간첩작전 등 향토방위 임무를 수행하고 전시에는 군부대의 증 · 창설이나 손실병력에 대한 보충요원으로 전투임무를 수행한다. 현재 예비군 규모는 300만 여명으로 읍 · 면 · 동 단위의 지역예비군과 직장 단위의 직장예비군으로 편성되어 있다. 의무복무를 마친 예비역 및 보충역은 8년간 예비군으로 복무하며 한편 18세 이상의 대한민국 성인은 남자든 여자든 누구나 예비군으로 지원할 수 있다. 현재 1만 여명의 여성지원자가 예비군에 편성되어 있다.

현재 우리 군은 군 구조를 정보지식 중심의 미래 전에 적합한 구조로 바꾸는 계획을 추진하고 있다. 핵심적인 내용은 중간 지휘계층과 부대수를 축소하여 여기에서 절감된 병력으로 전투부대를 완전히 편성하여 전투능력을 향상시키고, 출생 인구감소로 인한 병력 자원의 감소를 고려하여 상비 병력을 단계적으로 감축하며, 그 대신에 무기 장비 등 전력을 첨단화하고 간부의 비중을 늘려 전체적으로는 정예화를 기하는 것이다.

■ 우리 군의 전력 구조

우리 군은 한동안 주한미군의 육군 전력, 주일미군의 해·공군 전력 그리고 미 본토로부터의 증원전력을 고려하여 재래전을 겨냥하는 육군 전력을 중점적으로 강화하여 왔다. 그러나 최근에는 육·해·공 3군의 균형된 전력을 갖추는 방향으로 전력증강사업을 추진하고 있다. 우리나라는 1970년대 후반 한국군 자체 소요무기의 완전 국산화를 목표로 하는 방위산업 육성에 착수한 이래 군, 국방과학연구소 및 방위산업 업체의 피나는 각고의 노력 결과 방위산업은 눈부신 놀라운 발전을 이룩하였다. 그리하여 지금은 대공화기, 미사일, 사격통제장치 등 극히 일부를 제외하고 거의 모든 무기를 국산화하였을 뿐만 아니라 성능 면에서도 세계 최고를 자랑하여 전 세계로 국산 무기를 수출하는 수준에 이르고 있다.

육군의 주요전력은 52.2만의 병력과 2,300여대의 전차, 2,400여대의 장갑차, 5,400여문의 각종 야포와 다련장 로켓포, 600여대의 각종 헬기들이 있다. 육군은 병력과 부대수를 줄이는 대신 무기체계들을 첨단화시켜 나가고 있으며 이를 위해 차기 복합형소총, 무인항공정찰기, 차기전차(흑표), 차기보병전투장갑차, K-9자주포와 다련장의 성능개선 등 감시·타격·기동 능력이 획기적으로 강화된 무기들을 개발하고 전력화를 추진하고 있다. 해군의 주요전력은 6.8만의 병력과 전투함정 140여척, 각종 지원함정 20여척, 잠수함정 10여척, 헬기 40여대로 구성되어 있다. 해군은 근해작전 능력의 획기적 향상과 원양작전능력을 확보하기 위해 최첨단의 이지스함(AEGIS, 방패), 차기구축함, 차기호위함, 차기상륙함, 다목적수송함, 장보고 개량잠수함, 해상초계기 등의 전력화를 추진하고 있다. 특히 이지스함은 첨단 전자정보기술을 총동원하여 표적식별, 사격제원 계산, 사격지휘 · 통제, 발사 등 일련의 전 과정이 완전 자동화되어 있고 200개의 표적을 동시에 탐지 추적하고 24개의 표적을 동시에 공격할 수 있으며 명중률과 파괴력도 획기적으로 향상되어 꿈의 전투함이라고 불리고 있다. 해군은 이지스함을 기존의 세종대왕함 1척 외에 2012년까지 두 척을 추가로 확보할 예정이다. 또한 해군은 남방해역과 해상교통로통제를 위한 해군기동부대 기지를 제주에 건설하고 있다. 공군의 주요전력은 6.5만의 병력과 전투기 490여대, 감시통제기 40여대, 수송기 40여대, 훈련기 170여대와 헬기 30여대와 나이키 · 호크 등 30여기의 대공 유도무기들로 구성되어 있으며 F-15K 차세대전투기, 공중조기경보기(AWACS), 감시정찰체계 등을 확보할 계획을 추진하고 있다.

우리 군은 현존하는 북한위협은 물론 미래의 다양한 위협에도 능동적으로 대비할 수 있는 적정전력의 구비를 목표로 전력구조를 발전시켜 나가고 있다. 즉 한반도 및 주변지역에 대한 조기경보 능력과 실시간 전장 감시 · 정찰 능력을 향상시키고, 통합전투력 발휘가 가능한 지휘통제통신체계를 구축하고, 생존성과 신뢰성 및 통합성이 향상된 전장네트워크를 구축하여 네트워크중심전 수행 능력을 확보하고 그리고 장거리 정밀타격 능력과 병력, 무기, 장비, 시설의 방호 능력 향상에 중점을 두고 추진하고 있다.

3. 대북 군사 대비

우리는 북의 언제 어떠한 형태의 도발, 위협에도 대응할 수 있는 만반의 군사적 대비 능력과 태세를 갖추고 있어야 한다. 북으로부터의 군사적 위협은 적의 도발방법과 수단에 의해 몇 가지 형태로 나눌 수 있다. 먼저 방법별로는 첫째 6 · 25전쟁과 같은 전면전식 도발, 둘째 서해상의 도발과 같은 국지적 제한적 도발, 셋째 무장간첩남파와 같은 침투식 도발로 구분할 수 있다. 수단별로는 크게 대칭 전력인 재래전 전력에 의한 위협과 비대칭 전력인 전략적 전력에 의한 위협 두 가지로 나눌 수 있다. 우리는 재래전 능력에 대해서는 북의 전력에 상응하거나 능가하는 전력을 보유하고 있다고 할 수 있다. 그러나 문제는 여러 이유로 우리가 전혀 보유하고 있지 않은 비대칭 전력인 핵, 중장거리 미사일, 화생무기, 특수전 능력, 장사정포를 북이 보유하고 있다는 사실이다. 이중에서도 특히 핵은 우리의 모든 노력과 전력을 무용지물로 만들 수 있는 위협이고 한반도의 평화, 우리 민족의 생명과 안전을 결정적으로 파괴할 수 있는 위협이다.

그러면 북의 군사적 위협에 대한 우리의 대비 태세를 북의 도발 방법과 수단을 고려하여 1. 대칭 전력을 중심으로 하는 전면전 대비, 2. 비대칭 전력에 대한 대비, 3. 서해상의 도발이나 무장간첩남파와 같은 국지적 제한적 도발에 대한 대비의 세 형태로 구분하여 알아보도록 하겠다.

■ 전면전 대비

우리 군은 6 · 25전쟁 후 지난 60년 동안 북의 한반도 적화야욕으로부터 대한민국을 방위하고 한반도에 더 이상 6 · 25전쟁과 같은 참화와 비극의 재발을 막기 위해 우리가 할 수 있는 모든 노력을 기울여 왔다. 이러한 노력은 적의 동향을 파악하기 위한 정보능력의 강화, 무기와 장비 성능의 지속적 개량, 우리 장병들을 최고의 전사로 키우기 위한 강한 훈련, 전시 작전 계획의 완성도를 높이기 위한 끝없는 손질, 군기와 사기를 높이기 위한 제도 개선, 전시 동원체제의 지속적인 정비, 인사 군수의 전시 지원과 지속능력의 확충, 예비군 운영과 훈련의 내실화 등 전방위적으로 이루어져 왔다. 이중에서 빼놓을 수 없는 것이 한미연합작전 능력이다. 잘 알고 있는 바와 같이 주한미군과 유사시 지원되는 미 증원전력은 북의 전면전 재발야욕을 꺾는 결정적 역할을 해왔다. 한미연합군은 북한의 무력도발 가능성에 대비하여 24시간 전투준비태세를 유지하면서 대비태세 능력 향상을 위한 노력을 지속적으로 해 오고 있다. 즉 1. 한미 연합조기경보체제와 신속한 대응조치로 적의 기습을 거부하고 2. 개전 초 우선적으로 적의 장사정포와 미사일 등 핵심전력을 정밀 타격하여 3. 조기에 수도권의 안전을 확보하고 전장의 주도권을 장악하며 4. 이의 실행력을 높이기 위해 주기적으로 실전과 같은 연합 · 합동 연습과 훈련을 실시하고 있다. 특히 작전 능력배양을 위한 훈련에 중점을 두고 매년 을지프리덤가디언 훈련(옛 을지포커스렌즈 훈련)과 키리졸브 훈련(옛 RSOI훈련) 등 연합 훈련을 다양하게 실시하고 있다. 또한 한 · 미군은 한미연합사라는 연합작전기구를 통해 양국군 전력의 통합운용으로 전투력 운용의 효율성 극대화를 기하고 있다.

물론 한국군은 독자적으로도 전면전 대비 태세를 지속적으로 발전시키고 있다. 예를 들어 육 · 해 · 공군 및 해병대 간 합동성 · 통합성 · 동시성을 발휘할 수 있는 교리를 정립하고 '효과중심작전(EBO)', '네트워크 중심전(NCW)'등 새로운 대비개념을 발전시키고 있다. 이와 함께 먼저 보고, 먼저 결심하여, 먼저 타격할 수 있는 C4ISR-PGM 체제를 구비해 나가고 있으며 주기적이고 실전적인 합동 연습, 훈련과 점검으로 전면전 대비태세의 완벽을 기하고 있다. 현재 우리군은 첨단의 신호 · 영상장비와 미군의 정보 장비를 이용하여 북한을 포함한 한반도 전체를 24시간 감시하면서 경보를 발할 수 있는 정보유통체제를 유지하고 있으며 어떤 형태의 위기상황에도 즉각 대응할 수 있는 위기대응시스템을 갖추고 있다.

RSOI ; Reception, Staging, Onward Movement & Integration(전시 미증원

군의 한반도 전개 훈련. 수용 · 대기 · 전방이동 · 통합 4단계로 구분하여 훈련)

EBO ; Effects Based Operations(실제적인 효과 달성에 중점을 둔 작전)

NCW ; Network Centric Warfare(전장의 전 작전요소를 하나의 네트워크로 연결하여 이를 중심으로 전쟁 수행)

C4ISR ; Command(지휘), Control(통제), Communication(통신), Computers(콤퓨터), Intelligence(정보), Surveillance(감시) & Reconnaissance(정찰)

PGM ; Precision Guided Munitions(정확도를 획기적으로 향상시킨 정밀유도무기)

재래식 전면전에서 가장 큰 위협은 수도권 북방에 포진하고 있는 적의 장사정포, 다련장, 미사일이다. 이를 이용하여 서울을 불바다로 만들겠다는 북의 위협은 단순한 공갈이 아니고 실재하는 위협이다. 물론 이 위협에 우리가 손놓고 있는 것은 아니다. 우리 군은 '대화력전 운용본부'라는 기구를 통해 이들을 각 표적별로 정밀 타격할 수 있는 계획을 수립하고 훈련을 하는 등 이에 대한 대비에 많은 노력을 기울이고 있다. 그러나 기습 공격으로 쏘아대는 적의 초탄에 의한 피해는 피할 수 없는 상황이다.

170, 240미리 적 장사정포의 탐지는 미군의 정찰위성과 U2 정찰기, 우리의 무인정찰기 UAV, 날아오는 포탄의 각도를 역산해 발사한 장사정포의 위치를 추적할 수 있는 대포병 탐지레이다 및 영상 장비를 이용하여 정밀 탐지하고 있다. 이들 표적의 타격은 한 · 미군이 보유한 모든 가용 전력이 투입된다. 주요 타격무기로는 K9 자주포, 230미리 다련장 로켓(사거리 60km), F-15K의 AGM 84(유도 미사일의 일종, 사거리 280km), AGM 142(사거리 105km), GPS 정밀유도폭탄인 JDAM(사거리 24km, 사거리 연장탄 개발중) 등이 있다.

이렇게 이야기하면 크게 보아서 전면전의 대비는 안심해도 되겠다는 생각이 들지도 모르겠다. 그러나 소요되는 전력에 부족한 부분도 많고, 실제

전쟁이 벌어지면 전혀 예상치도 못한 일이 얼마든지 일어날 수 있으므로 방심은 그야말로 절대 금물이다. 우리는 어떠한 돌발사태가 발생하더라도 즉각 대응할 수 있는 태세와 부족전력의 확보 등 적의 공격 의지를 박살낼 수 있는 능력을 세밀하고도 철저하게 갖추는 노력을 지속적으로 해 나가야 할 것이다.

■ 전시 체제

다음은 국가의 전반적인 전시체제에 대해서 알아보겠다. 여기에서 말하는 전시체제는 북의 남침으로 전쟁이 발발했을 때 구체적으로 국가는 어떤 시스템으로 싸우며 이를 위해 평시에 어떤 준비를 해야 하고 또 하고 있는지에 관한 것을 말한다. 앞에서 다룬 전면전 대비와 전시체제와의 차이는 전자는 순수 군사적 대비를, 후자는 국가적 정부적 차원의 대비를 의미한다고 보면 되겠다. 전시체제라고 했을 때 가장 중요한 점은 국가총력체제라는 것이다. 우리는 통상 '전쟁'이라고 하면 군인들이 전장터에서 싸우는 것만 생각하는데 사실 전장터의 싸움은 전쟁이라는 큰 틀에서 보면 전쟁의 일부분이다. 즉 전쟁에서 최종적인 승리를 얻기 위해서는 일차적으로 군인들이 전장터에서 생명을 걸고 최선을 다해 싸워야 하지만 그에 못지않게 중요한 것이 국가적 차원에서 이루어지는 후방에서의 지원이다. 더 정확하게 이야기하면 후방의 지원 없이는 전쟁의 승리는 고사하고 전쟁 자체가 이루어 질 수 없다. 더구나 1차 세계대전 이래로 현대전은 그 전 시대의 전쟁과 달리 국가의 인적 · 물적인 모든 가용자원을 총동원하여 싸우는 국가총력전이 되고 있다. 원래부터 전쟁은 평시에 얼마만큼 인적 · 물적 · 시스템적으로 전쟁에 대비하고 있었느냐에 따라 사전에 판가름이 나는 것이었다. 그래서 '유비무환'이라는 말도 있고 '평화를 원하거든 전쟁을 준비하라'는 말도 있어 온 것이다. 이러한 전시체제는 국민들이 잘 모르고 있다뿐이지 우리나라만 있는 것이 아니라 어느 나라나 기본적으로 다 갖추고 있다.

우리나라의 전시체제는 1968년 1 · 21사태를 계기로 모습이 구체화되기 시작했고 그동안 지속적으로 개선 발전의 노력을 기울여 온 결과 현재 상당한 수준의 전시체제가 갖추어져 있다. 이러한 전시체제는 크게 전시 위기관리시스템과 전시동원계획으로 나눌 수 있다. 이중 위기관리시스템은 매년 훈련을 통해 상태를 점검하고 능력 향상을 기하고 있는데 중앙정부 차원에서 하는 훈련이 을지훈련이고 지방자치단체에서 하는 훈련이 충무훈련이다. '을지훈련'은 대통령 이하 전 정부기관과 관련되는 민간업체와 기구가 참여하며, 훈련의 시너지 효과를 얻기 위해 군은 군데로 '포커스렌즈'라는 이름의 훈련을 병행하여 이를 합하여 통상 '을지포커스렌즈 훈련'이라고 하고 이때 미군도 참여한다(이 훈련은 2008년부터 이름이 '을지프리덤가디언훈련'으로 바뀌었다). 충무훈련은 연2회 매년 4개 시 · 도를 대상으로 지방자치단체가 주관이 되어 군 화랑훈련과 병행하여 4년 주기로 실제훈련 위주로 실시하며 동시에 주민의 참여 및 참관을 통하여 안보의식을 제고한다. 비상사태 발생시 신속하고 효율적인 군사작전 지원을 위해 충무계획에 의거 지정된 기술인력(운전수, 정비사, 의 · 간호사, 기술자 등)과 차량, 건설기계, 선박, 통신회선 등을 실제 동원하여 임무와 역량을 점검하고 있다. 또한 공 · 항만, 철도, 교량, 전력, 가스, 통신, 상수도 시설 등이 적의 특수전 공격이나 테러에 의한 기능 마비 시 이를 신속히 복구하는 훈련도 병행한다.

정부는 전시에 국가 가용자원을 즉각적이고도 효율적으로 동원하기 위한 '동원계획'을 갖고 있으며 이를 지속적으로 보완 발전시켜 나가고 있다. 이 동원계획은 인원동원과 물자동원 두 가지로 구성되어 있다. 이중 인원동원은 전쟁시 군부대의 소요병력을 충원하고, 군사작전에 필요한 지원인력을 확보하며, 정부 및 전시 동원되는 업체의 임무수행에 추가적으로 필요한 인원을 동원하는 것으로써 병력동원, 전시근로소집, 기술인력동원이 있다. 물자동원은 민 · 관에서 보유하고 있는 물자, 장비, 시설, 업체 등의 자원을 유사시 적시 · 적소에 동원하여 군사작전을 지원하고 전쟁지속능력을 보장하기 위한 것으로써 대상 자원에 따라 물자동원, 수송동원, 건설동원, 통신동원 등으로 구분한다. 이 동원계획은 군사비밀인 관계로 개략적인 개요만 소개하였는데 실제는 엄청나게 방대한 규모의 계획으로서 전시체제의 핵심이 되는 업무라고 할 수 있다.

우리나라는 전시 · 사변, 기타 이에 준하는 국가비상사태에 대비하기 위하여 국가안전보장에 관련되는 제반 기획, 통제 및 조정에 관한 업무를 수행하는 국무총리 소속의 국가비상기획위원회가 있었다. 그러나 지난 2008. 2. 29 법개정에 따라 이 위원회는 행정자치부로 흡수되었고 행정자치부도 이름이 행정안전부로 바뀌었다. 이는 국가의 안보 능력을 감퇴시킬 수 있는 조치라고 할 수 있다.

■ **비대칭 전력 대비**

북은 재래식 전력인 대칭전력이 남쪽과의 경쟁에서 도저히 승산이 없다고 판단해서인지 핵과 미사일 그리고 화생무기 등의 비대칭 전력 확보 쪽으로 방향을 틀고 여기에 자신들의 명운을 걸고 총력을 기울이고 있다. 북은 우리와 미국의 어떤 압력에도 핵을 포기하지 않을 것이다. 이들 무기에 관한 북의 능력은 앞의 북한의 군사력에서 설명되었으므로 여기에서는 우리의 대비에 대해서만 이야기하겠다. 결론을 먼저 이야기하면 핵 · 미사일 · 화생무기에 대한 대비는 여러 가지 제약조건으로 대칭전력처럼 '눈에는 눈, 이에는 이'식의 대응이 불가능하여 군사적 대비보다는 정치적 · 외교적으로 대응할 수밖에 없고 공격적 적극적 대비보다는 방어적 소극적 대비를 할 수 밖에 없다는 것이다. 즉, 북이 핵을 개발하고 있으므로 우리도 핵을 개발해야겠다는 식의 군사적 대비를 할 수 없고 기껏 할 수 있는 것은 북이 핵을 개발하지 못하도록 정치적 외교적으로 압력을 가하는 방법밖에 없다는 것이다. 여기서는 지금 북의 비핵화를 위해 진행되고 있는 6자회담과 우리나라를 비롯한 국제사회의 정치 · 외교적 노력과 활동에 관한 설명은 생략하겠다. 어찌됐던 북은 우리나라와 국제사회의 부단한 비핵화 노력을 비웃기라도 하듯 핵보유국가로 인정받기 위한 발걸음을 멈추지 않고 있다. 사정이 그렇다고 해서 현재 북의 핵 개발과 보유 가능성에 대해 아무 대비도 하지 않는다는 것은 안 되겠다. 예를 들어 고출력마이크로웨이브, 무인항공기, 고에너지레이저 등 북핵을 정밀히 탐지 감시하고 여차하면 파괴할 수 있는 수단을 확보하고 한편으로 핵 방호시설, 핵경보시스템, 개인 방호요령 교육 등 국가의 주요시설을 방호하고 국민과 생존성을 높이는 대책을 강구하는 것이다.

오바마 대통령의 '핵없는 세상' 정책은 북핵에 대해 새로운 돌파구가 될 가능성이 있다. 미국을 포함하여 국제 사회의 지금까지 북핵 해결 방식은 북한, 이란 등 개별 국가를 상대로 단편적으로 접근하는 식이었다. 그러나 이번처럼 아무도 반대할 수 없는 원론적 이유를 제시하며 근본적 포괄적으로 북핵을 멀리서부터 압박 포위해 가면 핵무기 증산과 현대화를 시도하는 북한에 감당할 수 없는 압박으로 작용할 수 있을 것으로 보인다.

적의 화생무기에 대한 대비도 핵과 비슷한 어려움이 있다. 우리는 화생무기의 끔찍한 잔혹성, 비인도성 때문에 일찍이 우리 군이 기존에 보유하고 있던 화생무기를 우리 스스로 전량 폐기 하였다. 적의 화생무기에 대한 대비도 정치 · 외교적 수단 특히 국제사회의 국제적 규범과 시스템을 통해 북이 화생무기를 폐기하도록 압력을 가하는 방식을 취하고 있다. 이에 따라 우리는 CWC(화학무기 금지조약) 및 BWC(생물무기 금지조약)와 같은 국제기구에 참여하였고 또한 이 기구들을 주도적으로 이끌어 가고 있다. 현재 181개국이 가입되어 있는 CWC는 우리의 적극적 주도로 북한 등 14개 미 참가국의 가입을 위해 국제적 공조에 노력을 기울이고 있다. BWC에서도 북한 등 비회원국의 가입을 적극 유도하고 있으며 협약이 조기 이행되도록 앞장서고 있다. 그러므로 적의 화생무기에 대한 대비는 CWC, BWC와 같은 국제기구를 통한 검증 및 폐기를 적극적으로 유도하면서 병행하여 이들 무기를 생산 및 저장하고 있는 시설을 파괴할 수 있는 첨단 정밀유도미사일(PGM), 신형 패트리어트, 무인항공기 등 대응 무기체계 전력을 확보해야 하겠다.

적 중장거리 미사일에 대한 대비는 좀 더 복잡하다. 우리가 많이 걱정하는 장사정포는 넓은 지역을 무차별로 포격하는 것이기 때문에 정확도가 떨어지고 사거리에도 한계가 있으며 고지 후사면(後斜面, 뒷쪽)은 때릴 수 없는 제한이 있다. 반면에 미사일은 상대적으로 높은 정확성과 사거리로 수도권과 전국의 핵심 국가시설을 정밀하게 타격하여 우리의 전쟁수행 지휘부 자체를 무력화할 수 있다는 가능성 면에서 매우 위협적이다. 북한이 모든 국력을 투입하여 개발하고 있는 중장거리 미사일에 대응하기 위해 우리도 마땅히 이러한 미사일을 개발하여야 하겠지만 현재 우리가 가입한 국제적 합의인 '미사일기술 통제체제(MTCR, Missile Technology Control Regime)'에 의해 미사일 개발을 제한받고 있다.

미사일은 크게 탄도미사일과 순항미사일로 나눈다. 탄도미사일(ballistic missile)은 사격 후 정해진 탄도를 따라 날라 가는 미사일로서 중간에 궤도 수정이 불가능하다. 반면에 순항미사일(cruise missile)은 사전에 입력한 지시 또는 사후의 명령에 따라 궤도를 변경하거나 유도할 수 있는 미사일로서 저공비행이 가능하며 탄도미사일에 비해 정확도가 훨씬 뛰어나 백발백중에 가깝다. 북이 개발하고 시험발사하고 있는 미사일은 탄도미사일이다.

우리는 1979년 한미간에 체결된 '한미미사일 양해각서'의 "사정거리 180km 이상의 미사일은 개발 및 보유하지 않는다."라는 조항에 의해 미사일 개발이 제한되어 왔었다. 그러다가 2001년 우리가 MTCR에 가입하면서 '한미미사일 양해각서'는 폐기하고 MTCR의 규정인 "탄도미사일은 300km 이하, 탄두중량 500kg 이하에 한해 개발 및 보유를 허용하고 300km 이상은 연구개발은 가능하되 시험 발사 및 생산 배치는 할 수 없다." "순항 미사일은 탄두중량 500kg 이하면 사정거리 제한 없이 개발가능하다."는 규정의 적용을 받고 있다. MTCR은 원래 제정 취지가 각국이 보유하고 있는 탄도미사일 기술의 세계적 확산을 방지하기 위해 관련기술이나 부품의 제3국 수출과 이전을 금지하는 것으로서 회원국들이 미사일기술을 자체 개발하거나 보유를 금하는 것은 아니다. 최근에 우리 군은 사정거리 1,000km에 이어 1,500km에 이르는 순항미사일(현무-3C)을 개발하여 실전배치하였다. 이는 북한 전역을 포함하여 만주와 연해주 그리고 일본 전역을 사정권으로 한다.

현재 우리 군의 적 중장거리 탄도미사일에 대한 대비는, 먼저 적의 미사일을 감시하고 발사 징후 포착을 위해 다목적 위성 아리랑 2호(06.7발사. 식별 능력은 흑백영상 1m, 칼라영상 4m 크기)와 미군의 정찰감시수단을 운영하고 있다. 그리고 우리의 독자적 감시능력 확충을 위해 지상 20Km 상공에서 한반도 전역을 감시할 수 있는 무인정찰기 '글로벌 호크'의 도입, 현재 운영중인 금강(영상) · 백두(통신) 장비의 성능개선, 탄도탄 조기경보레이다 확보 및 탄도를 계산해 발사지점과 투하지점을 계산하고 요격 명령까지 하달하는 '대탄도탄 작전통제소'의 운영을 추진하고 있다. 적미사일의 요격은 F-15K의 합동 원거리공격탄(사거리 400km. 탄두에 목표 탐지식별 기능 보유, 특정 건물 창문까지 정밀타격 가능)으로 기지와 발사대를 타격하며, 고도 100km

이상 대기권을 날아오는 미사일은 이지스함의 대공 미사일(SM6)과 패트리어트 미사일(PAC3)로 요격하고, 고도 100Km 이하 미사일은 지상배치 패트리어트(PAC2)로 요격토록 대비하고 있다. 적의 핵이나 화생무기에 대한 대비와 마찬가지로 적 미사일 요격실패 시에 대비하여 주요 국가시설이나 전쟁 지휘시설의 피해를 방지하기 위한 방호대책을 강구해야 하겠다.

적 중장거리 미사일에 대한 대비방안의 하나로서 현재 우리가 참여하지 않고 있는 MD(Missile Defence System, 미사일방어체제) 참여를 적극 추진할 필요가 있다. MD는 감시정찰, 지상정밀타격, 공중요격, 방호의 4단계로 구분한 대응계획과 이 4단계를 지원하는 사격지휘시스템과 소요무기체계를 연구 개발하는 업무로 구성되어 있다. MD계획은 소위 '별들의 전쟁(Star Wars)'이라고 하는 미국 레이건 대통령 때 구소련의 대륙간 탄도미사일의 위협으로부터 미 본토를 방호하기 위해 추진한 '전략방위구상(SDI)'을 부시대통령이 규모를 대폭 축소하여 출발한 시스템으로서 우리는 엄청난 예산소요와 북한과의 관계를 고려하여 참여하지 않고 있다.

■ **국지적 도발 대비**

북의 무장간첩 남파라든지 서해상의 도발은 우리 국민에게는 일상생활의 일부가 될 만큼 아주 익숙하여서 이런 것이 뜸하면 북이 또 무슨 엉뚱한 꿍꿍이를 꾸미고 있는 게 아닌지 불안해질 정도이다. 북이 휴전선과 해안을 통해 무장 간첩을 남파시킨 회수는 헤아리기가 어려울 정도이다. 현재 우리나라 성인 남성의 대부분은 군 복무 기간에 휴전선과 해안의 철책근무를 통해 군의 국지적 도발 대비 실태를 어느 정도 알고 있다고 생각한다. 휴전 후 지금까지 우리 군은 적의 전면전 도발에도 대비하면서 무장간첩 침투에도 대비해야 하는 2중의 부담을 안아야 했으며 전면전의 대비만큼 국지적 도발에도 할 수 있는 모든 노력을 기울여 왔다. 특히 1968.11

울진 · 삼척 무장공비 침투 이래 북이 해안을 무장간첩 침투의 주요 루트로 사용하면서 남한의 전 해안선에 철조망이 처지고, 수많은 군 시설이 들어서고, 야간에는 통행이 금지되며 선박출입도 통제되는 등 국민의 일상생활과 생업에도 큰 불편을 주어 왔다. 현재도 북한은 잊을 만하면 한 번씩 서해상의 북방한계선(NLL) 침범, 비무장지대 무단월경 및 총격도발, 무장간첩남파 등 대남 도발을 계속하고 있다.

우리 군은 가용 정보자산을 이용하여 24시간 북한군의 모든 움직임을 추적 · 감시하여 파악하고 있다. 국지적 도발에 대한 우리군의 기본 대응 방침은 '언제, 어디서, 어떠한 상황이 발생하더라도 교전규칙에 의거 강력히 대응하며 확전을 방지하면서 최단시간 내에 작전을 종결할 수 있는 태세를 유지한다.'는 것이다. 이 방침에 따라 육 · 해 · 공 3군은 각 각 맡은 바 지역과 임무 분야에서 교전규칙을 발전시키면서 세부적이고 구체적인 행동지침과 행동절차를 마련하고 훈련에 훈련을 거듭하고 있다. 최근에 적의 도발이 잦은 백령도와 연평도의 서해 5도 지역에서는 적의 불시도발에 즉각 대응할 수 있도록 해상전력을 상시 현장에 배치해 놓고 있다. 한편 우발적인 군사적 충돌이나 이러한 충돌이 확전되지 않도록 2004년 남북의 군사대표가 합의하여 남북 함정 간에 통신망을 운용하고 있다. 우리 군은 비무장지대 및 해안의 취약 지역의 경계태세를 강화하기 위해 병력의 육안 위주 감시에서 과학화된 첨단 감시장비로 경계체제를 발전시키고 있다. 북의 무장간첩 침투에 대한 대비는 군만의 힘으로는 한계가 있어 정부는 1995년 지방자치제도가 시행되면서 지방자치단체장의 지역안보에 대한 역할과 기능을 더욱 강화하여 지역안보태세 확립 차원에서 통합방위체제를 구축하여 왔다. 그리고 1996년 10월 강릉 잠수함 침투사건을 계기로 「통합방위법」을 제정하여 통합방위의 법률적인 근거도 갖추었다. 통합방위체제는 적의 침투 · 도발 등 유사시에 시 · 도지사는 지역통합방위협의회 의장으로서 통합방위사태를 선포하고 이 때 해당 지역의 지방경찰청장 또는 지역군사령관을 작전지휘관으로 임명하도록 하고 있다. 작전지휘관은 모든 방위요소를 통합하고 지휘체계를 일원화하여 통합방위작전을 수행하고 시 · 도지사는 통합방위지원본부와 종합상황실을 구성하여 원활한 통합방위작전을 지원한다. 군과 경찰은 국가중요시설의 방호능력을 향상시키기 위해 지속적으로 시설별 방호계획을 발전시키고, 감시장비와 상황실, 경계시설 등을 보강하고 있다. 실제 상황이 발생하면 즉각 예비군을 동원하여 주요시설과 병참선 경비를 강화하면서 민 · 관 · 군 통합작전을 통해 지역 내에 침투한 무장공비를 소탕한다.

4. 국방 현안

'우리의 국방' 끝항으로 현재 군이 관심을 가지고 추진하고 있는 현안 업무를 몇 가지 알아보겠다. 국방 현안을 아는 것도 우리의 안보에 대한 전반적인 이해도를 높이는 데 꼭 필요할 것으로 보기 때문이다.

전쟁도 없고 적의 제한적 도발이나 무장간첩 침투도 없는 평시에는 군은 무엇을 하고 지낼까? 군은 적의 도발상황이 벌어졌을 때도 바쁘지만 평시에도 이러한 상황에 사전 준비하는 일로 무척이나 바쁘다. 군 장병들은 전쟁 때 승리하기 위해 평시에 준비를 철저히 해야 한다는 뜻의 "유비무환(有備無患)", "평시의 땀 한 방울은 전시의 피 한 방울", "하루의 전쟁을 위해 10년을 준비한다."와 같은 말을 귀가 닳도록 들으면서 산다. 전쟁에서의 필승을 위해 평시에 사전 준비해야할 사항은 한두 가지가 아니며 제대로 하자면 끝이 없는 게 이 일이다. 지금 군이 하고 있는 모든 일은 최종적으로 외적의 침략으로부터 나라를 지키는 것으로 귀결되지만 이 일들을 제목만 열거하더라도 단순 반복적으로 이뤄지는 행정적 업무를 빼고도 책

1권은 족히 될 것이다. 지금 국방부와 합참 그리고 육 · 해 · 공군 각 군에서 특히 역점을 두어 진행하고 있는 일 중에서 군사비밀에 관한 사항은 제외하고 국민들과 관련이 많은 사업 10가지를 골라 이에 대해 알아보되 세부적으로 다루기에는 양이 너무 많으므로 개략적인 개념 위주로 살펴본다. 한미관계와 군사외교에 관한 사항도 중요하지만 이는 다음 장에서 별도로 다루므로 여기에서는 생략하였다.

■ 무기체계 전력 증강

작금의 과학기술의 발전 속도는 매우 빠르고 군에서 사용하는 무기체계도 점점 더 고가화 · 첨단화 · 복합화되고 있다. 역사적으로 보면 군사무기를 만들기 위해 개발된 기술이 민간분야로 확대되어 사용되는 것이 지금까지의 일반적인 현상이었다. 그러나 최근에는 민간분야의 기술개발 역량이 국가나 군의 역량을 앞섬에 따라 일부 순수 군사용 특수기술을 제외하고는 민간에서 개발된 기술을 군에서 받아쓰는 현상이 점차 일반화되고 있다. 우리 군도 이러한 환경변화에 능동적으로 대응하기 위해 무기체계 획득시스템을 종전의 군 주도에서 학계 및 민간 연구소와의 협력 체제를 보다 강화하고 있다. 우리 군은 우리의 연구개발 및 방위산업 능력과 경제력을 바탕으로 무기의 성능개선을 위한 노력을 꾸준히 해왔으며 그 결과 성능면에서 세계 최고라고 할 수 있는 무기들을 보유하게 되었다. 그리고 이에 만족하지 않고 과학기술 발전에 상응하는 더 좋은 무기를 갖기 위해 중장기적인 발전계획을 수립하고 노력에 박차를 가하고 있다.

우리 군의 군사력 건설 방향은 첫째 재래의 병력위주의 양적 구조에서 기술위주의 질적 첨단구조로, 둘째 정보 · 지식과 네트워크 중심의 '감시 · 정찰–지휘 · 통제–타격'의 전쟁 수행개념에 맞는 과학군 구조로, 셋째 기반전력을 내실화 하여 첨단 무기체계의 효율적인 운용을 보장하고

High-Low Mix 개념(무작정 첨단무기만 갖는 것이 아니고 재래식 무기도 균형되게 보유한다는 개념)에 따른 전력화를 추진하며, 넷째 국방연구개발을 강화하여 첨단전력의 독자개발능력을 조기에 확보하는 것으로 잡고 있다. 구체적으로는 독자적인 감시 · 정찰 능력의 구비, 전투력의 통합운용을 위한 전장관리체계 구축, 장거리 타격능력과 미래의 잠재적 위협에 대비한 전력 확보, 현재 운용중인 무기의 성능개선, 기술의 자주화를 위한 연구개발과 방위산업 기반강화 등에 중점을 두고 이 업무를 추진하고 있다. 감시 · 정찰 전력 확보는 한반도와 주변지역에 대한 독자적인 정보수집 능력을 구비하는데 목표를 두고 전략적 수준의 감시와 조기경보가 가능하도록 공중조기경보통제기, 고고도 무인정찰기, 전술정찰정보수집체계 사업 등을 추진하고 있다. 전장관리체계 구축은 전 제대가 디지털화된 전술정보 및 각종데이터의 원활한 흐름을 보장할 수 있도록 전략 및 전술 C4I체계와 군 위성통신체계 등을 전력화하여 2011년까지 네트워크 중심전 수행기반을 구축할 계획으로 있다.

육군은 현재 운영중인 K-200장갑차, K-55자주포, K-9자주포, 대포병탐지레이더 등 상대적으로 낡고 성능이 저하된 무기의 성능개선 작업을 지속적으로 추진하며 장거리 타격능력을 확보하고 미래 잠재적 위협에 대비하기 위하여 대구경 다련장의 추가 확보, 한국형기동헬기, 차기복합형소총, 차기 전차(흑표), 차기보병전투장갑차 등을 개발하고 있다. 해군은 7,000톤급 이지스함과 1,800t급 잠수함, 함대함유도탄, 합동원거리공격탄, 차기호위함, 차기고속정, 차기상륙함, 상륙돌격장갑차를 노후 대체 전력으로 확보하며 대형 수송함과 소해함 추가 확보 사업을 추진하고 있다. 공군은 현재 진행되고 있는 F-5E/F전투기 수명연장과 F-16전투기의 무장능력 향상 사업을 계속하면서 F-15K전투기(2차), 공중급유기, 대형수송기, 경공격기 양산 및 레이저유도폭탄 사업을 신규 착수할 예정이다. 아울러 방공 및 방호능력 증강을 위해 단거리대공유도무기, 차기유도무기(SAM-X) 및 신형제독차 등을 확보할 예정이다. 한편 우리 군은 북의 핵 위협이 현실화됨에 따라 핵 위협을 줄이거나 대비하기 위한 '감시 · 정찰-정밀타격-요격 · 방호 전력소요'를 추가로 식별하여 보강하고 있다.

■ 전투 위주 훈련 강화

군대의 훈련은 정확하게는 새로운 무엇을 가르치는 '교육'과 어떤 행동을 숙달하는 '훈련'으로 구분되어 실시되지만 여기서는 훈련에 중점을 두어 설명한다. 평상시 군의 제일 중요한 임무는 훈련이다. 훈련은 전투력의 근원이자 군기와 사기의 원천이기도 하다. 훈련이 안 된 군인 · 군대는 한마디로 아무짝에도 쓸모가 없을 뿐만 아니라 오히려 국가와 국민에게 짐만 된다. 우리 군은 첫째도 훈련, 둘째도 훈련, 셋째도 훈련이라는 구호아래 개인 및 부대가 유사시 최고의 전투력을 발휘할 수 있도록 실전과 같은 연습 및 훈련에 매진하고 있다. 군은 '적과 싸워 이기는 강한 전사, 강한 군대 육성'을 목표로 다양한 형태의 교육훈련을 하고 있으며 이를 통해 강인한 전사 기질의 전투원, 군사 전문지식과 기술 및 리더십을 구비한 창의적 군사전문가, 상시 전투준비태세를 완비한 정예부대를 육성하고 있다. 그러나 우리 군은 급속한 도시화와 지역개발로 인해 필요한 훈련장 확보에 많은 어려움을 겪고 있고 실제로 전투력 향상에 주요 걸림돌로 지적되고 있다.

육군은 '싸우는 방법대로 훈련하고, 훈련한 대로 싸운다'는 개념에 주안을 두고 제대별 '전투임무 위주의 실전적 부대훈련'을 하고 있다. 특히 전장실상을 간접 체험하고 교육훈련의 실전성을 확대하기 위하여 '과학화전투훈련(KCTC, Korea Combat Training Center)'과 '전투지휘훈련(BCTP, Battle Command Training Program)', 모의장비 훈련 등의 과학화훈련을 실시하고 있다. '과학화전투훈련'은 마일즈 장비(모의 화기), 데이터 통신, 인공위성 등 첨단 과학기술과 전문대항군을 운용하여 실시하는 쌍방훈련으로 실제 전장과 유사한 환경에서 진행된다. 현재는 대대급 규모로 훈련을 하고 있으나, 앞으로는 여단급 규모로 확대하고 기계화부대 훈련도 병행할 예정이다. '전투지휘훈련'은 컴퓨터 모의기법을 이용하여 지휘관 및 참모의 전투지휘능력을 배양하는 훈련이다. 해군의 주요훈련으로는 성분작전훈련, 해상기동훈련, 연합훈련, 순항훈련 등이 있으며 '성분작전훈련'은 작전의 목적에 따라 대잠전 · 기뢰전 · 상륙전 · 구조 및 탐색전 · 특수전 · 잠수함전 · 항공대잠수함 훈련 등이 있다. '해상기동훈련'은 유사시 해상통제권을 조기에 확보하기 위한 훈련으로 최신예 전투함, 잠수함, 해상초계기, 해상작전헬기가 참가한다. 국가간의 훈련인 '연합훈련'은 한 · 미간에는 대특작부대훈련, 대잠 · 해양탐색훈련, 잠수함전 · 기뢰전 · 구조전 · 상륙전 · 특수전 훈련을 하고 있고 한 · 일, 한 · 중 및 한 · 러 간에는 구조 및 탐색훈련을 하고 있다. 또한 해군은 미국, 영국, 일본, 캐나다, 호주 등 10여 개국이 정례적으로 실시하는 환태평양훈련과 서태평양 잠수함 탈출 및 구조훈련에 참가하여 다국 간 연합작전 능력 및 군사협력 관계를 강화하고 있다. 공군의 주요훈련으로는 방어제공훈련, 공세제공훈련, 항공차단훈련, 근접항공지원훈련 등이 있다. '방어제공훈련'은 우리의 영공을 침범하는 적의 항공기를 저지하기 위한 훈련으로서 적기를 가능한 원거리에서 탐지, 식별, 요격, 격파토록하며 방공화기들도 함께 훈련에 참여한다. '공세제공훈련'은 공중우세를 확보하기 위해 적 지역에서 우리의 공군력을 공세적으로 운용하는 훈련으로서 지대지유도무기, 특수전부대 등 적 후방을 타격할 수 있는 부대도 참여한다. '항공차단훈련'은 적의 항공 전력이 아군의 지상군 · 해군을 타격하기 이전에 이를 교란, 지연, 파괴시키기 위한 훈련이고 '근접항공지원훈련'은 지상군과 해군을 우리 공군이 직접지원하기 위해 실사격을 하는 훈련이다. 이외에 공군은 적의 방사포에 대응하기 위한 대화력전 훈련과 적 특수작전부대의 해상침투에 대비한 해상침투 저지 훈련을 실시하고 있다. 공군은 기상, 비용 등 실제 비행훈련의 제한을 극복하기 위해 지상모의훈련장비와 공중전투기동훈련장비 등 과학화 훈련체계를 적극 활용하고 있다. 해병대의 주요훈련으로는 연합 및 합동 상륙작전 능력을 배양하기 위한 상륙훈련, 합참 및 연합사 주관 훈련 참가, 사 · 여단별 훈련 등이 있다. 그 외에도 해안침투 대비 합동훈련, 서북도서 방어훈련 및 증원훈련 등을 실시하고 있으며 연합작전능력 향상을 위해 미 해병대와의 연합해병지상전훈련, 연합공병훈련, 연합공중강습훈련 등을 시행하고 있다.

■ **적정 국방비의 확보**

어떤 나라든지 어느 정도의 국방비가 적정한지는 늘 국가의 주요 숙제 중의 하나이다. 국방비가 국내총생산(GDP) 및 정부재정에서 차지하는 비율은 우리의 안보상황, 경제 및 사회여건에 따라 변화하여 왔다. 일반적으로 국방비의 적정규모는 '안보위협의 정도'와 '국가의 재정적 부담능력'이 균형을 이루도록 결정되는 것이 바람직하다. 그러나 우리나라와 같이 직접적인 군사위협을 받고 있는 나라는 '안보위협의 정도'가 우선적으로 고려되어야 할 것이다. 우리나라는 '안보위협의 정도'에 있어서 세계에서 가장 높은 수준에 있음에도 불구하고 세계의 다른 분쟁국에 비해 국방비의 배분 비중이 낮은 실정이다. 국내총생산 대비 국방비의 비율은 세계평균이 3.5%인데 우리는 여기에도 못 미치는 2.7%로서 세계 66위 수준이다. 지금까지의 국방비 배분 추이를 알아보면 70년대 국방비는 GDP 대비 5~6% 수준이었으나 2000년대에 들어와 2.4~2.7%로 낮아졌고, 정부재정 대비로는 70년대 30~35%에서 현재 15~18%로 낮아져 있다. 1980년대 초반까지 국방비는 율곡사업 등 군의 전력증강 계획을 안정적으로 추진할 수 있도록 예산이 배분되어 GDP 대비 5%, 정부재정 대비 30% 수준을 점유하여 왔다. 반면 1980년대 후반부터 2000년대 초반까지는 사회복지 수요의 증가, IMF 금융위기 등에 따라 국방비의 하향배분 현상이 지속되고 있다. 2008년도 국방예산은 방위역량 확충과 장병 사기 · 복지 증진에 역점을 두고 2007년도 보다 8.8%가 증가한 26조 6,490억 원으로 편성되었으며 이는 GDP의 2.76%, 정부재정의 15.2% 수준이다.

국방비는 국가안보라는 본연의 기능 이외에도 다양한 산업분야에 지출되어 광범위한 경제적 파급효과를 낳고 있다. 즉 국방비는 일부 국민이 주장하는 것처럼 절대 낭비적 지출이 아니다. 국방비 가운데 군인 · 군무원 봉급을 비롯한 인건비는 민간경제에 유효수요를 창출하여 산업생산을 활성화시킨다. 무기체계 획득, 군수물자 보급, 군사시설 건설 등을 위한 사업비는 제조업, 건설업 등 각종 산업부문으로 지출되어 산업생산과 고용을 증대시키고 국내소득을 창출한다. 한국국방연구원의 연구결과에 따르면, 국방부문의 산업연관효과는 전체 산업 평균에 비해 높은 수준으로 나타나 있다. 국방비 1,000원을 지출하면 1,709원의 생산 유발이 일어나고 764원은 국민의 소득으로 이어지는 것으로 파악되었다. 또한 국방비 지출은 10억 원당 약 21명의 취업 유발 효과를 가져와 국가 일자리 창출에도 긍정적으로 기여한다. 국방 연구개발(R&D, Research & Development) 과정에서 개발된 첨단기술은 민간부문으로 파급되어 민간산업의 생산성을 높이는 기회를 제공하고 민간업체로 이전되어 전자통신 및 기계산업 등을 발전 시킨다. 군사적 목적으로 건설된 공항, 항만, 교량 등은 지역사회와 공동으로 사용되어 국가예산을 절감하고 사회간접자본 형성에 기여하고 있다. 군에서는 국가기술자격자를 배출하고 자체 병과교육을 통해 '국가기술인력의 공급원 역할'을 수행한다. 1975년부터 2007년까지 기계, 화공, 전기, 전자 분야 등 120여 개 분야에 걸쳐 산업기사, 기능사 등 27만 6천여 명의 국가기술자격자를 양성하였다. 또한 통신, 항공, 정비 등 다양한 분야에서 연간 54,000여 명의 전문 기술인력을 사회에 배출하고 있다.

군은 국방예산을 효율적으로 운용하기 위해 수리부속 보급수준의 감축, 시설 면적 기준의 변경 등 비효율적인 부분을 개선하고 예산편성 기준을 합리적으로 조정하는 노력을 계속하고 있다. 군은 각 군별로 별도 운영되고 있는 각급 행정부대의 업무와 조직을 정비, 통합하여 낭비요인을 제거하고 생산성을 제고하고 있다. 민간 경영기법을 도입하는 것이 보다 효율적이고 경제적인 것으로 판단되는 분야는 군 책임운영기관화, 민간위탁, 민영화 등 아웃소싱의 방법을 선별적으로 도입하고 있고 무기 구입의 투명성 경제성을 향상시키기 위해 무기중개상 개입 방지 등 특단의 조치를 강구하고 있다.

■ **남북 군사관계 개선**

남북은 대규모 군사력이 비무장지대를 사이에 두고 첨예하게 대치하고 있고, 서해상에서 수시로 일어나는 무력충돌은 양쪽으로 하여금 상호간의 불신을 해소하고 군사적 신뢰관계를 구축해야 할 필요성을 제기하고 있다. 군은 기본적으로 북한과 군사적 긴장을 완화하고 나아가 신뢰관계를 구축해야 한다는 방침 하에 이를 위한 노력을 경주하고 있다. 남북관계는 2000년 제1차 남북정상회담 이후 경제 분야를 중심으로 교류협력에 많은 진전이 있었지만 군사관계는 지지부진한 상태이다. 남북은 1990년대 초 남북고위급회담과 군사분과위원회를 시작으로 하여 「남북 사이의 화해와 불가침 및 교류 · 협력에 관한 합의서(남북기본합의서)」, 「한반도의 비핵화에 관한 공동선언(비핵화 공동선언)」, 「남북기본합의서 불가침분야 부속합의서」, 「남북군사공동위원회구성 · 운영에 관한 합의서」 등이 체결되어 있다.

이중 「남북기본합의서」와 「불가침분야 부속합의서」에는 군 인사교류 및 군사정보의 교환, 군사연습의 통보, 남북 군사당국 간 직통전화 설치 등 군사적 신뢰구축과 관련한 많은 합의들이 포함되어 있지만 이러한 합의들은 북측의 소극적 태도로 현재까지 이행되지 못하고 있다. 남북군사회담은 2000년 제1차 남북정상회담을 계기로 시작되었다. 이후 국방장관회담을 정점으로 군사적 긴장완화 및 신뢰구축 문제를 다루는 장성급 군사회담과 남북 교류협력의 군사적 보장문제를 주로 다루는 군사실무회담으로 구분되어 총 46회 개최되었다. 군은 경의선 · 동해선 철도와 도로 연결공사, 개성공단 사업, 개성 · 금강산관광 등 남북교류협력사업의 군사적 보장조치를 적극 시행하고 있다. 대부분의 남북교류협력사업이 군이 관할하는 비무장지대(DMZ, Demilitarized Zone)를 통해 이루어지고 있어서 우리 군, 유엔사 그리고 북한군과의 합의에 의한 군사적 보장조치가 따라야 하기 때문이다. 한편 군비통제는 한반도의 군사적 투명성과 안정성을 제고하여 전쟁의 가능성과 피해를 줄이자는 목적으로 추진하고 있다. 우리의 군비통제는 북핵문제의 완전하고 평화적인 해결을 전제로 하며 군사적 신뢰구축을 바탕으로 군비통제를 점진적 · 단계적으로 추진함을 원칙으로 하고 있다. 남과 북은 1992년 채택한 「남북기본합의서」와 「불가침분야 부속합의서」에서 군비통제를 합의하였지만 북한의 소극적 태도로 인해 별 진전을 보지 못하고 있는 실정이다. 우리 군은 이러한 현실에도 불구하고 향후 본격적인 군비통제 이행을 위해 '군비통제 세미나' 개최, '한반도 군비통제' 자료집 발간 등 다각적인 연구와 논의를 통해 군비통제 방안을 발전시키고 있다. 전체적으로 평가하면 남북군사회담은 그동안 남북간 교류협력의 군사적 보장 및 긴장완화에 일정 부분 기여한 것으로 평가되나 군사적 신뢰구축은 초보적 수준에 머물러 있다고 할 수 있다. 한반도에 실질적 평화를 정착시키기 위해서는 남북이 협의 · 추진하기로 한 군사훈련 통보,

군 인사교류, 3통(통행, 통신, 통관) 이행 등 군사적 신뢰구축 조치에 대한 구체적 협의와 합의가 이루어져야 한다. 군은 한반도의 실질적 긴장완화와 신뢰구축이 이루어질 수 있도록 '남과 북의 모든 문제는 대화를 통해서 해결해 나간다.' '쉬운 문제부터 해결한다.'는 원칙 하에 점진적 단계적으로 지속적인 노력을 하고 있다.

■ **군 운영체계 선진화**

국방 분야는 첨단 정보통신기술을 적용할 필요성이 가장 높은 분야로서 우리 군은 정부의 국가정보화정책과 연계하여 민간 신기술을 국방 분야에 적용하는 사업을 적극적으로 추진하고 있다. 이 사업은 국방부문과 민간부문 간의 수요가 상호 작용하여 큰 시너지효과를 내고 있는데, 즉 국방부문에서는 국방력의 강화와 저비용 · 고효율의 국방경영을 가능하게 하고, 민간부문에서는 정보통신 신기술의 초기수요를 확보할 수 있어 경쟁력을 향상시키고 있다. 우리 군은 다양한 국방전산시스템을 구축하고 이를 통해 업무절차를 조직중심에서 기능중심으로 개선시켜 업무혁신의 도구로 활용하고 있다. 대표적인 시스템이 전쟁수행 및 국방운영에 필요한 모든 정보의 생산, 처리, 관리, 전파를 지원하는 컴퓨터와 네트워크 구성요소들의 집합체인 '국방정보통신기반체계'이다. 이 체계는 2007년에 발사한 민군겸용 위성을 이용한 신뢰성 높은 초고속 · 광대역의 국방통합망을 기반으로 하고 있고 통신망은 효과적 관리가 가능한 인터넷프로토콜 기반의 단일 · 통합형 체계로 되어 있다.

군은 여러 정보시스템을 구축하여 운용하고 있다. 이중 몇 가지를 알아보면, 1) '전장관리정보체계'는 전장상황의 실시간 공유와 지휘결심 지원을 위한 핵심 체계로서 통제통신체계, 합동전략C4I체계, 연합C4I체계, 각군별 전술C4I체계, 전투지휘체계, 군사정보체계로 구성되어 있다. 2) '자원관리정보체계'는 기획 · 예산, 군수 · 시설, 인사 · 동원, 전자행정 등 4대 기능 분야로 구성되어 있으며 이를 국가 재정정보와 연계하여 재정 중심으로 통합 · 연동하여 효율성을 향상시키고 있다. 3) 군은 수십만 품목에 달하는 방대한 군수품의 효과적 관리와 운용을 위해 '군수자원관리체계'를 미래전 양상에 적합하도록 발전시키고 있다. 기존에 운용하고 있는 물자, 수송, 장비, 정비 등 다수의 시스템을 최신의 정보화 기술을 적용하여 하나의 단일한 '군수통합정보체계'를 구축하고 있으며 군의 다른 정보체계와 연동이 되도록 하고 있다. 그외 우리 군은 군사력 건설 · 운용에 관한 정책 수립, 과학적 검증을 통한 의사결정지원 그리고 전투실험 등의 목적을 위해 다양한 국방모델링과 시뮬레이션체계를 운용하고 있다. 이 체계는 활용 목적에 따라 훈련, 분석, 획득 분야로 구분되어 있으며 이중 훈련 모델은 실 기동, 워 게임, 시뮬레이터로 구성되어 있고 합참의 합동연습용인 '태극 합동작전시뮬레이션', 육군의 군단 · 사단급 훈련용인 '창조21', '화랑21', 해군의 '청해', 공군의 '창공', 해병대의 '천자봉' 모델이 있다. 군은 민간의 첨단 정보기술을 군수 분야에 지속적으로 도입하고 있다. 전파식별 기술(RFID, Radio-Frequency IDentification)을 도입하여 탄약관리 분야에 시범적으로 적용하고 있으며 이를 통해 군수품의 수불 및 저장관리 업무를 개선하고 군수품의 이동상황을 실시간으로 추적 · 관리할 수 있게 된다. 또한 한미 간 연합군수지원 능력 향상과 해외 군수물류 이동의 가시화를 위해 글로벌 군수물자 수송가시화시스템도 구축하고 있다.

한편 군은 악성화 · 지능화되고 있는 사이버 위협으로부터 전 · 평시 임무수행을 보장하고 위협에 신속하게 대응할 수 있도록 첨단기술을 도입하여 정보보호체계를 강화하고 있다. 국방 사이버위기발생 시 적용할 세부 대응절차 및 조치사항에 대한 매뉴얼과 정보작전방호태세 규정을 제정하고 합참에 정보보호 전담부대를 만들어 운용하고 있다. 그리고 '컴퓨터침

해사고대응반'을 군단급 이상 부대에 편성하여 국방정보체계를 24시간 관제하는 종합적이고 체계적인 방어체계를 갖추고 있으며 모든 PC에 바이러스 방역체계를 구축하고 비인가 PC의 접속을 원천적으로 차단하고 있다.

■ **국제평화유지**(PKO, Peacekeeping Operations) **활동**

우리 군은 1991년 걸프전에 다국적군의 일원으로 의료지원단과 공군수송지원단을 파병한 이래로 1993년 소말리아 평화유지단에 공병대대를 파견하면서 UN 평화유지활동에 참여하기 시작하여 서부사하라에 의료지원단, 인도 · 파키스탄 및 그루지아에 군옵서버(감시단) 요원, 앙골라에 공병대대, 동티모르에 보병부대 등을 파견하였다. 현재 우리 군은 레바논에 평화유지군을 파병하고, 인도 · 파키스탄 · 그루지아 등 6개 지역에 10여명의 군옵서버를 파견하여 UN 평화유지활동을 펼치고 있고 이외에도 수단, 라이베리아 등 분쟁지역에 30여 명의 우리 군 장교가 파견되어 있다. 이들은 현지사령부 통제 하에 정전협정의 위반 여부를 감시하고 순찰, 조사 · 보고, 중재 등의 임무를 수행하고 있다.

국제평화유지활동은 'UN 평화유지활동'과 '다국적군을 통한 평화유지활동'으로 구분된다. 다국적군도 UN의 결의에 따라 임무를 부여받는다는 점에서 넓은 의미의 'UN 평화유지활동'으로 볼 수 있다.

현재 세계는 국제 테러가 세계 안보의 커다란 위협 요인으로 부각되면서 다국적군 형태의 평화유지활동이 확대되고 있다. 우리나라도 세계평화와 인류의 안전을 위하여 국제사회의 대테러 활동에 동참하고 있으며 아프가니스탄과 이라크에 국회의 동의를 거쳐 파병하였고 아프가니스탄에 파병되었던 동의 · 다산부대는 2007년 12월에, 이라크에 파병된 자이툰부대는 2008년 12월에 성공적으로 임무를 종료하고 철수한 바 있다. 현재는 바레인, 지부티 등 4개국에 참모 및 연락장교가 파견되어 활동하고 있다.

우리나라는 과거 6·25전쟁 당시 UN의 지원에 힘입어 국난을 극복한 UN의 최대 수혜국 중 하나이다. 우리가 국제평화유지활동에 적극적으로 참여하는 것은 과거 우리가 받았던 국제적인 도움을 국제사회에 되돌려 준다는 의미와 함께 유사시 국제사회의 지원을 확보하는 데 도움을 준다는 의미를 갖는다. 또한 국제평화유지활동에 참여하는 것은 '성숙한 세계국가'를 지향하는 국가방향과도 맞고 우리 군의 민사작전 수행능력과 전장 적응력을 향상시키는 데도 도움이 되고 있다. 이에 따라 우리 군은 파병의 국내절차를 간소화하기 위한 「PKO 참여법(가칭)」 제정, 국제사회의 요구시 적시적 참여를 보장하기 위한 PKO상비부대 편성, 체계적인 PKO 훈련을 위한 '군 PKO 센터'의 강화, 국제 평화유지활동과 관련된 대외 교류협력 확대 등의 노력을 해 나가고 있다.

■ 방위산업 육성 및 방산수출 확대

우리 군은 방위산업이 국가 경제성장의 새로운 견인차 역할을 할 수 있도록 '방위산업의 신경제성장 동력화'를 국정과제로 추진하고 있다. 지금까지 방위산업은 국방과학기술의 민수 이전, 방산수출 등을 통해 국가경제에 많은 기여를 해왔다. 즉 2007년까지 총 102개의 우수 국방과학기술을 161개 민간업체 및 기관에 이전하였고 방산수출은 2006년까지 연간 2억불에서 4억불 수준을 유지하다가 2007년에는 8.45억 불로 증가하였으며 2012년까지 30억 불을 목표를 잡고 있다. 이러한 방산 분야 수출실적은 우리나라 방위산업의 수출경쟁력과 방위산업이 국가경제에 기여할 수 있는 성장 동력산업임을 보여주고 있다. 방위산업이 국제적인 경쟁력을 갖추고 국가 경제발전에 순기능적인 역할을 하기 위해서는 무엇보다 국방과학기술의 역량을 강화하는 것이 중요하다. 이를 위해 국방비에서 차지하는 국방연구개발 예산비중을 현재 3% 수준에서 2012년까지 7% 수준으로 획기적으로 높일 계획이다. 또한 국방기술의 민간이전 촉진, 국방연구개발에 산 · 학 · 연 참여 확대 등 개방형 연구개발을 활성화하며 이 분야의 국제협력도 강화하여 방위산업의 성장 기반 확충을 기하고 있다. 방위산업은 막대한 설비투자가 요구되는 자본집약적 산업인 동시에 국가가 유일한 수요자로서 수요와 시장이 한정되기 때문에 방산업체 경영여건 개선을 위한 국가 차원의 중 · 장기 지원이 있어야 한다. 군은 이러한 방위산업의 특수성을 고려하여 방산업체의 경영여건을 개선하기 위해 금융지원 강화, 경영 합리화와 원가절감에 대한 보상, 부품의 국산화율 제고 보상제도 등 다각적으로 정책을 개발하고 지원하고 있다. 특히 무기체계의 국산화 비율을 높이기 위해 '국산화종합계획'을 수립하여 핵심부품의 국산화 개발을 체계적이고 지속적으로 추진할 수 있는 기반을 마련한 바 있다. 방산수출은 민간분야 수출과 달리 정부 차원의 세일즈 외교와 후속 부품의 안정적인 공급 및 기술지원에 대한 정부의 보장이 필요한 경우가 많아 정부 차원의 방산수출 지원체계가 구축되어야 한다. 특히 대규모 방산수출의 경우에는 구매국 정부에서 산업협력, 현지투자 등의 요구가 증가하고 있어 범정부 차원의 수출지원이 꼭 필요하다. 군은 방산수출 시장 다변화를 위하여 국가별로 차별화된 수출전략을 수립하여 시행하고 있다. 그리고 국방분야의 수출 전문가들로 구성된 방산수출 지원 전문조직을 구성하여 국가별 맞춤형 수출지원 서비스를 제공하고 있다. 또한 관계 부처가 참여하는 '방산물자 수출지원협의회'를 운영하여 방산수출에 따른 대응 구매, 수입국의 요구조건 검토 등 방산수출과 관련된 긴급 현안 문제를 조정하고 있다.

우리의 국방과학기술은 국방과학연구소를 중심으로 많은 성과를 이루어 왔으나 아직도 선진국 수준에는 미치지 못하고 있다. 주요 무기체계의 핵심기술과 부품은 국외 도입에 의존하고 있고 첨단무기에 대한 자체 개발능력도 아직은 부족한 실정이다. 그리하여 우리 군은 '세계수준의 국방과학기술 역량 확보'를 최종목표로 정하고 중기적으로는 '첨단무기체계 독자개발 능력 확보', 단기적으로는 '첨단무기체계 개발기술 선진권 진입'을 목표로 하여 투자를 획기적으로 늘릴 계획을 추진하고 있다.

■ **유해 발굴**

전사자 유해발굴 사업은 6 · 25전쟁 당시 미처 수습되지 못한 13만 여 호국용사들의 유해를 찾아 국립현충원에 모시는 사업으로서 이는 국가의 무한 책무로서 찾을 수 있는 마지막 전사자를 찾을 때까지 수행해야 하는 사업이다.

국방부 유해발굴 감식단은 2000년부터 2008년까지 전국 57개 지역에서 2,855구의 유해를 발굴했다. 6 · 25전쟁 때 전사 하거나 실종된 국군은 총 16만 2,394명으로 국립 현충원에 매장된 2만 9,202명을 제외한 13만 3,192명이 어딘지 모르는 땅속에서 도움의 손길을 기다리고 있다.

우리 군은 뒤늦었지만 2000년부터 6 · 25전쟁 50주년 기념사업의 일환으로 육군 주도로 이 사업을 시작하였다. 그러나 전사자에 대한 기록의 제한, 6 · 25전쟁 참전자의 고령화, 국토 개발에 따른 급격한 지형변화 및 유해 훼손 등의 이유로 어려움이 많았고 그리하여 보다 체계적이고 조직적인 사업 추진이 요구되었다. 이에 군은 사업주체를 육군에서 국방부로 승격하고 2007년 1월 전문부대인 '국방부 유해발굴단'을 창설하여 운영함으로써 호국의 얼을 거두어 모시는 이 사업이 본 궤도에 올랐다. 국방부 유해발굴단은 미국의 '전쟁포로 및 실종자 확인사령부'를 벤치마킹하여 유해 조사로부터 발굴, 신원 확인에 이르기까지 전 과정을 체계적으로 수행하고 있다. 또한 발굴된 유해의 신원 확인에 필요한 유가족 유전자 샘플(혈액) 채취와 신원 및 유가족 확인 실적도 크게 향상되었다. 국방부는 유해 발굴 사업의 지속적인 추진을 위한 법적 기반을 마련하기 위해 2008년 3월 「6 · 25 전사자 유해의 발굴 등에 관한 법률」을 제정하였다. 이 법률은 전사자 유해발굴 업무가 국가적 책무임을 기본정신으로 하고 있으며 모든 국민이 전사자 유해를 보호하고 관리하는 의무가 있으며 전사자 유해소재 조사 및 발굴에 적극 협력하도록 하고 있다. 또한 북한에 있는 전사자의 유해발굴을 위해 남북공동으로 유해발굴사업을 할 것을 북한에 제의해 놓고 있다.

■ **장병복지 및 사기 함양**

군은 전투력의 주요 원천의 하나인 장병의 사기 함양을 위해 다양한 방안을 시행하고 있다. 이중에서 우리 군에 남아 있던 일제 군대의 잔재와 잘못된 관행과 구습을 타파하기 위해 시작한 병영문화 선진화는 군의 모습을 일신하는 데 크게 기여하였다. 병영문화의 선진화는 군이 싸워 이길 수 있는 군대가 되기 위해선 기본적으로 장병 개개인의 인권이 존중되고 병영이 합리적이고 민주적이어야 한다는 인식에서 출발하였다. 신세대 장병들은 창의성 · 자율성이 중시되는 사회 분위기의 영향으로 개인주의적 성향이 짙고 그리하여 강제를 특성으로 하는 군에 대해 이질감과 좌절감을 쉽게 느끼고 군 복무기간을 '잃어버린 시간'으로 여기는 경향이 있다. 사실 우리 군의 병영과 사회간에는 문화적 괴리감이 있으며 이러한 민 · 군 간의 의식과 문화의 차이는 국방태세의 유지는 물론 사회통합을 저해하고 있음을 부정할 수 없다. 따라서 병영문화 개선은 전투력 창출은 물론, 국방 발전과 국가 발전을 위해서도 중요한 과제라고 할 수 있다. 군은 병영문화의 기본 틀을 재정립하기 위해 2005년부터 '선(先)간부 의식 전환 교육 강화' 등의 병영문화를 선진화하기 위한 과제를 선정하여 추진하고 매년 그 성과를 평가하여 지속적으로 보완하고 있다.

군은 사회의 급격한 생활수준 향상과 국민의 의식수준 변화를 군이 따라가지 못하고 있는 것으로 판단하고 있다. 그리하여 사회 발전 추세에 부응하여 낡고 좁은 병사 막사와 군 간부숙소 등 병영시설의 획기적 개선을 통한 장병의 복무환경 개선을 주요사업으로 채택하여 추진하고 있다. 즉 신세대 장병의 성장환경을 고려하여 기존의 '수용' 개념에서 '거주' 개념으로 전환하는 데 중점을 두고 막사 현대화 사업을 추진하고 있다. 우선 병사 1인당 생활 기준 면적을 2.3㎡(0.7평)에서 6.3㎡(1.9평)로 확대하여 병사의 잠자리를 2012년까지 소대단위 침상형을 분대단위 침대형으로 바꾸고 동시에 사이버 지식정보방, 체력단련실, 휴게실 등 편의시설 등을 갖추도록 하고 있다. 한편 국방부는 자율형 일과표를 도입하여 일과 후 자기계발 등 병사 스스로 시간을 관리할 수 있도록 하여 장병 스스로가 자발적으로 참여하는 병영문화를 조성하는 여건도 마련하였다.

군은 군인만이 겪는 격오지 근무, 잦은 이사, 자녀교육의 어려움, 조기 퇴직, 재취업 곤란 등 특수한 환경을 「군인보수법」에 반영하여 최대한 독자적인 보수체계를 유지할 예정이다. 즉 군 임무의 특수성과 업무의 전문성을 반영할 수 있도록 관련 수당을 신설하고 또한 수당지급 대상별로 업무의 특성과 위험도를 반영하여 수당체계를 개선하고 있다. 한편 병 봉급도 지속적으로 증액해 나가며 병사들의 피복 및 장구류를 선진국 수준의 품질과 디자인으로 개선하고 있다. 장병들이 옷에 몸을 맞추지 않도록 피복류의 호수체계를 상용품 체계와 동일하게 다양화함으로써 장병 개개인의 신체에 적합한 피복을 착용할 수 있도록 하였다. 또한 미래 전장 환경에서 전투원의 임무수행능력을 극대화하기 위해 차세대의 첨단 기능성 전투복 · 방탄복 개발을 위한 연구를 진행하고 있다.

군은 주 5일제 시행과 웰빙 · 레저 문화 확산에 따른 장병들의 복지수요를 충족시키기 위해 군 중앙휴양시설, 민간콘도 회원권, 체력단련장(골프장)을 확보하여 장병들의 근무와 휴식의 조화를 도모하고 있다. 한편 군은 사회에 비해 많이 낙후된 군 의무지원 능력을 개선하기 위해 범정부추진위원회를 구성하고 '군 의무발전 중 · 장기 종합계획'을 수립하여 추진하고 있다. 매우 열악한 사단급 이하 1차 진료기관을 보강하기 위해 의료시설을 막사 현대화 계획과 연계하여 년차적으로 신축할 계획을 추진하고 있고, 지역적으로 의료시설이 부족한 함평과 포항에 군병원을 신축하였다. 우수 의료 인력을 확보하기 위해 보수체계 및 근무여건을 개선하고 있으며 진료 능력을 향상시키기 위해 민간 전문계약직 의사를 채용하고 있다. 민간 전문계약직 의사는 2008년 국군수도병원에 처음으로 5명을 채용하여 배치하였으며 국방부와 서울대학병원 간 협약을 체결하여 민간 전문계약직 의사를 안정적으로 채용할 수 있게 되었다. 한편 군은 군 병원 능력을 초과하는 환자의 진료 및 검사를 위해 지역별로 69개 민간 병원과 진료협약을 체결하여 민간병원에 위탁진료를 실시하고 있다.

■ **병무제도 개선**

병무제도는 우리의 젊은이들이 지대한 관심을 가지고 있는 분야로서 우리 군은 병무제도의 공정성을 높이고 합리적인 복무기간을 정하기 위해 모든 지혜와 노력을 기울이고 있다. 군은 국민의 병역의무 부담을 경감하고 병역의무를 형평성 있게 분담하여 더 많은 병역의무자들이 병역의무를 이행할 수 있도록 병 복무기간을 점진적으로 단축하고 있다. 이는 전투력 보존이라는 전제하에 중 · 장기 병역자원 수급 전망과 국방개혁 추진 등의 요소를 종합적으로 검토한 것이다. 병 복무기간 단축은 병역이행의 형평성을 제고하고 국민부담을 경감하는 긍정적 효과가 있는 반면에 병력 순환이 빨라지고 숙련병이 부족하게 되어 군 전투력의 저하를 초래하는 문제점이 있다. 군은 이런 문제점을 해소하기 위해 유급지원병제도를 도입하여 시행하고 있다. 유급지원병제의 기본 운영방침은 의무 복무기간 중에는 일반병과 동일한 보수 및 인사관리 방침을 적용하고 연장 복무기간 중에는 숙련도와 전문성을 고려하여 적정 보수의 지급과 함께 하사 계급을 부여하여 간부에 준하는 대우를 한다는 것이다. 유급지원병은 전투·기술 숙련병(유형Ⅰ)과 첨단장비 운용 전문병(유형Ⅱ)으로 구분하며 전투·기술 숙련병은 숙련된 일반병을 대상으로 선발하고 일반병으로 의무 복무기간이 만료되면 하사로 복무한다. 첨단장비 운용 전문병은 입대 전 민간자원을 대상으로 선발하며 최초 입대 시부터 3년 간 복무하게 된다. 계급은 의무 복무기간 동안 일반병으로 복무하고 의무 복무기간이 종료되면 하사로 잔여기간을 복무한다. 유급지원병제는 첨단 전력 위주의 기술집약형 군 구조로 발전하기 위해 필요한 핵심적인 제도로서 2020년까지 4만 명 수준으로 늘릴 예정이다.

현역병 복무 대신에 공공 행정기관에서 군 복무를 대신하는 대체복무제도는 대국민 서비스 제공과 국가산업 발전에 기여한 반면에 병역의 형평성이나 인적자원의 효율적 활용 측면에서 일부 문제점들이 있었다. 국방부는 이러한 점을 인식하여 대체복무제도를 지속적으로 개선하고 있다. 우선 공익근무 분야 중에서 단순 행정보조업무 분야를 점진적으로 축소하고 사회서비스 분야에 대한 배정을 확대하여 왔다. 국가연구기관, 대학 및 기업부설연구소, 병역지정 업체에 근무하는 전문연구요원은 복무기관의 선택 범위를 확대함으로써 인력활용의 효율성을 제고하고 산업기능요원 등 최적 인력이 우수업체에서 활용될 수 있도록 하여 국가 산업경쟁력 제고에 일조하고 있다. 한편 군은 증가하고 있는 사회서비스 수요에 대응하기 위해 사회복무제도를 도입하였다. 그 주요 내용은 현재 군 면제자 중에서 사회활동이 가능한 사람에게 사회복무 의무를 부과하여 장애인이나 노인수발 등 사회적으로 수요는 많으나 공급이 어려운 분야에 집중 투입하여 병역 의무의 형평성과 국가 인력 활용의 효율성을 제고한다는 것이다.

제3절

한미동맹

'우리의 국방'에 이어서 본 절에서는 한반도의 평화와 우리의 안보를 지탱하고 있는 또 다른 한 축인 '한미동맹'에 대해서 알아본다. 앞에서 설명되었듯이 한반도의 평화는 남북한간의 군사력에 의한 힘의 균형에 의해 유지되고 있으며 그리고 남쪽의 군사력에서 미군 전력이 차지하고 있는 비중은 절대적이다. 특히 남한의 군사력이 북의 군사력에 비해 양적 질적으로 열세였던 기간에는 더욱 그러하였다. 그러면 미국의 군사력은 왜, 어떻게 해서 아시아 변방의 코리아라는 곳에 와서 이와 같은 역할을 하고 있는 것인가? 우리는 이를 아무 의문도 없이 예전부터 있어 온 당연한 사실로 받아들이고 있는 것은 아닌지? 주한미군의 존재를 한두 마디로 설명하는 것은 불가능하다. 미군이 우리 땅에 와서 있게 된 사연을 이야기하자면 우리 대한민국의 탄생 과정부터 시작해서 수많은 사연을 이야기 하여야 한다. 주한미군은 대한민국과 생사고락을 함께 해오며 비록 어려운 고비가 없었던 것은 아니지만 60여 년 간 한결같이 한반도의 평화와 우리나라의 안보를 지키는 든든한 버팀목 역할을 묵묵히 수행하여 왔다. 그러면 지금부터 이 엄청난 사실에 대해서 한미동맹이라는 제목으로 하나하나 알아보며 먼저 한미동맹의 의의와 구조부터 시작하겠다.

1. 한미동맹의 의의와 구조

■ 한미동맹의 의의

우리는 한미동맹으로 인한 주한미군이 있어서 북으로부터의 침략에 대한 염려를 들고 국가발전에 전력을 기울일 수 있었다. 그러므로 오늘날의 대한민국 안정과 번영은 한미동맹이 있어서 가능했다고 말할 수 있다. 한미동맹은 단지 군사적인 도움을 준 것에 그치지 않았고 한국 사회 구석구석에 영향을 미치지 않은 곳이 없다고 할 정도로 다방면으로 우리나라의 발전에 큰 기여를 해왔다. 이를 한마디로 요약하면 '한미동맹은 한국안보의 기반이자 한국의 발전과 도약의 핵심요소로 기능'했다고 할 수 있다. 좀더 구체적으로 이야기하면 한미동맹은 첫째, 미군의 압도적인 군사력으로 북의 남침을 막고 위협을 억제하였으니 이는 한미동맹의 가장 큰 공로로서 따로 설명이 필요 없다 하겠다. 둘째, 유사시 한 · 미군이 연합하여 공동으로 대응함으로서 어떠한 사태에도 신속 과감하게 대처할 수 있는 매우 효율적으로 작동하는 능력을 제공하였고 셋째, 비단 북으로부터의 위협뿐만 아니라 구소련 및 중국 등 주변국들로부터의 위협도 억제함으로써 한반도를 둘러싼 동북아 전체의 안정과 평화를 가능케 하였다. 넷째, 한미 군사동맹을 기초로 한미 양국간에 정치 · 경제 · 문화 등 다방면의 협력관계를 발전시킬 수 있었고 다섯째, 주한미군은 서구 선진문화를 받아들이는 창구역할을 하여 우리 사회를 빠르게 서구문화에 적응할 수 있게 하였으며 여섯째, 월남전과 같이 우리나라가 본격적으로 세계로 뻗어나가는 계기를 만들어 주었으며 일곱째, 한미동맹이라는 틀을 이용해 동북아 지역 및 글로벌 차원으로 활동영역을 확대해 감으로서 한국이 글로벌국가로 나아가는데 기여하였다. 이는 이미 월남전부터 걸프전, 이라크전, 아프간전 등 다국적군의 형태로 일찍부터 이루어져 오고 있는 일이기도 하다.

한미동맹과 주한미군은 이와 같이 긍정적인 역할이 절대적이지만 세상 일이 그렇듯이 좋은 면만 있었던 것은 아니었다. 예를 들어 미국의 좋지 않은 저급문화가 주한미군을 통해 그대로 한국에 들어와 한때 한국사회에 큰 부정적 영향을 미친 적도 있었다. 그러나 이제는 양국관계가 성숙되고 한국사회가 발전됨에 따라 이를 충분히 소화할 수 있는 능력이 생기면서 이런 것이 더 이상 문제가 되지 않고 있다.

■ 한미동맹의 구조

한미동맹은 한미간의 군사적인 동맹을 말하며 그렇기 때문에 '한미군사동맹'이라고 말해야 정확한 표현이 되겠다. 한미동맹의 상징은 주한미군이며 미군은 한미동맹의 틀 안에서 한국에 주둔하고 있다. 한미동맹은 간단히 군사상의 동맹이라고 할 수 있지만 국제사회에서 국가들 간에 이루어지는 일반적인 형태의 군사동맹과는 좀 다르다. 즉 통상적인 군사동맹은 대개 유사시 양국간에 상호 군사지원을 약속하는 조약의 체결로 동맹이 성립되고 조약 그 자체가 동맹의 전부인 경우가 대부분이다. 그러나 한미동맹은 그처럼 조약 하나로만 설명할 수 없으며 여기에 물리적인 요소, 정신적인 요소 등이 하나로 복합된 일종의 복합개념이라고 할 수 있다. 이를 표로 정리하면 다음과 같고 이것이 한미동맹의 구조이고 본 모습이라고 할 수 있다.

한미 군사동맹의 구조	
법적인 요소	한미상호방위조약, 한미합의의사록
물리적인 요소	한국군, 주한미군, 한미연합사령부
정신적인 요소	상호신뢰, 혈맹관계

위 표에서 보듯이 한미동맹은 법적인 구속력을 제공하는 한미상호방위

조약과 한미합의의사록에 의해 맺어져 있으며, 그리고 다른 동맹과 달리 주한미군과 한미연합사령부라는 물리적 요소, 정신적 요소인 한미군 간의 공고한 신뢰 및 이 신뢰를 바탕으로 하는 혈맹관계가 추가되어 있다. 이중에서도 특히 정신적인 요소인 '신뢰를 바탕으로 하는 혈맹관계'는 한미동맹에서 가장 중요한 자산이자 특징이라고 할 수 있다. 어느 조약이든 마찬가지이지만 국가간의 문서로 된 조약은 상호신뢰가 없으면 한 장의 휴지 조각에 지나지 않는다. 그러나 한미동맹은 6 · 25전쟁과 월남전 그리고 한미간의 수많은 연합활동을 통해 전우로서 함께 피와 땀을 흘리면서 벽돌을 쌓듯이 차곡차곡 쌓아 올린 신뢰를 바탕으로 하고 있다. 그리고 우리는 이를 혈맹(血盟, 피로서 맺어진 동맹)관계라고 표현하고 있다. 한미간의 혈맹관계를 미군은 영어로 'Relationship cemented in blood'이라고 대단히 의미심장한 말로 표현하고 있다. 양국군 간의 관계를 시멘트처럼 단단한 관계로 보았고 이 시멘트를 물로 이긴 것이 아니라 양국 군인의 피로 이긴 것이라고 하니 얼마나 강력한 표현인가? 나는 월남전에서 미군과 함께 싸우면서 그리고 이후 미군과 여러 업무를 수행하면서 이 표현이 절대 과장된 것이 아니라는 것을 몸으로 느끼고 있다. 한 · 미군은 서로 상대방을 깊이 신뢰하고 있다. 우리가 미군을 신뢰하는 것은 미군이 세계 최강의 군대이니만큼 어쩌면 당연하다고 할 수 있지만 미군도 한국군을 능히 함께 싸울 수 있는 군대, 매우 유능한 군대로 높이 평가하고 있다. 내가 알기로는 미군이 상대방 군과의 관계를 혈맹관계라고 하는 군대는 한국군이 유일한 것으로 알고 있다. 물론 앵글로 색슨족으로서 같은 피를 이어 받고 있는 영국군, 캐나다군, 호주군 등은 당연히 혈맹관계라고 할 수 있지만 말이다. 그러나 우리는 이렇게 어렵게 공들여 쌓은 신뢰도 하루 아침에 너무 쉽게 허무하게 무너질 수 있다는 것을 지난 좌파정권 10년 동안에 경험하였다.

2. 한미동맹의 시작과 변천 과정

최초의 한미 군사관계는 조선조 말인 1882년 3월 미국의 군함 Ticonderoga 호의 갑판에서 맺어진 14개 조항의 '조미(朝美)수호조약'의 체결까지 거슬러 올라 갈 수 있다. 이 조약은 "조선과 미국은 이로써 양국민간 영원한 우호와 친선을 맺는다." "외세 침입시 상호 방위" 등을 규정하고 있는데 어쩌면 현재 한미동맹의 기본정신은 여기에서 시작한다고 할 수 있다.

공식적인 한미동맹 관계는 '한미상호방위조약'의 체결로 시작된다. 그러나 한미 군사관계의 최초는 태평양 전쟁 말기 우리 광복군 산하의 일부 젊은이들이 미국 특수부대의 일원으로 대일전에 참여한 것을 시작으로 보아야 하겠다. 당시 김구가 이끄는 상해임시정부와 미국에서 조선의 독립을 위해 뛰고 있던 이승만 박사는 전쟁이 끝났을 때 우리의 독립을 당당히 요구하기 위해서는 2차 세계대전에 나름의 군사적 기여가 있어야 되겠다고 판단했다. 그리하여 미국 정보사령부(굿펠로우 대령)와 접촉하여 우리의 젊은 청년 30여명을 미국 OSS(Office of Strategic Services, 전략 정보국)에 편입시켜 버마 전선에 투입하였던 것이다. 그러나 투입 직후에 종전이 되는 관계로 뚜렷한 활동실적은 없었고 이것이 우리의 유일한 태평양전쟁 참전 기록으로 남아 있다. 이승만 박사는 이 과정에서 굿펠로우 대령과 인간적 관계를 두터이 하였고 또 굿펠로우를 통해 태평양지구 총사령관인 맥아더와도 알게 되며 특히 맥아더와는 당시 공산주의에 대해 반공(反共)이라는 점에서 생각이 상통하였다. 이승만 박사와 굿펠로우 대령 그리고 맥아더 장군과의 인간적 관계는 이후 이승만 박사의 대미 외교에 큰 도움을 주고 나아가 대한민국의 건국 그리고 6 · 25전쟁에 까지 결정적 도움을 주며 한미동맹의 모태(母胎) 역할을 한다.

한미동맹의 변천 과정에서 6 · 25전쟁과 관련된 사항은 뒤에서 별도로 설명되기 때문에 여기에서는 6 · 25전쟁 이후부터 주요 사안 중심으로 알아본다.

6 · 25전쟁이 끝났을 때 한국에는 32.5만이나 되는 미군이 있었다. 이후 50~60년대 주한미군은 육군 2개 사단 위주의 7만 명 수준을 유지하였고 미국은 한국에는 육군 위주, 일본에는 해 · 공군 위주로 미군을 배치하여 주한미군은 한국군과 함께 미국의 글로벌 공산세력 봉쇄전략의 최전선 방어군 역할을 수행한다. 미국은 미 2, 7사단 2개 사단으로 하여금 서울 북방 서부전선 17마일 철책에 배치하여 북의 남침 시 자동개입토록 함과 동시에(인계철선 역할) 이승만 대통령의 무력북진 기도를 차단했다. 1960년대 초 미국은 월남전에 본격 개입하며 한국군도 미국의 요청에 의거 월남전 참전하여 6 · 25전쟁에 이어 월남전에서 한미 양국군은 또다시 함께 피를 흘리며 혈맹관계를 다진다. 1967년 '자국의 방위는 1차적으로 자국이 책임'져야 한다는 닉슨독트린에 고무된 북한은 1968~69년에 1.21사태, 울진삼척무장공비침투, 푸에블로호 납치, EC-121기 격추 등 대대적으로 도발을 자행한다. 1971년 닉슨독트린에 의거 미국은 주한미군의 감축을 추진하여 판문점의 공동경비구역(JSA, Joint Security Area)을 제외한 전 철책선 경계 책임을 한국군에 인계하고 철책을 맡고 있던 2개 사단 중 7사단은 본국으로 철수하고 2사단은 후방 동두천으로 뺀다. 미국은 한국군의 단독적인 대북군사작전을 염려하여 '한미 1군단'을 창설하여 서부전선 1, 5, 6의 3개 한국군 군단을 미군지휘관 아래에 두는 조치를 취한다.

1975년 11월, 유엔총회에서 당시 제3세계라고 일컫는 새로 독립한 신생국들이 소련의 사주를 받아 '주한유엔군사령부 해체결의안'을 기습적으로 통과시키는 사건이 일어난다. 이에 한미 양국은 차제에 지휘 및 작전체제를 보다 효율화하기 위해 1978년 11월 한미연합사령부(CFC, Combined Forces

Command)를 창설하여 유엔군사령관하의 작전통제권을 한미연합사령관으로 전환하고 예하 지휘체제도 한미 1군단 → 한미야전사령부 → 제3군사령부로 전환한다. 한미군 장교를 같은 숫자로 편성한 연합사령부는 이전까지 느슨한 연합작전체제를 공고한 연합작전체제로 바꾸었으며 한미 양국군의 작전 능력을 한 단계 업그레이드 시켰다. 세계 유일의 양국 간 연합작전기구인 한미연합사는 한미군 간의 끈끈한 유대 · 혈맹관계를 더욱 강화시켰으며 우리 한국군에게는 미군의 선진 운영방식과 첨단 전술교리를 도입하는 창구 역할도 하여 한국군 발전에 돈으로 환산할 수 없는 엄청난 도움을 주었다.

주한미군 철수를 선거공약으로 내세웠던 카터대통령은 3단계에 걸쳐 1982년까지 철군을 완료할 계획을 추진하였다. 그러나 한국뿐만 아니라 미국으로부터도 격렬한 반대에 봉착하여 결국 3,000명 감축으로 철군을 종결한다. 이 때 카터의 이상적인 민주주의 정치의 추구는 박정희 대통령의 유신체제와 충돌하여 한미관계는 최악의 상태를 맞기도 한다. 한편 1989년 냉전이 종식되면서 노태우 대통령이 북방정책을 추진하여 대한민국은 처음으로 미국일변도의 외교에서 전방위적 외교관계를 수립하고 유엔에도 가입하여 국제사회의 당당한 일원이 된다. 같은 해 아버지 부시가 대통령이 되면서 국방비 감축을 목적으로 해외에 주둔중인 전 미군의 감축계획을 추진하고 그 일환으로 주한미군도 3단계로 7,000명 감축키로 했지만 북핵 의혹이 불거지면서 추진을 중단한다. 그러나 이때 판문점의 공동경비구역 경계책임을 한국군에 이관하고, 연합사사령관이 겸임하던 지상구성군사령관(한 · 미 전 육군부대를 작전통제)을 연합사에 한국군 대장을 부사령관으로 보임하면서 그에게 지상구성군사령관 임무를 이관한다. 그리고 1994년 12월 1일부로 평시의 작전통제권이 한국군에 이관된다. 이 후의 과정은 양국의 동맹정책이라는 소제목으로 계속 알아보도록 한다.

■ 양국의 동맹정책

양국의 한미동맹에 관한 정책은 한반도의 안보 환경과 미국의 세계전략 변화에 따라 발전되어 왔다. 이 변화를 이끈 주 요인은 미국 쪽은 테러, 재난, 대량살상무기 확산 등 새로운 형태의 위협에 효과적으로 대처하기 위한 것이고 한국은 급속한 경제발전으로 인한 국력의 신장이라고 할 수 있다. 지금 양국간에는 한미관계를 더욱 건강하고 성숙한 동반자관계로 그리고 한미동맹을 미래지향적 글로벌적 동맹으로 이끌어가야 한다는 공감대가 형성되어 있다.

먼저 한국 정부의 동맹정책을 알아본다. 우리의 과거 역대정권은 이승만 대통령의 한미동맹 정신을 계승하여 발전시켜 왔다. 그러나 좌파정권 10년간에 이 정신은 크게 훼손 및 변질되었다. 김대중 정부의 햇볕정책과 노무현 정부의 한미동맹보다 북한과 평화체제 수립을 우선하는 접근은 한미관계에 심각한 타격을 주었다. 2002년 말 '여중생 사망사건'으로 촉발된 반미의 촛불시위는 「자주냐, 동맹이냐」라는 이슈를 제기했고 급기야 노대통령은 2003년 광복절 경축사에서 '자주국방론'을 전면에 내세움으로써 한국사회는 '자주론' 과 '동맹론'으로 양분되기도 했다. 그는 촛불시위에서 나타난 반미감정을 이용하여 자신이 생각하는 한미간의 불평등성을 시정하고자 하였던 것이다. 박정희 대통령이 주창한 자주국방은 '미국이 나간다니 우리 힘으로라도 나라를 지키자'는 것이었다면 노무현 대통령의 자주국방은 '우리가 알아서 할 테니 미군은 나가라'는 것으로서 똑같은 말이지만 뜻은 전혀 달랐다. 지난 좌파정권 10년 간 우리 사회는 세계화의 물결에 역행하여 한반도에만 안주하는 민족주의적 정서가 팽배하였다. 특히 2000년 6월 남북정상회담 이후 두드러지기 시작한 민족주의적 감정은 2002년 월드컵과 '여중생 사망사건'을 계기로 폭발적인 반미감정으로 확대되어 한미동맹의 정신과 근간을 크게 위협하였다.

이명박 대통령이 이끄는 현 정부는 전통적인 한미동맹관계의 회복에 최우선의 노력을 기울였다. 그 결과 놀랄 정도로 빠른 시간 내에 어느 때보다 돈독한 한미 신뢰 · 우호 관계를 구축하였고 현재의 한미관계는 한미 양국 공히 더 바랄 것이 없다는 평가를 하고 있다. 현 정부의 대미정책 기본목표는 '전통적 한미우호관계를 복원하고 자유민주주의와 시장경제의 공동가치 위에 제반분야에서의 신뢰를 확대하고 전략적 협력을 확장함으로써 한미동맹을 한반도와 동북아를 넘어 국제평화에 기여하는 전략동맹으로 발전시킨다.'는 것이다. 2009년 11월 미국 오바마 대통령 방한 시 이명박 대통령은 기자회견에서 "우리 두 정상은 핵우산과 확장억지력을 포함한 공고한 한미안보태세를 재확인하며 지난 6월 채택한 한미동맹 미래비전을 내실 있게 이행하여 모범적 21세기 전략동맹으로 발전시킨다."라고 한미동맹의 방향을 제시한 바 있다. 이제 남은 과제는 과연 한미 간의 미래 동맹비전이 추구하는 '21세기 전략동맹'의 얼개를 어떻게 그릴 것이냐 하는 것이다.

다음은 미국의 동맹정책을 알아보면, 미국의 계속되는 주한미군 감축시도는 클린턴 대통령에 와서 주한미군 현 수준 동결이라는 방침으로 일단 제동이 걸린다. 그러나 그는 '동아시아 전략보고(1995)'에서 군사변환 검토에 착수한다. 그리고 '테러와의 전쟁'에 올인 하고 있던 아들 부시 대통령은 2003년 '전략적 유연성'을 핵심으로 하는 군사변환의 구체화 추진을 선언한다. 탈냉전 후 미국의 해외주둔 미군 감축 추진은 한반도에서는 냉전이 지속되고 북의 핵 개발과 최근에는 중국의 급부상으로 중단 상태로 있다. 현 오바마 대통령의 동맹정책은 현 우리정부의 정책과 궤를 완전히 같이 하고 있다고 할 수 있다. 즉 전통적인 한미간의 동맹관계를 신뢰를 바탕으로 더욱 강화해 나가며 이를 동북아시아와 전 세계로 활동 범위를 확대하는 전략적 동맹관계로 발전시킨다는 것이다. 미국은 북핵, 대 중국

관계 등에서 우리와 이해를 같이 하고 있으며 한국을 국제문제에서 믿고 함께 갈 수 있는 몇 안 되는 나라로 생각하고 있다. 오바마 대통령의 이명박 대통령에 대한 인간적 신뢰감과 친밀감은 한미동맹의 튼튼한 백그라운드가 되어주고 있다.

3. 한미상호방위조약

우리는 남북한이 완전한 종전이 아닌 정전체제라는 극히 불안정한 임시적 체제하에서 60년이라는 긴 평화가 가능할 수 있게 된 배경을 잘 모르고 있다. 어떻든 대한민국은 남북한 간의 첨예한 군사적 대치 가운데에서도 이 평화가 있었기 때문에 세계를 놀라게 한 경제성장과 빠른 민주화를 이룬 것이 아닌가? 그 배경의 뿌리는 한마디로 한미동맹의 법적 근거인 한미상호방위조약과 한미합의의사록이라고 할 수 있다. 이제 이 조약과 의사록이 언제 어떻게 해서 성립되었는지 그리고 이의 참된 의미를 알아본다.

■ 체결 배경

한미상호방위조약은 전적으로 대한민국의 초대대통령인 이승만의 안보정세 인식과 그에 대한 대처로 태어난 작품이다. 신생 대한민국의 초대대통령으로서 그의 최우선 과제는 외부의 위협으로부터 나라를 안전하게 지켜 생존하는 그 자체였다. 그는 평생의 경험을 살려 미국으로부터 그 해답을 찾았다. 이승만 대통령은 한국과 같은 신생 약소국이 확실하게 생존과 안전을 확보할 수 있는 길은 미국과 같은 초강대국과 법적 도덕적 의무를 지는 관계를 맺는 것으로 보고 건국 초기부터 미국과의 방위조약 체결을 절실히 희망했다. 미국은 역사적으로 우리와 영토를 가지고 다툰 적이 없었고 당시로서는 다른 대안이 있었던 것도 아니었으니 유일한 해결 방안이기도 했다. 이러한 상황에서 그는 미국에 군사동맹의 결성을 거의 '강요'하다시피 했고 당시 주미대사인 장면에게 이를 미국무부에 끊임없이 요구할 것을 강력히 지시하기도 했다. 그는 동맹체결 외에도 미국에 NATO와 유사한 태평양동맹의 결성, 한국을 책임지고 방위하겠다는 미국의 공개적인 약속 등을 요청했으나 한반도의 전략적 가치를 낮게 보고 있던 미국으로부터 모두 거절당했다. 또한 철저한 반일본주의자인 이승만은 일본의 전통적인 팽창주의의 위협을 매우 심각하게 생각했고 미국이 일본을 위해 한국을 배신할지 모른다는 염려도 많이 작용했다. 그는 당시 미국의 일본재건정책을 신랄히 비판했고 일본의 지도자들을 민주주의자로 완전히 개종시키고 이를 증명하도록 해야 한다는 주장도 했다. 6 · 25전쟁의 휴전회담이 시작되자 이후 그의 계속되는 강력한 휴전반대와 북진무력 통일 주장은 조약체결을 성사시키는 데 결정적 역할을 한다. 휴전회담이 시작되면서 미국은 공산주의의 위협으로부터 일본을 포함하여 호주, 뉴질랜드 등 태평양 지역 국가들을 보호하기 위해 이들 국가와 상호안보조약을 맺자 이승만의 조약 체결의지는 더욱 고조된다.

■ **체결 과정**

이승만은 전쟁이 끝나면 한국의 생존과 안보를 확보하기 위해서는 친일적이기도 한 미국에게서 공식문서상으로 보장받는 길 외에는 다른 대안이 없다고 보고 1952년 3월 미국의 트루먼대통령에게 조약 체결을 재차 정식으로 제안한다. 그는 휴전을 극력 반대하면서 만일 휴전한다면 미군에게 준 한국군의 작전통제권을 회수해서 단독으로라도 북진 통일하겠다고 미국을 위협(?)하며 조약 체결을 압박한다. 그의 마지막 수단인 반공포로를 석방하자 결국 미국은 휴전의 최대 걸림돌인 이승만을 무마하고 휴전을 둘러싼 한미간의 갈등과 대치 국면을 타개할 수 있는 유일한 처방책으로서 조약 체결에 동의한다. 미국은 방위조약을 매개로 남한에 대한 공산주의 세력의 침략위협을 봉쇄하는 동시에 이승만의 북진무력통일 의지도 막는 이중의 효과를, 이승만은 북의 위협에 대처하면서 일본의 야욕도 저지하는 이중의 효과를 얻을 수 있었다. 양측이 조약 체결에 동의하자 이후는 일사천리로 진행되어 53년 6월 조약문안 협상에 착수한 양측은 8·8 조약문에 가조인, 10월 1일 워싱턴에서 공식 조인, 이듬해 1954년 1월 15일 한국 국회 비준, 1월 26일 미국의회 비준의 절차를 밟아 동년 11월 17일 조약이 공식적으로 발효된다.

상호방위조약은 체결되었지만 한미 양측은 서로 부족한 부분이 남아 있었다. 즉 미국은 이승만의 단독 북진 무력공격의 가능성을 염려하여 한국군의 작전통제권 계속 보유를 강력히 희망했고 이승만은 이 조약만으로는 한국의 안보가 완전히 보장되지 않는다고 보아 미국의 특단의 군사 및 경제 원조를 희망했다. 그리하여 양국은 이런 내용을 담은 한미합의의사록이라는 이름의 문서에도 서명하게 된다.

■ **주요 내용**

본문 6개 조항으로 되어 있는 한미상호방위조약은 내용이 많지 않아 여기 글자의 크기로 치면 A4지 한 장 분량에 불과하다. 이중에서도 핵심조항은 상호방위를 명시한 2조와 미군의 한국 주둔을 명시한 4조이다. 2조의 내용은 "당사국 중 어느 일방이 외부의 무력 침공 위협 시 …… 단독 또는 공동으로 적절한 조치를 협의와 합의하에 취할 것이다."로 되어 있다. 또한 3조에서는 "공통한 위험에 대처하기 위하여 각자의 헌법상의 수속에 따라 행동할 것을 선언한다."는 내용이 있다. 자세히 뜻을 음미하며 읽어보지 않으면 유사시 미국이 한국을 도와주겠다는 것인지 안 도와주겠다는 것인지 잘 알 수가 없다. 국가간의 상호방위를 약속하는 조약의 통상적인 표현은 "일방이 무력 위협을 받으면 지체 없이 군사적 지원을 한다."는 식으로 매우 분명하고 간단하게 그리고 일방이 위협을 받으면 자동개입토록 되어 있다. 그러나 한미 상호방위 조약에는 자동개입 내용이 없다. 대신에 서울 이북에 미 2개 사단을 두어 인계철선 역할로서 자동개입이 되도록 했다. 이를 보면 미국은 원치 않으면서도 휴전을 성립시키기 위해 이승만 대통령의 등살에 못 이겨 마지못해 조약 체결에 응했다는 감을 지울 수 없다. 그러나 어쨌든 공동으로 대응한다는 뜻은 포함되어 있으므로 이승만 대통령으로서는 소기의 목적을 달성했다고 할 수 있다. 4조는 "미군의 한반도에 배치하는 권리를 대한민국은 허여하고 미국은 이를 수락한다."로 되어 있다. 이 약속으로 주한미군이 장장 50년이 넘도록 한국에 있게 되었으니 문장은 매우 짧고 간단하지만 그 의미와 효과는 이루 말할 수 없을 정도로 크다 하겠다. 6조에 조약의 유효기간을 규정하고 있으며 어느 일방이 일 년 전에 무효화를 요청하지 않는 한 무기한 유효한 것으로 되어 있다.

한미합의의사록은 한국군의 작전통제권에 관한 사항과 미국의 군사 및 경제지원에 관한 사항이 주 내용이다. 합의록의 2조는 "대한민국은 …… UN군 사령부가 한국의 방위를 책임지는 한, 그 군대를 UN군사령관의 작전통제권 하에 둔다."로 한국군의 작전통제권을 미군 장성이 맡고 있는 UN군사령관 아래 두도록 규정하고 있다. 미국의 대 한국 군사 및 경제지원에 관한 사항은 합의록의 부속문서에서 미국은 한국군 72만 명 수준의 유지를 지원하고 7억 달러 규모의 군사원조 및 경제지원을 한다는 것을 명시하고 있다.

■ 조약의 의의

미국의 한국 방위책임과 미군의 한국 배치를 명시한 한미상호방위조약과 한국군을 미군의 작전통제권 하에 두기로 하며 대한 군사 및 경제원조를 약속하는 한미합의의사록은 한미동맹의 시초이고 한반도 평화의 초석이 되었다. 조약과 합의록의 체결로 이승만은 북의 남침야욕을 막고 72만 한국군의 현대화를 위한 기초를 마련하는 결실을 얻은 반면 북진 통일의 꿈은 접어야 했다. 미국은 이승만의 일방적인 군사 행동으로 전쟁에 다시 끌려 들어갈 가능성이 대폭 감소되었다는 점에서 위안을 얻었다. 한미상호방위조약은 한국의 생존이 걸린, 정녕 포기할 수 없는 생명줄과도 같은 것으로 실제로 그것은 지금까지 한반도에서 전쟁 재발을 막았고 한국의 안보와 생존을 확보하는데 지대한 역할을 담당해 왔다. 그리고 이는 후일 한국이 산업화 민주화로 진입하는 기반이 되었다. 냉전이 심화되면서 한국은 전 세계의 반공의 상징이자 보루가 되었고 한미 양국은 이 조약을 매개로 냉전체제하에서 상호 긴밀히 의존하는 동반자적 관계를 발전시켜 나가게 된다. 한미동맹은 세계의 어떠한 동맹보다 성공적인 작품으로 평가되고 있다.

한미상호방위조약은 이승만 대통령의 안목과 투철한 신념 그리고 끈질긴 대미협상의 산물이다. 그는 이의 체결을 위해 그야말로 수단과 방법을 가리지 않았고 그가 할 수 있는 일은 다 한 것이라고 하겠다. 그는 철저한 반공(反共) · 반일(反日)주의자였지만 한편으로 철저한 지미(知美) · 용미(用美)주의자였던 것이다. 이승만 대통령은 대한민국의 생존을 보장해 줄 수 있는 군사적 안보가 정치적 민주주의나 경제적 발전보다 우선되어야 한다고 굳게 믿은 지도자였다. 이 점은 격동기인 건국 초기 국가안보를 책임져야만 했던 대통령 이승만의 역할과 업적을 평가할 때 최우선적으로 평가되어야 할 부분이다.

4. 한미동맹의 과제와 발전

이 항에서는 현재 한미동맹에서 어떠한 과제들이 있는지 알아보고 한미동맹이 앞으로 어떻게 발전되어야 할지에 대해서 이야기하겠다.

지금 한미동맹은 급변하는 국제정세, 동북아의 세력 판도의 미묘한 변화, 북핵과 북 체제의 불안정 그리고 한국 내부적으로 지난 10년 간 좌파정권의 잔재 등으로 인해 일찍이 경험해 보지 못한 몇 가지 도전에 직면하고 있다. 현재 한미간에는 전시작전통제권 전환, 북핵과 북 체제 불확실성, 중국의 급부상, 한반도 평화체제 전환, 미국의 군사변환 정책 대응, 동맹 미래구상(Joint Vision)의 구체화, 주한미군 기지이전 등 간단하지 않은 많은 과제들이 산적해 있으며 지금부터 이들 하나하나에 대해서 알아보도록 한다.

■ 전시작전통제권 전환

작금에 국가적 과제이자 국민적 이슈가 되고 있는 전시작전통제권(이후 '전작권'이라고 줄여 말함)의 전환은 노무현 대통령이 집권 초부터 한미 불평등 요소를 제거하고 자주독립국의 위상을 세우겠다는 다분히 명분론적인 이유를 내세워 추진했던 것이다. 전작권 환수를 자주국방의 요체로 인식한 노무현 대통령은 미국이 군사변환을 추진하면서 한미동맹을 한반도만이 아닌 범세계적 차원에서 작동하는 동맹을 원한다는 것을 알고 일종의 거래로서 이에 합의해 주는 조건으로 전작권 전환을 요구한다. 그리고 미국의 부시대통령은 자주를 내세운 노무현 정부와 여러 측면에서 갈등이 많았음에도 불구하고 전작권 전환 요구를 주한미군의 '전략적 유연성'을 확보하는 기회로 활용했다. 그리하여 2007년 6월 28일 양국 군당국자는 2012년 4월 17일까지 전작권을 전환하고 한미연합사를 없애는 대신에 그 자리에 '군사협조본부'를 두기로 하는 '한미지휘관계이행계획서'에 서명하였다. 이처럼 전작권 전환 결정이 한미동맹의 장기적인 비전에 대한 큰 그림이 없는 상태에서 정치적 필요에 의해 결정되었기 때문에 많은 문제를 안고 있었다. 현 양국정부는 이 결정이 국가간 약속이라는 점을 고려하여 전작권 전환 작업을 해오다가 지난 2010년 6월 전환 시기를 2015년 12월 1일로 3년 7개월 순연키로 합의하였다. 이유는 북한의 핵과 미사일 실험, 천안함 사태가 결정적 영향을 미쳤고, 전환이 예정된 2012년에 한·미·중·러 4개국의 정권 교체가 있는 해이고, 북한이 선포한 강성대국 완성의 해라는 점, 주한미군기지 이전사업 지연 등 한반도의 안보정세를 종합적으로 판단시 순연이 필요하다고 보았기 때문이다.

전작권 전환은 한반도의 평화와 안전 그리고 우리의 대북 군사대비에 많은 문제점과 부담을 준다. 우리를 살리는 것이 명분이 아닌 『실리』라는 것을 생각할 때 전작권 전환은 우리에게 득보다 실이 압도적으로 크다. 몇 가지를 알아보면 첫째, 전작권 전환은 1950년 미국의 애치슨라인 발표가 김일성의 남침 야욕에 불을 당겼고 1967년 닉슨 독트린이 북의 대대적인 대남도발을 불러 왔듯이 또다시 북이 미국의 의도를 결정적으로 오판하게 할 수 있다. 둘째, 전작권 전환으로 한미연합사가 해체된다는 것은 한미동맹의 가장 강력한 수단의 하나가 사라진다는 것이다. 이는 현재 함께 잘 살고 있고 또 얼마든지 잘 사용할 수 있는 아주 멀쩡하고 훌륭한 집을 괜히 부수는 것과 같다. 셋째, 전작권 전환으로 한미연합사 해체 시 한국방어에 대한 미국의 직접적인 책임의 소멸로 유사시 미국의 즉각적인 군사개입과 미 증원전력의 투입이 불투명해진다. 미국은 한미연합사체제하에서 한반도 유사시 미국본토와 주일 미군 등 전체 병력 가운데 육군 50%, 해병대 70%, 공군 50%, 해군 40% 이상에 해당되는 69만여 명의 병력, 5개 항공모함 전투단의 함정 160여 척, 항공기 2천 5백여 대의 증원전력을 한반도에 전개하도록 되어 있다. 그런데 이 어머어마하고 막강한 증원전력의 전개가 불확실해진다는 것이다. 이러한 방어력을 거부해야 할 이유가 무엇이 있는가? 넷째, 전작권이 전환되면 한반도의 좁은 전장에서 단일의 적을 상대로 한국군은 한국군대로, 미군은 미군대로 독자적으로 싸운다. 이로 인해 전장터에서 일어날 혼란은 생각만 해도 아찔하다. 이는 전쟁 원칙중의 하나인 '지휘통일의 원칙'에 정면으로 배치되는 것으로써 전쟁은 반드시 한 사람의 장수에 의해 지휘되어야 한다는 것은 만고에 증명된 진리이다. 아무리 유능해도 별도로 움직이는 여러 개의 부대는 1명의 지휘관에 지휘되는 단일 부대를 당하지 못한다. 다섯째, 당장 우리에게 닥치는 현실적인 문제로서 한국군이 독자적으로 작전을 할 수 있는 능력을 갖추어야 한다는 부담인데 이것이 만만치 않고 비용도 천문학적 예산이 소요된다. 우선 미 전력의 공백을 메울 전력 확보에 간단히 어림잡아도 수백조원의 예산 소요가 예상된다. 이중에서도 특히 정보 분야의 공백이 많은 부담이 되고 있다. 잘 알고 있듯이 우리군은 전략정보의 100%, 영상 신호정보의 90%, 전술정보의 70% 가량을 미군에 의존하고 있다. 쉽게 이야기하여 대북 군사정보의 절대부분을 미군에 의존하고 있다. 그런데 이 정보 능력은 방대한 시스템의 운영 능력과 오랜 기간의 경험이 있어야 제대로 작동할 수 있으므로 단기간에, 돈만 있다고 해서 해결 될 일이 아니다. 그리고 당장 수도권을 타겟으로 하고 있는 적 장사정포에 대한 정밀 타격도 미국에 절대적으로 의존하고 있는 상황에서 우리가 이 능력을 별도로 확보해야 하는 부담이 생긴다. 현재 한국군 독자적으로 이 능력을 갖추기 위한 계획을 추진하고 있지만 한계가 불가피하다. 여섯째, 한미 양국군은 북한에 의한 전면전 발발시 '연합작전계획 5027'에 따라 작전을 수행하도록 되어 있으나 전작권 전환이 이루어질 경우 한국군 단독의 새로운 전쟁수행 계획이 필요하다. 한국군 단독의 전쟁

수행 계획 수립은 한국군이 아직 해 보지 않은 일로서 못할 것도 없지만 경험 부족이 부담되고 있다.

■ **북핵과 북 체제 불확실성**

북핵에 대한 대처는 한미동맹의 상위 수준에서 한미간의 외교적 정치적 긴밀한 공조를 토대로 6자회담과 UN기구를 통해 해법을 모색하고 있다. 지금 북핵과 함께 김정일의 후계체제와 관련된 북한 체제의 불안, 즉 북의 급변사태가 한반도의 안보를 근본적으로 뒤흔들 수 있는 요소로서 한미동맹의 주요한 도전이자 과제가 되고 있다. 해법이 안 보이는 극심한 경제난과 겹쳐 있는 북 체제의 불안은 중국의 개입가능성을 높여주고 있으며 이것이 한미동맹의 중요한 도전 요인이 될 수도 있다는 우려가 나오고 있다. 사실 현재 북한정권의 생존 자체가 중국에 달려있다고 할 정도로 식량, 에너지 등 모든면에서 북한의 중국의존도는 심각한 수준이다(특히 원유의 90%를 중국에 의존). 북한이 국제사회로부터의 강력한 재제에도 불구하고 생존에 필요한 최소한의 물자 부족분을 중국이 메워주고 있다. 중국은 그야말로 북한정권을 살릴 수도 있고 무너뜨릴 수도 있기 때문에 한미관계와 남북한관계에서 빼놓을 수 없는 위치를 차지하고 있다. 현재 북한의 급변사태에 대비한 한미간의 공동대응계획과 구체적 준비가 점점 절박한 과제로 다가오고 있다. 지난 노무현 정부 때 북한급변 사태에 대비하는 '작전계획 5029'를 수립하자는 미국의 요청에 대해 북한을 자극할 수 있다는 이유로 계획수립을 거부하고 미봉책으로 '개념계획 5029'만을 유지하기로 합의한 바 있다. 그러나 북한의 급변사태 발생시 어떤 형태로든 군사작전이 배제될 수 없는 현실을 고려할 때 한미군의 군사적 역할이 빠져 있는 개념계획만 가지고 급변사태에 효과적으로 대응하기는 힘든 상황이다. 지금 북의 대내외적 상황의 어려움을 고려하면 구체적인 행동계획의 수립은 물론이고 각종 예상되는 사태에 대비한 훈련도 있어야 하겠다.

■ **중국의 급부상**

앞에서 수차 언급한 중국의 급부상도 한미동맹의 주요과제라 할 수 있다. 한미동맹과 중국, 일본과의 관계 그리고 여기에 북한까지 포함된 관계는 대단히 복잡 미묘하고 상황은 계속 변하고 있다. 일본은 미일동맹을 통해 한미동맹과 이어져 있기 때문에 우리의 우군 세력이라고 할 수 있다. 그러나 중국은 북한의 강력한 후원자이고 한반도 문제에 직접적 이해관계를 갖고 있으면서 한미동맹을 비난하고 있다. 그런 중국이 미국과 동북아의 헤게모니를 놓고 경쟁한다는 것은 대한민국을 둘러싼 국제정세와 안보환경의 틀 자체가 흔들리고 있다는 이야기다. 이 과제는 우리의 안보와 직결되는 문제로서 이에 대응할 수 있는 우리의 유일하고도 강력한 수단으로서 한미동맹의 중요성과 역할이 부각되고 있다. 특히 대북관계에서 중국의 부상은 한미동맹에 버거운 짐이 되고 있다.

■ **한반도 평화체제 전환**

정전체제를 영구적인 평화체제로 전환하는 과업도 한미동맹이 안고 있는 과제의 하나이다. 이 전환 과업은 이론의 여지가 없는 당연지사이지만 그 과정에서 한미동맹, 북핵, 평화체제 전환 이 세 가지의 우선순위가 잘못되어 한반도의 안정이 위협받아서는 안 된다. 한반도 평화체제 구축은 현재의 불안정한 정전상태와 군사적 대립구도를 청산하고 항구적 평화를 정착시키는 것을 의미하므로 사전에 한반도 비핵화, 남북한 군비통제, 미국 일본 및 북한과의 관계 정상화 등의 조치가 먼저 필요하다. 이 문제는 한미동맹에 바탕을 둔 철저한 한미 공조체제를 통해 북핵 문제를 먼저 해결하고 그 결과로서 한반도 평화체제를 구축해야 할 것이다.

■ 미국의 군사변환 정책 대응

미국의 군사변환 정책은 한미동맹과 주한미군도 대상에서 예외가 아니며 한미동맹의 전략동맹으로의 발전도 큰 테두리에서 군사변환 정책의 일환이다. 이는 주한미군도 미국이 필요하면 언제든지 타 지역으로 전용될 수 있다는 것을 의미한다. 현재 주한미군은 한국 정부의 강력한 요구도 있지만 북핵과 중국의 급부상으로 인한 전략적 중요성이 커짐에 따라 현재의 28,500명 수준을 유지하기로 양국간에 양해가 되어 있다. 그러나 타지역으로 전용될 가능성이 완전히 사라졌다고 할 수는 없다. 한편으로 주한미군의 전략적 유연성으로 인해 한국이 원치 않는 국제분쟁에 연루될 가능성을 지적하는 사람들이 많다. 예를 들어 중국과 대만의 해협 위기 시 미 전력이 오산과 평택 등 한국기지를 출동지역으로 활용하여 투입될 경우 미군 전력의 경유지라는 이유만으로도 중국의 한국에 대한 적대의식을 가져 올 수 있다는 것이다. 다른 예로 현재까지 한국은 유엔의 PKO 또는 미국주도 다국적군의 일원 형태로 미국의 국제정책에 군사적으로 기여해 왔고 앞으로도 이런 활동이 예상된다. 즉 앞으로 한국이 원치 않는 국제분쟁에 "연루"될 가능성이 이전보다 커질 수 있다는 것이다. 그러나 이는 동맹을 세계 차원으로 확대하고 한국의 국력에 걸맞는 역할을 하기 위해서는 한국이 감당해야 할 부담이라 할 수 있겠다.

■ 주한미군 기지이전

초기에 논란도 많았고 양국간에 마찰도 있었지만 미2사단과 용산기지를 포함하여 한강 이북의 전 미군기지를 2015년까지 오산과 평택으로 이전하는 주한미군 이전계획이 진행 중에 있다. 기지 이전의 중요한 의미는 미2사단이 서울 북방 동두천에서 후방 멀찍이 평택으로 이동하면 6·25전쟁 후 지금까지 유지되어 오던 미군의 인계철선 역할도 종료된다는 것이다.

즉 한반도 유사시 미군의 자동개입 요건이 사라진다는 것이다. 오산과 평택은 미군이 유사시 해외로 신속 전개하기에 최적의 장소라 할 수 있다. 오산은 미7공군의 중심기지이고 평택은 우리 해군 2함대사령부가 있는 곳으로 입출이 용이하기 때문이다. 한편 기지이전 시작과 함께 주한미군이 맡고 있던 대북 관련 10개 특정 임무가 한국군으로 완전히 전환되었다. 이 임무는 주야탐색구조, 공동경비구역(JSA) 경비, 후방지역 제독작전, 신속지뢰 설치, 공지사격장 관리, 대화력전 수행, 주보급로 통제, 해상 대 특작부대 작전, 근접항공지원 통제, 기상예보이다. 이중에서 적 장사정포 위협에 대응하는 대 화력전 수행은 우리에게 꽤 부담을 주는 임무이다.

■ **한반도의 안보 공백 방지**

어쨌든 전작권 전환과 주한미군의 한강이남 재배치는 그동안 미군이 한반도에서 맡아왔던 역할이 대폭 축소된다는 것을 의미하고 그것은 곧 그 공백을 한국이 메워야 한다는 것을 의미한다. 지금 한국은 군사 부문에서의 부단한 노력과 엄청난 투자가 요구되고 있다. 우리는 자체 힘으로 할 수 있는 것은 신속하게 적극적으로 해나가야 하겠으며 한편으로 가능한 미군의 지원과 협력을 최대한 얻어낼 수 있도록 미국과 긴밀한 협의를 가속화해 나가야 한다. 우리의 힘만으로는 어려운 지휘통제, 감시정찰, 정보전, 특수전, 정밀타격, 방공, 미사일 방호 전력의 확보 등이 그 대상이 되겠다. 또한 최근의 미군 전쟁 사례와 작전개념을 보면 막강한 첨단정밀유도무기 등을 최대한 활용하며 동시에 적절한 규모의 지상군전력을 투입하여 신속한 전승을 추구하고 있다는 것이다. 그러므로 한국은 미국의 이러한 전쟁방식과 작전개념을 고려하여 한미C4I체계의 상호운용성 향상, 공동의 교리와 작전계획 수립 등 한국 상황에 적합한 공동작전능력을 준비하고 발전시키는 작업에 적극 박차를 가해야 한다.

■ **한미동맹의 발전**

한미동맹은 계속 존속되어야 한다는 것과 한미동맹을 단지 북한이라는 단일 위협에 대응하는 동맹에서 벗어나야 한다는 공감대가 한미 양국간에 형성된 지 오래 되었다. 한미동맹 나아가 한미관계의 발전 및 미래 구상은 1990년대부터 양국 정부, 학계, 연구기관에서 활발하게 연구되어 왔다. 특히 한국의 국방연구원(KIDA)과 미국의 RAND연구소가 각각 중심이 되어 긴밀히 접촉하면서 연구가 이루어져 왔고 연구 결과의 요지는 다음과 같으며 이 후의 연구도 대개 이 범위에서 이루어지고 있다고 할 수 있다.

하나, 현재와 같은 남북대치 상황에서는 현재의 견고한 동맹을 유지한다.

둘, 남북화해 및 통일단계에서는 주한미군과 한국군이 동북아 안정과 평화에 공동 기여하는 '지역안보를 위한 동맹'의 방향으로 나간다.

셋, 북한 위협 소멸 시에는 현 한미 연합방위체제를 점진적으로 구조 조정하여 한반도방위는 한국군이 주도하고 미군이 지원하며, 동북아지역방위는 미군이 주도하고 한국군이 지원한다.

넷, 보다 장기적 변화의 방향은 주한 미 지상군은 대폭 감축하고 해공군은 강화하며, 한국방위의 한국화와 주한미군의 지역방위군화를 추진하고, 한미동맹은 지역안보동맹으로 발전시키며, 한미연합방위체제를 재검토한다는 것 등이다.

이제 한미동맹은 더 이상 과거처럼 미국이 일방적으로 한국을 후원하고 한국은 미국에만 의존하는 관계에 머무를 수 없게 되어 있다. 지금까지 한미 양국은 인류의 보편적 가치인 자유민주주의, 인권, 시장경제의 가치를 공유하고 이러한 공통의 가치에 기초하여 긴밀한 군사안보 공조체제를 발전시켜 왔다. 그러나 앞으로는 양국은 공통의 가치와 신뢰를 기반으로 군사안보 협력뿐만 아니라 정치 · 경제 · 사회 · 문화 협력까지 포괄하도록 협력의 범위를 확대 · 심화하고 또한 동맹 관계를 지역 및 범세계적 차원의 평화와 번영에도 기여할 수 있는 '21세기 전략동맹'으로 미래지향적이고 포괄적인 동맹으로 발전시켜 나가야 한다. 더 나아가 아울러 공고한 한미동맹을 기반으로 역내 국가들과도 전략적 협력을 강화해 나가야 할 것이다. 이런 생각을 바탕으로 현재 한 · 미 정부와 군은 한미동맹의 구체적인 미래 청사진 마련을 위해 활발한 논의를 진행 중에 있다. 우리의 한미동맹 미래구상(Joint Vision)은 다음과 같은 상황인식을 바탕으로 하고 있다. 즉 '21세기 국제질서는 개방된 복합적 네트워크 질서의 시대이다. 이러한 시대에서 생존을 위한 국가전략은 일국주의적 접근이 아니라 이념과 가치를 공유하는 선진제국과의 네트워크와 공조를 근간으로 삼아야 하며 그러한 네트워크 가운데 한국에게 가장 핵심적인 네트워크는 미국을 중심으로 하는 전략동맹이다. 한미동맹은 전통적인 안보위협은 물론이고 21세기 새로운 도전요인에 대처하기 위해 포괄적 전략동맹으로 발전해야 한다. 한국이 현재는 물론 향후에도 동맹 수요의 강도가 미국보다 더 클 것이다.' 라는 것이다. 한미동맹은 지금보다 상호성과 평등성이 강화된 동맹, 영역을 대북억지에서 동북아로 확대하는 동맹, 주변국들을 배제하거나 위협하지 않는 동맹, 한반도통일을 지원하는 동맹이 되어야 하겠다. 한미동맹의 공간 확대는 새로운 긴장관계를 유발할 수 있는 부정적 요인이 전혀 없는 것은 아니지만 이를 촉진하는 긍정적 요인이 훨씬 크다. 첫째 한반도를 둘러 싼 안보 불확실성의 증대로서 한국은 새로운 안전보장 체제가 더 필요해졌고 이는 한미동맹을 새로운 차원에서 강화할 필요성으로 이어진다. 둘째 미국은 한미동맹을 한반도 이외 지역으로 확대하는 것을 기정사실화하고 있다. 동시에 주요 동맹국을 거점으로 하는 전 세계적 네트워크를 구축하여 각각의 거점에 위치한 동맹국이 자국 자산을 활용하여 미국주도의 동맹체제에 공헌할 것을 희망하고 있다. 셋째 테러, WMD 비확산, 마약,

환경, 자원, 해적 등과 같은 다양하고 초국가적인 새로운 위협들은 한미동맹의 공간 확대로 이어질 수밖에 없다. 결론적으로 한미동맹 발전의 초점은 공간 및 역할 확대에 맞춰져야 함을 알 수 있고 공간 및 영역의 확대란 곧 한국이 담당해야 할 책임영역이 확장된다는 것을 의미하는 것이다. 한국은 한미동맹의 공간 확대로 PKO, 다국적군에의 참여 확대 등 국력과 위상에 걸 맞는 역할을 기꺼이 담당해야 할 것이다. 그리하여 공간 및 영역의 확대로 인한 분쟁지역 연루 가능성에 대비하여 한미간의 사전 협의를 제도화하며, 한미동맹 미래구상의 구체화 작업을 적극 추진하고, 이 과정에서 지속적인 미세조정(fine tuning)이 이루어져야 하겠다.

한미 양국은 이런 인식을 바탕으로, 2008년 4월, 2009년 11일 2회에 걸쳐, "한미동맹을 반세기가 넘는 군사동맹을 넘어 21세기 포괄적 협력의 전략동맹 및 지역과 세계적 동맹으로 협력 강화"를 합의하였다. 한미 양국은 이와 관련하여 어떻게 상대국을 지원하고 협력할 것인가에 대한 구체적 구상을 가져야 한다. 서로 협력할 수 있는 분야와 방안을 찾고 서로의 공동이익을 확인하며 이에 필요한 비용을 각자가 감당해야 할 것이다. 한미동맹의 미래는 현시점에서부터 우리가 어떻게 준비하느냐에 달려 있다. 한미동맹의 변화는 이미 미래 목표가 아닌 현실이며 그 과정의 안정적 관리가 향후 동맹의 생명력을 결정하는 핵심이라고 할 수 있다.

5. 대 중국 · 일본 · 러시아 관계

우리가 지리적으로 한 가운데 위치하고 있는 동북아지역은 미국, 중국, 일본, 러시아와 같은 세계적인 경제적, 군사적 강국들이 밀집되어 있는 아주 특별한 지역이다. 이 나라들은 이 지역에서 주도적 지위를 확보하기 위해 갈등과 대립 그리고 상호협력과 견제를 병행하면서 한편으로 안보상의 불안정 요소를 줄이기 위한 노력도 활발하게 펼치고 있다. 우리는 이 한복판에서 어떻게 해야만 우리의 안보를 굳건히 지켜낼 수 있는가?

우리나라의 안보는 미국뿐만 아니라 이웃하고 있는 중국, 일본, 러시아와 긴밀하게 연결되어 있고 직접적인 영향을 받는다. 앞에서 한미관계의 중요성만 이야기했다고 해서 중국 · 일본 · 러시아와의 관계는 아무래도 좋다는 것은 절대로 아니다. 우리는 이 나라들과도 민간 · 외교 · 경제 · 군사 등 전 분야에서 우리가 할 수 있는 모든 노력을 다하여 미국과의 관계에 못지않은 신뢰를 바탕으로 하는 우호 협력관계를 만들어야 한다. 실제 우리의 역대 정부는 이들 나라와의 관계발전을 위하여 할 수 있는 것부터 단계적으로, 지속적으로 해 왔으며 지금은 각국과 미래를 보고 협력을 논하는 전략적 협력단계까지 이르렀다. 우리 정부는 이 나라들과의 관계를 각나라와 협의 및 합의를 통해서 미국과는 앞에서 설명되었듯이 '전략적 동맹관계'로서, 중국과 러시아는 '전략적 협력동반자관계'로서, 일본과는 '미래지향적 협력동반자관계'로 규정하고 있다. 말들이 비슷비슷하여 차이를 쉽게 구별할 수 없을지 모르겠다. 우선 미국은 다른 나라들과 달리 '동맹관계'라는 뚜렷한 차이가 있다. 여기에서 많이 사용되는 '전략'이라는 말은 보다 미래 지향적으로 장기적인 비전과 목표를 가지고 협력을 한다는 뜻이므로 중국 · 러시아의 '전략적 협력'이나 일본의 '미래지향적 협력'이나 같은 뜻이라고 할 수 있겠다. 이러한 관계에서 무엇보다도 중요한 것은 상호신뢰이다. 이 신뢰는 얻기보다 잃는 것이 훨씬 쉽기 때문에 이들 국가와의 신뢰가 손상되는 일이 안 생기도록 세심한 주의를 요한다. 그리고 신뢰를 쌓기 위해서는 양국 당국자가 우선 자주 만나서 서로간의 이해의 폭을 넓히고 인간적인 유대관계를 맺는 것이 중요하다. 이런 차원에서 우리 정부와 군은 이들 국가와의 교류의 폭을 지속적으로 넓혀오고 있다.

■ **대 중국 관계**

한 · 중 양국 관계는 1992년 수교가 이루어진 이래로 경제, 무역, 문화, 관광 등 다양한 분야에서 급속도로 발전하고 있고 군 분야 교류협력의 폭도 확대되고 있다. 양국의 군은 국방장관을 포함하여 합참의장, 각 군 참모총장 등 고위급의 상호방문을 정례화하고 있으며 실무급의 정책실무회의와 국방학술회의도 정례적으로 개최하고 있다. 우리의 해군 순항함대 중국 방문 시 중국해군과 수색 · 구조 훈련을 한바 있고, 군사연구기관 · 교육기관 · 각 군 대학의 상호교류 그리고 체육교류를 활성화해 나가고 있다. 우리 군은 2008년 5월 지진으로 인해 대규모 재난이 발생한 중국 쓰촨성(四川省) 지역에 공군수송기 3대를 이용하여 구호품 26.6톤을 전달하기도 하였다. 그러나 북한문제는 양국이 안고 있는 숙명적 문제로서 향후 양국 관계 발전을 위해 풀어야 할 숙제이다.

■ **대 일본 관계**

한 · 일 양국은 공히 미국의 동맹국으로서 자유민주주의와 시장경제의 기본가치를 공유하고 있다. 또한 북한 핵문제 해결과 지역의 평화와 안정을 위해 양자 간 회담 및 6자회담, 아세안지역안보포럼, 아시아안보회의 등 다자간 협의에서 적극 협력하고 있다. 양국은 정례적인 외교 · 국방장관회담을 필두로 외교통상부 및 국방부 국 · 차장급의 안보정책협의회, 국방부 국장급의 국방정책실무회의, 과장급의 국방교류협력실무회의 등 다층적인 실무회의를 운용하고 있다. 또한 합참의장 및 각 군 참모총장 등 군 고위급 인사의 상호방문, 실무급의 정보교류회의, 각 군 대학 · 사관생도 상호 교환방문 및 유학생 교류 등 인적교류도 활발히 진행하고 있다. 최근에는 인도적 차원의 한일 해상수색 · 구조훈련, 수송기 상호방문, 국제평화유지활동에서의 상호협력 등 다양한 분야에서 교류협력을 발전시키고 있다. 그러나 한 · 일 양국 간의 역사인식 문제, 우리의 고유 영토인 독도에 대한 일본의 부당한 영유권주장 등은 양국의 우호협력 관계를 미래지향적으로 발전시켜 나가는 데 장애요소가 되고 있다.

■ **대 러시아 관계**

한 · 러 양국 관계는 1990년 수교 이후에 지속적으로 발전하여 왔다. 특히 2008년 9월 양국 관계가 '상호 신뢰하는 포괄적 동반자관계'에서 '전략적 협력동반자관계'로 격상됨에 따라 정치 · 경제 · 에너지 · 우주기술 등 각 분야에서 협력이 확대되고 있다. 양국 국방당국은 군사교류에 관한 양해각서를 체결하고 국방교류협력을 제도화하였으며 양국 국방장관, 합참의장, 각 군 총장 등 고위인사의 상호방문을 점차 확대하고 있다. 양국 국방부 간 국방정책실무회의, 한 · 러 군사기술 · 방산 · 군수 공동위원회, 우리 합참과 러시아 총참모부간 합동군사위원회, 해상사고 방지협정 이행협의회 등 다양한 회의체가 정례적으로 운영되고 있다. 또한 러시아 태평양함대 순항함대가 부산항을 방문하여 친선활동과 연합수색 · 구조훈련을 실시한 바 있고 우리나라 최초의 우주인 이소연씨가 러시아 우주선을 타고 우주비행에 참여하였으며 이를 계기로 우주분야의 기술교류협력 강화 방안을 논의하고 있다. 그러나 러시아 정치, 경제 사정의 불안정과 아직도 남아있는 냉전체제의 후유증이 양국의 실질적 협력을 저해하고 있으며 이의 해결이 두 나라의 숙제라고 할 수 있다.

IV

대한민국의 올바른 이해

지금까지 우리는 국가안보의 위협요인은 어떠한 것이 있으며 이 위협들에 대한 우리의 대응능력과 대비체제에 대해서 알아보았다. 나는 이를 설명함에 있어서 개념이나 이론보다는 현재 실체가 어떠한지 눈으로 볼 수 있는 현상 위주로, 즉 북의 군사력과 군사적 위협 양태 그리고 이에 대비하는 우리의 군사력과 군사시스템과 같은 내용을 주로 다루었다. 그러나 국가안보가 이러한 물리적 힘만으로 이루어지는 것은 아니다. 안보는 경제력, 군사력, 안보시스템과 같은 물리적, 하드웨어적 힘도 중요하지만 정신적, 소프트웨어적 요소도 대단히 중요하다. 국방역량은 국민의 정신력과 군사력의 곱으로 나타난다. 동서고금의 역사를 보면 국민이나 병사들의 정신적 힘, 곧 나라를 꼭 지키겠다는 의지가 적의 우세한 군사력을 물리치고 전쟁에서 승리를 가져온 사례를 많이 볼 수 있다. 나는 앞에서 우리 한반도의 평화를 가능케 하는 요소로서 우리의 막강한 군사력, 한미동맹, 주한미군 들을 들었다. 그러나 이 모든 것도 국민 각자의 국가안보에 대한 긍정적인 안보의식과 의지가 없다면 사상누각(砂上樓閣, 모래위에 지은 집)에 불과할 수밖에 없다. 군사력이 겉으로 보이는 집이라면 정신력은 집을 바치고 있는 기초이다. 군사력이 칼이라면 정신력은 칼날이다. 전쟁은 기(氣, 정신력) 싸움이고 폭포와 같은 군대의 기세는 어떠한 군사력도 당할 수 없다. 옛날부터 안보와 국방에서 정신력의 중요성을 강조한 말은 수도 없이 많다.

그러면 과연 우리의 정신력은 어떠할까? 우리의 정신력은 북한 사람들보다 강하다고 할 수 있을까? 우리의 이웃국가들인 중국, 일본, 러시아 사람들과 비교했을 때는 어떨까? 인구수로나, 땅덩어리로나, 자원으로나,

경제력으로나, 압도적으로 우위에 있는 이들 이웃과 대적하기 위해서 우리가 이길 수 있는 방법은 아주 없는 것인가? 한 가지 확실한 방법이 있다. 그것은 한국 사람은 아주 독종이어서 작기는 하지만 함부로 건드렸다가는 크게 당할 수 있다는 인식을 심어 주는 것이다. 이렇게 할 수 있는 것이 곧 정신력이고 이 정신력이 곧 안보의식이다. 세상에는 작은 체구를 가지고서도 큰 덩치들을 제압하는 사람들을 얼마든지 볼 수 있으니 거기에는 그들의 정신력이 큰 역할을 한다. 국제사회와 국가 간에도 마찬가지이다. 지금 우리 전체 국민의 일반적인 정신력과 안보의식이 좋고 나쁜지를 간단하게 한마디로 단정지어서 말할 수는 없다. 그리고 우리의 안보의식이 무조건 매우 안 좋고 문제도 심각하므로 확 뜯어 고쳐야한다는 식으로 이야기를 하려는 것도 아니다. 내가 보기에 우리 국민의 총체적인 안보의식은 안심이 되는 면도 있고 걱정이 되는 면도 있다. 사실 이 안보의식은 개인의 성향도 많이 작용하기 때문에 지금 우리 사회에는 제2의 이순신, 안중근 같은 분이 있는가 하면 어쩔 수 없이 제2의 이완용 같은 사람도 있다고 본다.

이 절에서는 보이지 않는 안보의 힘인 정신력 즉 우리의 안보의식을 어떻게 하면 높일 수 있을까를 이야기 하고자 한다. 나는 이 책의 시작을 우리나라 젊은이들의 안보관과 안보관의 형성 과정에 많은 문제가 있다는 것에서 출발했고 이 안보관은 '자기의 조국을 어떻게 생각하고 있느냐' 하는 국가관에 따라 크게 영향을 받는다고 했다. 우리의 안보의식이자 안보관은 각자의 국가관에서 직접적인 영향을 받고, 나아가 각자의 국가관은 곧 그 사람의 안보관이자 안보의식이라고 할 수 있다.

제1절
우리의 국가관과 안보관

지금 국가관(國家觀)이니 안보관(安保觀)이니 하여 '~관(觀)'에 대해서 많이 이야기하고 있다. 그 외에도 우리는 일상생활에서 가치관(價値觀), 인생관(人生觀) 또는 사생관(死生觀)과 같이 '관'이 들어 간 말을 많이 사용한다. 우리는 '~관(觀)'이라고 하면 마치 대단히 고차원적이고 복잡하고 어려운 철학적 이야기를 하는 것으로 생각할지 모르겠다. 그러나 '~관(觀)'이란 '어떤 대상을 어떻게 생각하느냐'를 말하는 것이므로 누구처럼 거창하고 복잡하고 어렵게 얘기할 수도 있지만 반대로 아주 쉽고 간단하게 얘기할 수도 있다. 예를 들어 '나는 우리나라를 자랑스럽게 본다.'라고 생각하면 그게 곧 그의 국가관이라 할 수 있고, '외적이 처 들어 오면 앞장서서 싸우겠다.'는 마음가짐이 있으면 그게 곧 그 사람의 안보관이 되는 것이다. 각 개인의 안보의식에는 그 사람의 가치관, 인생관, 사생관도 크게 작용한다. 가치관에서 명예를 최고의 가치로 생각하는 사람의 안보의식이 돈이나 권력에 우선적인 가치를 두는 사람의 그것보다 훨씬 건전할 것이며, 인생관에서 '인생은 살 가치가 있다.'라는 생각을 가진 사람의 안보의식이 '인생은 허무하고 고통스러운 것이다.'라는 생각을 가진 사람보다 더 긍정적일 수 있다. 죽고 사는 문제인 사생관에 있어서도 전쟁터에서 조차도 벌벌 떨며 살 궁리만 찾는 사람이 있는가 하면, 안중근 의사나 육탄 10용사처럼 국가와 민족을 위해 일부러 사지(死地, 죽을 곳)를 찾아가 자신의 목숨을 초개(草芥, 지푸라기)처럼 바치는 사람도 있다. 여기에서 우리는 건전한 국가관, 안보관, 가치관, 인생관, 사생관이 건전한 안보의식의 밑거름이 된다는 것을 알 수 있다.

건전한 국가관은 국가에 대한 올바른 이해에서 출발한다. 우리는 우리가 태어나고 자랐으며 모든 삶을 영위하고 있는 우리의 조국에 대해 얼마나 알고 있으며, 또 알고 있다면 제대로 정확하게 알고 있는지에 대해 한번 진지하게 자문자답(自問自答)해 볼 필요가 있다. 지금 우리 초 · 중 · 고등학교의 대한민국 건국 후 현대사에 대한 교육이 시간도 턱없이 부족하고 내용에 있어서도 대한민국 탄생 자체를 부정적으로 기술하고 있는 등 분단사관의 흔적을 곳곳에서 찾아 볼 수 있다. 이는 사실과 너무나도 다르고 고의적인 왜곡과 거짓을 사실처럼 말하고 있는 것이다. 이 교육을 받은 학생들은 대한민국이 건국부터가 한반도의 분단을 가져온 잘못된 것이고 건국 후의 역사도 도대체 자랑할 거리가 조금도 없는 독재자 대통령들로 채워 진 부끄러운 역사로 알고 있다. 어른 중에서도 대한민국의 건국에 대해 비판적, 부정적 의견을 가지고 있는 사람이 매우 많다. 심지어 어느 정당 출신의 대통령마저도 대통령 취임사에서 대한민국의 역사가 부끄러운 역사라고 하지 않았는가! 그러면 왜 그들은 한사코 대한민국을 부정하고 있는가? 이는 해방 후 한동안 이 나라 지식계층의 상당수를 점하고 있던 공산주의 사상을 가진 사람들(즉 '좌파')이 공산주의 국가인 북한을 자신들이 바라는 이상적인 국가로 보고 있기 때문이다. 그들의 관점에서는 공산주의를 한다는 북한이야말로 진정으로 인민을 위하는 정통성이 있는 국가이고 남한은 일제의 잔재들이 미 제국주의의 힘을 빌려 만든 인정할 수 없는 나라였다. 이러한 잘못된 생각은 1980년대 미국의 부루스 커밍스가 쓴

"한국전쟁의 기원"이라는 책과 시리즈로 간행된 "해방 전후사의 인식"이라는 분단사관의 책으로 절정에 다다랐다. 그리고 거의 동시대에 터진 "광주 사태"에 뒤이은 학생운동, 반미운동은 우리의 사회 분위기를 완전히 좌파적, 반미적 시각이 지배하는 사회로 만들었다.

이러한 시기에 나온 국가적 논쟁들 중의 하나가 국가의 정통성에 관한 논쟁과 주적에 관한 논쟁이고 여기에는 좌우이념 대결이 배경이었으므로 상당히 치열하게 진행되었다. 이러한 논쟁들은 좌파의 대한민국 정당성을 근본적으로 부정하는 터무니없는 주장에 대응하는 논쟁이었기 때문에 정상적인 대한민국의 국민들은 피가 거꾸로 흐르는 듯한 분노를 삭여야만 했다. 대한민국 정부가 우리의 유일하고도 합법적인 정부라는 것은 서울이 대한민국의 영토인 것처럼 너무나도 자명하고 논란의 여지가 없는 사실이다. 이제 다 지난 일이고 대한민국의 정통성을 새삼 거론한다는 것이 진정으로 내키지 않지만 이 글의 본연의 임무에 충실 한다는 뜻에서 그 이유를 설명하면 다음과 같다.

첫째, 우리 대한민국은 건국헌법에 명시되어 있는 것처럼 조선 → 대한제국 → 대한민국 상해임시정부 → 대한민국으로 법통을 이어오고 있는 정부이다. 둘째, 대한민국은 지금까지 인류가 발전시켜온 최고의 가치이자 현재 지구촌의 가장 보편적인 가치로 받아들여지고 있는 자유민주주의와 시장경제를 국가이념으로 하고 있다. 셋째, 대한민국 정부는 자유, 비밀, 보통, 직접 선거라는 선거 4대 원칙과 민주적 절차에 의해 국민들이 직접 선택한 정부이다. 넷째, 대한민국이 지향하는 이념과 가치 그리고 정부를 우리 국민들 절대다수가 지지하고 있다는 것이다. 반면에 북한은 위와 같은 우리 정부가 가지고 있는 정당성을 하나도 갖고 있지 못하다. 북한은 사회주의의 탈을 쓴 김일성 부자의 야욕에 의해 지탱되고 있는 일인독재국가이며, 인간의 기본권인 자유 · 인권 · 평등을 무자비하게 억압하고 있고, 인류의 보편적 가치인 자유민주주의를 거부하고 있으며, 국제사회의 시대적 흐름과 완전히 역행하면서 인민을 말할 수 없는 고통과 죽음으로 몰아넣고 있다. 왜 이런 지극히 당연한 사실이 시비 거리가 되었었는지 의문마저 드는 사람도 있을 것이다.

주적 논쟁도 성격이나 시작 배경이 정통성 논쟁과 같지만, 혹시 독자 중에서 같은 동포인 북한을 우리의 주적이라고 하는 데에 거부감을 가지고 있는 사람이 있을지 모르겠다. 북한은 다음과 같은 이유로 분명히 우리의 주적이다. 단, 여기에서 말하는 주적은 북한 동포 전체를 말하는 것이 아니고 남한을 무력으로 적화하려는 야욕을 가지고 북의 주민을 무자비하게 억압하고 기아와 빈곤에 몰아넣으며 북을 세계 최빈국의 나라로 만든 김정일과 그를 추종하는 집단을 말한다. 주적논쟁 시에는 반드시 김정일 일당과 북한 주민을 분리하여 생각해야 사실관계가 정확하게 드러난다.

그들이 주적인 이유는 첫째, 김정일과 그 일당은 그들의 헌법과 노동당규약에서 한반도 무력적화통일을 그들의 지상과제로 규정해 놓고 있으며 둘째, 남한을 집어 삼키기 위해 기습남침으로 6 · 25전쟁을 일으켜 수백만 동족을 살해하였고 온 국토를 폐허로 만들었으며 셋째, 이후에도 끊임없이 대남 군사도발을 해왔으며 넷째, 지금 이 시점에도 그들의 총부리는 우리를 향한 상태에서 핵과 미사일 그리고 군사력 증강에 혈안이 되어 있다는 것이다. 이런 그들을 두고 주적이 아니라고 한다면 그가 도대체 온전한 제정신을 가진 사람인지 의심해 보아야 할 것이다. 이러한 좌파의 얼토당토않은 주장이 고개를 숙이게 만든 것이 1989년 공산주의 종주국인 소련을 필두로 온 세계 공산주의 국가들이 보여준 비참하고도 허무한 말로의 모습이다. 냉전체제가 붕괴되면서 과거 공산권 국가들에서 많은 자료들이 공개되면서 비틀릴 대로 비틀린 한국의 현대사를 객관적으로 바로 볼 수 있게 해 주었으니 그나마 다행스러운 일이라 하지 않을 수 없다. 진실은 언젠가는 밝혀진다. 잠시는 속일 수 있지만 영원히는 속일 수 없다.

그러면 지금부터 우리의 조국 대한민국 현대사의 진실에 대해서 알아보겠다. 이중에서 특히 문제가 되는 부분이라고 할 수 있는 '남북분단 과정과 분단의 책임', '대한민국 건국의 진정한 의의', '6 · 25전쟁의 발발 원인과 책임', '6 · 25전쟁에서의 미군의 역할'에 대해 중점적으로 다루겠으며 추가하여 우리의 자랑스러운 성취인 경제기적과 빠른 민주화 그리고 현재 우리나라의 발전된 위상을 이야기하겠다.

제2절

남북 분단 과정과 분단의 책임

대한민국 안보의 절대적 위협인 북한이 존재하게 되는 근본 원인은 한반도가 남북으로 갈라졌기 때문이다. 우리가 북한 위협의 실체를 제대로 알기 위해서는 남북이 어떻게 해서 나눠지게 되었는지 그리고 그 책임이 누구에게 있는지에 대해서 정확히 알고 있지 않으면 안 되고 이는 우리의 국가관 및 안보의식의 첫 걸음이 되기도 한다. 남북분단은 기본적으로 한반도의 해방이 우리의 힘으로 이루어 진 것이 아니고 미국의 힘으로 이루어 졌다는 사실에서 출발하기 때문에 해방이 되는 과정부터 알아보겠다.

1. 해방 이전

남북의 분단과정을 알아보는 것은 2차 세계대전이 한창 진행 중이던 1943년 11월 이집트 수도 카이로에서 열린 미국, 영국, 중국 정상이 모여 전후 처리를 논의한 카이로 회담부터 시작해야 할 것 같다. 왜냐하면 이때 처음으로 조선의 독립이 거론되고 독립시키기로 합의되었기 때문이다.

이탈리아가 항복한 직후 승리의 자신이 선 연합국 대표들이 카이로에 모여 회담했고 이때 한국 관련 내용은 "우리 미 · 영 · 중 3국은 조선인민의 노예상태에 유의해서 적절한 경과를 거쳐서(in due course) 조선을 독립국으로 만들기로 결정했다"이었다. 이러한 카이로 선언이 나온 것이 저절로 된 것이 아니고 우리 민족 전체의 독립에 대한 열망, 안중근 윤봉창 윤봉길 등 수 없이 많은 독립투사들의 헌신과 김구, 안창호, 이승만과 같은 민족지도자들의 노력들이 결부된 결과라고 할 수 있다.

그러나 해방이 아니라 순전히 분단만을 이야기 할 때는 1945년 2월 흑해 연안 얄타에서 열린 얄타회담에서 시작된다고 할 수 있다. 이탈리아 항복 후 재차 전후 처리를 논의하기 위해 미국, 영국, 소련 세 나라의 정상이 모인 이 회의에서 미국의 루스벨트 대통령은 소련의 스탈린에게 소련의 대일본전 참전을 요청했고 이 요청으로 결국 소련이 북한에 들어오게 되었고 이것이 분단으로 이어졌기 때문이다. 당시 미국은 유럽과 태평양 양쪽에서 전쟁을 하고 있었고 막바지에 온 유럽 쪽과는 달리 태평양쪽은 일본의 가미가제식 결사항전으로 엄청난 피해를 입고 있었으므로 루스벨트는 소련의 도움이 필요했던 것이다. 루스벨트는 스탈린에게 대일전 참전을 요청하면서 그 대가로 만주철도부설권과 일본 북방 4개 섬을 넘겨주겠다고 약속하였으며 그 결과로 소련은 대일전에 별 기여도 없이 그저 먹기로 북한에 진주하게 된다. 이 얄타회담은 전쟁 후 미 · 영 · 소가 전 세계를 어떻게 처리할 것인가를 대략적으로 결정한 회담으로 특히 독일의 4개국 분할 점령을 결정하고, 국제연맹의 후속으로 국제연합(유엔)의 창설을 합의함으로서 전후의 냉전체제를 "얄타체제"라고도 한다.

한반도 분할이 처음으로 거론된 것은 독일이 항복한 직후 1945년 7월 말 전승국의 지도자들이 독일의 포츠담에서 가진 포츠담회담 때이다. 이 회담에서 그때까지도 미적거리며 대일전 참전을 하지 않고 있는 소련에 미국은 재차 참전을 촉구하면서 양국군이 한반도에 진주 시 군사작전상작전구역을 나눌 필요성과 그 선으로서 한반도의 중간쯤인 38선이 처음으로 거론되었던 것이다. 포츠담선언을 통해 미국은 일본의 무조건 항복을 요구하지만 일본이 거부함으로써 결국 원자탄 세례를 맞는다. 끝까지 대일 참전을 미루던 소련은 미국이 일본에 원자탄을 터뜨리고 일본의 항복이 확실해지자 원자탄을 터뜨린 그 다음날인 8월 9일 바로 대일 선전포고를 하고 한반도로 진격한다. 소련이 걱정하던 만주의 일본관동군도 태평양으로 다 빠진 뒤이라 소련군은 파죽지세로 나아갈 수 있었고 선전포고 사흘 후인 8월 12일 청진항에 상륙하고 이어 곧 바로 한반도 전체를 점령해 버린다. 이 과정에서 소련은 피 한방울 흘리지 않았다.

2. 해방 당시

이처럼 일본이 항복을 선언한 8월 15일에는 엉뚱하게도 소련군이 한반도를 다 차지한 상태였고 정작 대일전의 주역인 미군은 한국에서 1,200km 떨어진 오키나와에 있었다. 소련군의 한반도 진주 소식에 놀란 미국은 황급히 오키나와의 미 24군단을 한반도로 출동시켰고 인천을 통해 9월 9일에야 서울에 들어 올수 있었다. 그리고 루스벨트는 소련군의 한반도 단독 점령을 걱정하여 스탈린에게 서둘러 38선을 경계로 하여 분할 점령하자고 제안하고 38선 이남에 있는 소련군을 38선 이북으로 철수시켜 줄 것을 요청한다. 스탈린은 한반도 자체가 덤으로 생긴 것인 데다가 이 문제로 미국과 충돌하는 것이 득 될 게 없다고 판단하고 미국의 요청을 순순히 받아들여 38선 이남의 소련군을 북으로 불러들인다. 이 때 한반도에 진주한 미군과 소련군은 한반도에 대한 시각과 이해, 들어오는 방식, 군정시행 양태 등에서 큰 차이를 보이니 이는 곧 루스벨트와 스탈린이 가진 생각의 차이였고 수준의 차이였다.

먼저 미국 측에 대해서 알아보면 얄타회담 직후 죽은 루스벨트의 뒤를 이어 미국의 대통령이 된 트루먼은 전임자의 정책을 그대로 이어 받았는데 그는 한반도 문제는 소련 스탈린과의 대화를 통해 해결할 수 있다고 보고 신탁통치안과 같은 미 · 소 협력에 의한 해결방안을 추구했다. 또한 미국은 한반도의 전략적 가치를 낮게 평가하고 가능한 빠른 시간 내에 한국인 자체 정부를 수립하고 미국은 철수한다는 생각을 가지고 있었다. 미국은 2차대전 후 군비와 병력을 대폭 감축하는 계획이 있었고 전략적 가치가 떨어지는 한국에서 병력을 철수하여 다른 지역(유럽)에 투입하고자 했다. 또한 미 육군 총사령관 맥아더는 남한 진주 직후 포고령 1호를 발령하면서 "나의 군대는 38선 이남의 조선영토를 점령하며, 이 지역의 조선과 주민에 대하여 군사적 관리를 하고자……"라고 점령군으로서의 인식을 보였고, 군정사령관이었던 미 24군단장 하지 중장도 정치나 행정에는 전혀 문외한인 전형적인 고지식한 야전군인으로 정치 감각이나 한국에 관한 지식이 부족했고 본국 정부의 지시에 충실할 수밖에 없었다.

반면에 소련측을 보면 스탈린은 애초부터 북한을 소련의 영토방위를 위한 완충지대로 만들 것을 생각하고 동유럽 국가들을 친소 위성국가로 만든 것처럼 김일성을 앞세워 비밀리에 친소의 정권수립을 강력히 추진했다. 스탈린은 이미 9월 20일에 북한의 소련 군정담당자들에게 세세한 방법까지 곁들여 북에 정권수립을 지시했다는 것이 후르시초프 사후 공개된 구소련의 문서에 의해 밝혀졌다. 그러나 스탈린은 대외적으로 북한을 세계공산혁명을 위한 해방지역이라고 했고 소련군은 교묘히 해방군으로서 처신했다. 이는 분단의 책임을 논할 때 점령군으로의 자세를 보여 준 미국에게 늘 불리한 요소로 작용했다. 그러나 둘 다 점령군으로서 본질은 똑같았다고 할 수 있다. 오히려 소련군은 전쟁 배상금이라는 명목으로 북한의 주요산업시설을 엄청나게 뜯어갔다. 한반도에 미 · 소군이 진주한 이후 남북한에 벌어지는 상황은 천양지차의 모습을 보여 준다. 북은 천재적인 정치 감각을 가진 스탈린의 지도 아래 친소의 공산정권 수립이 질서 있게, 일사천리로 진행된 반면 남쪽은 순수 야전 군인으로서 정치 감각이 없었던 하지 군정사령관의 미숙과 함께 남한내 수많은 정치세력의 주도권 싸움, 북의 혼란책동 등으로 되는 일이 하나도 없는, 하루도 편할 날이 없는 혼란스러운 나날이 이어졌다.

이 과정의 상황을 먼저 북쪽의 정권수립 과정부터 좀 더 구체적으로 알아보자. 북한은 해방되던 해 10월에 벌써 중앙행정기구 10개 부서와 각 도에 행정국을 만들어 전국적인 통치체제를 갖추며, 이듬해 2월에는 정식 정부기구나 다름없는 '북조선 임시인민위원회'를 구성하고, 3월에는 북한군 조직 착수와 함께 토지개혁이 단행되어 한 달 만에 토지개혁을 완료한다. 토지개혁이라는 업무의 방대성, 복잡성, 어려움을 고려할 때 이를 한 달 만에 완료했다는 것은 이미 이때에 북한에는 강력한 힘을 행사할 수 있는 정부가 존재하고 있었다는 것을 웅변적으로 증명한다. 북은 이렇게 내부적으로 독자적인 정권수립을 착실히 진행하면서도 남쪽에 대고는 계속 남북이 합쳐 단일정부를 세우자고 하고 있었으니 실로 가증스럽다 하지 않을 수 없다.

남쪽의 상황을 살펴보면, 우선 하지 군정사령관은 계속되는 사회혼란으로 치안유지 만도 벅찼다. 남한에는 수많은 정치 단체가 있었고 대표적으로 상해임시정부 세력인 김구의 한국독립당, 우파 송진우의 한국민주당(이승만을 영수로 추대), 중도 좌파의 여운형의 건국준비위원회(8 · 15 당일 건국준비위원회 설치), 순수 공산주의자 박헌영의 조선 공산당(9 · 6 조선인민공화국을 선포하고 9 · 11 내각을 발표하며 이승만을 주석으로 추대) 간의 주도권싸움이 치열하였다. 더구나 미군정은 사상의 자유를 이유로 공산주의자들의 활동도 용인했으므로 정치적 혼란을 더욱 가중시켰다. 뒤늦게 귀국한 이승만 박사는 조선

독립촉성중앙협의회를 결성하여 대동단결 운동을 펼치며 정치세력들의 통합을 시도하나 좌익과 중간파 정당의 비협조로 결실을 보지 못한다.

1945년 8월 15일 해방이 되고 이승만 박사는 꿈에도 그리던 조국의 독립을 맞았지만 미국 시민권을 가지고 있던 그에게 미국 정부가 비자를 내주지 않아 귀국을 못한다. 이승만 박사가 미 정부를 상대로 조선독립을 위해 활동하는 과정에서 '얄타밀약설'로 미국의 심기를 건드렸고 지나치게(?) 왕성한 활동은 미 정부로 하여금 그를 골치 아프고 성가신 노인으로 취급하여 그가 귀국하면 미 군정을 또 못살게 굴 것으로 보았던 것이다. 백방으로 귀국길을 찾던 이승만 박사는 결국 굿펠로우를 통해 미 군용기를 얻어 탈 수 있었고 워싱턴 근교 미군용 비행장을 이용하여 귀국길에 오른 그는 도중에 도쿄에 들러 맥아더를 만나고 해방 된지 두 달이나 지난 10월 16일에야 서울에 들어 올 수 있었다. 이 때 그의 나이는 70세였고 고국을 떠난 지 35년 만이었다.

이런 와중에 북은 38선을 차단하면서 당시 95% 가까이 북에서 생산되던 전력과 생필품 공급을 끊었고 또한 해방 후 쌀밥을 실컷 먹어보자는 국민들의 욕구로 인한 쌀 파동이 폭동으로 확대되는 일도 자주 있었으니 북의 가증한 혼란 책동과 더불어 남한의 어려운 정도를 충분히 짐작할 수 있겠다.

3. 이승만 박사의 '남한 단독 정부론'

1945년 12월 27일 한반도가 미 · 소에 의해 남북으로 갈려진 문제를 해결하기 위해 미 · 영 · 소 세 나라의 외무장관이 소련의 모스크바에 모여 소위 '모스크바 3상회의'라는 회의를 갖고 그 해결방안으로서 '신탁통치안'을 만들었다. 내용은 "남북한을 아우르는 임시정부를 수립하고 이 임시정부와 미국, 소련 군정의 대표자, 남북한 여러 정당과 사회단체 대표자가 모두 한자리에 모여 신탁통치 문제를 어떻게 할 것인지를 논의하자." "신탁통치 기간은 5년으로 하고 이 논의를 위해 미소 군정대표자가 모여 미소공동위원회를 만든다."는 것이었다. 이 소식이 국내에 알려지자 해방된 지 넉 달 만에 또다시 외국의 통치를 받아야 한다는 사실에 전 국민은 격렬히 반대(반탁)한다. 이 안은 겉으로 보기에는 대단히 합리적인 것 같지만 스탈린의 북한에 소련의 위성정권 수립을 위한 시간 벌기 목적이 숨어 있었기 때문에 북은 소련의 지령으로 돌연히 찬성(찬탁)으로 태도를 바꾼다. 이 안을 추진하기 위해 열린 미 · 소공동회의는 미 · 소간, 남북한 간, 남한의 제 정파간에 이해와 목적이 근본적으로 달랐기 때문에 애당초 합의는 불가능한 것이었고 46년은 이 문제로 한 해를 다 보낸다. 결국 미소공동위원회는 스탈린의 의도대로 북한에 독자적인 정부수립을 위한 2년에 가까운 시간만 주고 아무 성과 없이 끝난다.

한편 이승만 박사는 "뭉치면 살고 흩어지면 죽는다."는 구호를 앞세우고 남한 내 정치세력의 통합과 한반도 단일 정부 수립을 위한 활동을 펼치다가 급기야 46년 6월 '남한만의 단독 정부를 세울 것'(이후 줄여서 '단정론'이라고 함)을 주장한다. 이 주장은 당시 온 국민이 이러다가 남북이 영영 갈라지는 것이 아닌지 심각하게 걱정하던 때여서 함부로 꺼낼 수 없는 제안이었다. 그러나 이승만 박사는 동유럽에서 일어나고 있는 일이 북한 내에서 똑같이 일어나고 있다는 것과 그리스와 터키에서 벌어지고 있는 소련 사주에 의한 공산 반란을 보면서 스탈린의 야욕을 간파하고 있었다. 당시 이승만 박사는 스탈린의 국제 공산주의 확장 야욕을 남한뿐만 아니라 세계에서도 가장 빨리 간파한 인물이 아니었나 생각된다. 때문에 그는 이대로 가다가는 한반도 전체가 공산화 될 수밖에 없다는 정세 판단 하에 자신에게 집중될 비난과 위험을 무릅쓰고 단정론을 제기하였던 것이다. 그러나 단정론은 아직도 스탈린의 속셈을 파악하지 못하고 신탁통치안을 추진하던 순진무구(?)한 미 정부와 군정의 반대에 부닥치고 이를 계속 주장하는 이승만 박사를 미군정은 그의 숙소인 이화장에 한동안 연금시키기도 한다.

4. 대한민국 건국

뒤늦긴 했지만 다행히도 사태를 파악한 미국의 트루먼 대통령은 47.3 소련의 국제 공산주의 팽창을 봉쇄하겠다는 '트루먼 독트린'을 발표하며, 이제 세계는 미 · 소대결의 냉전체제로 진입하면서 한반도 문제도 새로운 전기를 맞는다. 미국은 이승만 박사의 단정론을 수긍하면서도 한반도의 분단책임을 피하기 위해 소련의 적극적인 반대에도 불구하고 한반도 문제를 UN으로 이관한다. 그리고 UN은 1947년 12월 미국이 제출한 "UN 감시 하에 인구비례에 따라 남북한 총선거"라는 결의안을 통과시킨다. 이에 따라 48년 1월 UN 선거감시위원단이 서울에 들어오며 북한이 이들의 입북을 막자 위원단은 결의안을 "선거감시가 가능한 지역"으로 수정하여 남한에서만 선거를 하기로 한다. 이는 결과적으로 이승만 박사의 단정론 그대로 되는 셈이 되었다.

하지 군정사령관은 5월 10일을 선거일로 공포하며 드디어 이날 우리 역사상 최초의 평등, 비밀, 보통, 직접의 선거 4대 원칙이 적용된 선거가 실시된다. 좌익세력의 격렬한 선거 방해책동(4월 3일 제주폭동이 대표적)과 김구의 불참과 비난에도 불구하고 선거인 등록률 86%에 투표율 98%라는 압도적 다수의 참여로 선거가 치러진다. 남한지역 국회의원 200명을 선출하는 5 · 10선거는 4 · 3폭동으로 선거가 불가능한 제주도 2개 선거구를 제외한 198명의 의원이 선출되었고 이승만은 동대문 갑구에서 무투표로 당선된다. 5월 31일 국회가 개원되며 국회는 바로 헌법 제정에 착수하여 7

월 17일 건국헌법이 선포된다. 헌법이 공포되고 이후는 헌법이 정한 절차에 따라 정 · 부통령 선거가 이루어져 이승만박사가 대통령에 당선되며 7월 24일 대통령 취임식 및 이범석을 총리로 하는 내각이 출범한다. 그리고 미군정으로부터 정권을 이양받아 8월 15일 대한민국 정부수립 선포식을 갖는 것이다. 한편 김일성은 일찌감치 1946년 중반 정부기구, 헌법, 군대 등 요건을 다 갖추어 놓고도 분단의 책임을 남쪽에 미루기 위해 '남한이 먼저 단독정부를 수립했으니 북한도 할 수 없이 정부를 수립 한다'고 떠들면서 9월 9일 정부수립을 선포한다. 같은 민족이라는 게 창피한 치졸(稚拙, 유치하고 졸렬한)을 극한 행위라 할 수 있다. 그러나 이와 같이 뻔뻔하기 짝이 없는 김일성의 잔머리 굴리기식 주장은 남북분단의 책임을 논할 때 좌파 쪽에서 가장 많이 이용하는 근거가 된다.

5. 남북 분단의 책임

지금까지 우리 안보의 최대 위협인 북한이라는 존재가 생기는 남북분단 과정을 알아보았다. 최대한 간략히 한다고 했지만 그래도 스토리가 상당히 복잡하므로 다시 결론만을 요약하면 다음과 같다.

분단의 단초는 얄타회담에서 미국의 소련군 대일 참전 요청이 제공했다. 이 요청이 없었으면 소련의 참전이 없었고 그러면 분단이 아예 생겨 날 소지가 없었던 것이다. 남북 분할은 포츠담회담에서 작전구역 분할 논의로 시작되었으나 실질적인 분할은 남과 북에 미군과 소련군의 진주로 시작되었다. 그리고 분단책임의 핵심은 "미 · 소군의 진주를 누가 먼저 남북분단 고착으로 만들었느냐?"이다. 이는 북한에 실질적이고도 단독적인 정부를 남한보다 훨씬 먼저 세운 김일성과 그를 뒤에서 적극 지원한 스탈린이다.

분단과정에서 가장 아쉬운 점은 미국의 소련에 대한 대일참전 요청이다. 일본이 최후 발악을 하고 있던 당시 상황으로 이해가 안 되는 바도 아니지만 결과적으로 보았을 때 대일전에서 소련의 참전 없이도 미국은 얼마든지 혼자 힘으로 승리할 수 있었기 때문이다. 소련은 그야말로 아무 희생 없이 그저 덤으로 한반도를 얻은 것이다. 그러므로 소련과 김일성은 생각지도 않은 기회를 준 미국이 절대적인 은인이라고 할 수 있는데 오히려 미국을 분단의 책임자로 몰며 한반도에서 나가라고 하는 것은 어이가 없을 정도로 본말(本末, 본체와 가지)이 거꾸로 된 것이라 할 수 있다. 또 한 가지 지적할 것은 한반도의 독립이 최초로 결정된 카이로 회담에는 소련은 참석하지도 않았다는 사실이다. 소련은 한국의 독립을 위해 피 한방울 흘리지 않았고 기여한 것 하나도 없이 교활하게도 해방군으로 자처하고 들어왔다. 반면에 엄청난 희생을 치르며 일본을 굴복시켜 한국의 독립을 가져온 미국은 어리숙하게 한반도에서 주도권을 소련에 뺏기었다. 소련과 김일성의 행태는 미국이 천신만고 끝에 차린 밥상에 숟가락만 들고 와서는 밥상을 다 차지하겠다고 하는 것과 하나도 다를 것이 없고 말로 안되니까 힘으로 나온 것이 6 · 25전쟁인 것이다.

제3절

대한민국 건국의 의미

앞에서 보았듯이 대한민국이 지구상에 태어나는 과정은 결코 순탄치 않았고 나는 어쩌면 기적과 같은 일이라고 하고 싶다. 사실 어느 나라든지 처음의 건국과정은 엄청난 정치적 혼란과 소용돌이 속에서 사경을 헤매는 격심한 고통을 겪게 마련이지만 우리나라도 예외는 아니었다. 우리도 상당기간 외세에 의존해야만 했고 남북분단과 6 · 25전쟁이라는 우리만의 고통을 겪었다. 이는 우리의 독립이 우리의 힘으로 쟁취한 것이 아니고 남의 도움으로 얻은 것이고 그리하여 우리가 자력으로 독립하기 위해 치렀어야 할 응분의 고통과 노력, 희생을 뒤늦게 치루었다고 볼 수 있다. 하여간에 우리의 선배들은 앞날의 생사조차도 불투명한 혼란의 와중에서 용케도 제대로 살길을 찾았고, 온갖 장애와 어려움을 극복하고 나라를 세웠으며, 전쟁에서 숨이 끊어지기 직전까지 가지만 끝까지 버티어 이 나라를 지켜냈다.

우리의 자랑스러운 조국 대한민국 건국의 의의는, 대한민국의 건국은 한반도에 수천 년간 이어 온 왕조체제를 자유민주주의체제로 바꾼 우리 민족 역사상 최고의 혁명적 사건이며 처음으로 국민이 국가의 주인이 되는 대 사건이다. 또한 구한말 이후 꾸준히 추진되어 온 민족의 염원인 근대국가 건설을 제도적으로 완성한 것이다. 즉 이제 한국인은 이전의 왕조체제와는 본질적으로 다른 정치, 경제, 사회체제에서 왕정하의 신민이나 백성이 아니라 스스로 자기운명과 나아가 정치적 결정을 하는 근대적 개념의 국민으로 새롭게 태어났고 최초로 개인의 자유와 평등, 인권, 재산권이 보장되는 국가에서 살게 된 것이다. 대한민국의 건국은 당시의 유행인 자주와 민족을 앞세우지 않고 능동적으로 자유민주주의 체제와 미국과의 연대를 결정함으로써 이후 양극적 냉전에 대처하면서 세계사적 흐름의 대세에 적시적으로 올라탄 운명적 결정이다. 이렇게 태어난 대한민국은 세계에 유례가 없는 안보 기적, 경제 기적, 민주화 기적을 이룬다. 오늘의 대한민국은 공산주의의 탈을 쓰고 시대착오적 왕조체제, 독제체제를 유지하고 있는 북한과 극명하게 대조되고 있다.

대한민국의 건국은 세계가 미국과 소련이라는 두 초강대국의 양극질서로 재편되는 과정과 동시적으로 이루어 졌다. 이승만 박사를 중심으로 하는 건국의 주역들은 이러한 국제정세에 능동적으로 대처하면서 나라를 세운 것이다. 그러나 국제정세에 능동적으로 대처한다는 것이 말처럼 쉬운 것이 아니다. 구한말 서세동점(西勢東点) 상황 하에서 조선은 시대적 대세를 제대로 파악하지 못하고 개혁을 거부하다 결국 망하고 말았던 것이다. 이승만은 남한 내에서 좌우합작이라든지 남북협상에 따른 통일을 거부하고 미국과의 연대를 선택했고 양극적 국제정치 질서의 성격을 냉정하게 파악하고 자유민주주의와 시장경제를 선택한 것이다. 당시 자유민주주의는 일반 국민에게는 옷에다 몸을 맞추어야 하는 아주 생소한 제도였음을 잘 이해해야 한다.

그러면 지금부터 대한민국 건국의 의의를 몇 가지 항목으로 나누어 좀 더 구체적으로 알아보겠다.

1. 한민족 역사의 정통성 계승

신생 대한민국은 건국헌법 전문 첫마디에 "유구한 역사와 전통에 빛나는 우리들 대한국민은 기미 3 · 1운동으로 대한민국을 건립하여……"라고 명시하여 대한민국이 고조선으로부터 조선에 이르는 반만년 우리 한민족의 역사를 이어받고 있음을 선포하고 있다. 또한 신생 대한민국은 3 · 1운동의 결과로 만들어진 상해임시정부를 계승하고 있음을 적시하고 있다. 대한민국 건국헌법의 통치이념은 상해임시정부 헌법의 '민주공화국으로서 주권은 국민에게 있고 모든 권력은 국민으로부터 나온다.'라는 통치이념을 완벽하게 계승하고 있으며 임시정부의 요인들이 대거(82%) 신생 대한민국 정부에 참여했다. 이런 연유로 대한민국의 건국기점을 1948년이 아니라 임시정부가 수립된 1919년으로 보아야 한다는 주장도 있다. 그리고 건국정부는 UN 선거감시단의 감독 아래 남한내 사회주의자까지 포함하여 모든 국민의 적법한 투표절차를 거쳐 탄생하였다. 신생 대한민국이 한민족 역사의 정통성을 계승하고 있다는 것은 국호에서도 잘 드러난다. 대한민국은 이씨 조선조 말 고종에 의해 만들어진 대한제국의 제(帝)자 글자 하나만 민(民)자로 바꾼 것이기 때문이다. 한때 대한민국을 한사코 부정하는 사람들에 의해 우리 한민족의 역사적 정통성이 국호에 '조선'이라는 용어가 들어간 북한에 있다는 해괴한 주장이 있었다. 논할 가치도 없는 것이지만 혹 이런 생각을 가진 사람이 있을까 하여 언급한 것이다.

帝國은 황제 일인이 국가의 모든 권한을 가지고 나라를 다스린다는 뜻이고 民國은 국민이 모든 주권을 가진 나라라는 뜻이다. 우리 국호의 제정 과정을 들여다보면 매우 흥미롭다. 조선의 마지막 왕 고종은 당시의 시대적 흐름과 개혁을 주장하는 개화파의 요구를 받아들여 1897년 10월 스스로 황제라 칭하고 국가 제도 전반의 개혁을 추진하면서 국호도 '조선'에서 '대한제국'으로 바꾼다. 국호는 일본의 국호인 '대일본제국'을 그대로 따왔는데 일본은 영국의 국호인 '대영제국(The Great British Empire)'에서 따온 것이다. 영국은 당시 최전성기로서 전 세계에 영토를 가진 해가 저물지 않는 나라였고 이를 국호에 반영하여 '위대한'이라는 뜻의 'Great'를 국호에 넣은 것이고 일본은 Great를 '大'자로 바꾸어 자신들의 국호를 만든 것이다. 당시 조선의 형편이나 처지로서 국호에 '大'자를 넣는다는 것은 아주 어울리지 않는 것이었다고 할 수 있다. 그러나 어쨌든 지금의 대한민국은 위대한 국가로서 손색이 없으니 우리의 선조들은 오늘날의 대한민국을 미리 예견한 것인지 또는 그러한 나라가 되기를 열열히 염원한 것인지 둘 중의 하나일 것 같다. 이런 뜻에서 월드컵 경기 때 우리 젊은이들이 '대~한민국'이라고 우정 '대'자에 힘을 넣어 목이 터져라 외치는 것은 그들이 의식했던 못했던 매우 의미심장한 상징을 내포하고 있다

2. 미래지향적 건국헌법 제정

우리는 대한민국 헌법을 제정 · 선포한 날(1948. 7. 17)을 '제헌절'로서 기념하고 이때 만들어진 헌법을 따로 '제헌헌법'이라고 부르고 있다. 그러나 본서에서는 '제헌'이라는 말이 단순히 헌법을 제정했다는 설명의 표현으로서 우리나라 최초 헌법의 의의와 특성을 충분히 살리지 못한다고 보아 일부학자들이 사용하는 '건국헌법'이라는 표현을 사용한다.

건국헌법은 앞에서 인용한 대로 "유구한 역사와 전통에 빛나는 우리들 대한國民은 기미 3 · 1운동으로 대한민국을 건립하여……"에서 '우리들 대한國民'(민국이 아님)이라고 하여 국민이 그 권위를 인정한 국가라는 것과 한국민의 민족개념 형성과 발전에 결정적으로 이바지한 3 · 1정신을 계승한다는 것을 명시하고 있다. 이 헌법에는 우리 역사상 최초로 그것도 급진적이라는 평가를 받을 정도로 개인의 자유, 인권, 평등을 명시하고 이를

구현하기 위한 내용이 곳곳에 박혀 있다. 이러한 선진의 미래지향적인 헌법이 가능했던 것은 우선 우리 민족의 근대국가 건설에 대한 오랜 열망과 이를 이루기 위한 노력이 있었기 때문이지만 건국헌법 제정에 절대적인 역할을 한 이승만 대통령의 기여를 앞세우지 않을 수 없다. 이승만 대통령은 오랜 미국생활을 통해 각 개인의 자유와 평등, 번영을 구가하고 있는 세계 최강대국인 미국식 자유민주주의체제를 신생 조국의 최상 · 최선의 모델로 생각했다. 그는 오래전부터 미국 헌법처럼 자유민주주의 입헌국가를 구상해 왔고 귀국할 때는 나름의 헌법 초안을 가지고 왔으며 이승만을 비롯한 건국의 주역들은 이를 새로운 국가이념으로 굳게 믿었던 것이다.

건국헌법이 5월 31일 국회가 개원되고 헌법제정에 착수한 지 두 달도 채 안되어 만들어진 것으로 해서 졸속으로 대충 만든 게 아닌가 하는 의문도 들지만 이는 상해임시정부가 신생 조국의 헌법을 계속 연구 발전시켜 왔으며 또한 국내에 유능한 헌법학자 유진오 박사가 있어서 가능했던 일이라고 할 수 있다. 유진오 박사는 이승만의 기본 틀과 임시정부의 헌법을 기초로 헌법을 조문화했다. 이 건국헌법은 지금 읽어봐도 세계 어디에 내어 놓아도 부끄럽지 않은 최고의 헌법이라는 것이 헌법학자들의 공통된 견해이며 당시 제헌의회 의원들의 생각과 말을 기록해 놓은 회의록을 보면 그들은 말 그대로 애국자였음을 알 수 있다. 한편 건국헌법은 영토 조항인 제4조(현재는 3조)에서 '대한민국의 영토는 한반도와 그 부속도서로 한다.'로 규정하여 북한 지역은 우리 영토이고 김일성의 북조선은 우리 정부의 승인 없이 세운 반국가단체에 불과하다는 것을 분명히 해놓고 있다.

3. 자유민주주의와 시장경제체제 채택

현재 우리가 누리고 있는 자유 · 평화 · 번영은 전적으로 대한민국의 자유민주주의와 시장경제라는 국가이념이라는 바탕이 있어서 가능했다. 자유민주주의와 시장경제는 서구가 수백 년에 걸쳐서 수많은 피를 흘리고 시행착오를 거치며 고안 발전시킨 남이 만든 제도이다. 그러나 우리의 건국 주역들은 정확히 알지도 못하고 한 번도 해보지 않은 생소하기만 한 자유민주주의를 신생 조국에 도입하는 데 전혀 주저하지 않았다. 뿐만 아니라 매우 급진적이기도 하여서 건국헌법에 국민주권, 3권 분립, 법치주의 등 민주주의 원칙을 충실히 반영했고 주기적 선거, 복수정당제, 비판적 언론의 활동 공간 보장 등 제반 민주주의 요소를 한꺼번에 도입하였다. 이리하여 어쩔 수 없이 상당기간 시행착오와 큰 혼란을 겪기도 하지만 전체적으로 우리나라의 민주주의를 앞당기게 해 주었다. 어떻게 해서 이것이 가능하게 되었을까?

지금 시점에서 보는 결과론적 생각이긴 하지만 우리의 건국에는 소련의 개입과 남북분단이라는 불운도 있었지만 자유민주주의와 시장경제체제로 출발했다는 엄청난 행운도 있었다. 우리가 자유민주주의와 시장경제체제로 출발했다는 것은 선택의 여지가 없었던 너무나 당연한 사실이기 때문에 이를 행운이라고 말하는 것이 이상하게 생각될지 모르겠다. 그러나 2차 세계대전 후 독립한 절대 다수의 신생국들이 무슨 철칙이라도 되듯이 공산주의나 사회주의 체제로 출발했다는 것을 생각하면 당시 상황으로는 매우 희귀하고 어려운 선택이었다 하지 않을 수 없다. 아직도 이들 나라의 대부분이 빈곤과 정치의 악순환에서 벗어나지 못하고 있다는 사실을 생각하면 이는 절대 예삿일이 아님을 알 수 있다.

이는 아무래도 미국에서 30여 년 생활하면서 미국의 정치, 경제, 사회의 시스템을 속속들이 파악하고 들어 온 이승만 대통령과 해방 후 3년간 한국을 통치한 미국의 영향을 꼽지 않을 수 없다. 특히 이승만 대통령은 귀국할 때 미국의 자유민주주의와 시장경제를 한국에 도입함에 있어서 한국의 여건과 실정을 고려하여 무엇을 어떻게 추진하며 무엇부터 할 것인지 등 해야 할 일과 방법, 우선순위를 꼼꼼하게 생각하고 귀국하였던 것이다.

시장경제란 서로 필요에 의해 물건을 사고파는 시장(재래시장만을 말하는 것이 아니고 주식, 선물, 부동산 등 모든 재화의 거래가 이루어지는 현장을 말한다)을 중심으로 이뤄지는 경제를 말한다. 물건을 사고파는 시장이 뭐가 그렇게 중요하다는 것인지 이해가 잘 안 갈지도 모르겠다. 시장경제의 의미는 자유민주주의체제하의 시장에서 공정한 경쟁이 보장되는 한, 국민 각 개인은 자신의 이익을 위해 자발적으로 최선을 다하게 되며, 이 과정에서 국가의 직접적 개입 없이도 국가의 자원은 최적의 형태로 배분되고, 국가의 모든 시스템은 최적의 상태를 찾아 간다는 것이다. 그러나 자유경쟁의 시장경제는 너무 효율만 내 세우고, 경쟁을 심화시키며, 부의 분배가 고르지 못하고 계층이 생긴다는 비판이 있다. 이런 부작용을 최소화시키는 것이 곧 국가가 할 일이라 하겠다.

4. 농지 개혁

대한민국 건국에서 빼놓을 수 없는 것이 농지개혁이다. 이는 당시 자기 소유의 땅이 없이 남의 땅을 부쳐 먹던 소작농(小作農, 남의 땅을 빌려 농사짓는 사람. 당시 전체 농민의 83% 차지)들에게 자기 땅을 갖도록 농지를 배분해준 사업을 말한다. 이 농지개혁의 의의는 한마디로 우리의 자유민주주의와 시장경제는 농지개혁이 있어서 가능했다는 것이다. 이승만 대통령은 일제 때부터 있어 온 농민들의 요구와 북이 먼저 46년에 단행한 토지개혁을 반영하여 이를 최우선 사업으로 정하고 건국헌법에 농지개혁의 시행을 법으로 의무화하고, 강력한 추진을 위해 한때 공산주의자였던 조봉암을 농림부장관으로 임명하기까지 한다. 그리하여 6 · 25전쟁 직전에 '유상매수, 유상분배'의 원칙 하에 농지개혁이 단행되었으며 우리 농민은 역사상 처음으로 자기 땅을 가지는 자작농으로 변신하게 된다. 몇 마디 말로 간단하게 설명하였지만 전국의 땅 가진 사람들로부터 땅을 회수하여 이를 다시 나누어 준다는 게 얼마나 방대하고 복잡하고 어려운 일일지는 충분히 짐작할 수 있을 것이다. 이는 한국 역사상 어느 왕조도 엄두를 내지 못한 난제 중의 난제이며 필리핀이나 인도 등 많은 나라가 아직도 못하고 있음을 보아도 이 일이 얼마나 어려운 일인지 알 수 있다. 이승만 대통령은 농지개혁을 단지 농민의 요구와 북의 토지개혁만 의식하고 한 것은 아니었다. 그는 농지개혁이 앞으로 그가 지향하는 자유민주주의와 시장경제를 위해서 반드시 선결되어야 할 과제로 판단했고 그의 이러한 판단은 너무나 정확했음이 증명되었다. 즉 양반신분인 지주계급의 몰락과 농민의 자립으로 우리 사회의 뿌리 깊은 계급제도가 사라지고 농민들이 처음으로 자립적인 주인의식을 가지게 되면서 자유민주주의를 구현할 수 있는 국민이 형성된 것이다. 그리고 소유권이 보장된 사유재산이 형성되면서 개인의 진정한 자유가 가능해 졌으며 농업생산이 획기적으로 늘어나면서 토지자본이 형성되고 이것이 산업자본으로 전환되어 남한에 자본주의적 시장경제가 태동하는 기틀을 갖출 수 있게 된 것이다.

우리는 통상 대한민국이 자유민주주의국가이고 법으로 보장하고 있기 때문에 우리의 자유가 있는 것으로 생각한다. 그러나 진정한 자유는 국가가 법으로 자유를 보장한다고 해서 얻어지는 것이 아니고 각 개인이 자기 마음대로 처분할 수 있는 자기 소유의 재산이 있을 때에야 가능하다. 우리 속담에 '목구멍이 포도청'이라는 말이 있다. 우리 인간은 다른 재산이 없는 상태에서 자기의 밥줄이 누구에게 매여 있으면 밥줄을 쥔 사람에게 꼼짝 못하게 되어 있다. 그래서 자유민주주의는 개인의 사유재산권 인정 및 보호에서 출발한다. 대통령과 국가의 기본 임무에 "국민의 생명과 재산을 보호하는 것"을 첫줄에 명시하고 있고 헌법에서도 "재산권은 신성불가침이다"라고 하고 있으며 심지어 앞에서 말한 맥아더의 포고령 1호 4조에서 도 "개인의 재산권은 존중한다."는 것을 분명히 하고 있는 것은 사유재산권의 이러한 의미 때문이다. 북한을 비롯한 공산주의 국가에 개인의 자유가 없다는 것은 그들이 개인의 재산권을 인정하지 않기 때문이다. 밥줄이 전적으로 김정일에게 메어 있는 북한 주민들은 김정일이 죽으라고 하면 죽는 시늉을 해야만 되고 하나도 즐겁지 않아도 활짝 웃으며 춤을 추라면 그렇게 하지 않을 수 없다. 북한의 46년 토지개혁 방식은 '무상몰수, 무상분배'였다. 즉 땅 가진 자로부터 아무 보상 없이 땅을 무상으로 몰수하여 농민들에게 공짜로 나눠줬다는 것이다. 이는 남쪽의 '유상매수, 유상분배'에 비해 훨씬 농민을 생각하는 것처럼 보여서 당시 남쪽의 농민들이 북쪽의 농민을 부러워하기도 했다. 그러나 북의 무상분배는 소유권을 준 것이 아니라 농사지을 수 있는 경작권만 주었던 것이고 땅의 소유권은 국가에 있었다. 그래서 농민은 그들이 생산한 농작물을 마음대로 처분할 수 없었다. 반면에 남쪽은 일단은 돈을 받고 판 형식을 취했지만 그 땅의 소유권을 완전히 주었고 생산물도 당연히 땅 주인의 것으로 했다. 그래서 농민은 자신의 생산물을 마음대로 시장에 내다 팔 수 있었으니 이것이 곧 시장경제가 시작될 수 있는 뿌리가 되었다는 이야기이다. 사유재산권 및 농지개혁의 진정한 의미와 남북 농지개혁의 차이를 잘 아는 것은 대한민국의 정체성을 이해하는 데 대단히 중요한 부분이다. 이런 의미에서 우리가 지향하는 통일도 북한주민의 재산권을 회복하여 그들에게 진정한 자유를 갖게 하여 인간으로서의 존엄성을 누릴 수 있도록 하는데 초점을 맞추어야 할 것이다.

5. 의무교육

또한 건국의 의의에서 의무교육의 시행도 빼 놓을 수 없다. 건국의 주역들은 대한민국을 부강한 민주주의 국가로 만들기 위한 첩경이 국민 모두에게 양질의 교육을 받게 하는 것이라고 보고 아예 건국헌법에 전 국민의 초등교육 의무화를 못 박았다. 당시 글을 읽지 못하는 문맹(文盲)이 약 80%였고 일제 때 어떤 형태건 교육 받은 인원이 14%에 불과한 것을 생각하면 이것도 진정으로 천지개벽의 개혁이라 하지 않을 수 없다. 1949년 6월부터 의무교육을 실시하여 10년 뒤 1959년에는 전 대상인원의 96%가 취학하게 되며, 뿐만 아니라 중학교는 학교와 학생수가 10배로, 고등학교와 대학교는 학교와 학생수가 3~4배로 늘어난다. 이는 다른 후발국가에서는 유례를 찾을 수 없는 교육기적이라고 할 수 있고, 이는 우리의 경제기적과 민주화 기적을 이룰 수 있는 토대가 되었다. 이러한 의무교육으로 전 국민에게 균등히 신분 상승할 수 있는 기회가 부여되었고, 각급 학교에서 민주주의 교육을 실시함으로서 민주주의를 시행할 수 있는 여건이 마련되었으며, 경제발전에 필요한 전문 인력이 양성되어 경제기적을 일구는 견인차 역할을 했던 것이다. 또한 의무교육으로 국민 모두가 유교적 가치관에서 탈피하여 서구식의 합리적이고 실용적인 사고를 갖게 되는 인식과 사고의 혁명적 변화를 가져다주었다.

6. 여성 해방과 기독교 보급

대한민국 신생 정부의 여성해방과 기독교의 적극적 보급도 후대에 큰 영향을 미친 것으로 꼽을 수 있다. 건국의 주역들은 19세기 말 개화파 인사들이 주장한 것을 반영하여 건국헌법에 여성에게 평등한 교육기회와 참정권 부여를 명시했고 헌법 곳곳에 가정생활 및 취업에서 여성에게 불이익이 가지 않도록 남녀평등을 규정하는 조항을 삽입했다. 그리하여 우리 역사상 처음으로 여성도 남성과 똑같이 6년제 의무교육을 받는 등 한국사회에서 여성의 지위가 혁명적으로 현격히 향상되고 인구의 반에 해당하는 여성인력을 획기적으로 개발할 수 있게 되었다.

또한 이승만 대통령과 건국의 주역들은 구미 열강들이 부강해진 원인이 기독교에도 한 원인이 있다고 판단하고 기독교 보급에 열을 올렸다. 기독교는 한국의 전통적 사회질서와 가치관에 배치되는 내용들이 많아 우리사회에 심대한 영향을 미쳤으며 전통적 신분질서와 남존여비 관습을 깨뜨리고 한국사회의 평등화와 민주주의 발달에 크게 기여했다. 그리고 노동의 가치와 노력하여 건전하게 이룬 재물의 정당성을 알게 하고, 나아가 적극적인 사고방식을 갖게 하여 우리나라 산업화와 경제발전에도 기여하였다.

7. 친일파 청산의 이해

이상과 같은 신생정부의 여러 업적에도 불구하고 뒤에 지속적으로 비판을 받은 것이 일제 치하에서 일제에 협력했던 소위 '친일파'를 처벌하거나 내쫓지 않고 오히려 이들을 건국정부에 참여시켜 면죄부를 주고 대를 이어 부귀를 누리게 했다는 것이다. 이리하여 지난 참여정부는 뒤늦은 친일파 청산작업에 착수하여 2009년 11월 1,005명의 친일인사 명단을 발표한 바 있다. 잘 알려져 있는 바와 같이 이승만 대통령은 아주 유명한 반일본(反日本)주의자로서 그도 친일파 청산을 위해 반민족행위특별법을 만들고 이 일을 맡은 반민특위를 설치하는 등 시도를 하지만 결국 시행은 흐지부지되어 두고두고 비난받을 소지를 남겼다. 이렇게 된 것은 우선 현실적인 이유로서 건국 당시 국가운영의 경험이 있는 인력이 없어 일제총독부에서 일했던 사람을 완전히 배제하면 시행착오, 비능률 그리고 혼란을 피할 수 없었다는 것을 들 수 있다. 그리고 춘원 이광수나 모윤숙과 같은 지식인들의 친일행위는 일제 말 독립의 희망이 전혀 보이지 않는 압도적 힘을 가진 일제 군국주의 아래에서 민족의 미래를 위해 일제에 협력함으로써 힘을 키우기 위한 것이었다는 점도 들 수 있다. 그러나 의도야 어떻든 이들의 협력은 일제의 민족말살정책에 협력하는 결과가 되었다는 것은 부인할 수 없겠다. 우리는 이 문제에 무조건 민족주의적 감정과 피해의식만으로 접근할 것이 아니라 있었던 것을 사실 그대로 객관적으로 냉철하게 볼 줄 아는 성숙한 자세가 필요하다 하겠다.

이상으로 대한민국 건국의 의의와 건국정부가 후대 대한민국에 끼친 영향에 대해서 알아보았다. 이를 알아보면서 우리는 이승만 대통령이 만일 그 시점에 없었더라면 오늘날의 대한민국도 없었을 것이라는 생각을 하지 않을 수 없다. 실제로 지금까지 해방 전후의 시기에 대한 연구 성과를 종합하면 자유민주주와 시장경제의 대한민국은 이승만 대통령의 주도적 역할로 태어났다는 것이 결론이다. 특히 당시 미 · 소를 중심으로 하는 국제정세 하에서 이승만 대통령의 확고한 신념과 의지 그리고 이에 능동적으로 대처한 탁월한 통찰력이 대한민국 건국에 결정적으로 작용했다고 할 수 있다. 그럼에도 우리 국민들은 국가와 민족을 위한 이승만 대통령의 역할과 기여는 접어두고 그의 비민주적 측면에만 초점을 맞추어 노욕(老慾, 늙은이의 욕심)을 부린 독재자, 부정부패, 장기집권 등 부정적 이미지로서만 기억하고 있는 것은 실로 안타까운 일이지 않을 수 없다. 이승만 대통령이 대한민국이라는 집의 기초와 뼈대를 놓지 않았으면 박정희 대통령의 경제발전과 이 후의 민주화도 애시 당초 존재할 수 없었다는 사실을 놓쳐서는 안 되겠다.

이승만 대통령은 늘 시대를 앞서 갔다. 좌파들은 그를 골수의 친미주의자, 미국의 앞잡이로 몰지만 미국과 그토록 사사건건 대립한 사람도 없었다. 그리하여 미국은 그를 제거할 계획까지 구체적으로 추진했고, 이승만은 그러한 사실을 알면서도 자신의 소신을 굽히지 않았다. 6 · 25전쟁 말에 혼자서 거대한 미국을 상대로 외롭게 투쟁하여 한미상호방위조약 등 국가의 장래를 위해 필요한 거의 모든 것을 쟁취했다. 4 · 19혁명도 그가 뿌린 자유민주주의 씨앗의 결과이다. 미국에 요청하여 원자력 기술을 도입하고 1958년 원자력 기술 연구소를 설립한 것은 당시 어느 신생국도 생각못한 것이었고, 이것이 오늘날 우리가 원자력 발전시설을 수출할 수 있게 된 출발인 것이다.

제4절

6 · 25전쟁의 이해

6 · 25전쟁이 우리 민족에게 준 고통과 피해는 너무도 커서 우리는 아직도 주위에서 아물지 않은 상처를 만날 수 있고 6 · 25전쟁 이후에도 계속된 북의 군사적 도발로 우리는 여전히 한반도에 짙게 드리워져 있는 위협의 그림자를 보면서 또 다른 전쟁의 가능성과 두려움 속에서 살아가고 있다. 우리가 북한을 안보위협의 대상으로 간주하고 또한 주적이라고 하는 이유는 6 · 25전쟁과 그 이후에 계속된 북의 군사적 도발 때문이다. 우리는 1945년 해방 이래로 지금까지 북한으로부터 인간이 생각할 수 있는 모든 형태의 군사적 도발을 그것도 수도 없이 당해 왔다. 6 · 25전쟁과 그 후의 도발은 남북 분단의 필연적인 결과물이라고 할 수 있으니 남북 분단이 북한 위협의 씨앗이라면 6 · 25전쟁은 그 씨에서 태어 난 나무이고, 남북분단의 책임이 스탈린과 김일성에 있듯이 6 · 25전쟁의 책임도 그들에게 있다. 이 항에서는 6 · 25전쟁에 대해서 알아보며 6 · 25전쟁이 누구에 의해 어떻게 일어났으며 어떠한 전쟁인지 그리고 미군 및 UN군의 참전 경과와 의의를 중심으로 알아본다.

1. 6 · 25전쟁의 본질

6 · 25전쟁에 관해서는 그 원인, 배경, 본질, 경과 등에 관해 방대한 연구 작업이 이루어져 왔고 수백 쪽 짜리를 포함하여 수많은 저서와 논문이 출간되어 있다. 그러나 6 · 25전쟁의 원인이나 배경, 본질은 대단히 간단하고 명확하다고 할 수 있다. 즉 북한의 정치이념과 대남전략, 김일성의 야욕, 스탈린의 세계 공산주의 팽창정책이 합쳐지고 어우러져 일어난 전쟁으로서 한마디로 "6 · 25전쟁은 김일성이 한반도 적화통일의 야욕을 가지고 소련과 중공의 지원을 받아 일으킨 전쟁"이다. 그리고 이러한 김일성의 야욕과 공산주의 팽창정책으로부터 대한민국과 자유민주주의 세계를 지켜낸 '호국전쟁'이고 '자유수호전쟁'이다. 6 · 25전쟁은 이 이상도 이 이하도 아니고, 여기에 더 붙일 말도 뺄 말도 없다. 너무나 명확하고, 생생하고, 어쩔 수 없도록 분명한 공식기록, 증언, 자료, 영상물들이 수도 없이 넘치도록 많아서 오히려 이를 부정한다는 것이 절대 불가능하다고 할 수 있다. 그럼에도 정말 불가사의하게도 우리 남한 사회에는 남북분단의 책임처럼 이를 반대로 알고, 이야기하고, 믿고 있는 사람들이 대단히 많다. 우리 사회의 이와 같이 꼬이고 비틀린 모습으로 인해 6 · 25전쟁의 이 자명한 진실을 새삼 다시 이야기 하지 않을 수 없는 현실이 참으로 답답하다.

좌파학자와 소위 수정주의 학자들은 6 · 25전쟁을 '미 · 소를 대리한 국제전쟁', '남북분단 극복을 위한 통일전쟁', '미국의 제국주의 침략전쟁', '민족해방혁명전쟁', '남북간 국경분쟁이 대규모 전쟁으로 확전' 등으로 규정하고 있다. 하나같이 북의 남침을 호도하기 위해 의도적으로 진실을 왜곡하고 있다.

2. 김일성의 전쟁 준비

1948년 8월과 9월, 남북에 각각의 정부가 들어서면서 김일성은 남한을 무력으로라도 점령하겠다는 생각을 구체화한다. 이에 관해 이즈음에 김일성의 뜻과 생각이 그대로 반영되어 만들어진 노동당규약과 헌법에 그러한 뜻이 잘 나타나 있다. 사실 6 · 25전쟁과 같은 무력의 사용은 맑스의 공산주의 이론에서 자본주의 체제가 공산주의 체제로 전환할 때 혁명의 과정을 거쳐야 하며 혁명은 반드시 피를 흘려야하는 무력혁명이어야만 한다고 규정하고 있으니 그에게는 아주 자연스러운 방안이기도 했다.

북한의 군대 창설 여건은 남한보다 훨씬 좋았다. 해방될 때 소련 연해주 쪽에서 항일 독립활동과 전투를 하던 많은 사람들(갑산파, 소련파)이 김일성과 함께 북에 들어 왔고 중국에서 모택동 군대와 함께 국공내전에 참가했던 조선인들(연안파)이 부대단위(2개 사단)로 대거 입북했다. 또한 1949년 8월 소련의 핵실험이 성공하여 공산권도 핵을 보유하게 되었으니 모든 상황이 김일성의 남침을 도와주는 방향으로 전개되었다. 더구나 소련의 스탈린이 그야말로 물심양면으로 북의 군 창설을 도와주었기 때문에 북이 정부를 수립할 즈음에는 최신무기와 장비로 무장된 제대로 된 군대를 가질 수 있었다. 이에 반해 남한은 눈물이 날 지경이다. 서울의 미군정은 남한 내 군 창설을 본토의 미 정부에 몇 차례 건의하지만 미 정부는 그것은 한국 정부가 수립된 후 한국정부가 할 일이라고 묵살하며 군대 창설에 관한 어떠한 지원도 하지 않는다. 미군은 1949년 6월 철수를 개시하여 전쟁 발발 시에는 495명의 군사고문단만 있었다. 남한을 무력을 사용해서라도 자신의 밑으로 가져오겠다는 김일성에게 사전에 해결해야 할 과제가 두 가지가 있었으니 하나는 소련의 전쟁지원 약속이고, 하나는 무력공격 시 미국이 남한을 도와줄지 여부에 관한 의문이었다. 이중에서 미국의 남한

지원 여부는 1950년 1월 미 국무장관 애치슨이 발표한 '애치슨라인'으로 자연히 해결되었다. 미국이 아시아 쪽의 방어선을 알라스카 알류샨 열도, 일본, 필리핀을 연결한 선으로 발표하면서 한반도를 라인 바깥에 두자 김일성은 자신이 남한을 공격하더라도 미국의 지원은 없을 것이라고 판단하고 이때부터 스탈린의 승인과 모택동의 지원을 얻기 위해 모스크바와 북경을 분주히 드나든다.

기자회견석상에서 기자의 질문에 답하는 형태로 발표한 애치슨라인은 그 내용과 발표 시기가 우리에게는 큰 재앙이었다. 어린 아이가 무심코 던진 돌이 연못의 개구리에게는 치명상이 된 것이다. 왜 그 시점에 그런 발표를 했는지 알 수 없으나 당시 한국의 전략적 가치를 낮게 보고 있던 미국의 생각이 은연중에 드러난 것이라 할 수 있다. 이러한 잘못된 판단의 대가로 한국은 물론이고 미국도 6 · 25전쟁으로 안 했어도 될 혹심한 희생을 치러야만 했다.

김일성은 남한을 무력으로 점령하겠다는 자신의 뜻을 1949년 초부터 스탈린에게 몇 차례 타진했지만 스탈린 역시 미국이 어떻게 나올지 몰라 승인을 보류하다가 애치슨라인 발표로 미국의 생각을 알게 되자 모택동의 중공군 지원과 참여를 전제로 승인해 준다. 김일성은 북경으로 가서 모택동을 만나 스탈린의 뜻을 전하고 모택동의 참여 언질을 받고서 1950년 3월 마지막으로 다시 모스크바로 가서 스탈린의 최종 승인을 받으며 그의 구체적인 작전지침과 요령도 받아온다. 이때 스탈린이 김일성에게 준 지침은 무기와 군수물자를 충분히 준비한 후에 시작하고, 계속 남측에 평화공세 제안을 하고 남한이 이를 받아들이지 않는 것을 명분으로 공격하며, 전투수단을 최대한 기동화 하라는 것 등으로서 스탈린의 군사적 판단능력도 뛰어남을 엿볼 수 있다. 김일성은 곧바로 공격일자를 포함하여 3일 내에 서울 부근에서 한국군 주력부대를 포위 섬멸한 후 지체 없이 전과를 확대하여 남해안까지 진출하라는 3단계의 작전 계획(1단계 평택-제천선, 2단계 대전-대구선, 3단계 부산 점령)을 전 인민군에 하달한다. 김일성은 자신이 처 내려가면 남한 내부에 대대적인 호응이 일어나 전쟁은 길어야 한달내로 종결될 것으로 생각했다. 그러나 전쟁간에 남쪽의 호응은 하나도 없었다.

3. 개전 시 남북의 군사력 비교

6 · 25전쟁 개전 시 남북한 간의 군사력 차이는 비교 자체가 무의미할 정도로 남쪽이 질과 양 모든 면에서 북에 절대적으로 열세였고 이것만으로도 6 · 25전쟁이 누구에 의해서 일어났는지를 확실하고도 분명하게 말해 주고 있다. 당장 병력 수에서 남한이 10만, 북한이 20만으로서 절반밖에 안 되었으며 이는 그래도 무기의 열세에 비하면 양호한 것이라 할 수 있다. 초전에 대단한 위력을 발휘한 전차는 북한이 242대나 보유하고 있었던 데 비해 우리는 한 대도 없었고 전차를 부술 대전차화기도 전혀 없었다. 야포도 91문대 728문으로 1대8의 열세였고, 항공기도 우리가 전투기는 한대도 없이 연락기 및 정찰기 22대를 가지고 있었던 반면에 북은 각종의 항공기 211대를 보유하고 있었다. 함정도 71척 대 110척으로서 수적 열세뿐만 아니라 성능 면에서도 비교가 안 되었다. 한 마디로 북한군은 전쟁을 하기 위해 병력, 무기, 계획, 훈련 등 만반의 준비를 갖춘 군대였고 우리는 미군이 철수하면서 주고 간 장비로 겨우 군대 형태만 갖춘 수준이었다. 게다가 북이 계속적으로 침투시킨 게릴라를 소탕하고 군내 빨갱이들의 반란을 진압하느라 정신도 없는 상태에서 전쟁을 맞는 것이다.

4. 개전 초 상황 경과

북한군은 6월 25일 새벽 4시, 선전포고도 없이 38선 전 전선에서 일제히 기습공격을 개시한다. 김일성은 기습공격과 포위전술로 한국군의 주력을 한강 이북에서 포위 섬멸하고 7월 25일까지는 전쟁을 끝내며 8월 15일에는 부산에서 인민통일정부 수립을 선포한다는 마스터플랜을 가지고 있었다. 김일성은 기습성공이 확인된 당일 11시에야 남측이 하지도 않은 해주를 먼저 공격하였기 때문에 인민군이 반격한다고 책임을 남에 전가하면서 선전포고를 한다.

이는 남쪽 친북학자들이 주장하는 남한이 북한을 먼저 공격했다는 북침설의 주 근거가 되고 있다. 좌파학자들이 주장하는 북침설은 위 김일성의 뒤집어 씌우기식 거짓말에 바탕을 두고 있음을 본다. 하긴 북침 자체가 없었으므로 근거를 찾을래야 찾을 수 없었을 것이다. 좌파학자들도 6·25전쟁 발발시 남한군의 절대적 전력 열세와 3일 만에 서울이 함락된 것을 알고 있다. 세상에 어떤 멍청한 군대가 그런 전력으로 공격을 하며 공격한지 사흘만에 자기 수도를 빼앗긴다는 말인가! 개전초 한국군이 취한 조치들을 보아도 그것은 도저히 공격하는 군대의 모습이 아니다. 북침설을 주장하는 학자들은 진리탐구를 본연의 사명으로 하는 학자로서의 양심을 헌신짝 만치도 생각않는 것이다.

그리하여 북한군은 다음날 26일 오후 1시 경에는 의정부를 점령하며, 아 5, 7사단은 황급히 정릉 – 미아리 – 청량리를 연하여 방어선을 편성한다. 27일 밤 폭우가 쏟아지는 가운데 적은 전차를 앞세워 공격을 개시하며 미아리 3거리의 장애물을 돌파하고 28일 새벽 미아리고개를 통해 적 전차가 서울시내로 들어온다. 이미 앞 전투에서 우리의 병력은 다 소진되었기 때문에 더 이상 서울을 지킬 수단이 없었고 28일 날이 밝으면서 무방비상태의 서울은 적에게 점령된다. 이리하여 북괴군의 기습은 성공하였고 3일 만에 서울을 점령하고 중앙청에는 인공기가 계양되며 서울은 약 3개월간 적 치하에 들어간다. 그러나 북괴군은 초전의 승리에 도취한 것인지 서울에서 3일간 지체하며 이는 이후 한국군의 반격 준비에 결정적 도움을 주며 전체적인 전쟁 진행에도 큰 영향을 미친다. 지체 이유는 한강교 폭파에 대비한 도하장비를 준비하지 못한 것, 탄약 등 병참지원 물자 부족, 작전협조를 위한 지휘체계 재정비의 필요성 그리고 춘천방향에서 전선 돌파 후 수원 방향으로 진격하여 한강 이북의 한국군을 포위하려던 초기 작전계획의 차질 등으로 보고 있다.

한편 기습공격을 당한 남쪽의 모습은 철저히 준비하여 전쟁을 일으킨 자와 아무 대책 없이 당한자의 차이를 여실히 보여 준다. 개전 전·후 남쪽이 취한 일련의 조치는 남한이 얼마나 준비 없이 6·25전쟁을 맞았는지 잘 보여준다. 전쟁발발 두 달 전에 한국군은 38선상의 부대를 일제히 교대시키며 아울러 6월 10일 전후로 전방 사단장과 연대장을 전부 교체하는데 이는 전쟁을 준비했거나 북의 남침을 사전에 알고 있었다면 도저히 있을 수 없는 금기 중의 금기사항이다. 또한 6월 24일에는 6월 초부터 계속되던 비상경계 태세를 병사들이 너무 힘들다는 이유로 해제하고 농번기 일손을 돕는다고 전방 병사들의 절반을 일제히 휴가를 보낸다. 6월 25일 전날 저녁에는 육군회관에 군의 주요 간부들이 전부 모여 육군회관 준공 파티를 하고 다음날 새벽까지 춤 파티가 이어지며 북이 기습 남침을 개시한 6월 25일 아침에는 전방으로부터의 긴급한 보고들이 38선에서 흔히 있는 산발적인 충돌로 인식하여 수 시간이나 군 수뇌부에 전달되지 않는다. 당일 날에는 각급 부대별로 체육대회가, 서울에서는 시내 마라톤대회가 계획되어 있었다. 6월 25일 당일 동두천이 점령당하며 전선은 걷잡을 수 없이 밀리는데 신승모 국방장관은 국군은 대승을 거두고 있으며 '북의 공격을 격퇴하고 국군이 반격중이며 평양에서 점심, 신의주에서 저녁' 운운하여 국민들에게 대 혼란을 초래한다.

한국군은 완전한 기습을 받았기 때문에 사전 비상계획이나 철수계획을 준비한 것도 없이 막연히 한강에 방어선을 형성하고 북의 전진을 저지하며 빠른 시간 내에 반격한다는 생각으로 초기 전쟁을 지휘하고 있었다. 한국군이 뒤늦게 마구잡이로 전방에 투입한 부대는 투입되는 대로 각개 격파되어 사흘도 안 되어 서울 북방의 한국군은 재기불능의 상태가 되고 이때 육군본부는 갓 입교한 육사 생도들을 포천지역에 투입하여 150여명이 전사하는 사태를 빚기도 한다. 다급한 군은 인민군의 한강 도하를 막는다고 한강다리를 조기에 폭파(6. 28. 0230)하여 그나마 서울에 남아 있던 잔존 한국군 중 한강을 넘어온 병력은 2만 명이 채 안되며 제대로 편제를 갖춘 싸울 수 있는 부대는 전무의 상태가 된다. 전쟁 초기 이처럼 한국군의 이해가 안 될 정도로 상식 이하 수준의 조치들은 6 · 25전쟁의 본질과 성격을 잘 보여주는 또 다른 생생한 증거이다.

6월 28일 0230, 북한군이 미아리에 들어올 즈음, 한강교가 장경근 국방차관 지시로 폭파된다. 이형근 2사단장이 자기 부대와 대부분의 피난민이 도하하지 못한 상태에서 폭파하면 안 된다고 작전부장에게 건의하고 폭파중지를 요청하러 한강에 가던 중 피난민에 막혀 못 갔고 한강교는 공병감 최창식의 지휘 하에 예정대로 폭파 된다. 수많은 국군, 피난민, 차량, 군장비가 수장되며 한국군의 상당수가 포로가 되고 적의 앞잡이가 된 시민들이 수많은 우익인사, 지도급 인사를 무차별 학살한다. 한강교 조기폭파는 전쟁이 끝나고서도 정확한 책임문제로 한동안 논란이 되었다.

하여튼 채병덕이 총참모장으로 취임한 4월 10일부터 6월 25일까지 그가 취한 각종 군사조치들은 어이가 없을 정도로 한심해서 결국 신성모 국방장관과 함께 그의 사상까지 의심해야 할 정도로 김일성의 남침 시나리오대로 움직여준 결과가 되었다. 개전 전 · 후 마치 맞춤식으로 북한의 공격을 도와준 한국군의 조치들로 인해 한국군 내부에 북의 첩자(성시백이라는 거물 간첩)가 있다는 소문이 돌아서 전쟁 중임에도 한국군 수뇌부에 대해 조사를 벌이기도 했다. 그러나 6월 25일 전후 여러 정황을 살펴 볼 때 적과의 내통보다는 화불단행(禍不單行, 화는 한번만 일어나지 않는다)이라고 6월 25일의 비상한 상황에서 수뇌부의 경험부족에다 하는 일마다 나쁜 방향으로 꼬이고 겹쳐서 일어난 것이라 보여 진다.

개전 초기 한국군이 아주 잘 한 것이 하나 있으니 춘천을 맡고 있던 김종오대령이 이끄는 6사단의 선방이다. 사단장 김종오대령은 부하들에게 욕을 먹으면서도 상급부대 지시를 무시하고 장병에게 휴가를 주지 않고 계속 경계 태세를 유지하고 있었고 전차를 앞세운 적의 공격을 사흘간이나 막아냈다. 특히 임부택 중령이 이끄는 7연대는 방어만 한 것이 아니라 적의 허점이 보이면 공격을 감행했고, 심일소위의 전차 특공조는 적 전차가 눈앞까지 온 후에 수류탄과 화염병으로 포탑을 덮쳐 3대를 파괴하였다. 춘천의 선방은 북괴군 3개 사단이 수원으로 진출하여 한강 이북의 아군 주력을 포위 섬멸하려던 적의 계획을 수포로 만들었고 길게는 우리의 낙동강 방어선 전투까지 시간을 벌게 해 주었다.

5. 미군과 UN군의 참전

개전 초 UN의 부산하기만 한 움직임 외에는 어떠한 구석에서도 희망을 찾아 볼 수 없는 절망과 암담함뿐이었으나 다행히 우리 선배들은 나라를 반드시 지켜내고 말겠다는 의지와 희망을 잃지 않고 있었다. 그러면 한국 정부가 수립되기 바쁘게 철수했던 미국이 14만 명에 가까운 희생자를 낳게 된 전쟁터에 왜 다시 그처럼 신속하게 들어오게 되었을까? 한국이 좋아서인가, 정의감에서인가, 도와야 할 무슨 의무라도 있었던 것인가, 미국에 무슨 큰 이익이라도 있었던 것인가?

일본 동경에서 서울로부터 날라 오는 보고를 받던 맥아더는 그 보고들이 과장되었을 가능성과 기껏해야 치안혼란이 심한 정도로 생각하고 현장을 직접 확인할 목적으로 6월 29일 한국(수원)으로 날아온다(이하 맥아더 회고록에서). 이미 서울은 북괴군 수중에 있었으므로 노량진 흑석동 언덕에서 한강을 넘어 서울을 보며 그는 몇 가지 상황 판단을 한다. 그 중 하나는 현재 상황은 치안혼란 정도의 문제가 아니고 정식의 전쟁이라는 것과 또 하나는 한국군의 전투력은 제로라는 것이었다. 그는 이런 생각을 하면서 바로 옆의 호 속에서 북쪽으로 총을 겨누고 있는 병사에게 묻는다.

"언제까지 여기에 있을 것인가?"

"상관의 명령이 있을 때까지입니다."

"만일 상관의 명령이 없다면?"

"죽을 때까지입니다."

"그런가. 무엇이 필요한가?"

"총과 실탄을 더 주십시오. 그리고 전차도 주십시오."

"알았다. 용기를 잃지 마라."

이 짧고 단순한 대화에서 철두철미 군인이었던 맥아더는 대단한 감명을 받으며 이런 병사가 있는 한 코리아는 희망이 있으며 미국이 도와주어야겠다는 결심을 한다. 그는 동경으로 돌아가는 비행기 안에서 일본 큐슈에 주둔하고 있던 미 24사단에 긴급출동 지시를 내리며 워싱턴의 본국 정부에도 지상군의 조속한 파견을 건의하는 것이다.

이는 대한민국 현대사에서 빼 놓을 수 없는 대단히 중요한 순간이고 장면이다. 한국전쟁 분야 학자들은 미국과 UN의 한국전 참전 이유를 국제공산주의의 팽창을 저지하고 자유민주주의 진영을 지키기 위한 트루먼 대통령의 국제정세 인식과 결단이었다고 설명한다. 물론 이것이 주 이유라 하겠지만 또한 현지 지휘관이자 미국인들에게 영웅으로 존경받고 있던 맥아더의 판단과 적시적 건의와 신속한 조치가 조기 참전에 결정적 기여를 했다고 본다. 만일 그의 이러한 조치가 없었으면 미군의 참전은 훨씬 늦어졌을 것이고 그러면 우리의 운명도 어떻게 되었을지 알 수 없다. 역사적 대사(大事, 큰 일)는 대단한 명분을 가지고 이뤄지는 것보다는 위처럼 작은 일이 계기가 되어 시작되는 것을 많이 볼 수 있다.

한편 유엔 안전보장이사회는 6월 26일 북의 무력도발을 중지할 것을 요청하는 결의안을, 6월 27일에는 한국에 대한 원조 제공을 결의하고 유엔의 집단안전보장조치에 따라 유엔군 파병을 결의한다. 마침 소련 대표의 불참으로 소련은 거부권을 행사할 기회를 놓친다.

맥아더의 적시적인 조치와 건의에 의해 일차로 미 24사단 예하의 스미스중령이 지휘하는 스미스부대가 7월 1일 부산공항을 통해 들어와 급거 북상하여 7월 5일 오산 북방 죽미령에서 북괴군과 첫 전투를 갖는다. 스미스부대는 자신들이 참전한다는 사실만으로도 북한군은 도망갈 것이라는 자부로 준비 없이 대응했다가 어이없이 패하며 북한군에게 자신감만 부여했다. 워낙 갑자기 경황없이 출동한 스미스부대는 2차 세계대전 경험자가 전무했으며 훈련도 부족했고 18-20세의 어린 병사로 구성되어 있었다. 이후 미군은 미 본국으로부터 증원군 도착까지 시간을 벌기 위한 지연전을 수행하면서 낙동강 선까지 후퇴한다. 한편 UN에서는 한국전 참전 결의안을 통과시키고 전쟁 기간 중에 미국 외 15개국이 UN군의 이름으로 전투병을 파병하며 5개국이 의무지원을, 20개국이 군수지원을 제공한다. 7월 14일 이승만 대통령은 원활한 작전을 위해 한국군의 작전통제권을 UN군 사령관인 맥아더에게 넘기는데 이는 현재 한 · 미간의 주요 현안이자 국민의 관심사인 전시작전통제권 전환의 단초가 된다.

6. 낙동강 방어선 전투와 인천상륙작전

한국군과 미군은 낙동강을 최후저지선으로 전선을 정비한 후 다부동, 팔공산, 영천과 경주, 마산 등지에서 한 달 반에 걸쳐 일진일퇴의 사투를 벌리며 기어이 전선을 지켜낸다. 북한군은 피난민을 총알받이로 앞세워 전진하고, 아군이 깔아 놓은 지뢰지대를 피난민 수십 명을 횡으로 이동시켜 통로를 개척하며, 피난민이 지뢰에 폭파 사망하고 이를 보고 도망가는 피난민을 가차 없이 사격하는 등의 만행을 서슴없이 저지른다. 북괴군은 아기 업은 엄마들, 임산부를 피난민으로 가장시켜 미군에 접근시켜 갑자기 미군을 저격하고 소형무전기를 휴대시켜 북한군 포사격을 유도하는 등 악랄하기 그지없는 잔학상을 보이기도 한다. 낙동강방어선에서 처음에는 한국군과 미군은 패전의식에 젖어 사기가 저하되어 수차례 적의 도하를 허용하기도 하지만 UN군이 속속 도착하고 미공군의 폭격지원과 군수지원이 증강되면서 위기를 극복한다. 팔공산 전투, 포항 경주 방면 전투, 진주 마산 방면 전투에서도 아군은 전선이 몇 차례 돌파되는 위기를 맞지만 그 때마다 전 가용부대를 끌어 모아 돌려 막기 식으로 적을 몰아내는 데 성공한다. 점차 유엔군의 상대적 전투력이 우세해지는 반면에 북은 길어진 병참선과 아군의 공중폭격으로 병력 및 물자 등의 지원이 따르지 못해 결국 공격 역량을 상실하고 낙동강방어선 돌파에 실패한다.

9월 15일 맥아더장군은 모두들 불가능하다고 보기 때문에 성공할 수 있다며 적의 의표(意表, 예상 밖)를 찌르는 역사적인 인천상륙작전을 감행하여 성공시킴으로써 적을 후방에서 포위하면서 전세를 일거에 역전시키고 대한민국은 지구상에서 영원히 사라질 직전에 기사회생하게 된다. 인천상륙작전은 조수 간만의 차이로 2회에 걸쳐 1차에 월미도를 점령하고 12시간 후 2차 만조에 인천을 점령한다. 아군은 인천상륙작전에 성공하고 낙동강방어선에서의 반격도 개시되어 전쟁 발발 97일 만에 9.28 수도 서울을 회복하고 38선에 도달함으로써 빼앗긴 땅을 전부 다시 되찾는다. 한번 무너지기 시작한 북괴군은 전력을 갖춘 한국군과 미군에 적수가 되지 못하였고 포위망에 갇힌 북의 패잔병들은 소백산 태백산의 험준한 산으로 패주하거나 게릴라가 된다.

7. 북진과 중공군 참전

38선에 다다른 국군은 10월 1일 통일의 부푼 꿈을 안고 38선을 돌파하여 북으로 진격하며(이날을 기념하여 10월 1일을 '국군의 날'로 정함) 파죽지세로 진격하여 10월 19일 백선엽장군이 이끄는 1사단이 평양을 점령한다. 그리고 드디어 10월 26일 우리 6사단이 압록강의 초산에, 11월 21일 미 2사단이 혜산진에 도달하여 통일을 목전에 두게 된다. 맥아더는 중공군의 개입은 없을 것이며 개입하더라도 미군의 압도적인 공군력으로 제압할 수 있다고 호언한다. 그리고 미군은 크리스마스를 가족과 함께 지낼 수 있을 것이라고 하면서 11월 24일 '크리스마스 최종공세'를 명령한다.

한국군이 38선에 도착하자 이승만 대통령은 즉시 북진명령을 하달하며 미군을 비롯한 유엔군도 소련군과 중공군의 개입으로 확전을 우려하는 내부 일부 반대가 있었으나 트루만 대통령의 결단으로 반격에 나선다. 모택동은 유엔군의 38선 북진을 확인한 직후 북한 및 소련과 논의한 후 "抗美援朝 保家爲國"이라는 명분으로 참전을 결정하며 10월 19일 실전 경험이 풍부한 팽덕휘 지휘 하에 제13병단 26만 여명의 병력이 압록강 3개 지점을 거쳐 입북함으로서 이제 전쟁은 자유진영 대 공산진영의 전쟁으로 변모한다.

그러나 맥아더의 판단과 달리 중공군은 개입했고 중공군은 아군의 서부제8군과 동부의 10군단 사이로 공격하여 동서로 분리시키면서 전대미문의 인해전술을 펼쳐 아군은 결국 후퇴하지 않을 수 없게 된다. 퇴로가 차단된 동부의 미 10군단과 한국군 1군단은 후퇴하면서 군우리, 장진호에서 적의 야습과 혹독한 추위로 엄청난 손실을 입으며 간신히 살아남은 병력은 흥남에서 해상을 이용하여 부산으로 철수한다. 해를 넘기어 1951년 1월 4일에는 다시 서울을 적에게 내준다(1 · 4후퇴). 전세를 만회하고자 만주폭격론과 원자탄 사용을 주장하던 맥아더는 미국의 한반도정책이 재통일에서 전쟁 이전의 현상유지 정책으로 바뀌자 공개적으로 미 정책을 반대하며 결국 트루먼은 그를 해임하고 후임으로 리지웨이를 사령관으로 임명한다. 이때 중공군과 북한군도 지휘통일을 위해 조 · 중연합사령부(사령관 팽덕회, 부사령관 김웅)를 편성한다. 평택-삼척선까지 밀린 유엔군은 중공군의 공세한계점을 확인하고 1월 25일 다시 일제 반격에 나서서 3월 15일에는 서울을 재탈환하고 3월 말 경에는 현재의 휴전선 근처까지 올라온다. 중공군은 4월에는 서부전선에서, 5월에는 양구 인제에서 참전한 이후 최대의 병력과 장비를 투입하여 마지막 총공세를 펼치지만 유엔군의 화력에 압도당하여 거의 섬멸적인 손실을 입고 저지된다. 이후 양측은 현 휴전선을 연하는 선에서 일진일퇴를 거듭하며 한 치의 땅을 놓고 치열하게 싸우는 지구전에 들어간다.

8. 휴전회담과 지루한 혈전

양측은 더 이상 군사적 힘에 의한 승패 가름이 어렵다고 보고 7월 10일 판문점에서 휴전회담에 들어간다. 회담의제는 군사분계선의 설정, 포로, 휴전 실현을 위한 협정, 정전체제 4개 의제였으며 매 의제마다 장기간 설전을 거듭하여 159회의 본회의, 500여 회가 넘는 소위원회를 가지며 총

25개월의 기간이 소요된다. 회담이 순조로우면 전선도 조용했고 회담이 잘 안 되면 전선도 치열했으니 전선의 병사들은 한눈으로는 회담장을, 한 눈은 적을 주시하면서 전투를 수행하는 특이한 모습을 보인다. 2년여 간 지루하게 진행된 회담 간에 전선에서는 다음의 전투를 위해 한 뼘의 땅과 보다 유리한 고지를 확보하기 위해 치열을 극한 전투가 계속된다. 피의 능선고지 전투, 펀치볼 전투, 단장의 능선고지 전투, 고양대 전투, 백마고지 전투, 저격능선 전투, 금성전투 등 하루에도 몇 차례나 주인이 바뀌는 수많은 고지 쟁탈을 위한 혈전이 전개된다. 백마고지는 10여 일의 공방전에 14번이나 주인이 바뀌며 중공군 1만 명, 아군 3,500명의 희생자를 낳기도 한다.

정전회담에서 특히 문제가 되었던 것은 포로문제로서 아측은 포로의 개인의사를 존중한 인도주의적 자유송환을, 북은 개인 의사와 관계없이 무조건 강제송환을 주장했고 이 문제로만 회담은 1년을 끈다. 휴전을 극력 반대하며 북진통일을 주장하던 이승만 대통령은 독단으로 반공포로 27,000명을 석방하여 전 세계를 놀라게 하면서 결국 미국으로부터 한미상호방위조약의 체결과 경제 원조 및 한국군 증강의 약속을 받아내고 휴전협정을 묵인한다. 그리하여 1953년 7월 27일 한국은 휴전을 인정할 수 없다고 하여 대표를 참석시키지 않은 상태에서 유엔군, 중공군, 북한군 대표가 휴전협정에 서명함으로써 이 전쟁은 전쟁 전 원래의 모습으로 휴전 상태에 들어간다.

6 · 25전쟁 이야기의 끝으로 미군이 우리에게 보여 준 '노블레스 오블리주(Noblesse oblige)'에 대해 잠시 알아본다. 노블레스 오블리주는 사회적으로 지위, 명예, 돈 등에서 혜택을 받은 사람은 그만큼 국가와 사회를 위해 헌신, 봉사, 희생해야 하는 의무가 있다는 말이다. 6 · 25전쟁 때 한국인 고위층들이 자제들을

전쟁터로 보내지 않기 위해 갖은 방법과 수단을 동원하고 있을 때 미국의 정치 지도자와 군 장성들은 그들의 자제들을 대거 참전시켰으니 미군 현역장성 아들 142명이 참전해 35명이 전사하거나 부상당했다. 미 8군사령관 밴플리트 대장은 전폭기조종사로 참전한 그의 외아들을 잃었고, 나중에 대통령이 된 아이젠하워 원수의 아들도 대대장으로 참전하였다. 클라크 장군의 아들도 소총중대장으로 참전하여 부상을 입었고 미해병 1항공사단장 아들 해리스 소령은 장진호 하갈우리에서 전사했다. 참고로 모택동의 장남도 중공군의 일원으로 참전하여 미군의 폭격에 전사했다.

9. 북한군의 만행 및 전쟁 피해

북한군은 낙동강 방어선 이북의 남한지역을 점령하였던 90일 동안, 반공 애국자와 저명인사를 비롯하여 죄 없는 주민들까지도 북한군에 비협조적이라는 이유로 강제 납치 및 학살하는 등 온갖 만행을 자행하였다. 당시 북한군은 24,000여명의 치안 부대를 투입하여 대한민국의 군 · 경을 비롯한 우익 인사, 지식인, 종교인 등 13만 여명을 '반동분자'로 몰아 잔혹하게 학살하는 만행을 저질렀다. 또한 북한군은 전쟁물자 수송, 포탄 운반, 장애물 구축작업 등에 수많은 남한 주민을 강제로 동원하고, 추수기의 농작물을 수탈하였으며, 이른바 '의용군'이라는 명분으로 40만 명을 강제로 징집하여 전선에 투입하여 대부분 총알받이로 희생시켰다.

6 · 25전쟁으로 남북한 인구 3,000만 명 중 60%가 넘는 1,900여 만 명이 이런저런 피해를 입었다. 남과 북은 군인 140여 만 명(한국군 62만 1천여 명, 북한군 80만 1천여 명), 민간인 250만 여명(한국 99만 여 명, 북한 150여 만 명), 기타 112여 만명(유엔군 15만 4천 여명, 중공군 97만 2천여 명)이 피해를 입었다. 이 중 미군 피해만 보면 13만 여명(사망 36,940명, 부상 92,134명, 실종 및 포로 8,176명)이다. 그 외 전쟁미망인 30만 명,

전쟁고아 10만 명, 이산가족 1천만이 발생하였으며, 재산 피해로는 공공 시설 84%, 가옥 60%, 공업시설 43%, 광업시설 50%가 파괴되었다.

10. 6 · 25전쟁의 이해

우리는 '6 · 25전쟁' 하면 남으로 끝없이 이어지는 피난민 행렬이 머리에 떠오른다. 우리 부모들은 한여름 뜨거운 태양 볕도 아랑곳 하지 않고 양손에 어린 자식들을 잡고 머리와 등에는 짐 보따리를 잔뜩 인 채 무작정 남쪽으로 피난길을 나섰다. 화통 칸이든 열차지붕이든 남으로 향하는 열차에 결사적으로 몸을 실었다. 부숴진 대동강의 쇠 난간을 붙잡고 곡예하듯이 목숨을 걸고 남쪽으로 내려왔고, 힘이 부쳐 강물에 떨어져 죽은 사람도 부지기수였다. 흥남부두 철수 시에는 서로 배를 타려고 아비규환을 이루었고 이때 수많은 가족들이 헤어지고 흩어졌다. 1980년대 초 KBS방송에서 실시한 1천만 이산가족을 찾아주는 이산가족 상봉 프로그램은 한동안 온 나라를 울음바다로 만들었다. 그러면 누가 이들로 하여금 목숨을 걸고 남쪽으로 향하게 만들었는가? 그것은 누구의 강요가 아니고 전적으로 스스로 공산주의는 사람이 살 곳이 못되며 대명 자유천지에서 살고 싶다는 인간의 본능적 감각과 욕구에 의해 남으로 향한 것이다. 그들은 기어이 목숨을 건 도박에 성공하였고 현재 자유, 평화, 번영을 마음껏 누리며 살고 있다.

6 · 25전쟁은 앞에서 여러 번 설명하였듯이 "김일성이 한반도를 적화할 야욕을 가지고 소 · 중의 지원을 받아 일으킨 전쟁"으로서 다른 나라, 타민족과 싸운 것이 아니고 우리 민족, 우리 이웃끼리 서로 죽이고 죽는 동족상잔의 전쟁이었다. 이 전쟁은 이제 막 태어난 갓난아기나 다름없는 신생 대한민국에게는 너무나 가혹한 시련이었고 그나마 가지고 있던 것까지 깡

그리 파괴되어서 이때 우리의 모습은 '앙상한 몰골의 상처투성이 갓난아이'라고나 할 수 있겠다. 우리 군대는 이제 막 걸음마를 뗀 어린 군대였지만 우리 선배들은 절대 절명의 순간에서도 끝까지 희망과 용기를 잃지 않고 목숨을 걸고 나라를 지켜냈으니 그 분들의 투혼에 저절로 고개가 숙여진다. 또한 국가의 부름이 없었어도 나라를 지키겠다고 전선에 뛰어들어 이름도 없이 산화한 수많은 어린 학도병들의 희생은 무슨 말로 높여야 할지 모르겠다. 여기에서 우리가 다시 한 번 분명하게 새겨야 할 것은 오늘날 우리 대한민국이 누리고 있는 자유, 평화, 번영은 우리 선배들이 바친 피와 땀, 생명이 있었으므로 가능했다는 사실이다. 생각하면 생각할수록 아찔하다. 만일 이때 이 나라가 지켜지지 못하고 김일성 밑으로 들어갔다면 지금 우리 모두는 틀림없이 북한 주민들처럼 피골이 상접한 채로, 세상이 어떻게 돌아가는지도 모르고, 김정일 만세만 외며, 하루하루 목숨을 이어가고 있을 것이다.

6 · 25전쟁이 우리 국가, 민족과 군에 준 피해와 아픔은 이루 말할 수 없이 컸지만 우리 선배들은 이에 조금도 굴하지 않았고 잿더미에서 다시 재기의 삽자루를 잡았다. 우리 군은 피해도 컸고 아픔도 컸지만 얻은 것도 있었다. 전쟁을 통해 얻은 소중한 실전의 전투경험, 어떤 악조건도 이겨낼 수 있는 강인함, 나라를 지키고 자유세계를 지켜냈다는 자부심, 세계 최강 미군과 어깨를 나란히 하여 함께 싸우면서 얻은 값진 배움 등은 이후 한국군이 성장하고 발전하는데 중요한 밑거름이 되었다. 사실 이후 월남전, 걸프전, 이라크전에서 보여 준 한국군의 뛰어난 전투력은 6 · 25전쟁이 없었더라면 얻을 수 없는 것들이라 할 수 있다. 한편 전쟁이 치열하게 진행되는 와중에서도 이승만 대통령은 맥아더장군에게 부탁하여 한국군 젊은 장교들을 미국에 유학을 보냈다. 이렇게 유학을 다녀 온 9,000여 명에 이르는 장교들이 훗날 국가 경제발전의 주역을 담당하고 우리 사회 전반의 근

대화 현대화를 선도하는 역할을 수행하는 것이다.

1950년 10월 이승만 대통령은 첫 유학을 떠나는 장교들을 환송하기 위해 직접 부산항까지 나와 "많은 것을 배우고 와라. 그리고 우리 조국의 통일과 발전을 위해 큰일을 해주기 바란다."는 훈시를 했다. 76세의 老대통령은 훈시를 하면서 펑펑 울어서 말을 잘 잇지 못했다고 한다.

제5절

고도 경제성장과 민주화 달성

우리는 지금까지 건전한 안보의식과 국가관의 확립이라는 차원에서 남북분단의 과정과 책임, 대한민국의 건국과 그 의미, 6·25전쟁의 과정과 의미에 대해서 차례로 알아보았다. 이어서 같은 차원에서 이후 우리가 이룬 세계가 놀라는 경제발전과 민주화 달성에 대해서 알아본다. 우리의 업적과 능력을 제대로 이해하는 것도 건전한 국가관 형성의 중요한 요소이기 때문이다. 지금 우리나라에는 한국이 이룬 놀라운 경제적·정치적 성공의 요인을 제대로 분석한 연구가 없고 오히려 서구민주주의 잣대로 초기 정부들의 민주주의 일탈(逸脫, 정해진 길에서 벗어 남)에만 초점을 맞추어 독재정부·권위주의 정부로 낙인찍고 대한민국을 비판만 하고 있다. 결과가 분명한 성공임에도 불구하고 평가가 부정적이라면 그런 평가야 말로 잘못된 것이고 비판받아야 할 일이다. 이러한 명확한 결과를 한사코 부정하는 그들은 도대체 누구이며 무엇 때문인가?

1. 고도 경제성장

해방 당시 남북한의 경제력 차이를 간단히 몇 가지 지표로 비교해보면,

인구만 남한이 3대 1로서 북한보다 많았고 기타 석탄매장량의 80%, 철광석의 92%, 전력생산의 95%, 화학비료생산의 85%가 북한에 있었다. 해방 이듬해 북한은 남한에 전력공급을 중단하여(남한 사용전력의 96%) 남한의 산업생산은 5%수준으로 격감하고 비료공급도 중단되어 식량생산도 큰 타격을 받았다. 이러한 남한이 또 6 · 25전쟁을 통해 깡그리 파괴되었으니 그 비참한 모습을 어떻게 설명해야할지 모르겠다. 한국은 이름만 국가이지 다 부숴진 빈집과 같았다. 당시 한국이 생존을 유지하려면 미국의 원조에 의존하는 것 외에 달리 방법이 없어서 미국이 한국에 주는 경제원조 금액이 책정되어야만 정부는 예산을 세울 수 있었다. 1953년부터 60년대 까지 미국은 매년 3~5억 달러를 원조했으며 우리 정부는 이를 대충자금(對充資金, 미국원조자금, 미 정부의 승인을 받고 사용)이라는 항목으로 정부재정에 포함시켰는데 이는 우리 재정의 약 절반의 액수에 달해서 누구는 우리를 거지나라라고까지 했다. 실제로 당시 한국은 겨우 기아상태를 면하고 있는 국민소득 70불미만의 세계 최빈국의 하나였다. 이승만 대통령은 이 원조자금으로 생산시설을 복구하면서 주로 면방직, 시멘트, 비료, 밀가루, 설탕 공장을 지어 수입대체 공업화를 강력하게 추진하였는데 이러한 수입대체공업화는 당시 우리의 경제 형편상 필요하기는 했지만 경제자립을 위한 근본적 해결책은 아니었다고 할 수 있다. 이러한 미국의 원조는 1973년의 군사원조를 마지막으로 끝나고 한국은 비로소 명실상부한 국가로 자립한다.

1961년 5월 16일 장면 정권의 극심한 혼란과 민생 도탄의 상황에서 박정희 장군은 군사 혁명을 감행하여 성공한다. 그는 조국근대화의 기치를 내걸고 '배고픈 국민'을 면해 보자고 경제발전을 최우선시 하는 정책을 추진했다. 경제기획원을 신설하여 우리 민족 역사상 처음으로 '경제개발 5개년 계획'이라는 것을 수립 추진하며 경제개발에 필요한 자본을 마련하기 위해 한일 국교 정상화를 추진하여 일본으로부터 무상 3억, 유상 2억, 상업차관 3억 합계 8억 달러를 확보한다. 이 과정에서 학생과 재야의 굴욕회담이라는 격렬한 반대에 봉착하여(6 · 3사태) 비상계엄을 선포한 상황에서 국회에서 여당단독으로 합의안을 통과시키기도 했다. 박정희 대통령은 1965년 2월부터 1979년 10월 서거 시까지 14년간 매달 개최되는 '수출진흥확대회의'와 '월간경제동향보고회의'를 한 번도 빠지지 않고 참석하고 주재했다.

박정희 대통령은 발전의 동력(動力, 움직이게 하는 힘)을 밖에서 찾고 그 방법으로 수출을 택했다. 왜냐하면 스스로 발전의 동력을 갖추자면 비용과 시간이 필요한데 밖에서 도입하면 적은 비용으로 단시간에 해낼 수 있고 이미 서양은 방대한 선진적 제도와 기술이 축적되어 있었는데 그걸 놔두고 안에서 다시 찾는다는 것은 미련한 짓이라 생각했기 때문이다. 이후의 국제 사정을 보면 이 방식을 택한 나라는 자체의 능력 이상으로 고도 발전을 달성할 수 있었고 그렇지 못한 나라는 정체하거나 낙후를 벗어나지 못했음을 볼 때 이 선택은 진실로 탁월한 선택이었다. 과거 제국주의 시대에는 후진국이 선진국의 식민지나 종속국으로 시달림을 받았지만 2차 세계대전이 끝나고 국제협력 시대에 들어오면서 오히려 후진국이 선진국으로부터 성장의 동력을 흡수 받으면서 고도성장 할 수 있었던 것이다.

최초의 수입대체정책에서 수출주도정책으로 바꾼 것은 혁명적 조치라 할 수 있다. 우선 수출은 그 국가의 국내시장의 규모에 구애받을 필요가 없다. 지금은 전 세계가, 대표적으로 중국도 우리를 본따 수출 지향으로 경제대국이 되었지만 당시에는 신생국들이 살아갈 방도로 수출을 생각한 나라가 없었다. 왜냐하면 각 나라의 산업 수준이라는 것이 외국에 자기 나라 상품을 수출한다는 것은 꿈도 꿀 수 없었기 때문이다. 우리도 처음부터 수출을 생각한 것은 아니었다. 우연히 1963년 수출실적을 보면서 그해 공산품수출 계획이 640만 불이었는데 실적이 2800만 불이나 되었고 주로 면직물, 가발, 합판 등 국내의 노동집약적 상품이라는 것을 알게 된다. 즉 농가 부업을 통해 생산한 가발이나 직물이 의외로 외화를 많이 벌어들이는 현상을 보고 경제개발에 필요한 외화벌이를 위해서는 수입대체보다 수출이 훨씬 효과적이라는 사실을 재빨리 캐치한다. 그리고 수출에 국가의 모든 역량을 집중하고 매년 100%씩 증가한 수출목표를 세우며 이는 보기 좋게 성공한 것이다. 생각지 못한 시장과 외화가득원이 튀어나온 것이었고 이는 박정희 대통령의 가장 성공적인 업적의 하나이다. 우리의 선례가 없었다면 중국과 기타 우리를 따라 한 동남아의 다른 나라들은 지금도 헤매고 있을 수 있다. 당시 우리의 수출주도 전환은 국제 경제체제가 미국의 최혜국대우 등 우리의 수출에 호의적이었다는 것과 세계 경제구조의 변화와 절묘하게 들어맞았다는 행운도 따랐다. 1958년 미국 주도로 세계는 '단일시장의 자유무역 체제(GATT체제라고 함)'로 들어가면서 무역이 급격하게 성장하고 엄청난 기술혁신이 이루어짐으로서 세계적인 시장규모가 급속히 커진 것이다. 1953년에서 2003년까지 세계 총생산은 30배 늘어나는데 비해 이 기간에 무역은 150배나 늘어 난 것이다. 우리나라는 여기에 적시에 편승한 것이다. 결론적으로 1960년대 자유무역과 기술혁신이 제공한 국제시장의 구조적 변화는 그에 대응하는 의지와 능력을 갖춘 후진국으로서는 기회였고 이를 가장 기민하게 포착하고 뛰어든 나라가 한국이었고 박정희였던 것이다.

1973년 1월 박정희 대통령은 연두기자회견에서 중화학공업을 선포한다. 배경은 경공업제품 중심의 수출이 10억불에서 정체를 보여 한계를 보이고 있었고 또한 자주국방을 위한 방위산업을 일으킬 필요가 있었기 때문이다. 이의 강력한 추진을 위해 유신(維新, 낡은 제도를 고쳐 새롭게 한다는 뜻으로서 박정희 대통령이 일본의 명치유신을 본 따 시행한 일종의 정치 개혁) 도 시행하며 결국 1977년에는 중화학 제품을 중심으로 하여 100억불 수출 목표를 달성한다. 박정희 대통령 통치 후반부인 유신시대는 강력한 국가 주도에 의한 중화학공업 육성정책이 효율적으로 추진되어 한국 경제가 우리가 오늘날 보는 선진형 공업경제의 모습을 갖추는 시기이다. 또한 이 시기 우리 사회의 주요한 모습이었던 새마을 운동을 빼 놓을 수 없다. 가난한 농민의 아들로 태어난 박정희 대통령은 강력하고도 효율적인 새마을운동을 통해 우리 농촌의 수천 년 이어온 가난에 찌든 모습을 쓸어내고 새롭게 만들었다. 그리고 농민들에게 "우리도 잘 살 수 있다."라는 자신감과 희망을 심어 주었고 이렇게 형성된 새마을정신은 이후 우리나라가 경이적인 경제발전을 이루는데 단단한 토대 역할을 했다. 그리고 새마을운동을 통해 우리는 오랜 전통의 농경사회를 산업사회로 전환하는, 말하자면 근대화란 작업을 이루었다.

2차 세계대전 후 새로이 산업화를 시도한 나라 중에서 민주적 방식으로 산업화에 성공한 나라는 하나도 없고 한국, 싱가포르, 대만, 말레이와 같이 한결같이 권위주의적 정부 하에서만 성공했다. 그러나 우리는 좀 달랐다. 한국은 강한 권위주의적 정부 하에서도 자유민주주의의 정치이념을 일관되게 고수했고 그래서 산업화 이후 민주화도 달성할 수 있었다. 군부 및 군인의 역할도 매우 중요했다. 그들은 경제개발을 추진함에 있어서 시장경제체제를 선택했고 그것도 매우 철저하게 모범적으로 했다. 어쩌면 이때 단단히 다진 시장경제가 현재 남북간 국력 차이의 시작이라 할 수 있다. 6·25전쟁 후 현대적인 조직 운영을 경험한 집단은 군 조직밖에 없어서(당시 미국 교육을 받았던 인력은 정부·기업·민간 사회의 인력이 전부 2,000명 내외인데 비해 군인은 9,000여명이 미국에서 교육받고 왔다) 군부의 경험이 정부의 관료조직과 운영에 그대로 투입되었으며 이는 나중에 민간기업 운영에까지 적용되어 국가경제 발전에 중요한 역할을 담당한 것이다.

누구는 박정희 대통령이 쿠데타를 정당화하기 위해 경제개발을 했다고 하지만 이는 전적으로 반대로서 경제개발을 위한 강력한 의지가 혁명을 일으키게 한 것이다. 한편 우리는 한국 경제 발전의 주역으로 박정희 대통령을 들지만 이승만 대통령과 건국 주역들의 역할을 먼저 생각하지 않으면 안 된다. 이들이 자유민주주의와 시장경제라는 일련의 획기적 제도개혁을 통해 잡아 준 방향과 기초가 없었더라면 박정희 대통령의 경제개발도 어려웠을 것이기 때문이다. 이들 개혁은 한국 역사상 미증유의 혁명적 개혁들이었고, 140여개의 신생국들이 시도도 해보지 못한 오로지 대한민국에서만 성공적으로 추진된 개혁들이었고, 이것이 오직 우리만 경제발전과 정치민주화를 동시에 달성케 할 수 있었던 비결인 것이다.

2. 빠른 민주화 달성

대한민국이 탄생하면서 또 하나의 혁명적인 역사를 펼친 것은 건국헌법이 자유민주주의를 채택했다는 사실이다. 자유민주주의가 제대로 발전하고 작동하기 위해서는 대통령, 국회의원과 같이 국민으로부터 통치권과 입법권을 위임받은 국가 지도자급에 있는 사람들이 고도의 소명의식과 책임감을 갖추고 있어야 한다. 초대 대통령 이승만은 1960년 4월 19일 사임하기까지 13년간 대통령을 지냈다. 그리고 이때 이승만 대통령이 의도했던 안했던 '일반 국민의 민주주의에 대한 이해 확산'이라는 빠른 민주화를 가능케 하는 필수 조건들이 갖추어 진다. 그러나 그는 자기만이 신생 대한민국을 이끌고 갈 수 있다는 지나친 사명감으로 인해 그의 정치행태에서 민주주의를 훼손하는 현상을 보인다. 대통령 1인 지배라고 할 수 있는 권력의 과도한 집중현상이 나타나고 군과 경찰도 이승만 개인에게 충성하는 기구로 변질하며 결국 이승만의 권력 연장을 위해 폭력과 불법이 개입된 헌법개정이 1952년과 1954년 두 차례 일어난다. 그러면서도 그는 민주주의 근간인 언론과 표현의 자유를 살리고 국민들의 자기에 대한 반대나 비평은 허용했다. 이승만 대통령의 민주주의 훼손에 대한 국민의 불만은 1960년 3·15 부정선거로 마침내 폭발하였고 4월 19일 대학생을 중심으로 한 대규모 시위는 결국 이승만 대통령을 하야(下野, 야인으로 끌어내림)시키는 데 성공한다. 이승만이 가장 역점을 둔 시책중의 하나인 전국민 의무교육의 결과로 생긴 수많은 대학생과 중·고등학교 학생들이 그들이 학교에서 배운 민주주의로 이승만의 독재가 잘못인 것을 알고 저항하게 되었다는 것은 참으로 아이러니이다. 민주주의는 민주화를 위해 헌신적으로 부단하게 투쟁하는 집단이 있어야 이루어질 수 있는데 이승만 대통령에 의해 급속히 확충된 교육 제도에 의해 양성된 대학생 집단은 한국사회에서 가장 강력하고 효율적인 민주화운동 집단이고 세력이 되었던 것이다.

4·19 혁명 후 자유로워진 분위기에서 소위 '기대의 폭발' 현상이 발생한다. 초등학생까지 데모에 나서고 국가 전체의 기강도 무너져 경찰도 데모를 하며 장면의 유약한 지도력은 사태를 악화시키기만 한다. 당시 북이 남한보다 경제적으로 훨씬 앞서 있어서 적지 않은 학생들이 북한 공산주의 체제에 호감을 가지고 있었고 남한의 빈곤과 혼란의 원인은 분단에 있다고 하여 일부 학생은 법을 완전히 무시하고 북한 학생들을 만나러 이북에 가겠다고 휴전선 철책까지 나서기도 한다. 이러한 상황에서 당시 육군 소장이었던 박정희는 1960년 5월 16일 쿠데타를 감행 집권하여 이후 30년 가까이 지속된 소위 군부 권위주의 시대를 연다. 그는 3년 간 군정을 거친 후 새 헌법에 의거 민간인 대통령으로 선출되고 유신체제가 도입되기까지 정당이 자유롭게 경쟁하는 민주주의적 체제로 국가를 이끌어 간다. 그러나 그가 1972년 10월 비상사태를 선포하고 도입한 유신체제는

대통령이 국회와 사법부 위에 군림하며, 대통령을 대의원에 의해 간접 선출토록 하는 등 통상적인 민주주의와는 거리가 있었고 권위주의 성격이 강했다. 이리하여 민주주의 전위세력이라고 자처하는 대학생들의 강한 반발이 따랐고 박정희 대통령의 경제 업적으로 급격히 늘어난 중산층도 유신체제에 등을 돌린다. 결국 김영삼과 김대중의 양김(兩金)이 주도하는 반유신 활동, 정부의 강경 일변도의 대응 그리고 미국의 유신체제 비판 입장 등으로 유신체제는 파국을 맞는다. 1979년 10월 26일 박정희 대통령이 그의 측근이자 중앙정보부장인 김재규에 의해 암살당하면서 유신체제와 그의 시대는 끝난다.

18년간 강력하게 나라를 통치하던 대통령의 급서(急逝, 갑작스러운 죽음)로 국민들은 민주화의 봄을 기대했다. 그러나 갑자기 생긴 엄청난 권력의 공백은 결국 당시 실권자였던 보안사령관 전두환 육군소장에 의해 채워진다. 전두환에 의한 신군부 세력이 정권을 잡고 얼마 뒤인 1980년 5월, 이에 반발하는 광주사태가 일어나면서 이 진압과정에서 많은 민간인과 군인들이 희생되는 일이 발생했다. 이때 한국 정부의 배후에는 미국이 있다는 소문이 퍼지면서 발화된 급진적인 반미운동은 이후 20여년 계속된 한국 내 반미 감정의 시발점이 된다. 그러나 전두환 대통령 때 우리나라는 단군 이래의 최고의 호황을 누리는 경제적 성과를 이룩한다. 이로써 우리 사회는 확실히 중산층이 중심을 이루는 구조로 바뀌고 이 중산층은 다음 과정인 민주화의 기본 토양이 된다. 이들 중산층은 처음에는 경제적 성취에 만족하며 민주화에 소극적 자세를 보이다가 사회가 안정되자 차츰 민주화에 관심을 보이기 시작하여 드디어 대통령 선거가 있는 1987년 초 박종철 사건으로 학생들이 주도한 시위에 대대적으로 참여함으로서 집권당 후보 노태우로 부터 '6 · 29 민주화선언'을 이끌어 내는 역할을 해 낸다. 6 · 29 민주화선언은 국민들 요구의 핵심인 대통령직선제를 받아들인 것이다. 6 · 29 선언을 기점으로 우리나라는 지속 가능한 민주주의 체제가 확실히 자리 잡게 되었고 이제 확실하게 민주주의라는 뒤돌아 갈 수 없는 길로 진입하게 되었다. 이때 주사파(主思派, 김일성의 주체사상을 신봉하는 자들)라는 이름의 친북 · 종북의 급진 좌파이념을 가진 무리들이 시위에 끼어들면서 당시 반정부 분위기를 타고 세력이 크게 확장되어 이후 국내 정국과 사회를 계속적으로 혼란스럽게 하는 계기를 잡기도 한다. 그들은 겉으로는 한국의 민주화를 떠들었지만 진정한 목표는 김일성 밑으로의 통일이었고 한국 사회의 혼란을 부추겨 그 혼란의 틈을 이용하여 자신들의 목적을 달성하려 했었다.

우리나라의 민주화는 앞 단계인 경제발전이 있었기 때문에 가능했고 경제발전이 급속히 이루어졌기 때문에 민주화도 빨리 이룰 수 있었다. 경제발전으로 한국사회가 농경사회에서 산업사회로 전환되었기 때문에 우리나라는 비로소 건국이념이었던 자유민주주의를 구조적으로 실천할 수 있게 된 것이다. 우리는 경제발전을 통해 단순 노동력이 고급 두뇌집단으로 바뀌고, 사회 분화가 급격히 이뤄지고, 인구의 도시집중화가 이루어지고(전 국민의 80%), 직업도 수 만개가 되고, 경제 운영에서 정부개입이 역효과를 나타내고, 중산층이 사회중심부를 차지하며, 모든 분야에서 자율성의 요구가 급격히 증대하는 등의 기본 토대가 만들어졌기 때문에 민주화가 가능했다는 사실을 제대로 이해해야만 한다. 그러나 현 실정은 우리는 한국의 민주주의가 이러한 경제발전의 자식이라는 사실을 제대로 모르고 있다. 특히 스스로 민주화세력이라고 자처하는 사람들 중에는 자신들의 이념과 정체성을 한사코 사회주의에서 찾으면서 자신들이 우리 경제발전의 자식임이 분명함에도 불구하고 어떡하든지 경제발전과 산업화를 부정하고 저항하고 있는 자들이 있다. 또한 우리의 경제 발전에 불가피하게 동반했던 자본과 기술도입을 외세에 대한 종속으로만 보고, 산업화를 외국

자본과 결탁한 악독한 재벌의 노동착취의 결과로 보며, 강력한 통치를 독재로만 보고 있으니 그들의 단견(短見, 짧은 생각)이 참으로 한심하기도 하고 안타깝기도 하다.

우리나라가 빠른 기간 내에 민주화를 달성할 수 있었던 요인을 다시 정리하면, 첫째 건국 당시 선진적 민주주의 제도의 도입과 이를 실현하기 위한 노력, 둘째 민주화를 위해 투쟁한 대학생 집단의 급성장 및 민주화 세력의 형성, 셋째 민주주의 선진국인 미국과의 긴밀한 관계, 넷째 경제 발전으로 이룩된 중산층의 확대를 꼽을 수 있다. 앞의 설명에서 보았듯이 이는 저절로 주어진 것이 아니라 우리의 선택과 결단 그리고 의도적이며 집요한 노력의 결과였다. 이는 경제기적과 함께 우리 민족의 우수성과 뛰어난 능력을 세계에 자랑할 수 있는 값진 성취이다. 현재 세계는 수 십 년간 시위와 혁명, 정치 혼란으로 한시도 조용할 틈이 없었던 대한민국이, 그것도 남북의 첨예한 군사대치 하에서 어느틈에 이룬 민주화를 눈이 둥그레져서 경이의 눈으로 보고 있다.

제6절

현 대한민국의 위상

지금까지 대한민국의 올바른 이해를 위해 대한민국 건국 60년의 역사를 큰 줄거리로 알아보았다. 어느 시대, 어느 나라 역사든지 역사는 밝은 면과 어두운 면이 있다. 그래서 역사를 무조건 미화해서도 안 되겠지만 또 무조건 부정해서도 안 되며, 건전한 상식에 입각한 균형된 감각으로 어두운 면은 교훈 삼고, 밝은 면은 계승 발전시켜 나가는 자세가 필요하다. 지난 60년 대한민국의 역사는 일시적으로 왜곡과 후퇴도 있었고 어두운 면도 있었다. 그리고 실로 위기의 연속이었다고 할 수 있다. 그러나 긴 역사의 눈으로 보았을 때 '건국 → 산업화 → 민주화'로 이어지는 자랑스러운 승리의 역사이다. 이는 한강의 기적을 넘어 세계적인 기적이고 자유민주주의의 위대한 승리의 역사인 것이다. 이 경이로운 승리를 지속 가능한 것으로 이어가야만 하는 중대한 과제가 우리 앞에 있는 것이다.

우리 대한민국은 얼마 전까지만 해도 세계에 '일제의 식민지로 있다가 독립한 보잘 것 없는 나라, 남북으로 분단되어 있는 나라, 전쟁으로 모든 것이 파괴되고 폐허가 된 나라, 세계에서 가장 가난하고 비참한 나라, 미국과 유엔의 원조가 절대적으로 필요한 나라'로서 인식되고 있었다. 그리고 일제의 식민지에서 독립했을 때 자치능력을 인정받지 못하여 다른 나라의 신탁통치가 있어야 된다고 인식된 나라였고, 한국에서 민주주의를 찾는 것은 쓰레기통에서 장미를 구하는 것과 같다는 극단적인 비아냥 소리를 듣던 나라였으며, 4 · 19 혁명, 5 · 16 군사혁명 등 쿠데타가 빈번한 후진국, 지금의 파키스탄이나 방글라데시처럼 외국에 노동력을 수출해야 먹고 살 수 있는 나라로 인식되고 있었다.

그러나 70년대 말 한국의 놀라운 경제발전이 점차 세계에 알려지면서 2차 세계대전 후 서독이 이룬 급속한 경제발전을 일컫는 '라인강의 기적'에 빗대어 '한강의 기적'이라는 찬사를 세계로부터 받기 시작한다. 그리고 1988년 서울올림픽을 계기로 '민주화까지 이룬 경제 강국', '올림픽을 유치하여 성공적으로 개최하는 나라'로서 세계의 주목을 받는 나라가 된다. 실제로 1988년 서울올림픽은 이전의 대한민국 모습과는 상상할 수 없도록 너무나 대조적이고 경이적인 변화를 세계에 보여주었다. 이러한 한국의 발전상은 정보가 통제된 공산주의 국가에까지 큰 충격을 주어 공산권의 해체로 2차 세계대전 후 지속되어 오던 냉전체제가 와해되는 데도 일조했다. 우리는 이후에도 비록 몇 차례 고비는 있었지만 경제성장의 고삐를 늦추지 않았고 민주화도 수차례의 정권교체를 성공적으로 이루면서 내실을 착실히 다져 왔다. 이제 대한민국은 경제규모 세계 13위 국민소득 30위의 나라, 제대로 된 민주주의를 시행하고 있는 나라, 세계 7위의 막강한 군사력을 보유한 나라, 원조를 받던 나라가 원조를 주는 나라로 바뀐 나라, 반기문 유엔사무총장을 배출한 나라, 세계 최강 20개국의 정상을 모아 회의를 개최하고 주재하는 나라로 인식되고 있다. 우리 기업의 전자제품이 세계의 고급시장을 휩쓸고 있고, 삼성이 부동의 1위 소니를 제치며, 한국의 무역흑자가 일본을 앞지르는 상상도 하지 못했던 일이 일어나고 있다. 기업을 필두로 문화, 예술, 체육, 학문 등 모든 분야가 세계로 뻗어나가고 있고 뛰어난 능력으로 각 분야에서 두각을 드러내고 있다. 한국인들은 지금 이 순간에도 세계 구석구석에서 세계를 상대로 뛰고 있다. 이런 사례를 들자면 한이 없다. 얼마 전에 우리 국가통일연구원은 2010년 기준으로 한국의 국력지수는 1.86으로 러시아 2.11에 이어 세계 11위라는 분석 결과를 발표했다. 여기서 국력지수란 각 국가의 인구, 경제력(GDP), 군사력 등을 합해 전 세계 국력을 100으로 놓고 여기에서 각 국가가 차지하는 비중(점수)을 말하는데 미국이 23.07로서 1위, 중국이 11.75로서 2위, 일본이 6.11로서 인도에 이어 4위이다. 그리고 앞으로 10년 뒤 2020년에는 미국이 21.35로서 여전히 1위 자리를 유지하고 중국, 인도, 일본, 독일, 프랑스, 영국에 이어 한국은 2.22점으로 8위가 되는 것으로 전망하고 있다. 대한민국은 이처럼 가장 빈곤하고 힘없는 나라의 하나로 출발하여 경제적 정치적인 세계적 모범국가, 힘 있는 나라가 되었다. 지금 대한민국은 세계의 못사는 나라, 힘없는 나라에게 우리도 열심히 하면 저렇게 될 수 있다는 희망을 주고 있고 또 그렇게 될 수 있는 방법도 제시해 주고 있다.

> 이러한 한국의 현 국제적 위상을 이명박 대통령은 다음과 같이 잘 요약하여 설명하고 있다. "우리는 원조를 받는 나라에서 주는 나라로 되었다. 대한민국이 대단하다는 스스로의 긍지를 갖자. 정상회의에서 나 자신이 받는 대우와 격이 달라졌다. 첫 정상회의 때는 앉아 있다 가면 그만이었는데 지금은 외국 정상들이 내 자리에 와서 자꾸 이야기를 붙인다. 남북이 분단되어 엄청난 국방비를 쓰면서도 이 정도 해낸 것은 정말 대단한 일이다. 이렇게 5년, 10년만 이어지면 명실상부한 선진국이 될 수 있다. 우리에게 무한한 희망이 있다. 대한민국의 대통령이라는 것이 자랑스럽다."

현 대한민국의 위상을 상징적으로 보여주는 것이 G20정상회의 한국개최이다. 2009년 9월 미국 피츠버그에 모인 주요 20개국(G20) 정상들은 G20 정상회의를 세계 경제협력을 위한 '주 논의의 장(Premier Forum)'으로 하여 정례화하기로 합의하고 첫 회의를 내년 11월 우리나라에서 개최하기로 결정한 것이다. 피츠버그 회의에서 우리나라가 G20 의장국으로 선출된 데 이어 다음 정상회의까지 유치한 것은 세계 현안 해결을 주도하는 국가임을 국제적으로 인정받은 것이라고 할 수 있다. G20은 지난해 글로벌 금융위기를 계기로 그동안 국제사회 질서를 이끌어오던 G8의 역할을 대신한 새로운 국제사회 운영체제로서 앞으로 세계경제 문제뿐 아니라 에너지, 자원, 기후변화, 기아, 빈곤문제에 이르기까지 글로벌 이슈를 논의하는 핵심기구 역할을 하게 될 전망이다. 2010년 11월 대한민국 서울에서 개최되는 G20정상회의는 한국을 국제사회의 리더이자 중재자로서의 위상을 공고히 하여 세계의 중심에 서고 국격을 한 단계 높이며 국가 브랜드 가치를 높이는 등 명예와 실리를 함께 얻을 수 있는 좋은 기회가 될 것이다. 이명박 대통령은 G20정상회의의 한국 유치에 대해 "남이 짜놓은 국제질서의 틀 속에서 수동적인 역할에 만족했던 우리가 새로운 틀과 판을 짜는 나라가 된 것으로, 한마디로 이제 대한민국이 아시아의 변방에서 벗어나 세계의 중심에 서게 되었다는 것을 의미한다. G20정상회의를 성공적으로 개최함으로써 세계가 함께 성장 발전하는 데 기여하고, 대한민국의 국격을 한층 높이는 기회로 삼아야 할 것"이라고 현재 우리나라의 위상과 앞으로의 방향을 압축하여 설명하였다.

대한민국의 국제적 위상을 보여주는 또 하나의 상징적 일이 지난 4월 미국 워싱턴에서 일어났다. 세계 47개국의 정상이 참석한 '핵안보정상회의'에서 오바마 대통령의 제안에 모든 국가가 동의함으로서 우리가 다음 2차 회의의 개최국이 된 것이다. 이는 한반도가 핵 위협에 직접적으로 노출되어 있는 점이 고려되었고, 대한민국이 원자력의 평화적 이용에 있어 가장 모범적인 나라라는 것이 국제적으로 인정받고 있으며, 국제적으로 핵비확산 규범을 성실히 준수하는 모범국으로 신용을 받고 있는 결과라고 할 수 있다. 한국이 국제경제 · 금융 문제를 다루는 최정상회의인 G20회의에 이어 국제 핵문제와 안보를 다루는 최정상회의까지 유치하여 지구촌 현안에 주도적으로 참여하는 국가로서의 위상과 국격을 갖추어 나가고 있다. 이 회의는 전 세계 50개국이 넘는 정상을 일시에 맞는다는 점에서 G20회의 개최에 이어 한국이 외교 · 안보 · 경제적으로 또 한번 크게 도약할 쾌거임에 틀림없다. 한미동맹 강화에는 물론이고, 우리의 원전 해외수주를 늘릴 수 있는 기회가 될 것이며 특히 북핵 문제 해결에도 도움을 줄 것이 분명하다. 50개국 정상이 북핵문제의 가장 직접적인 당사자의 한국에 모여 핵의 군사적 사용을 막고 평화적 이용을 권장하는 만큼 북으로서 큰 부담을 받을 것이기 때문이다.

물론 우리는 아직도 부족한 것도 많고 갈 길도 멀다. 그러나 이제 우리는 분명히 느낄 수 있고 알 수 있다. 이처럼 짧은 기간에, 이처럼 악조건 속에서 우리가 얼마나 놀라운 위대한 성취를 이룬 것인지를! 지금의 대한민국이 얼마나 대단한 나라가 되었는지를!

V

국가안보과제와 안보전략

지금까지 우리는 국내외 안보 위협요인, 국가안보 및 국방체제, 한미동맹, 대한민국 건국 60년의 역사 등 우리나라의 안보와 관련되는 제반 요소들과 이들의 현상을 알아보았다. 제법 많은 내용들이 다루어졌고 독자들로서는 다소 복잡하게 느낄 수도 있을 것 같아 이 장에서 이를 통합된 개념으로 한 번 정리를 해 보도록 한다. 즉 전체적으로 현 우리나라의 안보상황이 도대체 어떤 상태인지, 좋은 것인지, 나쁜 것인지, 문제가 있는 것인지, 없는 것인지를 종합적으로 평가해 보고 문제가 있다면 어떤 문제인지를 정리해본다.

제1절

우리의 안보 평가와 과제

우리나라의 안보과제를 알아보기 위해서는 먼저 우리의 전반적인 안보상황을 평가하는 작업이 우선되어야 하겠다. 앞에서 보았듯이 우리나라의 안보상황은 세계적으로 유별나게 복잡하고 어렵다. 이런 상황에서도 우리 국민들은 아무 문제가 없는 것처럼 일상의 생활과 생업을 영위하며 살고 있다. 그러나 한편으로 "과연 국가와 군을 믿을 수 있는지? 문제는 없는지? 안심하고 살아도 되는지?" 등 등 일말의 불안을 안고서 살고 있기도 하다. 북의 군사 위협을 코앞에 두고 있는 우리로서는 이와 같은 불안은 어쩌면 당연하다고 할 수 있다. 그리하여 나는 지인들로부터 "우리나라의 국방은 괜찮은가?"라는 질문을 자주 받는다. 나는 어쩔 때는 "괜찮다. 걱정하지 않아도 된다."라고 답하기도 하고 어쩔 때는 "문제가 많다. 정신 차려야 한다."고 답하기도 한다. 그런데 이는 엄밀히 말해서 질문도 잘못된 질문이고 답도 잘못된 답이다. 왜냐하면 앞에서 보았듯이 안보는 너무나 많은 요소가, 그야말로 국가가 다루고 있는 거의 전 요소가 영향을 미치므로 절대 한두 마디로 단정적으로 "좋다. 또는 나쁘다."라고 할 수 없는 것이기 때문이다. 예를 들어 국방태세에서 군의 전투력만 보더라도 전투력을 평가함에 있어서는 병력 수에서 시작하여 조직, 편제, 전략, 전술,

정보, 교육, 훈련, 무기, 통신, 보안, 장비, 보급, 군기, 사기, 체력, 정신력, 지적 능력, 지형, 기상, 수송 등 등 수많은 요소가 있고 이들 요소 하나하나가 모두 전쟁 승패에 결정적인 요인이기도 한 것이다. 그리고 이들 요소는 국가의 정치, 경제, 사회, 문화 등으로부터 바로 바로 영향을 받는다. 더구나 군의 전투력은 안보의 주요 구성 부분이긴 하지만 안보 전체로 볼 때는 일부분에 해당할 뿐인 것이다.

"우리나라의 안보 태세에 점수를 매긴다면 100점 만점에 몇 점이라고 할 수 있을까?"라고 묻는 사람도 있다. 있을 수 있는 매우 자연스러운 의문이라고 생각하지만 이것도 위와 같은 이유로 도저히 정답을 낼 수 없는 질문이다. 전에 우리 군에서 우리의 안보와 국방에 영향을 미치는 요소들을 지수화하여 안보 점수를 내볼 것을 시도한 적이 있다. 그러나 마찬가지 이유로 점수를 낸다는 것이 불가능하고, 설혹 낸다 하더라도 그 숫자는 아무 의미가 없다는 것을 알고서 이후는 이런 종류의 일을 하지 않고 있다. 그러나 얼마 전에 우리나라의 유명한 민간 경제연구소에서 우리의 안보지수를 산출하여 보고서를 낸 적이 있다. 평가 항목만 수십 쪽에 이르는 이 보고서는 전 항목에 점수를 매겨 총 점수를 냈었다. 그러나 점수의 객관적인 평가기준이 없었기 때문에(있을 수도 없음) 엄청난 작업량과 수고에도 불구하고 시도 자체에 의미를 주는 수밖에 없었다. 그렇다고 한 나라의 전반적인 안보 상태를 간단히 가늠해 볼 수 있는 수치가 전혀 없는 것은 아니다. 그것이 바로 국방비이다. 국방비는 그 나라의 정치, 경제, 안보, 외교, 사회의 모든 현상과 국가 의지가 녹아들어 있고 어마 어마한 정보가 들어 있는 숫자이다. 국방비 절대 액수와 국방비가 그 나라의 GDP와 국가재정에서 차지하는 비율만 보아도 그 나라의 생각을 절반은 알 수 있다.

그래도 우리나라 안보를 한 두 마디로 종합 평가해 보라고 하면 "긍정적인 면도 있지만 부정적인 면도 있다."라고 밖에는 말할 수 없다. 이것도 아니고 저것도 아닌 두루뭉실한 식이어서 성에 안 찰지 모르지만 우리의 안보도 세상의 다른 일과 마찬가지로 양면이 있어서 좋은 면도 있고 또 나쁜 면도 있기 때문이다. 원래가 안보는 상대적이기 때문에 '완벽' 또는 '만점'이라는 것이 있을 수 없다. 우리는 완벽하고 싶고 그런 상태를 지향하고 노력하지만 아무리 최선 최상의 노력을 한다 하더라도 "이제 됐다. 더 할게 없다."라는 상태는 있을 수 없기 때문이다.

1. 국가 안보 평가

그러면 이상과 같은 이해를 가지고 우리의 안보상황을 대 북한, 대 주변국, 대 국내 세 가지로 구분하여 평가해 보며, 정리를 해보는 것이므로 최대한 압축하여 요점만 이야기하겠다. 그리고 이 평가를 기초로 안보과제를 식별해 본다.

■ 대 북한 평가

북한과 연관된 안보 상황은 워낙 복잡하여 함부로 간단히 평가할 수 없는 것이지만 앞에서 북한의 위협을 비교적 상세하게 다루었기 때문에 이를 기초로 정리를 해 본다. 우선 우리 안보에 긍정적인 점으로서 첫째, 우리의 국가이념의 정당성과 우위를 들 수 있다. 남북의 체제경쟁에서 우리의 국가이념인 자유민주주의와 시장경제는 북의 국가이념인 공산주의와 계획경제를 압도한 일등 공신이다. 나아가 국민의 지지, 정당성, 보편성 면에서도 앞서는 이념인 것이 증명되어 있다. 우리는 북보다 훨씬 강력한 국가이념을 갖고 있으며 우리의 가장 튼튼한 안보 자산은 바로 우리의 국가이념인 것이다. 둘째는 우리의 압도적인 국력을 들 수 있다. 국력은 경제력, 군사력을 포함하여 지식 · 정보 능력, 각종 사회 인프라, 교육, 문화, 금융, 국제화 등 국가의 총체적인 능력을 말하는데 우리는 전 분야에서 비교가 무의미할 정도로 북한에 압도적인 우위에 있다. 사실 체제경쟁과 국력경쟁에서 북한과는 일찌감치 게임이 끝났다고 할 수 있다. 국가의 기초체력이라고 할 수 있는 국력은 우리의 국가이념과 함께 우리 안보의 가장 든든한 바탕이며 지주이다. 남북한 군 병사의 체격은 양쪽의 국력 차이를 한 눈에 보여주고 있는데 간단하게 말하여 대학생 대 초등학생이라고 말 할 수 있다. 셋째는 공고한 한미군사동맹 및 주한미군의 존재를 들 수 있다. 한미상호방위조약으로 상징되는 한미동맹과 주한미군이 우리 안보에서 차지하는 의미와 비중은 앞에서 상세히 다루었으므로 더 이상의 설명을 생략한다. 넷째는 우리 군의 첨단기술 전력구조이다. 우리 군이 보유 운용 중인 각종 무기와 장비는 성능 면에서 세계 최고 수준이라고 할 수 있다. 우리 무기가 우리의 첨단 전자 IT기술을 바탕으로 연구개발과 성능개선이 지속적으로 이뤄진 반면에 북은 6 · 25전쟁 당시의 무기 수준에서 크게 벗어나지 못하고 있다. 이러한 무기의 질적 우세는 양적 열세를 카바하고 있다. 또한 실시간으로 전 전장 상황을 파악하고 지휘 · 조정 · 통제할 수 있는 전술정보지휘통신체계(통상 C4I체계라고 함), 자동으로 표적을 식별하고 제원을 산출하여 사격하는 첨단화된 사격지휘시스템, 신속 정확한 정보 획득 및 처리시스템 등 첨단의 전장지휘관리 능력도 북한이 갖추지 못하고 있는 우리의 강점이다.

이처럼 확실한 강점이 있음에도 불구하고 우리는 북한에 대해 불안한 마음을 떨치지 못하고 있으니 여기에는 다음과 같은 매우 악성의 부정적인 점이 있기 때문이다. 첫째는 핵, 화생무기, 장사정포, 장거리미사일, 특수전 능력과 같은 비대칭 전력의 열세이다. 특히 우리 스스로 보유를 금지하고 있는 핵과 화생무기는 현재 시점에서 우리의 가장 심대한 안보 위협으로서 근본적인 대응책 마련이 어렵다는 문제까지 있다. 둘째는 북한의 급변 가능성이다. 점점 임박해 오고 있는 북의 급변사태는 한반도뿐만 아니라 동북아시아 지역의 안보상황에 큰 회오리바람을 일으킬 것이 분명하다. 급변사태의 문제점은 사태의 양상, 전개과정, 결과 등 어느 하나 확실하게 가늠할 수 있는 것이 없다는 것과 그리하여 북핵처럼 적절한 대비책 마련이 어렵다는 것이다. 셋째는 오랜 동안 우리 국민에게 불안을 준 병력 및 재래식 무기의 양적 열세이다. 이 양적 열세는 질적으로 카바 할 수 있다고 했지만 한계가 있으며 여전히 국민에게 주는 심리적 압박감이 만만치 않다. 넷째는 NLL과 휴전선상에서 북이 저지를 각가지 형태의 군사도발인데 이러한 군사적 도발은 김정일 체제가 존재하는 한 계속될 것이다. 왜냐하면 대남 군사도발은 그들의 체제 유지와도 관련된 것으로서 정권안정을 위한 주민통제 수단으로 매우 유용하게 활용해 왔고 또 할 것이기 때문이다. 다섯째는 북의 예측 불가능성이다. 원래 공산주의자는 그들의 이론에 따라 목적 달성을 위해서는 수단과 방법을 가리지 않지만 특히 김정일은 그의 품성과 지금까지의 행적으로 보아 무슨 일을 벌일지 전혀 예측할 수 없는 인물이다. 북을 상대함에 있어서 가장 큰 어려움이 상식이 통하지 않는다는 것이다. 우리 안보의 큰 부담 중의 하나가 북은 상식적으로 도저히 상상도 할 수 없는 것을 얼마든지 저지른다는 것이다. 여섯째는 우리 내부 문제로서 우리 국민의 대북 인식 잘못이다. 즉 김정일과 그의 추종자들(북의 일반 주민이 아닌)도 우리와 같은 민족 · 동포라고 생각함으로써 이들을 적으로 보지 않고 있다는 것이다. 북한 즉 김정일과 추종세력들의 정확한 실체에 대한 국민의 잘못된 인식, 부족한 이해는 우리 안보에 대단히 중요한 부정적 요인이다. 이 책을 쓰는 목적도 여기에 한 이유가 있다.

■ **대 주변국 평가**

주변국인 미국, 중국, 일본, 러시아와의 관계는 전반적으로 양호하다고 할 수 있으나 부분적으로 우리에게 부담을 주고 있는 부정적 요인도 있다. 먼저 긍정적인 것은 첫째 공고한 한미관계를 들 수 있다. 좌파정권 10년간 심각히 훼손된 한미관계는 이제 완전히 회복되었으며 지금 한미동맹은 부여된 본연의 역할과 기능을 100% 수행하고 있다. 둘째는 미국과의 관계뿐만 아니라 중국 · 일본 · 러시아와의 관계도 안정적으로 관리되고 있으며 정치, 경제, 문화 등 각급 분야에서 우호와 협력 기조를 발전시켜가고 있다. 셋째 군사 분야에서도 이들 나라와의 군사 교류가 질적 양적으로 확대되고 상호 이해와 신뢰가 증진되고 있으며 군사 분야의 공동노력을 모색하는 단계까지 이르고 있다. 넷째 동북아지역안보라는 차원에서 안보공동체에 대한 이해와 공감대의 폭이 넓어지고 있으며 이를 위한 구체적 논의가 가시화되고 있다는 것이다.

부정적인 것은 첫째, 전시작전통제권의 전환을 들 수 있다. 이는 한국의 대북억제력을 약화시키는 요인으로 작용하며 한반도 안보구조의 부정적 변동을 가져올 수 있다. 둘째, 중국의 여전한 남북등거리정책을 들 수 있다. 중국은 북한의 후견자적 입장을 유지하고 있으며 정치적 경제적으로 든든한 버팀목 역할을 하고 있고 한미동맹을 비난하고 있다. 유사시 상호 자동개입을 보장하고 있는 조중상호원조조약의 존재도 부담이다. 셋째는 중국의 원양 장거리 군사 능력 확충이다. 중국은 장거리전투기, 공중급유기, 항공모함, 전략미사일 등 장거리 원양작전능력을 지속적으로 확충하고 있다. 우리를 직접적으로 겨냥한 것이 아닐지 몰라도 관심을 가지고 지켜보아야 할 사항이다. 넷째는 일본의 재무장 및 첨단전력 중심의 군비 확충이다. 일본은 미국의 핵우산 및 자체의 평화헌법에도 불구하고 군비를 꾸준히 늘려 왔으며 또다시 세계의 군사강국을 꿈꾸고 있다. 우리 안보에 중대한 위협이 될 수 있다. 다섯째는 이러한 일본의 재무장 시도에 북의 핵 · 미사일 개발이 확실한 명분을 제공하고 있다는 것이다. 지금 일본은 북의 핵 위협을 빌미삼아 공공연히 군비를 늘려가고 있다. 여섯째는 우리나라, 중국, 일본 간에는 동북공정 및 일제 침략의 합리화와 같은 역사 왜곡 문제, 독도나 센가쿠 열도의 영유권 등 영토 문제, 경제 문제 등 갈등 요소가 잠복되어 있으며 이들은 언제든지 국가간 분쟁 요인이 될 수 있다. 일곱 번째는 주변국과의 분쟁 관리 실패 가능성이다. 예를 들어 무역수지 불균형에 의한 마찰, 어로 분계선 및 어로 활동상의 분쟁, 해저 자원을 둘러 싼 충돌, 우발적 충돌의 관리 잘못으로 국가 간 무력분쟁으로 발전할 가능성이다.

■ **대 국내 평가**

국내적 안보 상황의 평가는 겉보기에는 큰 문제가 없는 것 같으나 찬찬히 뜯어보면 관심과 주의를 요하는 요인들이 다수 있다. 긍정적인 것으로서는 첫째, 우리 정치 · 경제 시스템의 안정화를 들 수 있다. 우리 안보의 가장 강력한 자산인 자유민주주의와 시장경제는 이제 확고히 뿌리를 내려 어지간한 충격으로는 끄떡도 하지 않을 단계가 되었다. 국내 정치와 경제가 흔들리면 국가안보도 바로 흔들린다는 사실을 생각하면 이는 우리 안보에 대단히 긍정적인 부분이다. 둘째는 경제 · 사회 각 분야의 튼튼한 기초이다. 즉 나라를 지탱하는 경제적 · 사회적 제반 시스템들의 기초가 튼튼히 자리잡았다는 것이다. 예를 들어 도로, 철도, 항만 등 산업 인프라가 잘 구축되어 있고, 필요한 산업들이 고루 갖춰져 있고 이들이 상호 밀접히 연계되어 효율적으로 돌아가고 있으며, 국민 생활과 직결된 각종 사회보장 제도도 제대로 갖추어 가고 있다는 것 등이다. 국가의 모든 시스템이 시계바퀴처럼 원활하게 돌아간다는 것은 안보도 제대로 돌아가고 있다는 것을 말해준다. 셋째는 두터운 건전한 민주시민 계층을 들 수 있다. 중산층을 중심으로 하는 건전한 민주시민은 우리의 안보를 이끌고 유사시 나라를 지키는 중심 세력이며 이들의 비중이 커질수록 국가 안보는 튼튼해질 수밖에 없다. 넷째는 우리 국민이 민주시민으로서의 의식이 점차 나아지고 있다는 것이다. 아직 미흡하긴 하지만 국가에 대한 국민의 의무와 역할에 대한 의식이 제고되고 있으며 사회질서에 대한 자율의식도 선진화되고 있다. 이러한 민주시민으로서 선진적인 의식도 안보에 긍정적인 요소라고 할 수 있다.

부정적인 것은 첫째, 우리의 타협을 모르는 투쟁일변도의 정치, 국가보다 당리당략을 우선하는 정치행태로 인해 정치 불안이 계속되고 있다는 것이다. 정치 불안은 바로 경제 불안, 안보 불안으로 이어진다. 둘째는 계속되고 있는 실직자, 청년실업, 금융위기 등 사회 · 경제적 불안 요소들이다. 셋째는 국내 좌우 이념갈등과 국론분열의 계속이다. 이제는 구시대의 유물인 이념갈등을 극복할 시점이 되었지만 아직도 시대착오적인 생각에서 벗어나지 못하고 사회분열과 갈등을 부추기는 사람들이 있고 이들로 인해 사회불안과 혼란이 계속되고 있다. 넷째는 빈부격차이다. 빈부격차는 국내의 안보위협 요인 중에서 가장 근본적이고 악성적인 위협이다. 안보에서 만병의 원인은 빈부격차에서 시작된다고 해도 과언이 아니다. 다섯째는 국민간의 계층 형성 및 계층 간의 단절현상이다. 부동산투기에 의한 불로소득, 교육기회의 불균등, 가난의 대물림, 일부 국민의 사치와 과소비 등으로 인해 많은 국민들이 위화감과 박탈감을 느끼고 있다. 지금 우리는 국민들 간에 차츰 계층이 만들어지고 있으며 이들 계층 간에 단절 현상이 생기고 있음을 보고 있다. 빈부격차와 계층단절은 국민통합과 단결이 절대적으로 요구되는 안보를 위해서, 나아가 국가의 안정적이고 지속적인 발전을 위해서 반드시 피하고 막아야 할 사항이다.

빈부격차를 해소하는 방법은 정부의 복지 예산 확대처럼 국가의 세금제도를 통해 소득을 재분배하는 방법이 있고, 국가전체의 경제규모를 확대하여 어려운 사람들에게 더 많은 기회를 갖도록 하는 방법이 있다. 전자는 분배에 우선을 두는 방식으로서 주로 좌파적 정부가 택하고, 후자는 성장에 우선을 두는 방식으로서 주로 우파적 정부가 택한다. 전자는 국민에게 금방 인기를 얻을 수 있고 정부도 큰 어려움 없이 생색내며 시행할 수 있지만 나눠줄 게 다 떨어지면 전부가 굶고 있어야 한다는 문제가 있다. 후자가 보다 건전한 방식인 것이 틀림없지만 국민에게 인기가 없고 국가경제를 지속적으로 성장시킨다는 것이 결코 쉽지 않다는 문제가 있다.

2. 국가 안보 과제

이상과 같은 안보 평가를 기초로 우리가 당면하고 있는 안보상의 과제가 어떤 것들이 있는지 정리해보자. 쉽게 생각해서 앞에서 말한 평가 중에서 부정적인 요소들이 곧 우리의 안보 과제가 된다고 할 수 있다. 많은 부정적 요소들이 제시되었다. 이중에서 매우 중요한 사항이긴 하지만 현재 그런데로 적절히 관리가 되고 있다고 보는 것을 제외하고 특별한 관심과 주의가 요구되는 문제라고 판단되는 것만 정리하면 다음과 같이 선정할 수 있다. 물론 이외에도 간과해서는 안 될 사항이 있지만 큰 범주에서 보면 다음 과제에 다 포함된다고 할 수 있겠다.

먼저 대북과제로서,
첫째 북의 핵, 화생무기, 미사일, 특수전 능력과 같은 비대칭 전력,
둘째 계속 이어질 것으로 예상되는 NLL 무력화 시도 및 군사도발,
셋째 북의 급변사태,
넷째 우리 자체 문제로서 잘못된 우리의 안보 의식을 들 수 있겠다.

대 주변국 과제로서는,
첫째 전작권 전환 문제,
둘째 중국의 남북한등거리정책과 원양작전능력 확충,
셋째 일본의 재무장을 들 수 있다.

내부적 과제로서는,
첫째 계속되는 이념갈등과 국론분열,
둘째 빈부격차와 계층단절을 들 수 있다.

이러한 과제들에 대해 우리는 먼저 우리의 안보의식을 올바로 정립하고 이를 확고히 해나가야 하겠고, 적정한 국방비의 투입으로 군사 태세를 지속적으로 강화해 가야겠으며, 미국과의 동맹관계를 한층 강화하고 이를 중심축으로 주변국과의 관계를 계속 심화시켜 가야 하겠다.

제2절

국가안보전략

이제 국가안보의 마지막 이야기인 국가안보전략에 대해서 알아보겠다. 국가안보전략은 국가안보라는 실체를 있게 하는 기본정신과 개념을 다루기 때문에 지금까지의 내용보다 좀더 이론적이고 복잡하겠다. 세계의 모든 국가들은 하나같이 자국의 국가안보를 확보하고, 힘의 우위를 노리며, 경제발전을 보장받고, 자국의 명예를 지키려 하고 있으며 이는 모든 나라가 공통적으로 추구하는 국가목표이다. 한편 국제사회는 근본적으로 무정부적인 속성을 가지고 있어서 각 국가의 안전은 최종적으로 자신의 힘, 곧 군사력에 의존해야만 한다. 즉 국가의 생존은 다른 일반 민간 조직들의 생존과는 본질적으로 달라서 군사력이 거의 유일한 수단이 되며 그래서 각국은 한결같이 군사력과 군사력의 근원이 되는 경제발전을 위해 노력하는 것이다. 이처럼 힘이 지배하는 무정부적인 국제사회에서 우리가 생존할 길을 찾는 국가안보전략은 어떠해야 하는가?

1. 국가안보전략의 의미

먼저 '국가안보전략(National Security Strategy)'이라는 것이 정확히 무엇을 말하는 것인지 의미에 대해 알아보자. 국가안보전략은 정의적으로 '국가안보목표를 달성하기 위한 국가의 가용자원과 수단을 동원하는 종합적이고 체계적인 구상'을 말한다. 얼른 이해가 잘 안가면 그냥 쉽게 '국가가 살아남기 위한 방도를 찾는 것'이라고 생각하면 되겠다.

'전략(Strategy)'은 보통 좁은 의미에서 '군사적인' 용도로, 전술과 대비되는 개념으로 사용된다. 군사적으로 전술은 전장 현장에서 사용되는 작전술을 말하며 전략은 전장 바깥에서 전장을 지원하는 일체를 말한다. 독일 프로이센의 군사사상가(1780~1831) 클라우제비츠는 "전술은 전투에서 부대를 사용하는 기술을 말하며, 전략은 전쟁을 이기기 위해 전투를 운용하는 기술"이라고 하여 군사적인 면의 전략을 이야기하고 있다. 그러나 요즈음은 전략을 '국가전략'이라는 식으로 국가의 안보, 군사, 정치, 경제, 사회, 문화 등 모든 분야에서 광범위하게 사용하고 있다.

중국 춘추시대 말기에 오나라를 패권국으로 만든 손자(孫子)는 그가 쓴 유명한 손자병법의 첫머리에 "兵者(병자)는 國之大事(국지대사)라, 死生之地(사생지지)요, 存亡之道(존망지도)니 不可不察也(불가불찰야)라."라고 말하고 있다. 그 뜻은 "병자(넓게는 안보와 전쟁을, 좁게는 군대 또는 장수를 말함)는 국가의 큰일로서 국가의 존망과 국민의 생사가 걸린 일이니 깊이 살피지 않을 수 없다."로써 이는 정확히 국가안보전략이 하는 기능과 역할을 말하고 있다. 그야말로 국가안보전략은 국가와 국민의 존망과 생사를 다루는 것으로서 국가의 모든 지혜와 역량을 총 동원하여 깊이 살피지 않으면 안 된다는 것이다. 국제사회에서 국가 간의 관계는 흔히 '약육강식' 또는 '정글의 법칙'이라는 말로 표현한다. 이는 국가 간에는 법이나 질서보다 힘이 절대적으로 우선한다는 것을 이야기한다. 이러한 환경에서 살아남기 위해서는 남보다 뭔가 강하지 않으면 안 된다. 힘이 약하면 지혜라도 있어야 하고 또한 가진 지혜를 다해야 한다. 국가안보전략은 깊고 넓고 멀리보고 판단해야 하며(遠謀深慮), 바둑판의 수를 읽듯 상대방보다 몇 수를 앞서 생각할 수 있어야 하고, 여우와 같은 간사한 꾀도 있어야 한다. 그러므로 안보전략의 구상은 미래에 대한 정확한 예측 능력과 국제정세를 전체적으로 꿰뚫어 볼 수 있는 냉정하고 날카로운 안목과 식견이 있어야 한다. 그러나 이것은 말은 쉽지만 이러한 능력은 아무나 가질 수 있는 것이 아니다. 그래서 우리는 이러한 능력을 갖춘 뛰어난 국가 지도자를 절실히 필요로 하고 있는 것이다.

국가안보전략은 단지 외국과의 전쟁에서 승리하기 위한 방안을 이야기하는 것이 아니다. 국가이념과 국가가 지향하는 목표와 방향을 기초로 국내외의 정치, 경제, 사회, 군사, 사상 등 모든 위협요소로부터 국가가 생존하고 자신의 이익을 지키기 위한 장 · 중 · 단기적 모든 방안을 말하며 국가가 다루는 최상위의 총체적이고 복합적인 개념이다. 국가안보전략의 핵심은 선택이다. 즉 '약육강식'과 '정글의 법칙'이 지배하는 복잡다단하기 그지없는 국제사회에서 우리의 생존과 미래의 번영을 보장해 줄 수 있는 길을 찾고 선택하는 것이다. 그래서 모든 국가들은 자신들의 살길을 찾아 그들이 처하고 있는 정치, 경제, 역사, 지리적 상황에 따라 각각 상이한 국가안보전략을 갖고 있다.

국가안보전략의 몇 가지 사례를 알아보자. 안보전략 판단의 대표적 실책은 앞에서 언급한바 있는 2차 세계대전 말 미국 루스벨트 대통령의 소련에 대한 대일전 참전 요구이다. 이 요구는 그의 일본관동군에 대한 과대평가, 소련의 야욕에 대한 이해부족, 전쟁을 조급히 끝내려는 생각, 미국의 희생을 줄이려는 욕심, 사회주의에 대한 순진한 인식 등이 복합적으로 작용한 것이다. 이로 인해 그 후 미국과 한민족은 엄청난 희생을 감수해야 했고 현재까지도 후유증이 남아있다. 그는 또 2차 세계대전 후 공산주의 세계와의 협력을 내용으로 하는 국제주의를 세계전략으로 채택함으로써 동유럽이 소련의 위성국가가 되고 그리스, 터키, 한반도는 공산주의로부터 심각한 위협을 받아야 했다. 그러나 후임 트루먼 대통령은 공산주의 확장을 막는 봉쇄정책으로 전략을 바꿈으로써 1991년 공산권의 붕괴와 함께 거의 50년 만에 미소 냉전에서 미국이 최종적인 승리를 얻게 된다. 다른 예로 대한민국 건국과 6·25전쟁을 거치는 동안 이승만이 선택한 안보전략은 대표적 성공사례라고 할 수 있다. 그는 국내외 정세의 냉철하고 정확한 현실 인식을 바탕으로 만난을 극복하고 국가 백년대계의 안보전략을 집요하게 추진하여 한국의 번영 토대를 구축했다. 이승만은 미국과 소련 사이가 타협이 불가능하다는 사실을 꿰뚫어보고 미국정부와 미군정의 반대를 무릅쓰고 단독정부론을 끈질기게 밀고 나갔다. 이러한 판단과 선택이 국가안보전략이 추구하는 최대의 목표인 것이다. 국가안보전략적인 측면에서 김일성이 소련과 공산주의를 선택한 것은 처음에는 괜찮았던 것처럼 보였지만 결국은 악수(惡手) 중의 악수, 세계사적 실패 사례가 되었다.

이승만 대통령의 안보전략적 판단과 식견은 매우 뛰어났다. 1941년 발간한 '일본내막기'라는 그의 저서에서 일본의 미국 공격을 예상하면서 지금이라도 미국은 실력으로 일본을 저지하지 않으면 큰 화를 면하기 어려울 것임을 지적했고, 1943년 2월 미 국무장관 헐에게 보낸 서한에서 미국이 대한민국 임시정부를 조속히 승인하지 않으면 종전 후 소련은 한반도를 차지할 것이라고 지적했다. 대단한 혜안이지 않을 수 없고 당시 이런 사실을 지적한 지도자는 어느 누구도 없었다.

2. 국제 안보정세 판단

국가안보전략은 국제 안보정세의 판단으로부터 시작하며 그 나라 국가

안보에 근본적인 영향을 미치는 지정학적 위치는 국가안보전략 판단의 최초 출발점이 된다. 국제정세와 우리의 지정학적 위치의 의미는 앞에서 다루었기 때문에 주변 4개 국가와의 관계를 중심으로 현재 시점에서 의미있는 안보정세만 간단히 다시 살펴본다.

지금 미 · 중, 미 · 일, 중 · 일 관계 속에 있는 우리의 안보상황은 진실로 녹녹치 않다. 특히 중국의 급부상과 미국의 쇠퇴 그리고 미 · 중, 중 · 일 간의 패권 경쟁은 우리로 하여금 어려운 선택을 강요하고 있다. 아시아 · 태평양지역 국가들이 미국이 배제된 동아시아 정상회의와 같은 새로운 안보기구를 모색하는 것은 미국의 쇠퇴에 대비하려는 징후로도 볼 수 있다. 미국, 일본, 호주 삼각동맹의 가시화와 이에 맞선 중 · 러 대응체제(상해협력기구)의 구체화도 우리에게 부담되는 요소이다. 우리 주변국들은 국제질서의 불안정, 전 지구적인 경제위기, 북한 핵문제 등의 국제 정세 하에서 21세기 새로운 국가위상을 창출하기 위한 경쟁과 노력을 본격화하고 있다. 미국은 약화된 자신의 리더십을 회복하고 새로운 국제질서를 창출하기 위한 노력을 강화할 것이며, 중국과 러시아는 미국의 리더십 약화를 최대한 활용하여 자신의 영향력 확대를 기할 것이다. 그러면서도 이들 국가 간에는 대화와 협력의 관계가 경쟁과 갈등의 관계보다 우세할 것으로 예상된다. 이중 경제문제는 각국의 외교안보 정책 및 대외관계 전반에 걸쳐 가장 중요한 변수가 될 것이며 이들의 행동도 경제문제를 중심으로 움직일 것이다. 전체적으로 주변국들은 국익을 중심으로 한 실리주의적 정책을 펴고 있으며 각국은 자국의 이익에 따라 국가 간의 관계를 규정하고, 나아가 서로가 상대방에게 국제질서에 있어 책임과 역할을 강조하고 있다고 할 수 있다.

한편으로 작금에 국제사회의 정치, 군사, 경제, 환경 상황이 국가 간 상호의존이 합리적이라는 생각으로 '집단안전보장체제'에 대한 관심이 높아지고 있다. 그 이유는 앞으로는 아무리 강한 국가도 혼자 힘으로 완전한 안보를 확보하기는 불가능하고 개별 국가차원에서의 '절대 안보'도 불가능하기 때문이다. 많은 전문가들이 앞으로는 국가들 간의 군사적인 연계가 더욱 다양하고 복잡하게 이뤄질 것으로 전망하면서 21세기 국제질서로서 '군사안보의 네트워크화'와 '포괄적 안보'가 보편적 현상이 될 것으로 보고 있다. 이렇게 보는 것은 각국은 국방비 감축 압력에도 대응하면서 각국의 무기체계, 훈련, 지휘통제 시스템 등을 공유 시 자국안보와 방위가 더욱 용이해진다는 실리적인 이유가 있기 때문이다. 이러한 경향의 하나라고 할까 추진 동력을 잃어가던 '동북아 안보공동체'가 동북아의 안보환경을 근본적으로 개선할 수 있는 중요한 수단이 될 것으로 기대되며 각국의 안보 씽크탱크를 중심으로 불씨가 다시 살아나고 있다. 그러므로 우리도 어느 한나라에만 집중하는 일국주의적 접근이 아니라 이념과 가치 그리고 국익을 공유할 수 있는 나라들과의 네트워크와 공조를 생각할 필요가 있다. 결국 이러한 유동적 국제질서와 대결적 국제체제에서 한국의 안보전략은 "어떠한 국가군과 연합할 것인가?" 하는 선택의 문제로 귀착하며 우리는 원모심려, 깊이 살피지 않으면 안 되겠다.

3. 우리의 국가안보전략

지금까지 우리나라는 국가역량과 경험의 부족 등으로 인해 미국의 동맹국으로서 미국의 세계전략에 편승하여 왔고 독자적인 세계전략을 가지지 못했다. 그러나 이제 한국은 G20회의를 개최할 만큼 국력이 향상되었고 이에 따라 국가의 목표도 상향 조종하고 있기 때문에 '독자적'인 세계전략을 가질 때가 되었고 또 가져야 하겠다. 우리가 지향하는 세계전략은 기본적으로 자유민주주의와 시장경제의 가치와 이념을 공유하며 세계질서를 주도하는 국가군과 연대되어야 한다는 것이다. 지금 비록 미국의 영향력이 쇠퇴하는 모습이 있지만 앞으로 상당기간 미국주도의 세계질서가 지속될 것이며 미국의 강력한 군사적 위상에 도전할 경쟁자의 등장 가능성은 낮다고 봐야 한다. 미국의 현재 군사적 위치는 압도적이며 당분간은 어느 누구도 따라올 수 없다. 중국마저도 국방비가 미국의 그것에 10분의 1밖에 되지 않는다. 그리고 지금까지 미국이 국제질서에서 담당한 중추적 역할이 너무나 컸기 때문에 미국이 이 역할을 담당하지 않았을 때 올 혼란과 피해는 예측이 어려울 정도이며 또 이 역할을 지금 당장 대신할 수 있는 의지나 능력이 있는 나라가 있는 것도 아니다. 그러므로 당분간은 우리의 국가안보전략 기조는 한미동맹을 중심으로 복합적 네트워크를 구축하는 것으로서, 미국의 현재 난관을 우리의 동맹정책 방향과 성급하게 연결시키지 말아야 하며 우리 역량의 범위 내에서 협력과 공조의 폭을 넓혀 감으로써 미국에게 진정한 동맹국으로서의 신뢰를 확고히 심어 주어야 할 것이다.

참고로 현 미국의 국가안보전략은 다음 4가지의 원칙으로 구성되어 있다. 첫째는 교육, 청정에너지, 혁신을 바탕으로(이 세 가지는 미국의 발전을 위하여 사활적인 것으로 규정) 국내에서 힘을 키우고 해외에서의 전력도 강화한다. 둘째는 외교를 통해(Soft Power)새로운 개입을 늘리고 국제개발을 지원한다. 셋째는 동맹관계를 재구축한다. 넷째는 국제사회의 인권과 민주주의를 증진한다는 것이다.

중국의 팽창정책은 앞으로 우리에게 큰 위협이 될 수 있다. 이에 대처하기 위해서는 중국과의 관계를 신뢰우호 관계로 발전시키는 것과 한미관계를 강화하는 방안을 병행하는 전략을 취해야 한다. 한중 관계를 강화하기 위해서도 한미관계는 튼튼해야 한다. 그리고 한국과 일본은 각각 미국과 동맹관계를 맺고 있으므로 한 · 미관계 강화가 한 · 일관계 강화의 초석이 됨을 잘 인식해야 한다. 또한 중국과 미국 · 일본이 관계가 나빠지면 우리가 매우 어려워지므로 이 관계가 나빠지지 않도록 우리의 적극적인 관심과 노력이 필요하다. 특히 미국의 중국에 대한 민주주의 확산, 인권 개선, 시장경제 확산 요구는 미국이 중국과 충돌할 요인이 될 수 있으므로 우리의 관심을 요한다. 중국과 일본의 관계가 나빠지면 동북아 안정이 위태로워지고 우리의 대북 정책 추진도 어려워지므로 우리의 적극적인 균형자 역할이 필요하다. 그리고 이 나라들 간의 북한과 북핵에 대한 인식과 이해를 같이할 수 있도록 우리의 주도적 노력이 있어야 한다. 한 · 미 · 일은 실질적인 공조체제를 강화해 나가야겠으며 한 · 미와 미 · 일동맹의 공유부분을 넓혀가야 하겠다. 미국과의 관계에서 한미동맹에 대한 양국국민의 신뢰와 지지를 증진시켜 나가야겠으며 오바마 대통령의 외교 · 안보 정책의 변화 과정을 정확히 파악하고 시의적절한 대처가 중요하다. 안보전략에서 신뢰할 수 있는 동맹국가 확보는 매우 중요하며 한미동맹은 우리가 중국 · 일본 · 러시아를 견제할 수 있는 유일한 힘으로서 매우 중요한 안보자산이다. 현재의 다양한 안보위협과 미래 안보 환경에 대처함에 있어서 튼튼한 한미동맹관계를 대체할 수 있는 대안은 현재로서는 없다. 따라서 한국의 안보전략의 최상의 상태는 미국과의 전통적인 동맹 협력관계를 강화하여 동북아에서 '안정적 지역질서의 구축'이라고 할 수 있다. 끝으로 한국은 한국방위의 한국화 달성과 인근 지역 국가들에 대한 비대칭적 억제전력 확보를 병행 추진함이 긴요하다.

우리 안보전략의 미묘한 숙제중의 하나가 한미전략동맹에 대한 중국의 부정적 인식이다. 한미동맹 강화는 중국과의 관계악화로 이어질 수 있는 소지가 다분하다. 그러나 반대로 이런 생각은 지나치게 단순한 이분법적 시각이고 미 · 중 관계를 대결 혹은 경쟁자 관계로만 보는 것은 국제관계의 복합성을 간과한 것이라는 주장도 있다. 지금 국제사회의 군사적 네트워크가 확대되는 현상은 확실히 적 개념을 상정하는 종전의 동맹관계 개념과는 근본적으로 성격이 달라서 한 · 미 · 일 공조를 강화한다고 해서 한 · 중 · 일 공조가 제약받는 것도 아니고 한미동맹이 중국의 부상과 무조건 배치되는 것도 아니다. 더구나 중국은 당분간 안정적 경제성정과 국가발전을 위해 미국과는 대결보다는 협력의 길을 갈 것으로 보이므로 현재로서 부상하는 중국이 한미동맹과 충돌할 가능성은 거론은 되지만 실현될 가능성은 낮다고 보는 것이 타당하겠다. 지난 '핵안보정상회'에서 미국의 오바마 대통령은 "미국은 하나의 중국정책(대만보다 중국을 중시한다는 뜻)을 지속적으로 지지하며 중국의 주권과 영토 핵심이익을 존중하고 민감한 문제는 신중히 처리해 나가겠다."고 했고 이에 대해 중국은 "건강한 양국 관계는 양국민의 이익과 세계평화의 안정에 도움이 된다."고 하면서 양국 관계 발전을 위해 '방향을 정확히 잡고, 상대방의 핵심적 이익을 존중하고, 고위층 교류를 지속하고, 실질적 교류를 심화하며, 소통과 협력강화'의 5개 항을 제시한 바 있다.

우리의 국가안보상 가장 중요하게 다루어야 할 사항은 북한의 존재와 북핵 등 북의 비대칭 전력이다. 북한에 대한 우리와 중국의 이해는 차이가 있고 최근에 양측이 충돌할 가능성의 하나로 북한 급변사태가 많이 거론되고 있다. 이와 관련하여 중국이 대외적으로 밝히고 있는 공식적인 입장은 중국은 '기본적으로 한반도 유사시 남북한이 스스로 문제를 해결하기를 지지한다'는 것이다. 그러나 중국은 북한을 한국전쟁 때 함께 피를 흘리며 싸운 혈맹관계를 보고 있고 더욱 중요한 것은 북한의 안정이 중국의 발전에 매우 중대하며 긴요하다는 생각을 하고 있다는 것이다. 그러므로 북의 급변사태 시 중국이 자국의 안보를 이유로 북한에 진입할 가능성을 전혀 배제할 수 없다. 이는 북의 급변사태에서 우리가 생각할 수 있는 최악의 상황이고 매우 어렵고 위중하고 미묘하여 많은 생각을 해야 할 상황이다. 이 상황에서 우리가 할 일은 우선적으로 어떠한 경우에도 우리의 영토는 한 치도 양보할 수 없다는 결연한 의지를 보이는 것이고 모든 우리 국민도 그런 각오를 해야 한다는 것이다. 그리고 한미동맹을 기반으로 매우 유연한 마인드와 자세를 유지하면서 각국의 이해관계를 WIN-WIN(모두 유익이 되는 방식)으로 풀어간다는 것이다. 이와 관련 중국과의 관계에서 현 시점에서 우리가 할 수 있는 것, 가장 중요한 것은 양국 간의 상호 신뢰 관계를 구축하는 것이다. 동시에 우리 내부적으로 대 중국 안보 외교의 기본방향과 틀을 수립하고 중국과는 21세기 평등과 호혜라는 기본 원칙에 대해 확실한 합의를 해둘 필요가 있겠다. 그리고 중국을 포함하여 동북아에서의 다양한 다자안보 협력 체제를 발전시켜 나가며, 예기치 않은 돌발사태로 양국 관계가 악화되지 않도록 예방외교를 강화하고, 아울러 모든 방면에서 다양한 레벨의 전략적 대화를 지속적으로 해나가야 할 것이다. 한편 인맥과 인간관계를 중시하는 중국인의 성향을 고려하여 각 계층 및 분야별로 신뢰를 바탕으로 하는 돈독한 인간관계를 구축하는 노력도 있어야 할 것이다. 그리고 한 · 중 · 일은 안보 환경을 근본적으로 개선하는 방안으로서 3국간의 비자면제, 셔틀운행, FTA체결 등 생활공동체 건설을 통한 포괄적 협력을 추진할 필요가 있다.

우리는 러시아가 우리에게 가지는 정치, 경제, 군사 분야의 전략적 가치와 능력 그리고 영향력을 간과하는 우를 범해서는 안 되겠다. 러시아는 우리에게 첨단 기술, 에너지, 시베리아의 자원 등에서 많은 기회를 제공할 수 있고, 정치 외교적으로 한국의 자주성 고양 및 동북아 다자안보 협력체제 창출의 동반자로서, 북한 급변사태 해결 및 한반도 평화통일 협력자 등으로 중요하고도 실속 있는 역할을 기대할 수 있기 때문이다.

끝으로 우리의 안보전략은 통일 방식과도 밀접히 연관하여 생각해야 한다. 통일은 단순히 민족이 하나 되는 것으로 끝나는 것이 아니라 어떤 체제로 하나가 되느냐하는 것이 먼저 결정되지 않으면 안 되고 국가안보전략을 구상함에 있어 이 문제가 우선적으로 고려되어야 한다. 통일의 당위성 중의 하나는 38선 이북의 우리 동포도 우리처럼 자유롭고 풍요롭게 살 수 있도록 하자는 데에 있으므로 반드시 자유민주주의와 시장경제체제로 통일되어야 한다.

VI

결 론

이제 결론을 이야기할 차례이다. 나는 지금까지 우리 젊은이들이 국가안보에 관해 최소한 이 정도는 알고 있어야 하겠다고 생각하는 것을 전부 이야기하였다. 바람직한 안보의식은 정확한 사실 인식에서 출발한다. 우리가 살고 있는 우리의 조국 대한민국에 대해서 잘 모르고 있거나 잘못 알고 있는 것을 정확히 제대로 알고, 나아가 안보와 관련되는 사실들을 충분히 알아서 우리의 국가관과 안보관을 올바로 갖추자는 이야기이다. 혹 빠진 것이 있을지 모르겠고 또 장황하게 다룬 것이 있을지도 모르겠다. 그러나 이 글로 해서 우리 젊은이들의 안보의식이 보다 건전하고 깊이가 있게 된다면 더 바랄 것이 없겠다. 그러면 다시 한 번 더 강조한다는 뜻에서 앞에서 이야기한 것의 주요 핵심 내용을 간추려 본다.

최초 서론에서 나는 우리 젊은이들이 국가안보에 대해 잘 모르고 있고, 또 알고 있더라도 잘못 알고 있다는 것을 이야기하였다. 즉 안보관의 기초가 되는 우리의 현대사 인식에서 아주 중요하고 심각한 문제점으로써 '대한민국은 태어나서는 안 되는 부끄러운 나라라는 생각, 6 · 25전쟁은 남쪽이 미국의 사주를 받아 일으킨 전쟁으로서 통일의 기회를 놓친 전쟁이라는 인식, 우리가 지금 누리고 있는 자유 평화 번영이 얼마나 대단한 성취이며 이것이 어떻게 해서 이루어진 것인지 그 원인과 배경에 대해 잘 모르고 있다'는 것을 지적하였다.

본론에 들어와서 먼저 안보의 의미와 관련하여 안보와 국방의 차이에 대해서 이야기하였다. 즉 국방은 외부로부터의 군사적 위협만을 대상으로 하는 반면에 안보는 외부뿐만 아니라 내부의 비군사적 위협까지 망라하며 그러므로 안보는 국방의 상위 개념이고 또한 안전보장이라는 말 그대로 대단히 포괄적이어서 국내외적으로 국가의 안위에 위협을 주는 것은 무엇이든지 다 포함한다고 했다. 그러나 '우리나라 안보의 대상은 실질적으로 북한의 위협이 전부'라는 것을 이야기하였다. 이어서 국가안보에 위협이 되는 요인들을 국제적 위협, 북한의 위협, 국내적 위협으로 구분하고 먼저 국제적 위협부터 하나하나 살폈다. 우리 안보의 주 위협인 북한의 위협에 대해서 북의 정치이념과 대남적화전략, 북의 대남군사도발 내역, 북한의 군사력, 특히 우리에게 가장 큰 위협이 되고 있는 비대칭 전력인 북핵, 화생무기, 장사정포, 중장거리미사일, 특수전 능력에 대해 차례로 알아보았다. 북은 김정일이 생존하고 사회주의 체제를 유지하는 한 현재와 같은 남한 적화 전략과 남한에 대한 군사적 도발을 계속할 것임을 다시 한 번 강조한다. 이어서 국내적 위협요소로서 정치사회적 요인, 경제적 요인, 정보네트워크적 요인, 환경적 요인으로 구분하여 세부적인 내용들을 알아보고 이 요인들이 상호작용하여 내부분란, 테러 및 저강도 분쟁의 형태로 발전하면서 국가안보를 위협하게 되는 과정을 살펴보았다.

다음 장에서 우리나라의 안보시스템과 능력, 대비 태세 등을 우리 자체의 국방과 한미동맹 두 축을 중심으로 알아보았다. 우리의 국방에서 우리군의 탄생과 성장과정을 시대 순으로 살펴보고 이어서 우리군의 부대 및 전력구조와 북의 군사적 위협에 대응하는 대비태세를 전면전 대비, 비대칭전력 대비, 국지적 도발 대비로 나누어 알아보았다. 이어서 우리 안보의 다른 한 축인 한미동맹에 대해서 설명하였다. 한미동맹은 단순한 군사동맹이 아니라 오늘의 번영된 한국이 있게 한 바탕이었다는 사실과 한미동맹은 한미상호방위조약을 기초로 주한미군과 한미연합사령부 그리고 한미군 간의 공고한 신뢰 및 이 신뢰를 바탕으로 하는 혈맹관계로 구성되어 있으며 이중에서도 특히 혈맹관계는 한미동맹에서 가장 중요한 자산이자 특징이라고 했다. 그리고 한미상호방위조약이 이승만 대통령의 정세판단과 집념에 의해 체결되었다는 것과 그 체결과정, 의의를 알아보았다. 끝으로 한미동맹은 군사안보 협력뿐만 아니라 정치 · 경제 · 사회 · 문화 협력까지 포괄하도록 협력의 범위를 확대 · 심화하고 또한 동맹관계를 지역 및 범세계적 차원의 평화와 번영에도 기여할 수 있는 '21세기 전략동맹'으로 미래지향적이고 포괄적인 동맹으로 발전되어야 한다는 이야기를 하였다.

다음 장에서는 보이지 않는 안보의 힘인 정신력, 즉 우리의 안보의식은 올바른 국가관 안보관에서 나온다고 보고 우리나라의 건국 60년 역사에서 우리가 잘못 알고 있다고 생각하는 부분에 대해 정확한 사실을 짚어보았다. 먼저 한반도의 분단 책임에서 분단의 단초는 얄타회담에서 미국의 소련군 대일 참전 요청이 제공했고 남북분할은 포츠담회담에서 작전구역 분할 논의로 시작되었으며 실질적인 분할은 남과 북에 미군과 소련군의 진주로 가시화되었다. 그리고 분단 고착화 책임의 핵심은 "미 · 소군의 진주를 누가 먼저 남북분단 고착으로 만들었느냐?"로서 이는 북한에 실질적이고도 단독적인 정부를 남한보다 훨씬 먼저 세운 김일성과 그를 뒤에서 적극 지원한 스탈린임을 설명하였다. 이어서 대한민국 건국의 의의를 살펴보았다. 우리의 자랑스러운 조국 대한민국 건국의 의의는, 『한반도에 수천 년간 이어 온 왕조체제를 자유민주주의체제로 바꾼 우리 민족 역사상 최고의 혁명적 사건이며 처음으로 국민은 국가의 주인이 되어 개인의 자유와 평등, 인권, 재산권이 보장되는 국가에서 살게 된 대 사건이다. 대한민국의 건국은 당시의 유행인 자주와 민족을 앞세우지 않고 능동적으로 자유민주주의 체제와 시장경제 그리고 미국과의 연대를 결정함으로서 세계사적 흐름의 대세에 적시적으로 올라 탄 운명적 결정이다.』라고 하였다. 다음은 6 · 25전쟁을 누가 왜 일으켰는지를 알아보았다. 이를 위해 6 · 25

전쟁 전 과정을 살펴보았지만 결론은 한마디로 "6 · 25전쟁은 김일성이 한반도 적화통일의 야욕을 가지고 소련과 중공의 지원을 받아 일으킨 전쟁"으로서 이는 너무나도 분명하여 부정하는 것이 불가능하고 논쟁하는 자체가 매우 부적절하다고 했다. 이어서 우리의 고도 경제 성장과 빠른 민주화에 대해서 경과와 의미를 살펴보았고 끝으로 현재 우리 대한민국의 자랑스러운 위상을 알아보았다. 현 우리나라의 국제적 위상은 "우리는 원조를 받는 나라에서 주는 나라로 되었다. 이제 남이 짜놓은 국제질서의 틀 속에서 수동적인 역할에 만족했던 우리가 새로운 틀과 판을 짜는 나라가 되었고 아시아의 변방에서 벗어나 세계의 중심에 서게 되었다. 우리에게 무한한 희망이 있다."라고 압축하여 설명하였다.

다음 장에서 우리나라의 안보상황을 종합적으로 평가해 보았다. 안보는 상대가 있기 때문에 완벽한 상태를 이룰 수 없음과 그래서 긍정적인 면도 있고 부정적임 면도 있음을 설명했다. 그리고 이러한 평가를 토대로 현재 우리의 안보과제를 북한과 관련하여 첫째 북의 핵 · 화생무기 · 장사정포 · 장거리미사일과 같은 비대칭 전력의 위협, 둘째 계속 이어질 것으로 예상되는 NLL 무력화 시도 및 군사도발, 셋째 북의 급변사태, 넷째 우리 자체 문제로서 잘못된 우리의 안보 의식을 들었다. 주변국과 관련하여서는 첫째 전작권 전환 문제, 둘째 중국의 남북한 등거리 정책과 원양작전능력 확충, 셋째 일본의 재무장을 들었고 내부적으로는 계속되는 이념갈등과 국론분열 빈부격차, 계층단절을 들었다. 끝으로 국가가 살아남기 위한 방도를 찾는 '국가안보전략'에 대해서 알아보았다. '국가안보전략'이란 바로 손자가 손자병법의 첫머리에서 말한 "兵者는 國之大事라, 死生之地요, 存亡之道니 不可不察也라."와 같은 내용으로서 국가의 모든 지혜와 역량을 총 동원하여 깊이 살피지 않으면(遠謀深慮) 안 된다. 그래서 안보전략의 구상은 미래에 대한 정확한 예측능력과 국제정세를 전체적으로 꿰뚫어 볼 수 있는 냉정하고 날카로운 안목과 식견이 있어야 한다고 했다. 끝으로 현재의 다양한 안보위협과 미래 안보환경에 대처함에 있어서 우리의 안보전략은 튼튼한 한미관계가 필수로서 한국의 안보전략의 최상의 상태는 미국과의 전통적인 동맹협력관계를 강화하고 이를 통해 중국 일본 러시아와의 안정된 관계를 구축하는 것임을 이야기하였다.

총 결론으로서 지금까지의 이야기를 더욱 요약하면 다음 세 가지로 압축할 수 있다.

첫째, 우리는 먼저 올바른 국가관을 정립하여 이를 토대로 우리의 안보의식을 확고히 해야 하겠고,
둘째, 적정한 국방비의 투입으로 군사태세를 지속적으로 강화해 가야겠으며,
셋째, 미국과의 동맹관계를 한층 강화하고 이를 중심축으로 주변국과의 관계를 심화시켜 가야한다는 것이다.

군사 용어 설명

국방태세 군의 모든 수단, 능력, 시설을 이용하여 적의 위협에 대응하는 국방차원의 포괄적인 준비태세

군비통제 국가 간에 상호 협의하여 무력의 증강, 운용을 제한하거나 금지 또는 축소하는 것을 말하며 서로 군사적 투명성을 확보하고 전쟁의 가능성과 피해를 감소하려는 활동

군수자원 가시화(可視化) 군이 보유하고 있는 군수물자의 정확한 보유 현황을 실시간대로 한눈에 볼 수 있도록 컴퓨터에 정보화한 것

군축 국가 간의 무력경쟁을 끝내기 위해 무기와 장비, 병력의 감축 또는 폐기를 위한 행위

기뢰전 기뢰(해상용 지뢰)를 사용하여 적의 함정을 파괴하거나 적의 기뢰 설치를 거부하는 전투

네트워크중심전 미래지향적 전쟁수행의 한 방식으로 컴퓨터의 자료 처리 능력과 네트워크로 연결된 통신기술을 활용하여 정보의 공유를 보장하여 전쟁수행의 효율성 강화를 기하는 것

다국적군 여러 나라의 군대가 하나의 임무를 위해 참여한 것. 연합군은 하나의 지휘체제 아래 있고 다국적군은 각각 독립적으로 맡은 역할 수행

다련장(MLRS, Multiple Lounch Rocket System) 다수의 로켓탄을 상자형 또는 원통형으로 배열한 발사대를 통해 동시에 발사하는 무기

대량살상무기확산방지구상(PSI) 테러집단 및 불량국가에 의한 대량살상무기 확산을 방지하기 위한 구상으로 2003년 6월 미국이 주도하고 유럽 아시아 등 11개국이 참여하여 출범함

대체복무제도 현역을 충원하고 남은 잉여인원을 효율적으로 활용하기 위하여 이들

에게 현역복무에 상응하는 임무를 부여하는 제도

동북아협력대화 동북아의 협력증진을 위한 비정부 민간차원의 협의체

동원예비군 예비군 복무 1-4년 차에 해당되는 자로서 현역부대의 증편 및 창설과 손실 보충요원으로 운용

레이저유도폭탄(LGB, Laser Guided Bombs) 레이저에 의해 유도되는 폭탄. 폭탄에 레이저 지령 수신 장치가 부착되어 있으며 정밀한 타격이 최대 장점.

마일즈장비 레이저발사기와 감지기 등 첨단 광학기술을 이용한 교전 훈련 장비

무기체계 창 칼이나 화살처럼 단일의 무기가 아니라 여러 시스템이 결합하여 하나의 기능을 수행하는 무기를 말함. 현대의 무기는 개인 소화기 등 극히 일부를 제외하고는 대부분이 표적 탐지, 사격제원 계산, 지휘통신명령 체계, 구동 동력체계, 발사시스템 등 복잡한 시스템으로 구성되어 있음

민사작전 적의 군인이 아닌 일반 민간인을 대상으로 하는 작전 또는 대 민간인 관련 업무

보수교육 군인의 직무수행 능력 향상을 위해 시키는 교육. 각 군의 각 급 학교에서 하는 교육

보충역 현역복무를 할 수 있다고 판정된 사람 중에서 국가의 병력 가용 자원을 고려하여 현역입영 대상자로 판정되지 않은 사람. 주로 공익근무요원으로 운용

비무장지대(DMZ, Demiliterized Zone) 남북한 간에 군사분계선을 중심으로 남북 2km씩 북방한계선과 남방한계선 사이의 폭 4km, 길이 248km의 지대. 정전협정에 의거 이 지역에는 일체의 무장을 들여올 수 없도록 되어 있음.

사회복무제도 예외 없는 병역이행을 위해 현역복무를 하지 않는 자 중에서 사회활동이 가능한 사람으로 하여금 사회서비스 분야에서 복무케 하는 제도

소해함 바다에 부설된 기뢰를 탐색하고 제거하는 임무를 수행하는 함정

아세안지역안보포럼(ARF, ASEAN Regional Forum) 아시아 태평양 지역의 평화를 증진시키기 위한 대화와 협력의 모임. 남북이 동시에 참여하는 유일한 협의체

아시아안보회의(ASS, Asia Security Summit) 아시아 태평양지역 안보문제를 논의하기 위해 각국의 정상을 포함하여 외교 안보분야 최고 정책결정자들이 참석하는 회의체

양성교육 군에서 민간인을 군인으로 만들기 위한 교육. 사관학교, 논산훈련소, ROTC 등의 교육을 말함

연습과 훈련 연습은 새로운 것을 몸에 익히는 것을 말하고 훈련은 어떤 행동을 몸으로 숙달시키는 것을 말함

연합, 합동, 통합, 협동훈련/군 단일 임무수행을 위하여 성격이 다른 여러 부대가 공동 행동을 취하는 훈련/군. 연합은 2개 이상 국가의 군이, 합동은 육 · 해 · 공군 전력 중 2개 이상의 군이, 협동은 여러 개의 병과가, 통합은 여러 조직이, 하나의 임무를 위해 모여 훈련하거나 부대를 구성한 것

요격미사일 탄도미사일을 비행 중에 격추시키는 미사일로서 지상배치 미사일(PAC-2)은 100km 이하 저고도 미사일을 격추하며, 해상배치(이지스함) 미사일(PAC-3)은 100km 이상 고고도에서 격추시킴

율곡사업 군 전력증강사업의 별칭. 1970년대 이후 자주국방 구현을 위해 율곡사업이라는 이름으로 5개년 계획에 의거 군의 무기체계와 전력의 확충을 체계적으로 추진. 현재는 이 용어를 쓰지 않음

을지프리덤가디언(Ulchi Freedom Guardian)훈련 종전의 을지포커스렌즈(Ulchi Focus Lens)훈련을 2008년부터 전작권 전환에 대비하여 을지프리덤가디언으로 이름을 바꾸어 시행. 한미 군사지휘소 및 한국 정부의 전시대비 훈련

일극체제 냉전시대 미 · 소가 국제질서를 주도하는 양극체제가 소련의 붕괴로 미국 하나만 남은 상태를 말함

작전지휘권(Operational Commnd) 작전임무를 수행하기 위해 지휘관이 예하부대에 행사하는 권한

작전통제권(Operational Control) 작전상의 특정 임무를 수행하기 위해 특정지휘관에게 위임된 권한. 인사권이 없는 순수 작전에 관한 사항만 통제

전략공격작전 적 후방의 전략목표를 공격하여 적의 전쟁수행 의지와 능력을 말살하는 항공 작전

전파식별(RFID) 전파신호를 이용하여 비접촉식으로 물체의 정보를 확인하는 시스템

전환복무제도 현역 군인을 전투경찰대원, 교정시설 경비요원, 의무소방원 등의 임무에 복무하도록 군인 신분을 다른 신분으로 전환하는 제도

제공작전 공중우세를 확보하기 위하여 적 항공력의 근원을 가능한 원거리에서 격파 무력화하는 항공 작전

조중상호원조조약 원래 이름은 '조중우호협력 및 상호원조조약'. 1961. 7. 11 북한과 중국 간에 체결. 어느 일방이 무력 침공을 당하면 자동개입을 명시하고 있음

창조21, 화랑21 훈련모델 육군에서 개발한 컴퓨터를 이용한 전투지휘훈련 모델. 창조는 군단급, 화랑은 사단급 모델임

키리졸브(Key Resolve)훈련 1994년부터 실시해온 연합전시증원 훈련(RSOI)을 전작권 전환에 대비하여 2009년부터 대치하여 하는 훈련으로서 미 증원전력 한반도 전개 보장 및 한국군 전쟁지속능력을 유지하는 훈련

패트리어트(Patriot, 애국자라는 뜻) 미군의 지대공 유도탄으로서 사정거리 15-20km임

합동성(Jointness) 강화 육 · 해 · 공군 전력을 미래전쟁 양상에 부합하게 효과적으로 통합하여 발휘시킴으로서 전투력의 시너지효과를 극대화시키는 것

합동정밀유도폭탄(JDAM, Joint Direct Attack Munition) 레이저유도폭탄보다 더욱 정밀하고 날씨에 영향을 받지 않는 차세대 유도폭탄

항모전투단 항공모함을 중심으로 순양함(상대적으로 빠른 기동력과 우수한 전투력을 지닌 큰 군함)과 구축함(적의 주력함이나 잠수함을 공격하고 항모를 보호하는 군함) 등이 편성되어 해상작전 임무를 수행하는 전투단

향방예비군 예비군 복무 5-8년 차에 해당하는 자로서 지역 향토방위 임무를 수행

효과중심작전 불필요한 대량파괴나 작전을 최소화하고 사전에 달성하고자 설정된 요망효과 달성에 작전목표를 두는 작전